Une vie de Pintade
à Beyrouth

Muriel Rozelier

Une vie de Pintade à Beyrouth

Illustrations de Margaux Motin

calmann-lévy

© Calmann-Lévy, 2009.
ISBN : 978-2-253-13161-8 – 1re publication LGF

« Qu'en est-il de l'estropié qui hait les danseurs ? Qu'en est-il du bœuf qui aime son joug et estime que le daim et l'élan de la forêt sont choses égarées et vagabondes ?

Qu'en est-il du vieux serpent qui ne peut rejeter sa peau et qui qualifie tous les autres de nus et de sans pudeur ?

Ils ne voient que leurs ombres et leurs ombres sont leur loi.

Et qu'est le soleil pour eux sinon un créateur d'ombres ?

Peuple d'Orphalese, vous pouvez voiler le tambouret et vous pouvez délier les cordes de la lyre, mais qui pourra interdire à l'alouette de chanter ? »

Khalil Gibran, *Le Prophète*

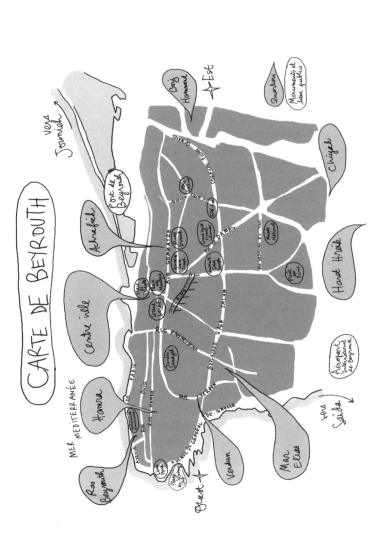

CARTE DE BEYROUTH

Avant-propos

Après avoir désossé les Parisiennes dans *Une vie de Pintade à Paris*, nous avons décidé de poursuivre l'exploration de la basse-cour, car, c'est bien connu, il y a des pintades dans les rues du monde entier. D'un coup d'ailes, nous voilà de l'autre côté de la Méditerrannée, sur les côtes du Levant.

Rien de plus naturel que de venir explorer les coulisses féminines de Beyrouth, longtemps surnommée «le Paris du Moyen-Orient». Vues de France, les Beyrouthines peuvent sembler reines de l'esbroufe, mais la réalité est bien sûr plus complexe.

Leur ville est une ville blessée par des années de guerre, qui peut à chaque instant s'embraser, secouée par des crises récurrentes sur fond d'instabilité politique et de tensions confessionnelles. Mais c'est une ville qui «refuse de disparaître» et qui, à l'image de ses habitantes, bouillonne de vitalité et d'exubérance. C'est à Beyrouth qu'on danse sur les tables à 5 heures du matin, même quand on n'a plus 16 ans, mais plutôt 50. Qu'importe, on peut mourir demain.

La fierté ! S'il faut trouver un point commun aux Libanaises, c'est celui-là qui s'impose. Quelles que soient leur confession, leur classe sociale, elles ont toutes le Liban chevillé au corps. Elles aiment leur pays passionnément. Pas de cet amour béat qui anime les New-Yorkaises, ni de celui, frondeur, des Parisiennes. Les Beyroutines sont souvent désabusées, choisissant parfois l'exil plutôt que le chaos. Mais rien n'y fait, elles sont libanaises avant tout.

L'exploration du poulailler beyrouthin ne s'est pas faite sans peine. Comprendre les subtilités, assimiler les non-dits, aller au-delà des tabous… Les Libanaises ne se livrent pas facilement. Pudiques autant qu'elles sont fières, elles nous ont tout de même gracieusement donné à voir, à sentir et à écouter. Surmédiatisé, le Liban est tellement plus nuancé que des attentats à la voiture piégée et des guerres fratricides ! Dans cette logorrhée d'images, les Libanaises sont finalement méconnues, et une solide exploration de leur quotidien s'imposait.

Le pintadisme, nouveau féminisme. Être une pintade, c'est être une femme moderne qui réconcilie le triumvirat vie familiale, vie professionnelle et équilibre personnel, grâce à ses crépitations de frivolité. Ces tranches de vie beyrouthines sont là pour vous le prouver.

Layla Demay et Laure Watrin

Introduction

Lorsqu'on évoque Beyrouth, l'idée du désir surgit immédiatement, comme si une sensualité exacerbée caractérisait la ville. Beyrouth… Ville des possibles et des rencontres, ville d'Orient et d'Occident… Quand le glacis citadin s'éveille, quand les corps avancent, vacillent, on voit enfin surgir Beyrouth. Quelque chose de déchiré, d'abrupt en même temps que d'évanescent et de profondément libre. Violence et légèreté… On l'a si souvent dit de cette ville qui condense les contradictions de cet « Orient si compliqué ».

Au Costa de Hamra (côté ouest), qui a remplacé le célébrissime café des intellectuels de la gauche des années 70, le Horse Shoe, ou au Starbucks de la place Sassine (côté est), hommes et femmes s'égayent par grappes, s'embrassent et s'apostrophent de « *Habibi* » roucoulant tandis que des « *Waïnek* ? » (« Où es-tu ? ») insistants courent sur les réseaux téléphoniques. Ce qui résume le mieux Beyrouth ? Sans conteste, ce besoin d'être regardé : être vu, se faire voir. C'est cela qui est fabuleux dans cette ville, ouverte sur le monde. L'on n'existe que par et pour le regard posé sur soi.

Tentez l'expérience. Commandez un expresso et ins-tallez-vous pour quelques instants ou quelques heures à la terrasse d'un café. Admirez cette commedia dell'arte. Une femme passe, jean slim sur talons stilettos… Une autre, Ray-Ban sur le nez, qui traîne, hésite et rejoint finalement des copines au café, ses cheveux longs voltigeant tandis qu'elle slalome, dédaigneuse, au milieu des voitures… Qui est-elle ? Une chrétienne d'Achrafieh ? Une Arménienne de Bourj Hamoud ? Une sunnite de Verdun ? Ou une chiite de Dahyé, la banlieue sud ? Impossible de savoir. Les rues de Beyrouth brouillent l'identification et ren-voient les stéréotypes à un «plus tard» bienheureux. Bien sûr, quelques détails permettent de ne point trop se per-dre : une croix attachée autour du cou, un voile ramassant le visage en un ovale parfait. Mais au-delà ?

Pour définir Beyrouth, l'imaginaire occidental songe à un agglomérat communautaire où les lignes de fracture confessionnelles sont des murs insoupçonnables autant qu'infranchissables. C'est souvent vrai. Personne ne met jamais longtemps à fournir les critères de sa «fiche signa-létique», parmi lesquels le référent communautaire arrive en bonne place, bien avant la profession, au contraire de la France, où le métier est un identifiant capital. Mais réduire la ville à ce jeu confessionnel serait une erreur que l'on commet souvent. Plus important peut-être : la grille sociale, que la guerre civile n'a pas réussi à estomper. La hiérarchie des classes sociales – et ses profonds écarts – détermine toujours un jeu de pouvoir entre riches et pauvres, «clients», «serviteurs» et «patrons».

Les Libanaises n'échappent pas à ces contradictions. Comme les Françaises – mais n'est-ce pas très féminin ? –, les femmes de Beyrouth sont multiples et ne se laissent pas facilement enfermer dans des catégories. Si vous essayez, vous êtes presque sûr de tomber à côté de la plaque. Cette grande bourgeoise, par exemple, maquillée comme une star au moment de passer sur un plateau télé, serrée dans des vêtements de créateurs sans prix ? Vous pensez : superficielle et artificielle. Oui… peut-être, sauf que notre belle oiselle aux ongles *walla akbar min perfect* («mieux que parfaits») est aussi ingénieure. Une grosse tête, qui vous largue à la vitesse supersonique quand elle se met à parler physique quantique. Alors, cette autre, voilée «à l'iranienne », portant un long manteau noir, qui traîne ses deux adorables chérubins par la main ? Aussitôt, la conclusion s'impose : une pauvresse soumise à son carcan familial et religieux, sans plus de liberté que celle que veulent bien lui laisser sa famille et son mari. Mais encore une fois, vous faites erreur : elle milite dans des organisations MLF islamiques et vous renvoie, illico, à vos fourneaux pour l'avoir si vite jugée. Compliqué ? Plus que cela. Car la société libanaise impose aux femmes un double standard : être belle, parfaite et – ce qui ne gâte rien – sexy, en même temps que maman à plein-temps, femme au foyer incomparable, professionnelle exceptionnelle, voisine hors pair. Grattez un peu : sous des apparences très occidentalisées, le Liban reste un pays d'Orient où le patriarcat n'a rien perdu de sa superbe. Entre tradition et modernité, les Libanaises vivent au quotidien cette dualité, l'intègrent pour mieux tenter de la dépasser.

En définitive, c'est une leçon de vie et de courage que nous donnent les Beyrouthines. Elles nous apprennent, à nous autres Françaises, à être à l'écoute, à aimer sans juger et à les respecter dans toute leur immense diversité.

Belles de jour...
comme de nuit

Fiez-vous aux apparences

Le dimanche matin, pas question d'aller chercher une *manousché joubné* ou *zaatar* (délicieuse galette au fromage ou au thym que l'on peut manger, entre autres, au petit déj, accompagnée de *labné*, un yaourt inimitable, à mi-chemin entre le lait caillé et le fromage blanc, et d'olives) vêtue d'un jogging informe. Dans la même situation, en France, vous enfileriez peut-être le jean pourri de votre don Juan (ou votre legging chéri) et fileriez acheter les croissants, la tignasse en pagaille, un reste de mascara dégoulinant de la veille. À Beyrouth, ce comportement est tout simplement inadmissible. Mettre ne serait-ce que le bout du bec au balcon nécessite des heures d'un travail rigoureux. D'abord, on en rit. « Qui ça, moi ? Me tartiner de fond de teint pour faire mes courses ? Ça ne va pas la tête ? » Mais, bien vite, l'hyperféminité ambiante vous rattrape. Vous vous mettez soudain à rêver d'une séance de manucure, d'un blanchiment de vos dents au laser, voire d'une séance sur le pouce de liposuccion. Des gestes presque aussi anodins ici qu'un gommage du visage dans sa salle de bains en France. Alors, après quelques semaines à Beyrouth, vous aussi, vous en venez à noter sur votre Blackberry ou votre indispensable iPhone les numéros d'urgence. Pas celui des pompiers ou de police secours. Mais bien celui de Hayssam, « votre » coiffeur, si jamais un dîner en ville se profile, ou de Nesreen, « votre » manucure 24 h/24, ainsi que deux ou trois instituts de beauté où courir à la moindre alerte «touffes en folie». Question de survie sociale : le paraître, une certaine sophistication précieuse (ou son contraire un grunge supra étudié), révèlent le rang social, le cercle auquel on appartient. Lorna, croisée au restaurant Le Baromètre, référence incontournable quand on navigue dans les sphères de la gauche intello-festive du quartier étudiant de Hamra, déteste ce décryptage automatique. «Ta manière de t'habiller ou de te maquiller est toujours à décoder ici. C'est chiant», dit-elle en enroulant autour de son index une de ses mèches si magnifiquement torsadées. Insupportable, oui, mais Lorna le pratique intensément, matant, entre le poster de Yasser Arafat et l'affiche du dernier concert de Ziad Rahbani (le fils de la diva libanaise Fairouz), les inconnus qui viennent d'entrer. Décrypter, c'est identifier. Et dans ce petit pays, qui compte un nombre ahurissant de communautés confessionnelles (dix-huit) prêtes à se mettre la peignée, l'identification par l'enlumineur de teint ou l'anticerne peut aussi vous sauver la vie.

Ça (dé)frise l'obsession

Règle incontournable des canons de la beauté beyrouthine : jamais sans mon brushing. Pas question d'être vue en public sans afficher une raideur capillaire proche de la *rigor mortis*. Une urgence de dernière minute ? Il y a toujours un salon de coiffure pour vous sauver *in extremis*. De toute façon, chaque femme sait comment se lisser le chignon en trois coups de chalumeau bien dosés. On apprend ça au biberon! Vous trouverez sans difficulté des femmes ignorant tout de l'art délicat des *waraq éynab*, ces feuilles de vigne fourrées au riz et à la viande (après tout, la bonne et la cuisinière sont incluses dans le trousseau de mariage, alors pourquoi s'enquiquiner avec des broutilles ?). Mais jamais, en revanche, vous ne croiserez de Libanaise ne sachant se restaurer la carapace d'un brush maison. À leur décharge, les filles ont une tendance à frisotter du bulbe, la chevelure (trop) épaisse, quasi indomptable tant la masse s'emmêle en boucles sauvages. Assumées, cela donne à leur visage une flamboyance de Shéhérazade. Mais cela peut aussi virer au côté choucroute sur la tête. Même lissée, même désépaissie, leur crinière forme un casque que rien ne parvient tout à fait à estomper. D'autant que le climat, chaud et humide, semble s'être ligué contre les aspirations de leur chevelure. Hayssam, qui tient un salon populaire, officie à Ras Beyrouth, près de l'Université américaine de Beyrouth (American University of Beirut, AUB), dans l'un des « quartiers de charme » de la capitale, à côté de la Corniche (gare à la douloureuse pour qui veut s'y loger). Il s'échine sur les torsades de ses clientes en moyenne deux fois par semaine. « Le lissage, c'est le secret. Sortir avec une queue-de-cheval, un chignon planté à la va-vite ? C'est limite si elles ne se sentent pas nues. » Le problème, c'est que se tirer la tignasse, ça vous grille le capillaire plus sûrement qu'un bain d'ammoniaque pur. Le sèche-cheveux à réaction ? Pas vraiment l'idéal pour la brillance. Or, autre exigence à laquelle nulle ne saurait déroger, la chevelure se porte longue, aérienne et flamboyante. La solution ? Les extensions. Dans chaque salon, on trouve un coin « Je jouais aux cow-boys et aux Indiens quand j'étais enfant et j'ai scalpé pas mal de têtes » où fourrager à la recherche de cheveux de la couleur idéale pour rajouter un zeste de longueur à vos tiffes déprimés par les brushings répétés.

Le brushing se réalise dans n'importe quel salon de quartier. Pour 5 000 à 10 000 livres pour les plus onéreux (de un peu plus de 3 à un peu plus de 6 dollars[1]), vous sortez le poil trop raide à nos goûts d'Occidentales faussement décontractées, mais parfaite du point de vue libanais. Les seules à se moquer de la norme ? Les « vieilles ». À partir de 50 ans, 60 pour les plus récalcitrantes, les femmes commencent à réduire leur chevelure à un strict carré, de cette couleur châtaigne en vogue auprès de nos grands-mères dans les années 70. C'est aussi l'heure chez les musulmanes d'un rappel à la tradition : même celles qui se moquent de la religion comme de leur première petite culotte couvrent alors leur tête d'un voile pudique. Manière de dire qu'on n'est plus dans la séduction, qu'on porte sur soi son statut de *sitt*, de dame, parvenue au seuil d'une maturité accomplie, à plus de détachement et à, au moins officiellement, plus de sagesse hormonale. Attention, cela ne signifie pas qu'on cesse de se raidir la masse. Juste qu'on la camoufle aux yeux des hommes !

L'expert

Si le brush se pratique dans n'importe quel salon de quartier, la coupe, elle, relève des mains d'un « expert ». La référence ? Dessange à Achrafieh. Quand on est française et que l'on va chez le coiffeur – l'espèce étant en voie de disparition –, l'idée de qualifier Dessange de référence laisse perplexe. Les franchisés sont souvent exclus de nos carnets

1. Pour chaque somme est indiqué l'équivalent en dollars : la livre libanaise est arrimée au dollar, et la devise américaine est très utilisée au Liban.

d'adresses. Trop banals, l'imagination au ras des prises de courant. On leur préfère le « petit » salon de quartier (quitte à traverser tout Paris ou la banlieue pour s'y rendre), au design désuet mais au coup de main assuré. Voire, comble du chic, l'indépendante en appartement, celle dont on se passe l'adresse entre copines, qui ne vous prend « que pour vous arranger » et que vous finissez par compter dans votre réseau amical.

Mais après avoir mené des recherches désespérées à Beyrouth, j'ai fini par capituler. OK, j'allais m'abaisser à un RDV chez Dessange et payer 50 dollars, juste pour ne pas ressembler à un ersatz de poulet décongelé. Car, voilà bien mon insoluble (et intime) problème : j'affectionne le style garçonne, le cheveu court, la tignasse en bataille, à juste chiffonner d'un coup preste. Au Liban, le court n'existe pas. Essayez. Demandez « court » à un coiffeur. Il traduira : « mi-long ». Et si, enfin, après moult mimiques, photos à l'appui, vous finissez par lui faire comprendre que c'est bien d'une version rase-moquette dont vous parlez, là c'est la panique. Inconcevable ! Un peu comme d'espérer que Christine Boutin pratique le sexe tantrique ! Dans le premier salon, recommandé par une amie malveillante, j'ai fini en GI Joette tondue. Dans le deuxième, l'expert ès coupe-coupe m'a carrément vampée d'un péremptoire « Laissez pousser », jugeant même : « C'est trop court pour une femme. » Quant au troisième – un spécialiste pour homme de Bourj Hamoud, le quartier arménien de la périphérie où l'on se ravitaille en épices –, j'ai terminé en honorable goudou, la raie plaquée sur un tiers du crâne et la nuque ciselée à l'horizontale pour mieux imiter le prototype du comptable anxieux à attaché-case. Rendez-vous donc un samedi matin dans l'immense salon Jacques Dessange d'Achrafieh, quartier chrétien

résidentiel central, perché sur une colline, pas très loin
de la place Sassine et du *mall* de l'ABC, l'incontournable
rendez-vous des pintades shoppinant. Dessange, l'antre
du bon goût libanais – pardon, français : à Achrafieh,
la mère patrie, la terre nourricière des valeurs, reste
la FFRRRRANNCEEE… et Chichiiii, l'homme
qui a sauvé le Liban et le monde – s'étale sur deux
étages. Au premier, on vous torture le scalp et on vous
éradique la cuticule. Au second, on vous colle à poil pour
un traitement électro-délirant. Au choix : machines
à impulsions électriques censées vous faire perdre
votre bidon ou enveloppements mi-cellophane mi-boue
pour retrouver l'élasticité perdue de vos 16 ans.
Peu de monde encore à 10 heures du matin. Visiblement,
les pintades d'Achrafieh et moi n'avons pas les mêmes
horaires. J'ai une excuse. Mon muezzin à moi s'époumone
comme les coqs tous les jours à 5 h 30 du matin, et hop,
debout les fans ! À Achrafieh, trop veinardes les nanas,
les églises ne jouent des sirènes que le dimanche matin,
et à une heure très tardive. Surprise, le salon est mixte :
un homme est en pleine manucure tandis que,
dans un coin, une pimbêche blonde sèche à l'air libre,
sa coloration paille filasse n'ayant rien à envier
à celle de ses consœurs de l'ouest.
C'est Marie qui me prend en main. Elle est française,
une peau laiteuse et un blond à racines noires, « style
Dessange » pur crin. Marie s'est installée il y a dix ans
au Liban. D'ailleurs, son ventre s'arrondit sous la blouse.
À vue de nez, un bon quatre mois. Preuve qu'elle a fait
sa vie ici. On m'installe dans un bon gros fauteuil douillet.
Un assistant lui apporte ses outils : ciseaux, rasoirs
manuel et électrique. Marie me triture la tête. « Vous voulez
faire quoi ? », tandis qu'une Éthiopienne m'apporte
mon premier café. « Euh, un truc où je n'ai pas

complètement l'air ridicule ? » Je ne sais pas pour vous,
mais la question m'énerve toujours. Que voulez-vous
répondre ? « Je veux la même tronche que Halle Berry.
C'est possible ? » Ma séance commence plutôt bien.
Là où les autres fous du coutelas jouaient d'entrée
du rasoir, Marie, elle, taillade au ciseau, par petites
touches impressionnistes. En plus, elle est adorable.
Pas de « Oh lala, ma p'tite dame, y a trop de masse, je vais
faire ce que je peux » ni de « C'est quoi la marque
de votre shampoing ? Ah ben oui, ça explique tout »,
si fréquents dans les salons français. Et vous savez quoi ?
Je sens que je commence à ressembler à Halle Berry.
Ma coupe est presque terminée quand la furie blonde
du fond se met à brailler plus fort que mon muezzin.
« Mariiiiee, le temps est terminé !! Vous venez ? » Madame
semble être une habituée. Madame ne veut pas d'une
autre coiffeuse. Elle commence même à me rôder autour,
tournicotant autour de mon fauteuil en regardant
sa montre. Elle croit quoi ? Que je vais me laisser
chiper « ma » coiffeuse ? Les Libanaises ont parfois de
ces façons de vous passer devant ! Comme dit un ami
libanais : « C'est le *power trip* chez elles ! » J'en suis au
stade de révision de mon dernier cours de kick-boxing
quand Marie, pro du décrêpage de chignon, me susurre
de l'attendre avec une offre qui ne se refuse pas :
10 minutes gratis de massage thaï. Surgie du second
étage, une Thaïe (plus vraisemblablement une Philippine,
les Thaïlandaises ayant besoin d'un visa de travail pour
venir au Liban, mais « l'Asiat » est un terme générique
et politiquement incorrect – mais vous l'aurez deviné,
le politiquement correct est à Beyrouth une notion aussi
étrangère que les droits de l'homme dans une prison
syrienne – pour dire « travailleuse asiatique »,
comme le « Syrien » désigne l'ouvrier du bâtiment,

même si celui-ci se révèle à l'usage parfois égyptien) s'attaque donc à mes épaules. Entre shiatsu et palpations, je vogue sur un océan de béatitude. Quand Marie revient me rafistoler la coupe, je suis à ce point zen que, même totalement tondue, je ne trouverais rien à redire. Et, ô miracle, je sors fignolée aux petits oignons, presque aussi belle que Halle Berry, heureuse et détendue. Mais c'est normal (le miracle), on est à Achrafieh !

Tant qu'il y aura du peroxyde en bouteille

Salim est un coiffeur de quartier. La coupe pas vraiment son fort, mais la décoloration abrasive et le brushing « je te décolle la tête » assurés. Il s'est installé à Basta, un ancien quartier sunnite devenu chiite et populaire au fil du temps, où les vieilles HLM des années 50 aux éternels stores verts ou bleus pendouillant des balcons côtoient quelques très belles (mais très délabrées) maisons des années 30. Le salon de Salim ? Un réduit, coincé entre un marchand de légumes et un mini-café-chicha pour hommes. Question décorum, Salim n'a guère fait dans le précieux. Dans les coins populaires, la décence commande : on camoufle le moindre bout de vitre, histoire de préserver l'intimité des clientes. Son salon n'échappe pas à la règle. Le poster géant d'une belle mijaurée, en robe de mariée et nattes piquetées de marguerites, dissimule la vitrine tandis qu'une fausse blonde peroxydée, les pointes des cheveux rougeâtres, punkette sur le retour, a été mal scotchée sur la porte. Cette discrétion a son avantage : on peut fumer et boire son café tranquille, sans craindre la réprobation d'un de ces vieux libidineux du quartier pour qui « femme qui fume, péripatéticienne qui hume ».

L'entrée franchie, l'impression de placard à balais se confirme. Dans un coin, le bac à shampoing et le casque spécial bigoudis, collés l'un à l'autre. Au centre, deux fauteuils, plus proches de la chaise de dentiste que du siège de relaxation. Sans compter le poste de télévision, accroché au mur rose pailleté du fond, où un chanteur arabe trop gras braille des « *habibti, habibti* » à vous dégoûter des hommes. Chez Salim, on vient en voisines. Pour un simple « *Ahleeeein quifkun ?* » (« Salut, comment allez-vous ? »), agrémenté d'un thé ou d'un café et – tout de même – d'un brushing rapide. Amal a lavé sa crinière brune (et naturelle) avant de descendre de chez elle. Question de budget. Beaucoup, comme elle, préfèrent ne pas payer les 2 000 livres supplémentaires (1,3 dollar) du shampoing. Question peut-être aussi de pudeur : quand il vous gratouille la tête, Salim a de ces caresses sulfureuses qui descendent bien trop loin sur la nuque. En attendant son tour, Amal feuillette le dernier *Mondanité*, l'un des magazines les plus vendus au Liban (en français, s'il vous plaît), dont les pages regorgent de photos de rallyes, de mariages, d'anniversaires, du monde huppé de la bourgeoisie libanaise. Même si elle ne comprend pas le français, Amal y cherche, avec une délectation de garce, « la plus laide d'entre elles ». Comprenez : celle dont la tête a tellement servi de terrain expérimental à un chirurgien fou que son aspect humain n'est plus tout à fait assuré. Et ses « *Ya Allah*, mais regarde-moi ce caniche ! » ponctue ses plus merveilleuses découvertes. Elle s'arrête cependant, comme prise d'une impulsion soudaine, et lance à la cantonade : « Quand même, Nabih, c'est un voleur ! » Vous croyez qu'elle parle de politique, faisant référence à Nabih Berry, le leader du mouvement chiite Amal, dont on qualifie ici (lorsqu'on est gentil) les partisans de mauvais garçons ? Pas du tout. Amal s'insurge contre les prix pratiqués par l'épicier du coin, un certain Nabih « dont un frère vit pourtant au Canada » (comprenez : « dont un frère, qui l'aide financièrement, vit pourtant au Canada ») et qui refuse malgré cela de faire crédit aux petites gens. « *Mish ma'oul, mahek* ? » (« Ce n'est pas croyable, n'est-ce pas ? »)

Maï, une autre voisine, se relaxe dans le second fauteuil, la clope coincée entre les lèvres tandis que les papillotes d'alu sèchent sur sa tête. Maï est blonde. Immodérément blonde. De ce genre sachet Tang lyophilisé qui agonise ensuite dans les jaunes saumâtres au soleil. Mais elle s'en fout. Son mari adore son côté pouffe platine. Et Maï, elle, adore satisfaire son mari. Un « parce que je le vaux bien » revisité à la sauce libanaise. Traduction ? Parce que mon homme le vaut bien ! Après tout, il ne faut jamais oublier son public… Les mecs préfèrent les blondes… Éternelle (fausse) rengaine que certaines Libanaises semblent prendre au pied de la lettre. À Beyrouth, on est capable de se peroxyder à mort ! À en donner des sueurs aux inspecteurs de l'ONU experts en armes de destruction massive s'ils avaient l'idée de venir mettre le nez dans les bacs à shampoing de Salim. Ici, on s'oxygène le caillou jusqu'à éradiquer la mélanine, pigment honni, de son code génétique. Depuis le « black blond » de Beyoncé, très apprécié, jusqu'au « libanais », appellation syrienne employée pour caractériser les colorations ratées des pin-up à talons compensés et chemise léopard de Damas. Certes, le phénomène de l'ethnoblondeur est planétaire. Mais à Beyrouth, chaque effet de mode prend une ampleur barbare. Pour certaines, il faut suivre à tout prix, sous peine de se retrouver sur la touche. Au risque de ne pas exister. Derrière, dans l'au-delà fantasmé des modèles, la question du grand frère américain. Car être blonde, c'est en partie refuser son « arabité » pour mieux se conformer aux standards de la Barbie américaine. Ce fantasme occidental qu'on abhorre autant qu'on vénère : femme poupée si gracile, si enfantine, et finalement si soumise aux diktats de ses maîtres… Inutile de rappeler que, à Beyrouth, personne ne rit aux blagues sur les blondes. La blondeur, cet idéal masculin dans une société où le vernis occidental sert de camouflage à la pression patriarcale, n'est pas un sujet de franche rigolade.

Encore pourrait-on accepter la torture de la brosse vous arrachant le cuir chevelu si, de surcroît, il ne fallait encaisser les couleurs à répétition. Même lorsque l'on n'est pas une adepte de la blonde attitude, impossible d'y échapper. Vous pensiez qu'un simple reflet naturel, un balayage pour « rehausser » la brillance pourrait suffire ? Vous envisagiez même de laisser quelques cheveux blancs s'épanouir dans la masse ? Après tout, le blanc n'est-il pas à la une de tous les magazines féminins ? Oubliez vite : le naturel, c'est bon pour les pauvres. Et encore ! Zeina, à peine 18 ans et dont la sublime frimousse s'orne de cheveux longs d'un châtain mordoré au naturel ? Teinture ton sur ton. « En fait, un ton au-dessus », précise cette étudiante de l'Université américaine, qui vit sur le campus. Hiba, enseignante à l'Université libanaise, les 35 ans affriolants sur une chevelure de fée Morgane au noir profond ? Teinture noir corbeau. Quant à Mariam, vendeuse d'un magasin chic du quartier commerçant de Hamra, son blond-blanc (mais sourcils charbonneux et peau d'un mat extrême) ? Inutile de chercher. Elle s'oxygène presque tous les quinze jours. Une hérésie génétique ? Sans conteste. À Beyrouth, ce qui compte, c'est la tendance. Surtout pas la nature.

« Trekné Aïch »
(« Laissez-moi vivre »)

Mes copines sont des brutes sauvageonnes. Des femmes qui revendiquent leur côté naturel presque sans complexe (eh oui, ça existe à Beyrouth!). Dans la vie de tous les jours, elles sont du genre Nivea basique. Pour les plus à la pointe, Body Shop, dont elles vantent les produits «non testés sur les animaux» et «sans accointance avec l'État sioniste». Attendez-vous à de drôles de surprises quand vous recevez pour un anodin «thé et gâteaux» entre filles. Au lieu de la remarque attendue (teintée d'une pointe de jalousie, allez!) de votre copine française: «Ton pull, c'est nouveau? Kookaï? Moi aussi j'adore leur dernière collection. Tu l'as payé cher?», vous vous retrouvez d'emblée empêtrée dans les équilibres de l'Orient compliqué: «Comment!? Tu utilises du shampoing Johnson? Mais tu ne sais pas qu'ils financent Israël? Je n'aurais jamais cru cela de toi…» Alors si, en plus, vous leur demandez de vous accompagner pour un trip eye-liner ou une sortie «j'ai testé pour vous» le fard Mac ou Bobby Brown de la mort qui tue… Pas la peine de compter sur elles. Sans parler d'aller chaparder des échantillons – sport national en France, à tel point qu'on se demande ce qui importe le plus, du produit acheté ou de la myriade de minitubes ajoutés à sa collection –, bien trop futile pour ces furies politiques!

Mais bien sûr, quand une bringue se profile, mes copines s'attaquent au gros œuvre avec le même entrain que n'importe laquelle d'entre nous. On récure, on talque, on pommade, on gratouille, on se graisse de la tête aux pieds… Pour apparaître deux heures plus tard, forcément en retard d'au moins une heure, mais fringante, les traits mystérieusement sereins, la paupière chamois, embaumant la tubéreuse ou le jasmin. Ces midinettes à vocation rebelle se livrent à une bataille teutonique – mais ultra-discrète – contre les menus défauts répertoriés sur leur personne sans rien envier à la grande bourgeoise frivole de Verdun ou d'Achrafieh. Rien non plus à la Française. Il suffit de remplacer le trop convenu Chanel par un soin *so wonderful* de chez Mistral (très tendance dans la communauté libanaise anglophone) ou par un spécial Crème Fraîche top bobo de la marque Nuxe chez les francophiles (oui, les clivages fonctionnent aussi pour les marques de produits de beauté!). La tendance, dans ce cas, reste à une discrétion étudiée. Un «belle naturellement», même si on doit y passer des plombes, qui leur fait dire : «Telle tu m'attrapes au soir, telle tu me surprends au matin.» Certaines Françaises s'y reconnaîtront.

Gros œuvre

Mais alors, où trouver ce si fameux emplâtrage à la libanaise ? Bassam Fattouh, poupon efféminé et star du maquillage levantin, nous en rebat les oreilles depuis qu'il est devenu le conseiller Clarins pour le Moyen-Orient. De la couche en juxtaposition, du lourd compact, du charbon et de la pulpe, sinon rien ! Rassurez-vous, les avatars de May Chidiac, journaliste politique miraculée, sortie vivante d'un attentat à la voiture piégée en 2005 et dont la figure ressemble à un de ces tableaux «à légumes» d'Arcimboldo (comme à peu près toutes les présentatrices ou journalistes TV obligées de se conformer à certains canons de beauté), existent bel et bien mais, comme les vampires, ne sortent qu'à la nuit tombée et ne vivent que dans des coins mystérieux de la planète beyrouthine : la très, très grande bourgeoisie de Verdun (sunnite) ou d'Achrafieh (chrétienne).

Chloé a 32 ans. C'est une bombe, une vraie. Longiligne (un 36 minimaliste, argh), les cheveux longs noirs brillants et le regard qui s'ourle de ces noirs charbonneux à la Haïfa Wehbé (voir le portrait de ce mythe de la pop libidino-libanaise page 379). Ses amies l'appellent « Coco mondaine » : elle est toujours au courant de tout. Du dernier potin au bar tendance qui monte, elle connaît son Beyrouth – le Beyrouth chrétien – sur le bout de ses doigts parfaitement manucurés. « On dit la femme libanaise plus dure. La guerre sans doute nous a façonnées. Moi au travail ? Je suis un homme. » Le maquillage pour elle ? Une nécessité sociale qui lui permet de conserver son image de marque. « Je pars du principe qu'on ne sait jamais qui l'on va rencontrer. Je ne parle pas seulement du prince charmant. Je parle éventuellement d'un contact professionnel, d'un ami… » À force, elle met peu de temps à se maquiller : dix minutes le matin avant d'aller travailler dans l'entreprise de son père ; un quart d'heure le soir quand elle s'apprête à sortir. « Je travaille comme une dingue. Me maquiller, prendre soin de moi, c'est mon équilibre. » Sa trousse de survie : de l'anticerne, de la poudre pour le visage, une touche de blush et l'incontournable petit crayon noir pour allonger son regard. « L'adresse idéale ? L'ABC d'Achrafieh. On y trouve toutes les marques occidentales réputées de cosmétiques. Moi, je suis une inconditionnelle d'Esthée Lauder pour le maquillage et de Clarins pour le corps. » Chloé assume sa vie, son milieu, ses désirs. Elle veut être belle, elle veut être au firmament de son aura sensuelle. « Je me suis fait opérer la poitrine. J'en avais envie. »

Elle dit qu'elle n'hésitera pas à se botoxer jeune, «parce que plus tu t'y prends tard, moins le résultat est bon». En revanche, elle se refuse à ce delirium plastique qui fait ressembler certaines femmes à des momies d'opérette. «Je crois qu'elles ne se rendent pas compte que c'est ignoble. Elles sont persuadées que cela ne se voit pas. Il faut prendre soin de soi, lutter contre le temps. Mais il faut en même temps savoir vieillir et correspondre à ton âge.» Célibataire, elle dit ne pas se sentir dans l'urgence. «Je suis libre, et pour une femme comme moi, la société pèse moins fort sur ses choix.» Mais d'autres ont moins de résistance face à la pression. Jacqueline, par exemple, 46 ans, est mariée, avec trois adorables bambins. Brune, tignasse brushée de près, elle est désormais à la tête de l'entreprise familiale de feu son grand-père. Elle vit bien. Sa fortune personnelle est suffisamment conséquente, quant à celle de son mari… elle est cyclopéenne. Question beauté, Jacqueline n'a rien de la bimbo décérébrée. Juste une femme qui sait combien l'apparence compte, combien il faut gagner cette guerre. Pour elle, chaque jour qui passe s'apparente à un combat. Son nez a été retouché. Elle ne s'en cache pas. «Mais c'est tout.» (On fait semblant de la croire.) Elle a déjà tâté du Botox et n'hésitera pas à s'infiltrer encore l'épiderme de la graisse récupérée des surplus de son popotin pour s'octroyer quelques années de jouvence supplémentaires. Mais elle fait dans le discret. Ses paupières? Un chirurgien français, lors d'un voyage d'agrément à Paris. Sa salle de bains ressemble à un laboratoire de biochimiste, un athanor de sorcière. Une cinquantaine de pots et de tubes, allant de la crème au cresson frais au filmogène hydro-régulateur en passant par d'autres barbares mixtures. À y regarder de près, sa carnation disparaît sous le fond de teint et l'anti-cerne qui épaissit le pourtour de ses yeux. Elle dissimule l'ampleur de sa fatigue sous une sorte de poudre laiteuse qui la fige en clown triste. Il faut aussi compter sur un mascara à emplâtre, façon goupillon de curé qui lui mange le regard.

Jacqueline, pourtant, est profondément touchante. Ces artifices semblent justifier son existence. Sans eux, elle est démunie face à une vieillesse lointaine mais, déjà, obsessionnelle. Après tout, qui la blâmerait ? Nous autres Françaises colportons sur ce registre quelques jolies hypocrisies : assumons nos rides, oui, mais… pour peu qu'elles ne se voient pas. Les magazines féminins parisiens sont passés maîtres dans l'art de nous présenter des mega dossiers du style « Belle à 50 ans », « Rides, faire du temps un allié », illustrés par des mannequins qui frôlent tout juste la trentaine… La Libanaise est bien plus honnête, bien plus lucide. Oui, la vieillesse est un terrible naufrage. Et sur les côtes beyrouthines, les femmes coulent toujours les premières.

Rubis sur l'ongle

Il n'est pas exagéré de dire que 95 % des Beyrouthines magnifient leurs ongles de rouge sanguinaire ou de blanc laiteux. Pas question de le faire elles-mêmes ! Comme dit une connaissance, excessivement riche : « Beyrouth, c'est génial, les services qu'on a pour presque rien. » Elle a raison. À 3 ou 5 dollars la manucure, il faudrait être folle pour s'en priver. Chez Eddy, à Verdun (le Saint-Germain-des-Prés de Beyrouth, mais sans les jardins), dans l'une des rues aux immeubles modernes et cossus qui entourent le Goodies, l'équivalent de l'épicerie du Bon Marché, ce sont des Philippines (toujours) qui officient à la chaîne. Nul n'est là pour se préoccuper de leurs conditions de travail : on vient pour se détendre, et pas question de s'interroger sur le niveau de vie des classes laborieuses ! Un SMS m'a conviée au cérémonial mystique. «Tu fê koi ? On va ché Edi cet apm.» Do'a et Marie-Rose sont deux inséparables que tout devrait séparer. L'une est musulmane, sunnite (et blonde à mèches) ; l'autre, chrétienne, maronite (et châtain clair). L'une a un frère cheikh, qui ne daigne jamais serrer les mains des femmes. L'autre a un cousin du côté de l'ex-milicien chrétien Samir Geagea, aujourd'hui leader des Forces libanaises, qui a pas mal de mains coupées à son actif. La trentaine toutes les deux, *middle class*, elles se sont rencontrées à la fac. «Tu sais, entre femmes, on se renifle. Une fois nos limites entendues, c'est à la vie, à la mort. L'aspect communautaire n'a pas grand-chose à voir là-dedans.» Chez Eddy, on s'est vite retrouvées toutes les trois enfoncées dans d'énormes fauteuils de skaï marronnasses, les pieds barbotant dans des cuves à jets propulsifs et autres détentes électriques. Pas vraiment l'endroit tendance, juste un lieu propre et neutre. Se dépouiller de ses peaux mortes, c'est autant un instant beauté qu'un moment de pur défoulement cancanier. Jacasser sur les hommes en particulier, sur le dernier amant d'une telle («Tu ne sais pas ce qu'il lui a offert ? ») ou sur la dernière rumeur, se révèle bien plus détoxifiant pour la peau que n'importe quel masque régénérant. Le potin à Beyrouth, c'est l'absolu. Le potin en salon (et entre copines ou voisines), le standard revivifiant. N'allez pas croire que la *gossip attitude* n'appartient qu'au harem féminin. Le monde des hommes bruit lui aussi de mille rumeurs. Depuis «La femme de G… a couché pour le sauver des prisons syriennes où il croupissait» jusqu'au récent «Le gouvernement paie ton billet d'avion pour rentrer voter si tu vis à l'étranger» (en fait, ce n'est pas tout à fait une rumeur, plutôt une information déformée :

les partis politiques – pas le gouvernement – affrètent des chartes entiers pour faire voter les Libanais de la diaspora). Chez Eddy, j'apprends que le volailler beyrouthin s'agite autour des dernières frasques d'un député vieillissant mais, apparemment, toujours aussi vert… On murmure qu'il vient d'engrosser son infirmière, une jeunette de 26 ans… « *Anjad* ? » (« Vraiment ? ») « Comment, tu n'étais pas au courant ? » me rétorque l'une de mes comparses. « Ben nan. » Visiblement, ici, c'est plutôt mourir qu'avouer son ignorance. « *Akid* (« réellement »), c'est dégoûtant », ajoute mon autre *serial gossip*, tandis que sa Philippine lui masse la plante des pieds à l'émollient. D'autant que, si je comprends bien – mes copines parlant, comme il se doit, l'arabe mâtiné d'anglais et de français –, l'infirmière en question est la fille d'une de ses anciennes maîtresses. Dont le père, de surcroît, est mort noyé dans sa piscine. Le scandale beyrouthin est à la hauteur de sa réputation ! « Oui, tu sais, sa veuve, après, elle s'est remariée avec Sélim M…, une famille très riche du Metn » « *Oeuffe* », dis-je pour marquer mon étonnement, le bastion montagnard des chrétiens maronites doit être à feu et à sang. La rumeur, plus forte que l'arène politique libanaise ? Ce qui intéresse mes compagnes tandis que désormais les Philippines nous rabotent la corne, c'est le scandale public. « Il n'a plus le choix. Il va devoir se marier. Tu te rends compte, la honte pour la famille de la fille ? Les pauvres. » Supra concentrée sur l'histoire, je n'ai pas vraiment fait attention à la mienne, d'esthéticienne. Et ce n'est que lorsque je commence à sentir un échauffement du côté du gros orteil que je me rends compte qu'elle s'est si bien acharnée sur mes peaux mortes qu'elle m'a carrément abrasé l'épiderme. Je sors avec les ongles dûment ripolinés, mais la dégaine clopinante d'une blessée de guerre…

De mauvais poil

Bras, aisselle, jambes, maillot… Tout y passe pour que nous nous retrouvions à l'image de la petite fille, vierges de toute résurgence simiesque. Vous pouvez un temps lutter. Jouer les Occidentales dégoûtées, arguant que, victoires des luttes féministes obligent, vous refusez de vous rabaisser au rang de Lolita avachie. Mais aux premiers amants dégotés, vous comprenez vite l'absolue nécessité de la chose. Aucun don Juan, même (et surtout) à barbe et torse velus, n'acceptera un second round sans, au préalable, une tonte plus ou moins intégrale. Leur « Jamais tu t'épiles ? », voire leur « Désolé, mais si tu veux que je descende plus loin, va falloir revoir ton sens de l'esthétique, chéric » sonnant comme une menace à peine voilée d'intégrisme érotique ! Et puis, ne dit-on pas que le *full bikini* favorise l'orgasme ? Une sorte de second effet Kiss Cool : *kiss* en arabe, c'est autant le sac plastique pour faire les courses à Monoprix que notre jardinet intime…

Me voilà en train de me prêter à une étude comparée avec Fatma, esthéticienne du salon Beauty Corner, à deux pas du sublime campus de l'Université américaine qui surplombe la Méditerranée (sublime parce que vert, les arbres étant une denrée terriblement rare dans les rues de Beyrouth), et de la rue Bliss, bordée de cafét' et de petits restaurants très fréquentés par les étudiants. Fatma me sidère lorsqu'elle me demande : « En général, les étrangères n'aiment pas le *full bikini*, pourquoi ? » Et sans attendre ma réponse, comme s'il ne pouvait y avoir qu'une seule explication logique à une telle aberration : « C'est pour le sexe, c'est ça ? Ça les excite plus chez vous ? C'est quand même dégoûtant de garder cette touffe… »

En terre d'Orient, le poil est tantôt virilité assumée, gloire au Divin (la moustache ou la barbe pour les hommes ; les cheveux pour les femmes), tantôt souillure honteuse (le pubis, les aisselles). Éternel combat de l'ange et de la bête ! Hommes et femmes (si, si, les hommes – les musulmans en particulier – se rasent parfois les aisselles et le pubis) s'y adonnent au nom d'une hygiène irréprochable. Ce qui explique que vous puissiez tomber sur un spécimen au torse et au dos follement poilus, mais à l'entrejambe parfaitement épilé…

Monts désertiques

Se retrouver nue comme un ver sur une table d'opération, sans même conserver un string minimaliste (ou le string papier Kleenex si «in» à Paris), face à une inconnue, heurte nos pudeurs d'Occidentales. Mais, si vous voulez vous plier aux goûts du Levant, c'est ça ou l'exercice de contorsionniste en solitaire. Le *full bikini* : plus qu'une vogue, une nécessité. Au moins pour l'ouest de Beyrouth (à majorité musulmane). Même les chrétiennes, dans cette partie de la ville, en sont des adeptes proclamées. À l'est (à majorité chrétienne), c'est plus ambigüe. Question de distinction entre ethnies (pardon, communautés), les femmes optent plus souvent pour le «ticket de métro parisien», plus «occidental» et finalement jugé «moins pervers» dans ce petit coin de la ville.

Lorsque vous avez débusqué une esthéticienne capable de vous tonsurer sans vous faire hurler ni vous cramer l'entrejambe, inutile de chercher ailleurs. À titre personnel, j'ai opté pour la certification Yves Rocher. Ce que j'aime avec mon as de la spatule, c'est qu'elle gazouille en français, et, surtout, que son naturel rustique rend cet instant de pure humiliation presque normal.

Allongée nue, la jambe en l'air («C'est plus pratique, ça fait moins mal», me dit Sonia) sur le châlit de torture, pour lui permettre d'atteindre plus facilement les zones reculées de mon intimité, nous discourons l'air de rien de la condition féminine. Enfin, moi je ne dis pas grand-chose. Je laisse plutôt Sonia, 28 ans, chrétienne maronite, 500 dollars par mois, mariée à un vieux («43 ans, ennuyeux») se défouler. «Ici, dès 20 ans, c'est la course. Ta famille est là à te presser. Pourquoi je me suis mariée avec lui? Il était vieux et peut-être qu'il comblait un vide affectif. Mais maintenant, mon Dieu, que je m'ennuie avec cet homme-là. Toujours devant son ordinateur. Ou alors il parle de poissons. Parce qu'il adooooorrre la plongée sous-marine, tu vois?» «Oui, je vois bien» n'ai-je pas répondu (simplement songé), tandis que Sonia déployait son coup de maître, ce «J'arrache tout d'une traite», avant de me culbuter la fesse, la jambe repliée dans la position de la tortue ninja aplatie, et de tartiner mon intimité de cire tiède. «Quand il veut la bagatelle, il me tapote la peau. C'est son code: trois coups sur l'épaule, le ventre et les fesses. Tu crois que cela te donne envie? De toutes les façons, je sens rien. C'est une nouille.» Cette fois, elle s'arrête, une lingette propre dans la main. Elle relève la tête de l'antre dont elle inspectait la perfection immaculée pour me montrer son petit doigt. «Voilà, une nouille: il ne bande pas. Il dit que c'est moi, que je ne sais pas le faire grimper. Je suis même allée voir un médecin. Tu y crois à ça?» Sa question n'attend pas de réponse. Elle me fait basculer d'une prise de sumo pour me fignoler l'arrière. «C'est fini. T'es parfaite. Tu peux partir à la chasse», ajoute-t-elle. «La chasse, *chou* ("quoi?") aux lapins?» ai-je cette fois répondu, avant de sauter dans mon jean, l'entrejambe en feu, et de rentrer chez moi, les guiboles légèrement arquées par la douleur. C'est vrai : une pure dégaine de chasseur solitaire !

Tirées au *khaït*

Elle ou *Marie Claire* (ou leurs équivalents libanais *Noun* ou *Femme Magazine*) ont beau s'être longtemps battus pour que vivent libres nos arcs de sauvageonnes, force est de constater que l'émancipation à la Brooke Shields n'est pas encore parvenue de ce côté-ci de la Méditerranée.

Pour ma part, je sais exactement quand je dépasse la limite. Il suffit d'un regard de Rania, ma prof d'arabe, et de sa petite phrase, énoncée l'air de rien : « Au fait, tu as pris rendez-vous ? » pour comprendre illico que la date de péremption est déjà loin. Trop loin. En général, je file chez Jessie, dans le bas de Hamra. Jessie est philippine. Pas une « bonne philippine », comme tant d'autres de ses compatriotes, mais sa propre patronne (une prouesse qu'il convient de souligner quand on sait qu'il est arrivé à une jeune femme philippine, qui n'était pas une bonne et qui venait d'épouser un Libanais, de se voir autoriser l'entrée sur le territoire libanais mais uniquement avec un visa de bonne !). Le salon de Jessie est l'un des plus propres que je connaisse. Outils stérilisés, serviettes toujours immaculées, accueil et prix irréprochables. Son petit business, Jessie l'a fondé quand elle s'est mariée avec un Libanais chiite rencontré en Arabie saoudite, où tous deux travaillaient. L'histoire de Jessie, c'est le conte de fées à l'orientale. Bien qu'elle soit de dix ans plus âgée que son mari, leur amour – comme on dit dans les feuilletons brésiliens – a fini par vaincre tous les obstacles. Et notamment la famille du mari, pas spécialement heureuse à l'idée d'intégrer une vieille, de surcroît prolétaire, du continent asiatique. Mais aujourd'hui, tout roule. Les rancœurs et les petites hypocrisies des prémices se sont tassées. Sa belle-sœur, Houda, la seconde à la manucure. Houda, un strict voile noir, dont les arrangements avec la vie sont aussi un petit délice. Elle murmure ainsi qu'elle attend son fiancé, parti depuis trois ans faire des affaires à Londres. Vous pensez businessman ? As de la finance internationale ? Son beau gosse croupit en prison pour un vol de voiture.

Nous sommes pas mal à nous être précipitées chez Jessie. Les beaux jours sont là et toute femme se respectant veut en urgence nettoyer ses pieds des scories de l'hiver. La tong s'annonce, pas question de sortir le pied sans gros orteil maquillé. Car on se tatoue l'ongle à Beyrouth : un soleil stylisé, des petites fleurs en surimpression, vous magnifient le ripaton bien mieux que la chaîne en or à la cheville (mais on peut aussi faire les deux, quand on assume). Un « *Come on, habibi. It's your turn* » et je m'allonge sur la table tandis que, lunettes en demi-lune sur le bout du nez, Jessie me scrute les sourcils. « *Schkroeufe* » fait le ciseau tandis qu'elle prépare la forme, laissant la tête du sourcil plus épaisse que sa queue. La pince à épiler glisse, légère, comme une morsure agréable de l'épiderme. Dernier ajustement et l'on passe au *khait*. Le *khait* (prononcer le « kh » à la manière de la *jota* espagnole), c'est ce fil à coudre qu'on entortille autour du cou puis qu'on tend d'un coup sec entre ses deux pouces, pour cisailler le duvet qui parsème l'entre-deux sourcils ou cette infâme moustache au-dessus des lèvres. Radicale, la chose fonctionne comme une guillotine portable. Bien mieux que n'importe quel épilateur à effet rétropédalant et autre rasoir cinq lames. Seul petit inconvénient, le *khait* vous rapproche de la crise cardiaque au moment où la douleur grimpe, fulgurante, quand on vous cisaille le frison. On pleure, chouine, larmoie et éternue toutes les cinq secondes pour finir dans la salle de bains, les yeux rouges, à essayer vaguement de retrouver figure humaine. Mais le sourcil parfait.

Le caramel, total *has been*

Vous avez sans doute regardé avec extase et volupté le film *Caramel*, de la réalisatrice Nadine Labaki, dont l'intrigue tourne autour d'un salon de beauté et du cérémonial de l'épilation traditionnelle au caramel. Le plan d'ouverture est d'une sensualité ramassée que tout le film prolonge : le gaz qu'on allume, la casserole qu'on jette sur le feu, le sucre qu'on mélange – de l'eau, une larme de citron –, tandis que la précieuse mixture bouillonne de mille bulles dorées. Puis une main de femme qui se tend, happe le mélange, l'effile jusqu'à le porter à sa bouche. Et le déguste avec avidité. Depuis, en France, on ne rêve que beauté orientale, épilation au caramel, hammams turcs, huile d'argan, gant de crin… Mais pour le gynécée oriental, ce n'est pas au Liban qu'il faut aller. À Beyrouth, on est passé à l'extrémisme occidental : de la cire, rien que de la cire. Si vous insistez, vous prenez le risque d'une bordée d'injures de la part de vos camarades. Leur parler du plaisir à se retrouver entre pin-up délurées pour une séance qui mixte allègrement fou rire, thé et épilation ? Elles concèdent, « oui, peut-être à l'âge de pierre » et renvoient à la cire, « bien plus hygiénique », aux salons de beauté, « bien plus pratiques ». Bien sûr, vous trouverez toujours une grand-mère nostalgique qui accepte de vous initier.

Des frangines qui vous intègrent dans leur cérémonial mystique. Mais si l'on parle de tendance lourde, le caramel est total *has been*. On débusque d'ailleurs de l'épilation laser à presque tous les coins de rue. Une méthode en neuf séances, proclament les prospectus, pour un «résultat garanti» (et pour 1 000 dollars). Le résultat peut s'avérer n'être qu'une promesse fallacieuse. Karine, par exemple, a bien essayé de se déplumer les aisselles au laser. Échec sur toute la ligne. Trois mois plus tard, ses poils faisaient toison. La faute notamment à la prolifération de cabinets pseudo-dermatologiques dans lesquels un(e) spécialiste autoproclamé(e) en blouse blanche joue les Docteur Jekill et Mister Hide avec sa machine à neutrons. Aucune certification médicale ne permet en fait de garantir un résultat fiable.

Mon entourage s'est lassé à force de m'entendre quémander un plan sucre. «Pfutt, c'est marrant! Les étrangères, faut toujours qu'elles rêvent de trucs ringards», me dit Blanche alors que, pour la centième fois, je demande si personne ne s'organiserait une petite séance entre filles. En fait, ma requête les étonne toutes. «Mais tu es folle! Ça brûle. Tu te brûles les doigts à le faire! Ça te fait des cloques incroyables et, en plus, c'est le meilleur moyen de te choper des varices.» «Ça colle, ce truc, que c'est pas croyable et c'est trois douches si tu veux à peu près t'en débarrasser.» Mais le mot de la fin revient sans conteste à Marie-Jo : «Vas-y, essaie de te faire le caramel, planquée sous une couverture, dans la cave de ton immeuble sous les bombes syriennes… Et tu comprendras pourquoi j'y ai renoncé… » À mon tour d'être incrédule. Impossible de comprendre pourquoi elle avait voulu se débarrasser de son duvet disgracieux en pareil instant. Je sais les Libanaises jusqu'au-boutistes en matière de propreté, mais les bombardements syriens de 1978 sur Beyrouth est (OK, ils ont duré cent jours ou presque !) me paraissent quand même un cas de force majeure. Quoi alors ? Un défouloir ? Une forme de sadisme, pour cette chrétienne, afin de se préparer aux quelque trente années de l'occupation syrienne ? « Ne me dis pas que tu t'épilais pendant les combats ? » Et Marie-Jo de me préciser en se marrant à gorge déployée : « Normalement, non. Mais là, on devait fuir en bateau pour Chypre pour quelques semaines. Et je ne voulais pas avoir le poil en carpette quand j'arriverais sur les plages. De ça, il n'était pas question. » La résistance passe parfois par des chemins insoupçonnés.

À force de lancer des appels au secours, j'ai enfin reçu un coup de fil. Une voix anonyme disant : « Paraît que tu cherches du sucre. Je connais quelqu'un, mais attention, sur demande. » On n'était pas dans *Rouge Liban*, le dernier SAS consacré au micmac levantin (lecture conseillée : le livre est très bien renseigné, comme souvent) mais pas loin. L'adresse dûment griffonnée, et mon plan imprimé de Zawarib Beirut en poche[1], direction Paris Mode (en français, sans sous-titre). Je découvre un salon de coiffure plutôt vétuste, aux colonnes de faux stuc d'un ringard assumé. On n'y parle pas un mot de français, ni d'anglais. Mais au premier étage, dans un recoin exigu, une table de gynéco fatiguée a été installée à côté du séchoir à linge où

1. Sorte de Mappy communautaire, zawaribbeirut.com est un plan de la ville en ligne, actualisé en permanence par les internautes, un outil indispensable pour s'y retrouver dans les noms des rues. (Voir « Trouver son chemin », page 345).

pendent une ribambelle de serviettes décolorées. Aucune cliente en vue. Nayda, en marcel noir et jean taille basse serré sur des hanches débordantes, reçoit à l'ancienne, pour de la cire ou du caramel, les femmes du voisinage. Elle a un léger côté porcin adipeux, Nayda. Son visage luit de mille feux sous le néon violent de la minuscule salle. Le sucre paraît un peu lourd, un peu épais, pas assez tendre. D'entrée, Nayda m'enguirlande : «Toi, tu t'es rasée au rasoir ! Ça se voit, ils sont terriblement épais.» Elle inspecte les touffes brunes poussées au creux de mes aisselles comme un paysan le ferait de champignons douteux. Vénéneux ou pas ? Vénéneux, assurément : la déculottée est intense, à comparer aux effets d'une intoxication hallucinogène. Car lorsqu'elle commence à pincer le sucre par petites poussées régulières pour mieux le décoller, je sens mes nerfs vriller vers les limites de l'insupportable. Entre deux spasmes, je parviens quand même à lui demander pourquoi si peu d'instituts pratiquent encore. «C'est presque le même résultat. Mais le sucre arrache le poil plus profondément. C'est pour cela que ton épilation dure plus longtemps.» Question arrachage, rien à dire, le sucre est hyper efficace. Deux semaines plus tard, j'ai toujours l'impression que la peau a été escamotée au passage (mais toujours pas un poil en vue). «Ce que je vois, c'est que la cire, on la réutilise. Donc, on te badigeonne avec les poils d'une autre. Avec le sucre, c'est un *one shot*. On en prépare peu. On jette ensuite. Moi, je préfère.» Si Nayda préfère, on ne va surtout pas la contrarier, des fois qu'elle bosse aussi dans une milice quelconque…

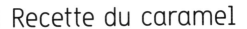

Recette du caramel

Pour une « petite » séance, comptez trois tasses à café de sucre, une tasse d'eau et une larme de citron. Laissez cuire comme si vous cuisiniez du caramel. Une fois la mixture prête, jetez-en une goutte sur votre plan de travail pour en vérifier l'élasticité. Si c'est bon, étalez-la. Ensuite, il faut la travailler à la main (c'est là que le risque de brûlure intervient). Étirée, malaxée, la pâte doit se durcir et prendre une couleur de mastic. Ajoutez un peu d'eau tiède au fur et à mesure, pour la rendre plus malléable. Ou, si vous vous en tenez à la tradition, crachez dedans. Aux dires de pas mal de Libanaises, c'est encore ce qu'on fait de mieux pour attendrir la pâte et obtenir un caramel parfait !

Mieux vaut se parer des plumes du paon que des poils du grizzly

Un après-midi à la « plage » jet-set de l'hôtel Saint-Georges (en fait, comme souvent à Beyrouth, une piscine d'eau de mer payante agrémentée de transats, près de la marina, encombrée de yachts), et l'horreur peut vous tomber dessus. Les hommes… mon Dieu… les hommes sont au Liban de l'espèce à fourrure longue. Personne n'a visiblement encore osé leur dire que le syndrome gorille n'a rien de sexy. La communauté gay, toujours plus esthète, se retrouve aussi au Saint-Georges le week-end. Épilation cire tiède ou laser, la plastique homo honnit le poil (et les poignées d'amour ou tout ce qui pourrait donner à penser que vous vieillissez). Du coup, certains de nos Clooney méditerranéens commencent à prendre conscience qu'un élagage discret du pelage peut aussi produire son effet. Les instituts de beauté proposent désormais une «chambre secrète» où ces dandys timides se font retendre la peau (manucurer, épiler…) en toute discrétion. Pour faire basculer votre mari (ou amant ou copain) dans la catégorie des *Übermâles*, une solution : maugréer lorsque vous lui massez le dos tout en lui arrachant une ou deux touffes! Puis, épuisée et comme déprimée, offrez-lui une séance en institut où l'esthéticienne se chargera de le persuader. S'il résiste encore, ne reste qu'un perfide coupe-coupe nocturne durant son sommeil (une extrémité à laquelle songeait une amie). Ou vous habituer (ce qu'elle a fait)…

Vapeur en voie de disparition

Le Prophète a dit à Fatima, sa fille bien-aimée, alors qu'elle s'apprêtait à se marier avec Ali Ibn Abi Taleb, père du chiisme : «Lave-toi toujours à l'eau ; ainsi, lorsque ton mari te regardera, il sera ravi.» Je pense souvent à ce hadith, à la soumission grivoise, quand j'entre dans un hammam et que je me déshabille dans l'odeur du savon à l'huile d'olive et au laurier. Au hammam, il n'est justement question que de soins et de plaisir, d'eau et de corps. À Beyrouth cependant, il faut s'accrocher aux branches pour en trouver un. Sauf si vous acceptez de payer 300 dollars pour un «rituel» dans un spa. Tout ce qui ne s'apparente pas à la supposée modernité occidentale est à bannir. Lojain, une amie tunisienne qui vit à Beyrouth depuis sept ans, affirme qu'il s'agit là d'une vengeance sur l'histoire. Le Liban aurait gommé de sa mémoire tout ce qui pouvait lui rappeler l'époque détestée de l'occupation ottomane (c'est-à-dire turque). Ce n'est pas de la purification ethnique, plutôt de la purification mnésique. Mes copines, à qui je demande, en manque : « Vous en connaissez un de *hammam neswani* (« pour femmes ») ? », me répondent : « À Beyrouth ? Mais y en a pas. Faut aller à Tripoli ou à Damas, si vraiment tu y tiens… », avec, dans la voix, comme un doute quant à ma santé mentale. « Tu ne veux pas plutôt venir à mon club de gym ? On a un sauna, un Jacuzzi délirant. C'est bien plus propre que les bains publics. » Voilà l'affaire pliée : pour bon nombre, le hammam n'est rien qu'un nid de microbes et de moisissures, un truc d'arriérés, limite bains publics pour clochards. Leur dire qu'en France certaines n'hésitent pas à payer 50 à 100 euros pour se retrouver à poil (ou en culotte et soutien-gorge, la Française étant pudique dès lors qu'il s'agit de se montrer à ses sœurs) au milieu d'une centaine d'autres ? Elles sont sidérées. Soulefah, 77 ans, la dernière à qui je demande, désespérée, me dit avec un sourire : « Vraiment, tu y vas, toi ? J'y suis allée, quand j'étais jeune. Une seule fois. Mais j'ai d'abord envoyé la bonne tout nettoyer. » Pourtant, le temps n'est pas si loin où la mère d'un prétendant recevait sa future belle-fille au hammam pour en estimer les qualités physiques… Quel meilleur endroit ? Nous y sommes sans fard, sans attrait. Belles ou moins belles, le ventre cisaillé par trop de grossesses ou la culotte de cheval nous alourdissant, nous sommes toutes des Ève réincarnées. Récemment encore, au mariage de Sami et de Rosa à Tripoli, les femmes, famille et amies proches, ont enterré la vie de jeune fille de Rosa aux bains turcs. Ensemble, tout un après-midi, nous avons pris soin de la peau de la future mariée, la grattant, la malaxant, la huilant, pour finir sur les coussins de la salle de repos, lessivées, à écouter une joueuse de oud.

Rien d'indécent. Juste une tradition : la laver comme un rituel de dépossession «des femmes du clan», avant de la confier, propre comme un sou neuf, à son mari pour cette éternité du mariage.

Comme il n'est pas question pour moi de survivre sans hammam, j'ai demandé aux hommes. Sachant que, pour eux, les bains faisaient partie des lieux interlopes (traduction : gay) où se retrouver autour du narguilé, de parties de cartes ou de trictrac infinies… Voire plus si affinités. Et là, après quelques gloussements gênés, bingo! Des hammams, soudain, y en avait plein. «Alléluia», ai-je aussitôt déclamé à mes copains chiites qui me sauvaient la mise. Le hic, c'est qu'ils étaient tous situés dans Dahyé, la banlieue sud… soit, comme dit Kamal, un chrétien maronite qui jamais ne dépasse le centre-ville, «le côté obscur de Beyrouth».

Samedi. Salma, Julie et moi, partons en taxi-service pour Haret Hreik, une ancienne zone chrétienne (le général Michel Aoun y a émis ses premiers braillements) devenue le cœur de cette banlieue surpeuplée de chiites venus du Sud. C'est ici qu'est né le Hezbollah, après l'invasion israélienne de 1982, et c'est ici, dans ce quartier populeux, à trois kilomètres à peine du centre de Beyrouth, que «le parti de Dieu» prospère toujours. Haret Hreik en est le bunker sacralisé. En 2006, lors de la guerre contre Israël, le bastion de la milice chiite a d'ailleurs été tellement pilonné par les bombes israéliennes qu'il a été réduit à un immense champ de ruines. Le quartier a été rapidement reconstruit, mais lorsqu'on s'y promène (car il est à nouveau possible de s'y balader sans demander l'autorisation du Hezbollah, à condition de respecter quelques consignes, voir page 76), il n'est pas rare de tomber sur un bâtiment dévasté, éventré par les bombes, la façade criblée d'impacts de tirs, au milieu d'artères en pleine reconstruction. C'est sur ces décombres qu'est né The Family House, un nouveau centre de divertissements, créé sur le modèle des Family Entertainment américains mais revisité 100 % halal. Ce centre, le Hezbollah ne le finance pas directement, même s'il s'avère être le premier « employeur » libanais via ses associations et ses fondations. Mais la milice de Dieu garde un œil très vigilant sur les loisirs pieux qui y sont proposés.

Ne comptez pas retrouver le décorum « oriental chic » réinventé pour lequel vous payez des fortunes à Saint-Denis ou dans le Marais parisien. Point de coussins de velours rouge où s'allonger, languides. Point de serviettes chaudes parfumées pour s'enrouler au sortir du bain brûlant et se croire, un instant, sublime houri d'un sultan ottoman. On reste dans le moderne, le pratique. À l'entrée, comme dans certaines mosquées (ou bâtiments officiels), une affichette stipule que « les armes ne sont pas autorisées dans l'enceinte du club ». Sympa. C'est vrai qu'on pourrait avoir envie d'embarquer sa kalachnikov (bien connue pour sa résistance aquatique) en plongée sous-marine. Julie, Salma et moi laissons donc nos téléphones (et nos armes) à l'accueil et filons dans les vestiaires pour nous déshabiller. Mais nous sommes des béotiennes. Le club étant réservé aux femmes le samedi, nous n'avions pas envisagé que la « tenue correcte » demandait plus que le maillot une-pièce. Nous voilà donc obligées d'acheter en urgence des shorts de cycliste pour pouvoir aller barboter. « Quelle couleur ? » demande la vendeuse voilée (le voile peut pourtant s'enlever lorsqu'on est dans l'intimité féminine). Au point où l'on en est dans le ridicule, je le prendrais bien orange criard, moi !

Première urgence : patauger dans la piscine. Il y a toujours au moins cinq minutes où vous pensez que vous allez réellement pouvoir faire du sport à Beyrouth. Avant d'entamer la conservation avec une lointaine connaissance ou une parfaite inconnue ! Nous tombons sur une Danoise, mariée depuis dix-sept ans avec un Libanais, en vacances dans sa belle-famille en banlieue sud. Criaillements tandis que sa plus jeune fille, trisomique, course sa sœur dans sa grosse bouée. « Cela faisait dix ans que nous n'étions pas revenus. Je crois que nous allons rentrer définitivement à Beyrouth. Mon mari était contre. Aujourd'hui, il semble décidé. » En banlieue sud ? « Non, sans doute dans un des quartiers périphériques. Ici, c'est trop lourd », dit-elle sans vouloir s'appesantir sur le sens à donner à cette « lourdeur ». Mais l'on comprend. Un ami, à qui je demande souvent au téléphone : « Tu es où ? Tu fais quoi ? », me répond sur le même mode : « À Téhéran, pourquoi ? » pour me signaler qu'il est encore chez lui, en banlieue sud, donc. Pour ce très grand amateur d'alcool, de vie et de lucre, la bienséance qu'impose le Hezb (prononcer « hézeb », ce qui signifie « le Parti », un raccourci que les pro- comme les anti-Hezbollah utilisent à tour de bras, de même qu'en France, dans les années 50, les apôtres surnommaient le Parti communiste « le Parti », avec dans la voix une ferveur presque religieuse), petit nom du Hezbollah, est une souffrance quotidienne. (Mais pour sa famille un avantage : au moins ne picole-t-il pas à proximité de sa maison !)

Direction, donc, le hammam. Le coin spa et prière (oui, le club pense à notre bien-être physique aussi bien que spirituel) se trouve à l'écart. Deux salles qui ne communiquent pas, l'une exhalant tellement de vapeur brûlante qu'il est impossible d'y demeurer, quand de l'autre exsude une légère odeur de moisi. Pas non plus de large dalle chaude où s'allonger nue, les bras en croix, en laissant l'eau ruisseler, aveugle au monde, concentrée sur ses pensées. Nous devons nous contenter de nous accroupir sur le dallage Castorama, près des vasques. Des femmes entrent et sortent, ne restant que quelques instants, sans se déshabiller, sans non plus prendre soin d'elles-mêmes.

Mes amies et moi, pourtant, sortons le gros attirail : la *leefé* (une éponge végétale qui gratouille, idéale pour un ponçage préalable) et l'indispensable gant de crin pour nous débarrasser de nos peaux mortes. Du savon à l'huile d'olive (on en trouve dans les souks anciens de la ville de Saïda, à 30 kilomètres de Beyrouth ou de Tripoli, au nord du pays) et un masque à l'argile. Le club n'emploie pas de matrone, la grand-mère indispensable pour gommer avec force le ventre ou le dos de ses clientes. Il faudra nous le faire à tour de rôle. Dix minutes de vapeur et nous commençons à nous scratcher au gant. Autour de nous, c'est la totale incrédulité. Non pas parce que nous sommes étrangères. Ça, elles sont habituées et s'en moquent royalement. Mais notre fourbi de parfaites adeptes des bains de vapeur les fascine «C'est quoi ce gant?» «On en trouve ici?» «Et ça fait quoi?» Et d'écouter nos explications d'un air sceptique. «Ah oui, c'est maghrébin, cette coutume.» Les filles ici ne savent même plus qu'on n'a pas besoin d'un peeling chirurgical pour se nettoyer la peau.

Massages en masse

Paris ne rêve que de massages. Nous bichons toutes pour un malaxage de l'épiderme. Mais la plupart du temps, cela reste un pieux fantasme, faute de temps (ou d'argent, les instituts pratiquant des tarifs à vous faire fondre le porte-monnaie), on se contente de quémander à notre chéri d'amour une séance de relaxation rapide. Au Liban, pour cela au moins, c'est le paradis : l'art de la palpation tous azimuts se répand comme une traînée érectile. Érectile ? Oui, car ce sont les hommes qui ont commencé à s'y adonner avec, dans les yeux, une grivoiserie de petit garçon découvrant la boîte à malice de ses parents. N'importe lequel de vos amis peut, si vous lui soumettez vos problèmes de dos (en espérant qu'il vous masse, mais l'ignare ne comprend rien), vous envoyer vers « sa » Russe. Précisant bien : « Mais attention, c'est une vraie. » Quoi ? Russe ? Blonde ? « Non, masseuse. Elle ne te chatouille pas plus bas. » La Russe pâtit d'une sale réputation dans les pays du Moyen-Orient, où des réseaux de prostitution ont envoyé par conteneurs entiers des filles de l'Est à la conquête de la rue arabe. La Libanaise s'y est ensuite collée. Pas à la rue, au massage, devenant, elle aussi, une pure accro des séances de tripotage relaxant ! Désormais, on trouve même de très sérieux spas qui proposent des massages duo, en couple et à quatre mains !

Tao se situe à Bir Hassan, un quartier coincé entre le dépotoir du marché aux légumes de Beyrouth et le quartier d'Ouzaï, où des paysans du sud du Liban squattent des terrains depuis la guerre, entassés dans un bidonville géant. Enclavé au milieu d'une des zones les plus pauvres de la capitale, Bir Hassan est pourtant une banlieue cossue. Même plus. Chicos en diable. Dans l'imaginaire occidental (et pour une partie des Libanais), quand on dit « banlieue sud », on pense aussitôt à un énorme taudis où des mollahs à gros turban et barbe épaisse vaticinent devant un ramassis de femmes tchadorisées. La réalité est tout autre : une large partie de la communauté chiite (qu'elle se reconnaisse ou non dans les valeurs du Hezbollah) forme une bourgeoisie éduquée, dynamique, adepte du libéralisme économique et, de surcroît, très exigeante en matière de loisirs et de plaisirs. Il est au moins une vérité universelle à laquelle nul n'échappe, pas même le (ou la) chiite (voilée ou pas) : l'être humain adore qu'on le tripote.

Tao a fait sa réputation autour des soins balinais. En quoi sont-ils différents des massages thaïs, japonais, indiens, russes, que les instituts en mal d'originalité proposent tous ? Pas de réponse, mais cela reste de l'ordre du divin. Dès l'entrée du spa, l'odeur des huiles essentielles, qui se mélangent à l'air, place la visite sous le sceau d'un mélange «luxe et zen». Ici, on masse aux chandelles, on marche en chaussons, on chuchote. Mae, ma Balinaise donc (qui est vraisemblablement plutôt philippine), la phyto-esthéthicienne en chef, me triture avec l'abnégation d'une novice au couvent. Ses mains dansent sur la peau, recréant la carte invisible des méridiens. Quelques pressions de shiatsu, un «craquage» en douceur des épaules puis un long massage traditionnel. Le temps file sans que je m'en rende compte. Lorsque Mae termine, j'ai la très vague impression de marcher sur de la ouate. Une légère euphorie, comme si mes pieds ne touchaient pas tout à fait le sol. Un conseil pour prolonger l'hébétude : organisez votre agenda pour vous finir sur la plage, toute proche (la seule gratuite de Beyrouth), de Ramlet al-Baïda. Attention : étalée sur le sable, mais couverte pudiquement. Pas besoin de «burkini», cette combinaison Lycra qui fait penser à une combi de plongée sous-marine, que les intégristes plébiscitent en guise de maillot de bain et qui, suggestive en diable, vous moule les fesses comme une seconde peau (au moins, pas de problème pour être à la mode sur la plage d'une saison à l'autre!). Mais liquette et short longs sont requis. Une Occidentale en bikini à Ramlet al-Baïda? Pas sûre qu'elle survive aux assauts des Gabin locaux!

Canards de pintades

Un tour dans n'importe quelle librairie Antoine et l'horreur intersidérale risque de vous prendre au collet. D'abord, à la place du dernier Claudie Gallay (*Les Déferlantes*), c'est Danielle Steel (*Éternels célibataires*) qu'on colle en promo. Je sais, je suis trop française, donc râleuse. Qui plus est, insupportable en matière de littérature. Mes goûts devraient évidemment être universels. Mea culpa donc à l'attention des patrons des librairies Antoine (qui font, par ailleurs, un boulot remarquable, ce n'est pas leur faute si je ne supporte pas les romans à l'eau de rose de Danielle Steel) : leurs coins obscurs recèlent quelques bijoux de la littérature française, étrangère, libanaise (lectures hautement recommandées : Charif Majdalani, *Histoire de la grande maison*, Rawi Hage, *De Niro's game*, ou encore Venus Khoury-Ghata, *Sept pierres pour la femme adultère*).

Mais j'avais un terrible programme, voyez-vous : quatre à cinq heures à léguminer intense, étalée sur les transats de la piscine (eau de mer, s'il vous plaît) du Sporting Club. Sans livre? Infaisable! Vous me direz, il y a pire comme problème existentiel. Et puis, des solutions de repli existent : je pourrais faire comme mes consœurs libanaises et me coller l'iPod dans les oreilles. Ou me tarabiscoter la cervelle sur les mots croisés de *L'Orient-Le Jour* en mangeant des *tourmous* (lupins).

J'en étais à ce point d'indécision quand j'ai enfin eu un éclair de génie : aller fouiner du côté de la presse féminine. J'allais bien me trouver un dossier de fond « Comment perdre 15 kilos en deux heures », « Êtes-vous une amante de première bourre ? » ou « Devenir sexy ». Bref, des dossiers chauds brûlants, strictement nécessaires pour survivre dans la jungle libanaise.

À la librairie Antoine, c'est comme si vous étiez dans le kiosque international du XIe arrondissement. Le tour du monde en moins de 90 secondes : au moins cinq versions de *Elle* (dont *Elle Oriental*, lancé en 2006 à Beyrouth, titrant sur les plaisirs des hammams orientaux mais obligé de donner des adresses en Syrie ou à Paris, faute d'avoir trouvé un établissement digne de ce nom au Liban) ; trois ou quatre éditions internationales de *Marie Claire* (dont une version arabe), des *Cosmo* comme s'il en pleuvait, *Madame Figaro* en prime... Même *Voici* et *Closer*, ou le très teuton et tricots *Burda*. Plus quelques revues islamiquement correctes, mais isolées dans le sous-coin la « femme arabe », pas très loin d'ailleurs de la littérature « pour adultes » (arabes ? Ou cette fois, les hommes sont tous égaux quand il s'agit de gros lolos et de pauses aguicheuses ?).

Face à l'assaut des blondasses, cheveux longs et gros seins, des magazines ricains, j'ai senti comme un léger tournis. Non, je n'avais pas dévié de ma route, je n'avais pas plongé par mégarde dans la littérature pour hommes. J'étais bien au rayon féminin. Avec un très joli étal présentant une centaine de beautés pulpeuses, bronzées, supra jeunes et méga souriantes. OK, ai-je pensé, ces filles-là, sûr qu'elles ne se tapent pas en guise de petit déj le trajet de la ligne 4 Hamra-Chiyah en bus collectif tous les matins aux heures de pointe. Forcément, ça pulpe la tessiture d'éviter la dinguerie de la circulation en banlieue sud, à ziguezaguer dans un teuf-teuf neurasthénique entre les très gros trous (de nouveaux tunnels pour le Hezbollah ?) et les vestiges des bombardements israéliens. Mais quand même, un truc clochait. C'est là que ça m'est revenu, cette lutte pour «l'apparence hégélienne des femmes libanaises», ainsi que me l'avait seriné un gynéco intello (pas celui de Christine Angot, un vrai de vrai), alors que nous discourions point G (c'est supra tendance ici : on te le repulpe à la silicone, histoire de gonfler la zone pour permettre des orgasmes rugissants) et chirurgie esthétique du minou (paraît, je lâche la rumeur sans aucune preuve – ô honte à moi – mais elle est trop savoureuse, que les femmes ici se font désormais ciseler leur intimité au laser à l'initiale du prénom de leur chéri !). Mon Doc Gynéco à moi affirmait donc que le seul moyen pour les femmes libanaises de se voir reconnaître un statut, autre que celui de la prestance financière de leur mari ou de la réussite scolaire de leurs enfants, était de se lancer dans cette quête d'un paraître social. «Un stigmate, avait-il dit, alors que la société arabe repose sur des jeux de pouvoir, des formes de reconnaissance élaborées entre dominants et dominés, maîtres et esclaves.» Bref, avait-il ajouté, me rabrouant pour en rester à l'esthétique, soit à la surface des choses, «ces femmes incarnent le mythe féminin au regard des hommes. En s'y pliant, elles gagnent leur légitimité».

Sûr, doc, ai-je alors pensé, solitaire, devant Jennifer Aniston et quelques-uns de ses avatars anémiés, mais ce n'est sans doute pas que «arabe», c'est aussi ce que notre culture impose. Le «100% but naked» de la couverture d'un magazine *très* féminin *made in USA,* ornementée d'une bimbo latina à promesse érectile immédiate, ou le *«Be a lucky bitch»* (je n'invente rien) d'un autre semblaient vouloir me sauter au paf à moi aussi.

Pour aggraver mon état dépressif, le dernier *Mondanité* – comme son nom l'indique, le *Point de vue Images du monde* local – titrait sur un «Spécial jet-set, le retour de l'été» dont je sentais bien que je n'allais pas en être. Je n'avais pas participé à la fête des chocolats Patchi, pas non plus été invitée au lancement du dernier 4 × 4 Mercedes et encore moins à la fête des mères d'Aïshti, l'antre du luxe beyrouthin. Quant à *Noun,* le *Elle* local, il titrait sur le mariage (juin annonçant comme partout le retour des tourtereaux). C'était bon, j'étais rincée. Pas loin du délabrement.

Dans mon état toutefois, il y avait comme un plaisir fabuleux à se sentir française. Oui, si je puis dire, un air d'exception culturelle. Le magazine *Elle* France, comme une bouffée d'oxygène, presque de liberté face à un monde devenu peroxydé et terriblement minijupé : la très gavroche Cécile de France y posait en couverture, ses dents du bonheur en une et ses cheveux courts (et bruns) en savante pagaille.

De la même façon qu'au rayon «garçons égarés» (j'y suis quand même allée, vérifier si par hasard il n'y avait

pas une erreur dans l'emplacement des magazines), derrière les *Playboy* encapuchonnés de cellophane noire, la
revue *Jasad* («Corps»), éditée par la Libanaise Joumana
Haddad, semblait bien plus pudibonde et surtout bien
plus originale que toute cette chair étalée. Et puis, je dois
bien le dire, qu'une rédactrice en chef puisse demander à
un poète arabe d'écrire sur la vision de son pénis au petit
matin me rend bien plus guillerette qu'un énième dossier
estival sur «bien gérer ses fesses».

Sur la couverture de *Jasad*, une photo de l'artiste
calligraphe marocaine Yasmina Alaoui et de son mari,
Marco Guerra, montrait le ventre nu et meurtri d'une
vieille femme que la calligraphie recouvrait d'un voile
symbolique. Joumana Haddad, écrivain, traductrice, poétesse et critique littéraire pour le quotidien *An-Nahar*,
passe son temps à maugréer contre ces pseudo-censeurs
qui voudraient faire interdire sa revue alors qu'ils laissent
passer le porno cru de magazines étrangers. «Avant de
m'interdire au nom de la morale bien pensante, interdisez
donc à ce sexe qui nous assaille sur Internet d'atteindre
nos enfants.» Si Joumana a fait du désir son fonds de
commerce, elle n'est cependant pas la première (ni la dernière) à revendiquer le droit de penser l'émoi sensuel et
sexuel. Et sa revue, bien que placée dans la catégorie «gros
cochon», n'a pas grand-chose de porno. C'est plutôt une
évocation délurée de nos désirs, de nos plaisirs (et de l'art
de les pratiquer). *Shocking?* Pourtant, ça marche. Épuisée
dès la première semaine (4 000 exemplaires, dit-elle, ce
qui est exceptionnel au Liban), la revue s'achèterait même
sous le manteau en Arabie saoudite, grâce à la complai-
sance de certains commis voyageurs.

En l'achetant (moi aussi), je pensais à cette écrivaine
syrienne, Sawa al-Neimi, qui écrivait dans *La Preuve par
le miel*, son roman publié à Beyrouth (et traduit en fran-

çais aux éditions Robert Laffont), avoir «faim d'eau, de sexe et de mots». Allongée sur le transat du Sporting Club, à siroter ma limonade, je n'allais manquer de presque rien !

Cheveux

Dessange
Achrafieh, pas loin de la place Sassine, en descendant
vers l'université Saint-Joseph (campus gestion)
01 32 55 03 – 01 33 09 16 – www.dessange-lb.com
L'un des très bons salons. Pour une coupe courte, quasi le seul sur
la place de Beyrouth. Mais attention au prix : on est dans le chic +++
(50 dollars la coupe, un prix exorbitant au regard du salaire moyen
libanais). Le salon de beauté (épilation, massage, cure d'amaigrisse-
ment, hammam) est à l'avenant.

Patchi & Luchi
Verdun, en face de Zara – 70 82 22 28
L'un des meilleurs coiffeurs de Beyrouth : inventif et créatif. Un as
du ciseau.

Chez Odile
Hamra, rue Markoussi, près de la British Bank
01 34 58 84 – 01 35 03 99
Installée depuis vingt-cinq ans à Beyrouth, Odile est une Française
qui a ouvert un salon réputé dans l'ouest. On y parle l'anglais et le
français en plus de l'arabe. Un peu rétro, Chez Odile reste tout de
même une bonne adresse pour du basique.

Salon Chadi
Hamra, à côté de l'hôtel Napoléon – 03 26 17 81
Le salon sans nul doute le moins cher de tout Hamra (5 000 LL le
brushing, soit un peu plus de 3 dollars). Et l'accueil de Chadi est
parfait.

Griffes

Blink
Verdun – 01 78 82 29
Un décor décapant pour un de ces *nail bars* en série qui fleurissent
dans tout Beyrouth. Au programme : French manucure, ongles acry-
liques et épilation des sourcils.

Nailman
Verdun – 01 78 78 58
L'un des salons les plus trendy de la capitale. Traitement complet pour vos ongles ; salon de coiffure pour femmes, mais pensez à embarquer votre chéri : Nailman fait aussi barbier.

Salon Joseph Karaki
Achrafieh, rue Charles Malik – 01 20 03 39
Pas le plus fashion des salons, mais une adresse qu'on se repasse entre copines pour son professionnalisme.

The Nail Bar
Achrafieh, rue Hekmet – 01 20 50 40
L'un des plus tendance. Ouvert il y a peu, ce «bar» est dirigé par trois sœurs australiennes (comprenez trois Libanaises de retour d'Australie).

Massages

CliniForm
Achrafieh, Tabaris, immeuble Ashada, 5e étage – 01 33 05 33
Massages réalisés par des kinésithérapeutes. 40 dollars l'heure. Mais décor mauvais kitsch : la fontaine glouglouttante et la musique New Age démodée gâcheraient presque les effets des doigts de Joseph sur votre dos.

G-SPA
Achrafieh, avenue de l'indépendance, en face de l'hôpital Rizk
01 21 02 20 – www.gspa-med.com
Très grand luxe, ce spa (qui fait aussi bien institut, salon de coiffure, onglerie, club de gym que centre dermatologique) est l'un des derniers à avoir ouvert. Design épuré, chaque détail a été fignolé à l'extrême.

Tao Spa
Ghobeiry, Bir Hassan, à côté de l'ambassade du Koweït
01 82 66 19
Mon préféré. Des massages balinais réalisés par de «vraies» pros. 45 dollars l'heure. Et l'occasion d'une incursion en banlieue sud.

Min wein*?
Je suis de Haret Hreik, en banlieue sud, donc chiite, mais pour l'héritage je me verrais bien chrétienne, et pour la garde de enfants, plutôt sunnite !
* Vous venez d'où?

Majeures,
mais pas
tout à fait
vaccinées

Quel bazar !

Hier, Sylvia avait un entretien professionnel à Beyrouth pour devenir agent immobilier. Le truc qui cloue au lit pour des semaines, qu'on soit en France ou au Liban, tellement ça plombe de se tasser le cérémonial « mes atouts, mes défauts ». Surtout, la question fatidique : « Pourquoi voulez-vous ce poste ? » qu'il faut à tout prix négocier au plus près, parce que sinon c'est *out* dans les cinq secondes.

Sylvia est pied-noir. Ce qui ne gâte rien : elle est aussi française. Elle a suivi son mari fonctionnaire à Beyrouth. Maintenant, elle se dit qu'elle pourrait travailler, histoire de pas complètement languir dans la solitude de son grand appartement tout blanc. Mais cette vérité-là n'est pas bonne à dire à un futur employeur. Pas assez pro. Limite dépressive. Après moult hésitations, elle a donc opté pour un dynamique « Être en contact avec le Liban réel, le meilleur moyen de m'insérer dans le tissu social ». Pas mal, non ?

Sylvia est donc là à causer avec un très sérieux monsieur à nœud pap et gros ventre, affalé derrière des masses de dossiers en instance. L'assistante lui a servi un café turc, fort et parfumé. Ensuite, ils ont discuté. La conversation s'avère même plutôt « sympa ». Ils parlent de Beyrouth, de la beauté des sommets enneigés, de ses voyages à elle… Et c'est comment l'Algérie, son pays de naissance ? Que pensez-vous du Liban ? Dans quel quartier avez-vous choisi de vivre ? Enfin, ce genre de fadaises sans danger. L'entretien se termine quand son futur boss lui pose une ultime question : « Dites-moi, au fait, cela ne change rien, mais… vous êtes chrétienne ? » Normalement, pur réflexe de Française, Sylvia aurait dû brandir le drapeau tricolore (et accessoirement lui arracher le cœur), s'emmitoufler dedans et, dédaigneuse, hurler un : « En quoi cela te regarde, dis-moi, hein, margoulin ? » Mais elle a vécu dans la région et sait que là où un Français demandera « Vous êtes de quelle région ? » (Vous êtes bretonne ? Vous aimez donc la voile ! ; Auvergnate ? Les saucisses…), un homme ou une femme du Moyen-Orient cherche à savoir à quelle communauté confessionnelle on appartient. Pour beaucoup d'entre eux, cela détermine, en large partie, l'identité de l'individu. Elle a donc souri et fort diplomatiquement répondu ce qu'il voulait entendre.

Comme l'a écrit la romancière Andrée Chédid, d'origine libano-égyptienne, il existe au Liban dix-huit « possibilités pour un Libanais d'être croyant, monothéiste et fils d'Abraham ». Si le Liban compte aussi quelques bouddhistes égarés et, au final, pas mal d'athées (toutes communautés religieuses confondues), ceux-là toutefois ne sont pas décomptés dans le grand charivari politico-religieux de ce tout petit pays.

On trouve de tout au Liban, même des Français (une religion cependant non homologuée), mais plus sûrement des chrétiens dont la survivance du rite tient parfois du miracle précieux. Avez-vous ainsi entendu parler des chaldéens ou des Araméens ? Si, si, souvenez-vous, vous vous étiez cogné 127 minutes d'araméen sous-titré dans *La Passion du Christ*, le film de Mel Gibson. On rencontre également des musulmans dont les clivages réservent aussi quelques belles découvertes, comme les alaouites, adeptes de la métempsycose, une communauté dont le premier représentant est le très peu charismatique (mais très intelligent) président syrien, Bachar el-Assad. Et ne vous avisez pas de lui chanter : « Alaouite, gentil alaouite, alaouite, je te plumerai », Bachar n'a que modérément le sens de l'humour. À Beyrouth, en cherchant bien, on peut même dénicher une bonne poignée de juifs (6 000 selon les estimations officielles, mais plus vraisemblablement une centaine), qui ont résisté au climat délétère contre les communautés juives d'Orient entre 1948 (création d'Israël) et 1956 (guerre de Suez).

Dans ce pays multiconfessionnel, le décompte du poids de chacune des communautés s'avère un sujet hautement explosif ! Au point que le dernier véritable recensement date du mandat français (1932)… D'autant qu'il faut ajouter à ses 4 millions d'habitants les 12 à 15 millions de « Libanais » de la diaspora. Une question naïve en passant (mais qui énerve beaucoup) : combien de temps un « immigré définitif » de la diaspora – c'est-à-dire quelqu'un dont la famille a pu quitter le Liban depuis trois ou quatre générations – reste-t-il libanais ? Réponse : on naît libanais, on reste libanais.

Comme nous en sommes réduits à des supputations, disons que la majorité des Libanais sont musulmans (au moins 60 % de la population), les chiites (35 %) en pole position devant les sunnites (20-25 %), majoritaires cependant à Beyrouth, les druzes (5 %) et les alaouites (1 %).

Côté chrétiens (officiellement 35 %), on trouve les maronites en pole position (25 %), les grecs orthodoxes (13 %), ainsi que quelques communautés égarées au gré d'une histoire violente – arméniens orthodoxes ou catholiques, catholiques syriens, chaldéens, coptes égyptiens...

Le système politique libanais repose sur cet équilibre très précaire entre les grandes communautés confessionnelles. L'attribution des principales fonctions politiques – la présidence de la République (maronite), la présidence du Conseil des ministres (sunnite), et la présidence du Parlement (chiite) – est en soi éloquente. Les sièges de députés et les principales fonctions administratives (officieusement) sont aussi affectés suivant une répartition confessionnelle.

Le politique ne dépend toutefois pas uniquement de la religion. La région, le rôle des familles (on a aussi des tribus au Liban, mais pas trop à Beyrouth, sauf quelques fans de l'époque Cure décadente), ainsi que les partis politiques eux-mêmes doivent être pris en compte. Au sein du Parlement (128 députés), la représentation de chaque confession est ainsi assurée. En particulier, via l'égalité du nombre des députés chrétiens et musulmans, acquise depuis les accords de Taëf (1989), qui ont figé le confessionalisme politique mais ont réussi à mettre fin à la guerre civile. Ce souci d'équilibre se retrouve également entre sunnites et chiites, avec pour chacune des communautés un nombre égal de sièges (27), proche du nombre des députés maronites (34).

La composition des listes électorales relève du grand carnaval ou, pour les pessimistes, d'une pathétique partition. On assiste alors à de très joyeuses empoignades. Des leaders de mouvements politiques supposés se haïr à la télévision (limite s'ils n'ont pas essayé de se tuer) se rabibochent en douce, au nom des valeurs souveraines du Liban. En fait, le siège de leur candidat, au niveau local, se trouvait en danger. Connu de tous, ce grand rodéo qui précède chaque élection est assez plaisant à regarder à distance. D'abord, on reçoit des tonnes de colis surprises ! Des (mauvaises) pâtes, des lentilles qui germent ou de la confiture d'abricots en conserve (mais, hélas, pas de chocolat) sont ainsi gentiment déposées sur les paliers des immeubles de certains quartiers de Beyrouth. Ensuite, les caciques locaux convoient en bus des «naturalisés» (ils vivent si loin de leur lieu de vote ou ont si peu d'attaches réelles avec leur supposé village d'origine que l'envie de ne pas aller voter est très forte) vers les bureaux de vote des villages ; des Libanais qu'ils remercient d'une petite enveloppe. En ce moment, le «vote garanti» s'échangerait entre 200 et 2 000 dollars selon l'intensité du combat politique. Sans compter les possibles falsifications de cartes d'identité ou les très fortes incitations à «voter correct»… (il est, en effet, assez facile dans les villages de savoir qui vote pour qui). Bref, un joli carnaval que les observateurs européens, chargés de suivre le bon déroulement des élections, se plaisent à qualifier de «raisonnablement démocratique».

Pour voter, les Libanais sont inscrits sur les listes électorales de leur village d'origine… et non sur celles de leur lieu de résidence. Ce qui détermine le vote (et provoque la cohue des embouteillages au jour dit), c'est donc ce mythique «village d'origine». Plus exactement celui de sa famille.

Résumons… Vous êtes né à Beyrouth, vous vivez et travaillez à Beyrouth depuis quarante ans, vos parents eux-mêmes sont de purs Beyrouthins… Mais pour les élections, vous devez vous rendre «dans» la montagne ou au fin fond de la pinède libanaise, là où plus personne ne vit sauf les grillons, pour voter pour des types qui, même s'ils sont d'accord pour vous faciliter l'obtention d'un permis de construire sur une zone archéologique, ont très peu de chances de répondre à vos besoins de citadins… Oui, c'est bien cela!

Grosso modo, en 2009, au Liban, on a le choix entre le 14 (majorité) et le 8-Mars (opposition). « Les marsiens », comme se plaisent à les qualifier certains Libanais qui espèrent voir l'émergence d'une troisième voie comme d'autres attendent le retour du *mahdi* (ou l'apparition de la Vierge Marie). La différence entre les deux ne se fait pas sur des idées politiques ou sur un projet de société clairement identifiable. Les Libanais se retrouvent donc coincés entre deux grands blocs antagonistes et de poids équivalents (ne chipotons pas, comme eux le font, entre la « représentation des urnes » et la « représentation réelle » ou « populaire », autrement, on n'en sortira pas!) : le 8-Mars et le 14-Mars.

Le 8-Mars se nomme ainsi par référence aux manifestations du 8 mars 2005, où des Libanais se regroupèrent, à l'appel notamment du Hezbollah, pour remercier d'un dernier adieu leurs « frères » syriens sur le départ (forcé) après l'assassinat de Rafic Hariri, attribué à leurs services (d'autres pistes semblent maintenant également plausibles, comme une vengeance mafieuse ou l'implication de mouvements fondamentalistes sunnites). Au sein de la coalition actuelle du 8-Mars, on trouve le Hezbollah, qui draine 90 % des votes de la communauté chiite, et, désormais, le Courant patriotique libre du général Michel Aoun, qui représente un peu plus de 50 % des votes chrétiens.

Le camp du 14-Mars, lui, doit son nom à l'une des journées de manifestations monstres qui a ouvert la voie à la « révolution du Cèdre » et au départ des troupes syriennes après trente ans d'occupation au Liban. La locomotive du 14-Mars ? Le mouvement Al-Moustakbal (« Courant du futur ») fondé par Rafic Hariri, dirigé par son fils Saad Hariri. Al-Moustakbal draine la quasi-majorité des voix de la communauté sunnite. À ses côtés, des chrétiens, comme le mouvement des Kataëbs, de la famille Gemayel (dont Bachir, l'ancien président assassiné) et les Forces libanaises de Samir Geagea. En *guest star*, citons Walid Joumblatt, dont le Parti socialiste progressiste (qui n'a strictement rien de « socialiste ») rassemble une large partie des druzes.

Donc, et ainsi que pourrait le résumer un journaliste occidental pressé : d'un côté le 8-Mars, soit des pro-Syriens pro-mollahs iraniens, nostalgiques d'un Moyen-Orient unifié et vaguement islamo-marxiste ; de l'autre, le 14-Mars, des démocrates pro-Occidentaux, pro-Saoudiens, qui entendent défendre la « pluralité du Liban » autant que le libéralisme économique.

Mais la réalité est toujours plus compliquée au Liban que la compréhension d'un journaliste occidental pressé. Prenons l'exemple du CPL du général Aoun, 74 ans, aujourd'hui allié du Hezbollah. Lors de la révolution du Cèdre de 2005, les partisans du général Aoun figuraient dans la foule scandant : « Dehors les Syriens ! » On peut tout reprocher au général Aoun – son sale caractère, son côté gaullien qui se la pète… Mais traiter son courant de « cinquième colonne syrienne » relève de la mauvaise foi. En 1989, alors que les troupes syriennes entraient au Liban, Michel Aoun osa défier le grand frère ennemi (même si on peut aussi penser que son choix d'engager une armée libanaise très mal préparée et la population civile dans la lutte contre les troupes syriennes était une énorme erreur, politique comme militaire).

De la même façon, définir Al-Moustakbal comme « démocrate » et « pro-occidental » fait rire – ou grincer des dents – quand on vit à Beyrouth, Al-Moustakbal subissant la nette influence de l'Arabie saoudite, pas spécialement connue pour favoriser la démocratie, la laïcité ou même le libéralisme.

Alors ? Faute d'un clivage droite-gauche (mais même en France cette distinction commence à ne plus signifier grand-chose), disons qu'au Liban les deux camps politiques qui s'opposent mêlent à une représentation communautaire quasi exclusive (Hezbollah pour les chiites, Al-Moustakbal pour les sunnites, les chrétiens, eux, se partageant entre les alliés du Hezbollah et d'Al-Moustakbal) les revendications de couches sociales souvent oubliées.

Quand on interroge ceux qui ont voté pour l'opposition, c'est-à-dire la coalition du 8-Mars, tous évoquent le désir d'un « changement » et d'une société plus « égalitaire ». Les chiites et certains chrétiens considérant la résistance face à Israël comme un élément positif à l'actif du 8-Mars. L'électorat du CPL et du Hezbollah se compose de manière assez homogène des couches défavorisées, mais aussi de la classe moyenne et de cette petite bourgeoisie qui a perdu énormément de son pouvoir d'achat en moins de dix ans.

Lorsqu'on discute avec les fervents du 14-Mars, on s'aperçoit que leurs motivations sont plus diversifiées et sont notamment le reflet de craintes, voire de terreurs, largement exploitées contre le camp adverse (« le Hezbollah veut imposer une république islamique au Liban »). Parmi les électeurs de l'alliance du 14-Mars, on retrouve une partie importante de l'élite capitaliste libanaise, ainsi que des personnes de milieu populaire assujetties à leur clientélisme politique.

Avant de se rendre dans le secret de l'isoloir, le Libanais prend un seul bulletin, sur lequel sont inscrits tous les noms des candidats soutenus. Du fait de la «mixité» des régions, on ne vote pas pour un ou des candidats, mais pour des listes de candidats. On peut toutefois amender cette liste, sur le mode «Ah non! Celui-là, je ne peux pas le piffer», en raturant rageusement un nom. On peut aussi, si on en adore un autre du camp opposé, gribouiller son nom avec des petits cœurs. C'est ce qu'on nomme si joliment le «panachage». Ce qu'une pintade sournoise qualifierait, elle, de «belle panade»!

Promenade sous surveillance

Après la guerre de 2006, les étrangers n'étaient pas les bienvenus dans la banlieue sud, spécialement dans le quartier de Haret Hreik, le bunker sacralisé du Hezbollah. À moins de s'y promener accompagné d'un habitant, l'Occidental avait toutes les chances de se faire rapidement repérer et questionner, et même renvoyer *manu militari* vers le centre de la ville. On craignait les espions. Quant aux journalistes et aux photographes, sans autorisation du service de presse du Hezbollah, ils se retrouvaient embarqués de force – et retenus plusieurs heures – par des pas gentils du tout du Hezb. On pouvait tout leur demander : le mot de passe de leur e-mail, des détails sur leur vie privée…

Aujourd'hui, l'ambiance est nettement plus détendue.
On s'y balade (enfin moi) sans problème, le nez au vent,
sans que personne ne trouve rien à redire.
Bon, c'est vrai, on ne voit pas beaucoup de touristes
par là-bas et un Américain en goguette, le short rouge,
la tong décontractée et la bouteille d'eau de survie
à la main, pourrait se retrouver entouré de quatre
fiers-à-bras. (Cela étant, les Américains le méritent parfois.
J'en ai vu un, photographe de son état, fumer comme
un pompier en plein ramadan... Forcément ça fait monter
la rage d'une masse de fumeurs musulmans en manque.)
Et puis, c'est vrai aussi, il n'y a pas grand-chose à voir,
à moins d'être un touriste de guerre, à reluquer les (plus
si nombreux) immeubles éventrés, les façades criblées
d'impacts, qui donnent à cette zone, dans laquelle vivent
500 000 à 700 000 personnes, des allures de Fort Knox.
(Le Hezbollah appelle cela le tourisme militant et,
dans ce registre, vous pouvez aller à Nabatiyé, au cœur
du Sud, pour visiter le musée à ciel ouvert consacré
à la guerre de 2006 et admirer les carcasses des chars
israéliens et les hélicoptères descendus.)
J'aime y aller pour boire un thé (au café Yet, dans Haret
Hreik, où les milk-shakes sont par ailleurs délicieux),
manger des gâteaux (chez Cremino, à Ghobeiry :
leurs petits-fours aux pignons de pin sont nirvanesques),
voir une expo ou un documentaire au centre culturel
Le Hangar, un lieu d'expo et un centre de recherche
sur la mémoire et les guerres où, pour l'anecdote,
on sert du vin blanc et du vin rouge, mais Slein Lokman,
qui dirige cette association, est un anti-Hezb déclaré...,
avaler un sandwich chawarma (chez Khalifé, dans Haret
Hreik, la chaîne mieux que Barbar, pourtant roi
de la restauration rapide à Beyrouth ouest),
ou manger irano-irakien chez Oum Nouri.

En revanche, si vous vous perdez dans Haret Hreik
(ce qui est très facile, vu que la physionomie du quartier
change presque de semaine en semaine pour cause
de travaux), sachez que même si vous avez un rendez-
vous officiel dans l'un des bureaux du Hezbollah,
même si l'adresse est indiquée (en arabe)
sur un panneau juste à côté de vous, personne ne sait
rien. La personne à qui vous demandez : « Pardon,
le bureau de cheikh… ? » (qui se trouve en fait sous
votre nez) ignore tout : « Cheikh ???? Ah non, vraiment,
je ne vois pas. C'est qui ? » Les habitants font corps,
protègent le Hezbollah. Et ce même si ces derniers mois
des révélations ont mis en évidence la réactivation
de réseaux d'espionnage israéliens, dans lesquels avaient
été recrutés des chiites de la banlieue sud, entre autres.
Si vous croisez des hommes en treillis sable et casquette
à la Mao, il y a toutes les chances pour que ce soient
des agents de la circulation, des « policiers » employés
du Hezbollah. Ils assurent la circulation (et surveillent
la banlieue). Vous pouvez parfaitement leur demander
de l'aide. C'est en partie pour cela qu'on parle d'« État
dans l'État ». Mais d'autres quartiers privatisent
ces services qui devraient normalement revenir à l'État
libanais. Bourj Hamoud par exemple, municipalité
arménienne qui abrite les véritables souks « à l'ancienne »
de Beyrouth où trouver les épices de la cuisine levantine
ainsi que des DVD piratés de super qualité, possède
ses propres policiers, payés par le Tachnag, le parti
majoritaire chez les Arméniens.
Dans Beyrouth même, on trouve également un nombre
invraisemblable de services de sécurité privés, des vigiles
qui surveillent les entrées des immeubles et les centres
commerciaux… Certaines des officines qui les emploient
étant, elles aussi, rétribuées par les partis politiques

libanais, dont le Courant du futur. Généralement habillés en bleu, vieux et moustachus (mais il y a aussi la version super bodybuildée !), ils gagnent 300 dollars par mois et ne sont pas très efficaces. Du moins pas quand il s'est agi d'affronter les miliciens du Hezbollah en mai 2008. En banlieue sud, on voit également des miliciens ou des partisans du Hezb qui tournent sur leur mob ou leur Vespa. Même quand ils sont en civil, on les reconnaît parce qu'ils sont souvent habillés façon combattants du Moyen-Orient : treillis noir ou bleu, avec souvent un bonnet minimaliste sur le crâne. Ou alors, l'hiver, une sorte de babygros à fourrure intérieure. Tous ne ressemblent évidemment pas à cela. Et tous ne sont pas repérables. Cela fait aussi partie du charme du Hezb : plusieurs cercles de sécurité, certains évidents, d'autres moins visibles, d'autres pas du tout… À première vue, ils ne sont pas armés. Mais se chargent ou peuvent se charger du moindre problème, à la moindre suspicion. En tout premier lieu, si vous sortez un appareil photo. Pas conseillé du tout !

Tuer le mari puis élire la femme

Une blague circule. Pour favoriser l'élection d'une femme dans les instances politiques du pays, pas besoin de quotas. Mieux vaut tuer son mari, son père ou son frère. Vous êtes sûr de lui permettre d'accéder au pouvoir. Ce que Toufic Hindi, l'ancien conseiller politique de Samir Geagea, emprisonné (puis relâché) pour collusion avec Israël, qualifie si joliment de « spermocratie » (preuve que l'on peut aussi avoir de l'humour voire parfois un certain sens des réalités chez les Forces libanaises). Et qu'a parfaitement résumé une grande figure du féminisme politique libanais (mais avec plus d'élégance), Laure Moghaizel, dans les années 90 : « La femme, jusqu'à présent, n'est entrée au Parlement que vêtue de noir. »

Pas de « politique au féminin » chez les chiites ou chez les druzes – à quelques exceptions près, dont la toujours très respectée Nazira Joumblatt, épouse de Fouad Joumblatt, mère de Kamal et grand-mère de Walid Joumblatt (ça date !), leaders de la communauté druze. Lady Nazira, comme on l'appelait, dont l'habileté politique a marqué la lutte pour l'indépendance du pays. Quelques rarissimes figures féminines chez les sunnites, comme la ministre de l'Éducation Bahia Hariri (mais sœur de Rafic Hariri !).

En fait, la majorité de celles qui ont réussi à s'imposer sont chrétiennes. Pour accéder au pouvoir, elles ont cependant dû placer leur carrière dans le sillage d'un « grand homme » décédé, le plus souvent assassiné (pas par elles ! La *vox populi* désigne les deux voisins, la Syrie en particulier, comme possibles responsables), et dont elles perpétuent l'héritage en se portant candidates.

« Le féodalisme de naguère s'est transformé en familles politiques. Déjà, au niveau des hommes, il y a peu de renouveau. Il suffit de regarder notre personnel : presque les mêmes que pendant la guerre civile, du sang sur les mains en plus. Quant aux femmes, leur présence s'inscrit dans ce système. Il s'agit pour elles de prendre le relais en l'absence d'un homme fort à la tête de la famille. Et de conserver ainsi le siège ou la responsabilité politique que l'homme occupait avant sa mort », explique Nayla, la trentaine, mariée (civilement) et, comme elle se définit elle-même, « anticonfessionnelle, quand la communauté religieuse se mêle de ce qui ne la regarde pas, soit de presque tout ! ». Nayla, d'ailleurs, a voté blanc aux élections législatives de juin 2009. « Une sorte de boycott, alors que rien de ce grand tralala ne me concerne comme femme et comme citoyenne », reprend-elle.

Dans le micmac politique libanais, les femmes ont bien peu de chance de trouver leur place. Prenez la sœur du Martyr Suprême Rafic Hariri, ex-Premier ministre assassiné en 2005 dans un attentat à la voiture piégée. Bahia Hariri, un voile flou qui auréole son visage, a commencé sa carrière sur les conseils de son frère. Elle a été la ministre de l'Éducation du gouvernement de Fouad Siniora. « La famille voulait quelqu'un pour asseoir son pouvoir sur la ville de Saïda, fief d'origine des Hariri et porte pour le Sud. Quelqu'un aussi en mesure de dialoguer avec les chiites, très nombreux à Saïda. Bahia représentait cette personne idéale. De son enfance et adolescence, elle avait gardé des contacts puissants avec la ville et les chiites du Sud », avance un ami de la famille.

À la mort de son frère, on aurait pu s'attendre à la voir reprendre le flambeau, porter haut l'étendard d'Al-Moustakbal (« Courant du futur »), mouvement politique des Hariri et locomotive du camp du 14-Mars. N'était-elle pas alors la seule de la famille avec un tant soit peu d'expérience de la *res publica* ? Naturellement, il n'en a rien été. La famille a choisi l'un des fils, Saad Hariri. On peut supposer que Bahia manquait d'envergure politique, son action n'ayant pas laissé un souvenir marquant. Mais force est de constater que son neveu, Saad Hariri, est tout autant dépourvu de charisme. « Il fallait un homme. Les électeurs n'auraient pas suivi une femme, alors qu'un fils pouvait incarner la continuité », dit ce même ami de la famille.

Exemple isolé ? Ils sont légion. Nayla Mouawad, femme du président René Mouawad, assassiné en 1989 (les commanditaires de sa mort courent toujours, et pour eux aucun tribunal international n'a été envisagé).

En 1991, aux législatives qui ont suivi la mort de son époux, elle s'est présentée… et a gagné haut la main dans sa circonscription de Zghorta (Tripoli). Certes, Nayla Mouawad vient d'une famille depuis longtemps engagée politiquement, mais sa campagne, elle l'a menée en tant que femme du président assassiné René Mouawad. Elle était l'incarnation d'une famille, d'une communauté.

Bien sûr, la mort de l'époux, du père ou du frère est un puissant électrochoc, capable de porter ces madones affligées devant les électeurs avec ce discours : «Jamais personne n'arrêtera notre combat. Nous poursuivrons toujours l'œuvre de notre tendre disparu.» Mais leur décision est dictée en filigrane par un autre impératif : prolonger la suprématie familiale, en l'absence de mâle dominant. La femme ne prend, en général, le relais politique que «par défaut». Elle cède d'ailleurs sa place au rejeton mâle du clan dès que celui-ci atteint une maturité suffisante. C'est le cas de Nayla Mouawad qui, aux élections législatives de 2009, s'est abstenue au profit de son fils, Michel. Même chose pour Solange Gemayel, femme de Bachir Gemayel, président de la République libanaise, assassiné lui aussi. Solange Gemayel a lâché son siège pour le passer à Nadim, 21 ans, supposé en âge de défendre les intérêts familiaux.

Parmi les trois seules femmes députées du Parlement élu en 2009 (auparavant elles étaient six!), la jeune Nayla Tuéni, 26 ans, fille de Gibran Tuéni. Son père était le président du conseil d'administration du quotidien arabophone de référence, *An-Nahar*. Il était également député. Gibran Tuéni a été assassiné en 2005, sans que l'on connaisse avec certitude les commanditaires (devinez qui la rue montre du doigt?). En 2009, Nayla s'est donc présentée pour briguer l'un des sièges réservés à la communauté grecque ortho-doxe d'Achrafieh. Elle l'a enlevé haut la main. Fraîche jouvencelle, un pin's de son *daddy* en permanence accroché à ses chemises, Nayla Tuéni a dédié sa campagne à «son père, l'Église et les jeunes».

Pour un Français, voir débarquer papa et les curés dans la campagne prend toujours des allures surréalistes. La filiation politique en France, un rien problématique. Si l'on veut prétendre à une fonction politique, mieux vaut ne point se réclamer du père. Depuis la Révolution, l'idée d'une transmission du pouvoir par «droit du sang» exacerbe nos penchants régicides. Au Liban cependant, la captation du pouvoir politique (et son corollaire, l'influence économique) par des familles est un mode de gestion du pays. Mais il faut en plus accepter l'idée que les curés et les cheikhs viennent mettre leur grain de sel dans les débats politiques. Chez les chrétiens, déchirés en de multiples mouvements antagonistes, c'est encore plus flagrant. Historiquement, les autorités religieuses chrétiennes, le patriarche maronite en particulier, ont été partie prenante de la création du Grand Liban – le projet de séparation définitive entre le Liban et la Syrie au cours du mandat français. Ce qui explique peut-être pourquoi les archevêques et autres hauts dignitaires ecclésiastiques mettent un point d'honneur à rappeler à leurs ouailles combien il importe de «bien voter».

Face à ce phénomène de «clonage politique familial», très peu de femmes indépendantes parviennent à s'inscrire en politique. Cela ne signifie pas qu'elles soient hors champ. Comme les hommes, elles s'enflamment pour le combat politique. Comme les hommes, elles hurlent face aux «complots» des «autres», ceux du bord opposé, n'hésitant pas à mouiller leur chemise pour transmettre le message de leur mentor. Elles sont présentes dans les organisations de jeunesse, les sections féministes ou les nombreuses associations et fondations qui se revendiquent du parti de leur choix. Évelyne, par exemple, a adhéré au mouvement du général Aoun lorsque celui-ci était encore en exil dans la région de Marseille. Ses yeux brillent quand elle l'évoque. Évelyne est de tous les coups. Présente quand il s'agit de tracter, d'assister aux meetings de son héros ou de répondre par écrit, dans la presse, au charivari d'insultes qu'Aoun se prend assez régulièrement en plein visage. Lui-même, il est vrai – mais Évelyne ne le reconnaît pas – n'en étant pas avare à l'égard des partis adverses.

Comme Évelyne, les femmes manifestent, n'hésitant pas à braver les dangers, toujours présentes dès lors que les tensions montent entre camps rivaux, pour clamer haut et fort leur opinion. «*Kafa!* Assez!». La manifestante du Hezbollah, visage encadré par le foulard réglementaire, traits fatigués, mine outrée, vociférant le doigt vengeur des «*Death to Israel, death to America*» devant les caméras internationales de télévision, est une figure incontournable du folklore politique local (on trouve d'ailleurs son clone en Iran, à Gaza, au Caire et dans une demi-douzaine d'autres capitales de la région). Outil de propagande tout aussi affûté que les discours de Nasrallah? La réalité est bien sûr plus subtile. Les femmes sont très présentes dans les associations civiles, et elles étaient en première ligne lors du «sit-in de l'aéroport» en 2008, quand les hommes tentaient, eux, de se rabibocher à Doha (Qatar) après les «événements» de mai, cette courte guerre urbaine durant laquelle le Hezbollah et ses alliés se sont emparés de Beyrouth ouest pour rappeler à ceux qui l'auraient oublié qu'on ne les enquiquinait pas impunément. Les femmes de l'aéroport portaient des banderoles où il était écrit : «Ne rentrez pas sans un accord», avec l'espoir, dira l'une d'entre elles dans un grand éclat de rire, «qu'ils ne rentrent pas du tout…».

Combattantes enfiévrées

Les légendes urbaines parlent de combattantes du Hezbollah tapies, l'arme au point, dans les tunnels à la frontière, de chrétiennes en treillis dans la montagne, s'entraînant au montage et au démontage de la kalachnikov les yeux bandés… Vrai ou faux ? Parmi les milices chrétiennes qui ont combattu pendant la guerre civile, les Kataëbs ont eu leur section de femmes combattantes, dont Solange Gemayel. Ces combattantes, Bible dans une main et fusil dans l'autre (leur devise : «Dieu et la Patrie»), se sont particulièrement illustrées par un acte héroïque : leur «résistance» alors qu'elles étaient coincées, seules, dans un immeuble du centre-ville, en face de l'hôtel Regency sous le feu des forces adverses.

Aux dires d'un ancien de la guerre civile, entre 3 et 5 % des 45 000 combattants étaient des femmes. Les femmes étaient bien plus nombreuses dans les rangs des Palestiniens, pour lesquels la résistance à Israël dépassait la répartition traditionnelle des tâches entre sexe fort et sexe faible.

Avec la naissance de la résistance contre Israël dans les régions du Liban sud, occupées par Tsahal, on a pu voir des femmes monter au combat. Trois d'entre elles sont d'ailleurs mortes dans des actions kamikazes. La première femme «*shahid*», «martyre», Sanaa Mheidly, en 1985, à 17 ans, s'était fait exploser, dans une voiture chargée de 200 tonnes de TNT contre des chars israéliens à Bater dans la région de Jezzine, sans que son geste soit religieux : elle était membre du Parti nationaliste syrien, un parti laïc. La résistante Souha Bechara, à 22 ans, a tenté de tuer le général Antoine Lahad de l'Armée du Liban sud, la milice supplétive d'Israël au Liban. Emprisonnée et soumise à la torture dans l'un des deux « camps de détention » israéliens sur le territoire libanais, dans la fameuse prison de Khiam (qui officiellement n'existait pas), elle a été relâchée en 1998 après une campagne internationale pour sa libération. Pendant la guerre de 2006, elles ont été nombreuses à s'engager dans les rangs de la Croix-Rouge ou dans d'autres organisations caritatives pour assurer les premiers soins ou, semble-t-il en ce qui concerne les partisanes du Hezbollah, dans le ravitaillement aux combattants.

Enfin, depuis 1997, on rencontre des femmes dans l'armée libanaise. Une poignée. Environ cinq cents, dont une quarantaine d'officiers, ont choisi de faire carrière sous les drapeaux.

Culte de la personnalité

Zeina vit encore chez ses parents. Elle est jeune, 25 ans, engagée dans le mouvement des jeunes d'Al-Moustakbal (« Courant du futur »). Dans sa chambre dans l'appartement familial, son lit d'enfance croule sous les coussins et les gros ours en peluche rouge, spécialité de la Saint-Valentin. À y regarder de plus près, le regard accroche une représentation sur le coussin. Une figure. Un visage… Serait-ce Rafic Hariri, dont la bonhomie joviale remplirait le gros cœur de dentelle dessiné sur l'oreiller ? Je ne rêve pas : un Rafic débonnaire, un rien délavé, prêt à accueillir ses confidences dans le creux de son intimité de plume d'oie. On se croirait dans l'antre d'une *teenager* française qui placarde Tokio Hotel ou Julien Doré, selon sa variante acnéique, en grand et dans tous les coins. On en connaît, presque aussi âgées, qui ont refusé de se laver les mains pendant des semaines parce que leur petit doigt avait effleuré les cheveux de l'idole. Alors, hein, *no comment* sur l'idolâtrie de Zeina, qui collecte tout ce qui de près ou de loin lui rappelle son homme : un pendentif avec, à l'intérieur, l'image miniature de notre hidalgo sunnite. Des photos, des posters, des tasses, des enregistrements, qui donnent à sa chambre des allures de mausolée. Que dit Zeina de cet homme ? L'évoquer, c'est déjà voir briller les larmes, se crisper ses mâchoires. « Comment ont-ils pu le tuer ? Depuis sa mort, je me sens orpheline. »

Ce culte de la personnalité dit aussi combien, face à la montée des revendications chiites, les sunnites de Beyrouth se sentent abandonnés, perdus, trop incertains de leur avenir pour ne pas se raccrocher aux promesses de celui qui s'est imposé à la tête de la communauté. Il suffit de tendre l'oreille pour l'entendre. « C'est lui qui m'a aidée quand ma mère a été hospitalisée. » (Plus de 50 % de la population vit sans couverture sociale, faire appel aux autorités communautaires, politiques ou religieuses est souvent la seule solution pour payer les frais des hôpitaux privés.) « Lui seul peut nous sauver des fous de dieux. » (Comprendre les chiites.) « Il est d'une générosité, d'un amour pour les siens sans limites. » « Lui n'a pas de sang sur les mains. Il est pur. » Ces mots, entendus dans la rue, dans les cafés, dans les conversations avec les chauffeurs de taxi, pourraient également servir à qualifier d'autres figures politiques. Ils s'adressent en fait à tous, dans ce rapport particulier que les Libanais entretiennent parfois à l'égard du *raïs*, du chef, celui qui les représente, les défend. À l'image du père tutélaire, qui plane en douceur sur leur destinée.

Faucille et marteau au pays du Cèdre

Un rendez-vous au Parti communiste place du Colonel-Fabien ? Avouez qu'il y a de quoi rechigner. Marie-George Buffet, pas parmi les plus rigolotes des pintades à interviewer… Alors, c'est presque la mort dans l'âme que je me rends rue Ouet-Ouet, pas loin du seul vrai jardin public de Beyrouth, Sannayeh, que la municipalité entend raser pour construire quatre étages de parking souterrain (à ceux que la cause enflamme : des pétitions circulent sur Facebook). Et là, surprise : tout déconcerte chez Marie Debs, membre de la direction du Parti communiste libanais (PCL), un groupuscule quasi insignifiant sur la scène politique désormais, mais dont l'importance est symbolique, par son engagement pendant la guerre civile (voire celle de 2006, où le PCL a compté sept *shahids* – oui, je sais, des *shahids* chez les communistes, supposés mangeurs de curés et de cheikhs, ça fait bizarre mais c'est comme ça). D'abord son allure. Ce noir du deuil que Marie Debs porte depuis la mort il y a quinze ans de son mari, Sélim, numéro 2 du PCL – où ils se sont connus. Marie, professeur de français, rappelle ces veuves farouches dont la seule étincelle de vie jaillit à l'évocation des souvenirs ressassés du défunt.

Pourtant, elle porte le rouge révolutionnaire en étendard. Elle est l'une des très rares femmes à avoir fait de la politique son terrain de chasse. Deux combats structurent sa vie : le Parti, dont elle est membre depuis les années 70 et dont elle renie peu des engagements ; la cause féministe, qu'elle brandit avec une pugnacité exemplaire. Elle n'a jamais renoncé à ses idéaux

de jeunesse, au contraire de beaucoup
de ses camarades, désormais aigris, sans plus d'utopies
– de sens – pour porter leur existence. « Chrétiens comme
musulmans s'accordent toujours sur le dos des femmes.
Chez les chrétiens, l'Épître de saint Paul mentionne
que l'homme est la « tête », le chef, de la femme.
Chez les musulmans, l'homme est son tuteur.
Le jeu confessionnel exacerbe la tendance machiste
de notre société. S'y ajoute une réalité économique :
même si les femmes travaillent plus que par le passé,
le chômage (9 % selon les chiffres officiels ;
15 % selon les chiffres officieux) fait qu'elles restent
souvent au foyer. Si elles ne sont pas indépendantes
économiquement, difficile d'envisager leur implication
politique. »
Au PCL, les femmes représentent 22 % des militants ;
dans ses instances supérieures, moins de 1 %
– Vous pigez le schéma ? Oui aux petites mains,
si elles peuvent aider ; non à leur montée en puissance
dans les instances dirigeantes. En 1997, une enquête
estimait que les femmes au Liban ne représentaient
que 2,2 % du personnel politique. Des chiffres,
cela dit, cohérents avec les autres pays de la région.
Pour Marie Debs, sans quotas féminins, rien ne changera.
Elle réclame, comme ses consœurs militantes,
30 % des sièges au Parlement (pour info, malgré la loi
sur la parité, votée il y a neuf ans en France, on en est
encore à moins de 20 % de femmes élues au Parlement).
Tollé de ces messieurs et de certaines femmes,
qui considèrent comme un déshonneur le fait de réserver
un ratio aux femmes. On appréciera à leur juste valeur
les propos du mufti de la République, la plus haute
instance religieuse de la communauté sunnite, qui répète
à qui veut l'entendre sa répugnance à voir des femmes

accéder aux responsabilités politiques. Cela serait, dit-il en substance, «contre sa nature profonde», la femme étant «trop clémente» et «trop tendre» pour un métier qui demande force et pugnacité.

Marie Debs sourit : «Ces hommes font mine d'oublier qu'ils n'ont accédé au pouvoir que grâce aux quotas confessionnels.»

Noir, le deuil de Marie Debs, noire également, sa vision du monde. On reconnaît là la pasionaria, brûlant de mettre à bas le système. «Le confessionnalisme est notre fléau. Certains pensent qu'en dernier recours, il nous protège. Mais si l'on regarde l'histoire, nous vivons sur des guerres cycliques. Des revendications sociales, qui se terminent toujours en guerre de religion.»

Marie Debs n'en démord pas. Elle pense qu'on peut supprimer le système confessionnel pour l'Assemblée nationale, tout en laissant à un Sénat (à créer) le soin de représenter les familles religieuses. «Certains chefs politiques s'enorgueillissent du pourcentage de la confession qu'ils représentent. Pourtant, rapportée à l'ensemble de la population libanaise, la "part" des femmes, toutes confessions confondues, est la seule qui représente une majorité absolue.»

Un pays de machos gouverné par des femmes ? Un rêve, une utopie ? Pour Marie Debs, la femme en rouge et noir, il faut savoir rêver.

Le choc des photos

Entre grandes figures politiques et culte de martyrs presque oubliés, les murs de Beyrouth se colorent de mille et un visages. Chacun dans un style particulier : arme au poing, doigt (vengeur) levé, visage pugnace, déguisement militaire (pas seyant du tout, quand on a pris quinze kilos dans la clandestinité, comme Imad Mughniye, le «général» du Hezbollah, assassiné en Syrie en 2008). Sans parler des saints et autres personnages en voie de canonisation : l'Italien Padre Pio, qu'on voit un peu partout, un curé qui se téléportait régulièrement depuis son village italien vers Beyrouth. Ou le sourire Joconde de Mousssa Sadr, l'imam chiite des pauvres, très mystérieusement disparu, alors qu'il se rendait pour un voyage officiel en Libye en 1978.

Le Hezbollah est passé maître dans l'art de la communication politique. Par contamination, les autres partis ont rapidement suivi, au point que la publicité politique est l'un des secteurs florissants de l'économie libanaise. Un temps, on a ainsi eu la ruée sur «I love life». Rapidement, ce «J'aime la vie» somme toute consensuel a été décliné à l'infini. On trouvait de tout : «I love fish» pour un restau de poissons de Jounieh ou «I love gold» pour un bijoutier…

Les graphistes du Hezbollah (le mouvement chiite possède sa propre agence de communication) ont vite répliqué. Et c'est ainsi que l'on a vu fleurir des «*I Love life, but* avec un salaire décent».

Avant les événements de mai 2008, dans certains quartiers, un tag matinal de Kamal Joumblatt, leader druze assassiné, pouvait être rageusement recouvert à la nuit tombée d'une calligraphie d'Amal, parti chiite, dans une guerre de l'image aussi virulente que l'autre, la vraie, celle qui tue.

La représentation politique dit l'appartenance, l'autorité, même discrète, qui supervise les destinées de chacun des quartiers. À Beyrouth, cela s'est à peu près tassé après mai 2008, les factions rivales s'étant accordées pour «calmer le jeu», alors qu'on n'était pas loin de se flinguer pour un graffiti mal barbouillé.

Mais les Libanais ont dû supporter les affiches des candidats lors des dernières législatives. La plupart avec le drapeau libanais en arrière-plan, la collerette boisée du cèdre, l'emblème national, piquée droite ou de traviole dans leur tignasse.

La campagne du Tayyar, qui édite tayyar.org, le site libanais d'information (avec certaines pages en français) le plus visité, point de ralliement des «aounistes» (les partisans du général Aoun, qui dirige le CPL, le Courant patriotique libre) était, dans le genre, d'une rare délicatesse. On y voyait le visage d'une beauté juvénile, le regard décidé et les lèvres ourlées de rose crémeux, avec pour slogan un «Sois belle et vote!», en français de surcroît. Jouant sur une variation du très franchouillard «Sois belle et tais-toi» (ou du slogan soixante-huitard «Sois jeune et tais toi»), cette campagne «humoristique» entendait inciter les femmes à ne pas suivre l'opinion de leur mari, à penser par elles-mêmes et donc à voter pour le général. C'est du moins ainsi qu'elle était défendue par les aficionados du CPL. Tellement délicat que les mouvements féministes libanais se sont mis à leur tour à taguer d'un «Sois belle (barré et remplacé par "intelligente") et vote (ajouté : "blanc")», avec un sous-titre en arabe : «Ils se foutent tous de la situation des femmes.» Dans l'un de leurs blogs, ces féministes expliquent leur colère face à ce énième affront. Depuis quand, disent-elles, la beauté a à voir avec le bulletin de vote? Serait-ce que les moches ne votent pas? Depuis quand la Libanaise serait-elle assez crétine pour ne pas savoir choisir le parti auquel donner sa voix? Et devrait-elle voter pour le CPL, qui ne présentait qu'une seule femme sur ses listes aux élections législatives de 2009? Si NapolAoun, petit sobriquet dont ses détracteurs affublent Michel Aoun, se préoccupe tant de la condition féminine, pourquoi ne pas faire figurer dans son programme la mise en place des quotas, comme de plus en plus de figures de la société civile le réclament ? Pourquoi ne pas avoir pris position sur deux dossiers *terriblement* féminins : la violence conjugale (qui, au passage, défigure nos fraîches beautés) et le fait que la femme ne puisse pas transmettre la nationalité libanaise à ses enfants (seul l'homme le peut) ? Le CPL n'a pas répliqué. Pan sur le bec ?

La femme est l'égale de l'homme... bien au contraire !

La législation libanaise est, dans son ensemble, de facture moderne. Mais elle pâtit de certains archaïsmes qui bloquent, dans la pratique, une réelle égalité entre hommes et femmes. Petit tour d'horizon des discriminations à rendre «folle» sa pintade MLF...

Transmission de la nationalité

Avant 1960, la femme qui se mariait perdait automatiquement sa nationalité au profit de celle de son mari. Politiquement, il y avait la question des réfugiés palestiniens, avec la hantise qu'ils ne s'installent définitivement (selon des instituts de recherches européens et américains, ils sont aujourd'hui 250 000 à vivre réellement au Liban[1]) et ne fassent basculer l'équilibre confessionnel du Liban.

Aujourd'hui, la femme conserve sa nationalité... mais ne peut encore la transmettre à ses enfants ni à son mari.

---

1. L'UNRWA en recense 400 000. Selon différents instituts, seuls 250 000 vivent vraiment au Liban, le tiers restant étant parti pour chercher du travail dans le monde, principalement au Canada et dans les pays du Golfe.

En revanche, une étrangère qui se marie avec un Libanais obtient la nationalité libanaise après un an de mariage!

Liberté de circulation

Jusqu'en 1974, une autorisation écrite du mari était exigée pour délivrer un passeport à son épouse et la laisser quitter le pays. Aujourd'hui, cette autorisation est encore exigée lorsque la femme entreprend un voyage en compagnie de ses enfants mineurs.

Contraception

Certes, on trouve des capotes dans les pharmacies et les supermarchés et la pilule est en vente sur ordonnance. Mais l'avortement est interdit. Seul l'avortement thérapeutique est autorisé. Cependant, beaucoup d'avortements sont déguisés en fausses couches et, dans l'ensemble, les médecins et l'administration des hôpitaux semblent tolérants. Pour avortement illicite au Liban, la femme est passible d'emprisonnement ainsi que d'une amende. Celui qui l'a aidée dans son acte également.

Témoignage devant la justice

Le témoignage d'une femme libanaise musulmane n'est pas recevable devant les tribunaux religieux musulmans, au même titre d'ailleurs que celui des enfants mineurs, des fous ou des handicapés. Il faut le témoignage concordant de deux femmes pour qu'il soit accepté par les notaires ou les *moukhtars* (l'équivalent des maires français).

Crime d'honneur

L'article 562 du Code pénal, concernant les crimes d'honneur, est toujours en vigueur au Liban. Il accorde des «excuses» ou des «circonstances atténuantes» à l'homme (ou à la femme) qui tuerait sa femme (ou son mari), sa sœur, sa mère… ayant «eu un rapport sexuel illicite ou qu'il trou-verait dans une situation apparemment compromettante».

Tutelle

En cas de décès du mari, la mère ne devient pas auto-matiquement la tutrice légale de ses enfants. Chez les musulmans, en présence d'un grand-père paternel, les tribunaux religieux accordent quasi automatiquement la tutelle à celui-ci (et donc la gestion de la fortune de son fils défunt). À défaut, la tutelle revient aux hommes du côté maternel. Chez les chrétiens, même cas de figure, à l'exception des catholiques, qui favorisent la mère… à condition que celle-ci ne se remarie pas.

Mariage et divorce

Si le divorce est reconnu dans la religion musulmane, et si un homme ou une femme divorcés peuvent sans pro-blème se remarier, seul le mari est habilité à demander le divorce ou à répudier. Le consentement de sa femme n'est pas nécessaire, même si le juge des tribunaux religieux peut exiger un contrôle des faits. Ce qui explique que des femmes exigent que leur contrat de mariage stipule le droit qu'elles se réservent de demander le divorce.

Dans la communauté grecque orthodoxe (également chez les syriaques et les assyriens), le divorce (en fait la «nul-lité du mariage») est admis dans certains cas précis. Chez les catholiques, l'annulation n'est possible que si l'on invoque «une folie passagère» ou une «erreur sur la personne».

Héritage

Chez les chrétiens et les juifs, la loi civile de 1959 reconnaît l'égalité entre homme et femme en matière d'héritage. En revanche, selon le droit musulman, l'homme hérite du double de la part de la femme. Celle-ci cependant peut prétendre (en cas de divorce ou de veuvage) au « *mahr* retardé », une prestation compensatoire sur laquelle mari et femme se mettent d'accord avant le mariage par contrat écrit.

Quand *sayyed* Fadlallah défend Falbala

Sayyed Mohammad Hussein Fadlallah est fatigué. À 80 ans révolus, voilà ce descendant de la famille du Prophète (son turban noir l'indique) cependant prêt à discuter le bout de gras autour de l'égalité entre hommes et femmes, l'un de ses thèmes de prédilection. S'il se fait rare en public, l'ayatollah Fadlallah est un homme de dialogue, qui aime la controverse. Le corps un peu ratatiné dans son *abaya* d'hiver, l'écharpe verte de l'islam qui lui ceint la poitrine, il pose sur ses interlocuteurs un regard fixe, d'une intensité presque insupportable. « La femme est l'égale de l'homme. Il n'y a pas de hiérarchie entre les êtres humains. Ils sont complémentaires. Ils s'équilibrent. Et si la femme s'instruit, acquiert connaissance et expériences, il n'y a pas de raison qu'elle ne surpasse pas l'homme. » Pour lui, dire « complémentaires », ce n'est pas attribuer des « rôles parallèles », à l'instar de ce que pensent certains féministes islamiques (cela existe aussi), qui prônent une subordination de la femme dans son rôle d'épouse et de mère. Pas la *big news* du siècle ? Confortablement installés dans nos certitudes occidentales, quitte à en oublier la réalité de la société française, où une femme meurt tous les deux jours de violence conjugale et où, à position égale, son salaire se trouve inférieur de 20 à 30 % à celui d'un homme, on peut sourire de ce petit rappel aux valeurs universelles. Mais celui qu'on présente comme le « guide spirituel » du Hezbollah – ce qui a sans doute été vrai lors de la fondation du « parti de Dieu », même s'il n'a jamais siégé dans ses instances politiques – l'affirme avec constance : l'avenir de l'homme repose sur la femme.

L'ayatollah Mohammad Hussein Fadlallah n'est pas le seul cheikh « progressiste » de l'histoire. Le Coran recèle une bonne brouettée de sourates faisant la part belle aux femmes. Mais Fadlallah est aux yeux des chiites (et même des sunnites, hors cependant du Liban) l'une des plus hautes instances religieuses de l'islam. Un modèle d'humanité pieuse, de résistance à la puissance israélienne et américaine au Moyen-Orient également, dont on doit prendre en compte la considérable influence sur la rue. Une légitimité spirituelle à comparer à celle du nouveau (et très rétrograde) pape, Benoît XVI. « Certains estiment que la femme n'est pas l'égale de l'homme car le Coran indique, dans la sourate *an-nisa* (« sourate des femmes »), que sa part d'héritage se doit d'être inférieure à celle d'un homme. Or, ce jugement répond à une interprétation erronée des versets coraniques. La femme est bien l'égale de l'homme. Mais au moment d'hériter, le Coran affirme qu'il faut tenir compte des dépenses que l'homme aura effectuées tout au long de sa vie pour le bien-être de son foyer. Car c'est à lui, et à lui seulement, que revient cette charge. » Depuis plusieurs années, Mohammad Hussein Fadlallah publie des fatwas sur la condition des femmes. Autant d'avis religieux qui mettent souvent en rogne ses condisciples, apôtres d'un islam bien trop complaisant vis-à-vis d'un pouvoir politique qui les nourrit. C'est ainsi qu'il a dénoncé l'excision (alors que des muftis délirants, égyptiens notamment, jonglaient avec la casuistique musulmane pour justifier une telle pratique), ou s'est affirmé favorable à l'hyménoplastie (le fait de recoudre l'hymen). Il s'est également prononcé contre les mariages forcés et les crimes d'honneur, rappelant que seule la justice est à même de trancher. En 2007, Mohammad Hussein Fadlallah a ainsi estimé qu'une femme pouvait se défendre contre la violence des hommes à son encontre… en recourant elle-même à la violence, dans le cadre de l'autodéfense ! Vous pensez : génial, du karaté ! La violence n'est pas dénoncée : la voilà sanctifiée et même recommandée. L'islam décidément nous réserve de magnifiques surprises !

Le contexte cependant est un peu plus compliqué. Sa fatwa en effet intervenait dans le cadre d'un débat entre religieux, où certains doctrinaires de l'islam, de la tendance wahhabite pour ne pas la citer, estimaient qu'une violence physique « raisonnable » à l'égard de sa douce moitié avait un but pédagogique et restait de fait tolérable. Une bonne raclée de temps à autre n'a, c'est bien connu, jamais fait de mal à personne ! D'autres, cette fois égyptiens, stipulaient que la femme devait demander l'assistance de sa famille lorsqu'elle se faisait cogner. Car, à lui reconnaître le droit d'agir par elle-même, l'on prenait le risque de saper les fondements du foyer. Mohammad Hussein Fadlallah rappelle que toute violence envers un être humain, homme ou femme, est intolérable. Se référant au Coran, il dit que rien ne la justifie et qu'elle est « un péché que Dieu punit ». Mais l'ayatollah va bien plus loin. En exhortant les femmes à ne plus subir et à prendre leur destin en main, il en appelle à un renouveau social. Société certes islamique, son cadre de référence, mais pas seulement. À la question de savoir si une femme peut s'aventurer dans l'espace public et prendre le pouvoir, Mohammad Hussein Fadlallah jubile. «Le fait d'être mère est une obligation supplémentaire qui pèse sur ses épaules. Ne serait-ce que pour l'éducation de ses propres enfants, elle doit aller le plus loin possible dans ses études, son travail.» Quitte à prendre les commandes? Et pourquoi pas! «À titre personnel, je n'ai strictement rien contre une femme président de la République.» Y a encore du boulot...

Voiles envoûtants, voiles dévoilants

Celles et ceux qui vivaient en France au début des années 2000 se souviennent sans doute que les sujets de conversation des dîners en ville étaient assez monomaniaques : soit on déblatérait sur les heurs et malheurs des RTT ; soit on se chopait le débat sur le voile en plein dans les mirettes (nous y voilà d'ailleurs revenus, avec les contorsions savantes pour savoir s'il faut ou non laisser des *burqas* se promener en liberté dans les rues de France). Le voile, soudain, émergeait tour à tour (même tout à la fois) comme un signe d'exclusion sociale, d'instrumentalisation politique et religieuse, d'oppression machiste, de libération féminine, de menace envers la laïcité, de revendication identitaire... Arghhh! Par instants, y avait vraiment de quoi s'arracher la touffe et se tondre la tignasse pour qu'on n'en parle plus! Car d'autres, en sourdine, tentaient aussi de faire entendre une autre voix. Une amie libanaise de Paris, ultra-tout (ultra-musulmane, ultra-féministe, ultra-voilée, ultra-féminine) s'en mâchouillait le *hijab* de colère : «Mais jamais ils nous le lâchent, le chignon?» Dans sa ligne de mire, toujours ces très fameux «signes ostentatoires», mais cette fois de la domination masculine et occidentale, qui imposaient ici, selon elle, sa suprématie en lui refusant le droit de vivre comme elle l'entendait.

Au Liban, le voile ne fait guère recette non plus. Comme en France, rarissimes sont les banques à en accepter le port. Pas de loi anti-signes ostentatoires, simplement un refus gentiment systématique. «Si je voulais travailler, je devrais me dévoiler, avance ainsi Nidale, qui avait postulé dans une banque de la capitale. Le directeur m'a affirmé que j'allais effrayer ses clients.» Quant à Farouk, médecin (et musulman), il le dit carrément : «Pas question que je me marie avec une bigote.»

Certes, c'est devenu un rituel, l'été, la cohorte de «fantômes» noirs débarque à Beyrouth, le corps emmitouflé, par 40°C, dans leur *abaya* acrylique. Mais ce sont les Saoudiennes et autres miss émiraties, venues en vacances avec leur mari. Pendant que madame dévalise les boutiques de luxe Aïshti du centre-ville, monsieur se prélasse dans la montagne, picolant jusqu'à plus soif et se payant, accessoirement, les services d'une escort-girl terriblement non voilée.

Le *hijab*, il faut dire, n'est pas (encore?) ce que l'on croise le plus dans les rues de Beyrouth. La plupart du temps, qui plus est, il est d'une sagesse à désespérer : une tendance crémeux à tonalités pastel des sœurs du couvent de la sagesse éberluée. Limite si on n'a pas l'impression qu'on va se moucher dedans tant parfois il nous mange le museau. Pire, certaines pratiquent l'empaillage rétrograde : une collerette de plexiglas à insérer au préalable pour rigidifier la chose, telle une casquette de golfeuse, mais sans le club ni les chaussures à crampons de la vraie aficionado. Même en banlieue sud, où le foulard est plus fréquent, nos belles chiites font de la résistance. Et il n'est pas rare de croiser deux frangines, bras dessus dessous, l'une à la mode iranienne, un long manteau marronnasse associé à un *hijab* acrylique qui lui suicide la dégaine ; l'autre en bombasse sexy de l'au-delà du possible, en jean taille basse et string rouge en dentelle qui dépasse, là, vous savez, sur les côtés... Au Liban, la femme reste encore à peu près libre de choisir : se voiler ou se dévoiler. Voire se voiler pour mieux se dévoiler... Sans doute est-ce cette présence discrète de nos miss encagoulées qui explique pourquoi le *hijab* n'est pas réellement un objet de mode au Liban. Le porter reste un acte délibéré, un choix «en son âme et conscience» de femmes ou de jeunes femmes qui exhibent ainsi leur assentiment à une certaine doxa religieuse, selon laquelle la chevelure ensevelie ne la désigne pas à la concupiscence masculine. «À 16 ans, je tannais mes parents pour le porter. J'étais si heureuse quand enfin j'ai pu sortir avec. Sans lui, j'ai l'impression d'être nue. Avec lui, je me sens plus forte. Pour moi, le voile magnifie la beauté », affirme Do'a, avec qui je passe mon temps à dévaliser les souks de Tripoli quand nous allons déjeuner dans sa famille, à la recherche du prochain foulard de la mort qui tue. Qu'est ce que je peux lui dire ? Que le voile est une norme imposée par les hommes, pour asservir une féminité qui les terrorise, que rien dans le Coran ne l'impose ? Excusez, mais je shoppine, moi !

Dans d'autres pays de la région, où les diktats religieux l'ont érigé au rang de pilier de la foi, les femmes l'ont détourné pour en faire l'objet même du désir. Vous n'y croyez pas ? Pourtant la beauté se drape, se sublime, sous les taffetas transparents de nos nouvelles Salammbô. Sartre disait : « La beauté est une contradiction voilée. » Si vous visualisez, en plus, la chose avec des talons hauts, vous aurez une image assez juste de la femme au Levant, de la complexité de sa vie, coincée entre divers héritages, différents impératifs.

Mais au Liban, celles qu'on appelle les « *bad hijabs* », ces renégates du foulard, bien trop sexy pour que cet objet tienne encore sa fonction pudique, ne sont pas légion. Si vous en dégotez une, elle a toutes les chances d'être saoudienne ou koweïtienne, à siroter son milk-shake à la fraise à l'ABC. Ou une ancienne expatriée libanaise dans le désert arabique. Regardez, c'est sublime parfois : ce voile Shéhérazade brillant de mille feux sur un ovale parfait ? Cette turbanesque auréolée de soie fine et d'or chatoyant ? Dans mon petit musée du fétichisme, cela se pose au même rang que le gant de Rita Hayworth ou la cigarette de Marlene Dietrich. Nos sœurs des Émirats ont une longueur d'avance (ou des siècles de pratique ?) dans l'art de résister sans en avoir l'air.

Islam sans tutelle

Cela peut sembler bizarre, voire antinomique. Nous assistons pourtant à une montée des revendications féministes... dans le cadre de l'islam (pour ne pas faire de jaloux, précisons qu'il existe un courant identique au sein du judaïsme). « La femme est lésée par l'homme ; nullement par le Coran. » Sheikha Ghani dirige, depuis

2001, dans le quartier de Salim Salam, pas très loin du centre-ville, un centre d'études islamiques comme il en existe beaucoup. Le quartier est surtout connu pour son tunnel miteux qui coupe la ville en deux sur la nouvelle route reliant l'aéroport au centre-ville, sans guère de possibilités, sauf à vouloir se suicider, de passer d'un côté à un autre.

Au programme de ce centre islamique, entouré d'immeubles fatigués : enseignement du Coran, conseil aux femmes en difficulté et aide aux plus nécessiteuses. Cette pratique n'a rien d'une nouveauté. Dès les premiers jours de l'islam, des cercles féminins se sont réunis pour prêcher la parole du Prophète. Khadija elle-même, épouse du Prophète et nana incroyable (certains la considèrent comme le premier mufti de l'histoire musulmane), n'at-elle pas transmis la parole de Mahomet ? Mais ce qui change, c'est que cette vague touche tous les milieux. En particulier la grande bourgeoisie, qui se pique désormais de la chose religieuse. Ben quoi ? Citer Mahomet à des dîners, l'air de rien, en s'essuyant négligemment le coin gauche de la bouche, si possible dans ses enseignements les plus ignorés, ça en jette terrible ! Plus sérieusement toutefois, une relecture du Coran et des hadiths à la sauce très piquante du féminisme est en passe de révolutionner le petit monde des imams, qui se croyaient bien à l'abri derrière leur barbichette depuis quatorze siècles.

La première à avoir donné le ton : Aïcha Abd al-Rahman, l'Égyptienne, celle qu'on appelait « *bent-el bahar* » (« la fille de plage »), a bien dû écrire deux cents livres sur le monde musulman et les femmes, préconisant, dès les années 60, l'égalité entre hommes et femmes. « Aujourd'hui, la femme accède à la connaissance par elle-même. Il devient difficile de la maintenir sous les traditions patriarcales. » Sheikha Ghani est l'ex-star libanaise du prêche coranique à la télévision en frous-frous. Divorcée, elle a perdu la garde de ses enfants lors de sa séparation. «Je prêche pour tous, hommes ou femmes, sans distinction, depuis vingt ans. Mais les hommes ne viennent pas assister à mon enseignement. Dans notre société orientale, reconnaître l'influence d'une femme reste un tabou.» Dans l'assistance venue assister à son prêche, une centaine de femmes, voilées ou non, vieilles ou jeunes, en fourreau léopard ou en *abaya* noire – «la tenue vestimentaire n'a aucune importance, ce qui importe, c'est la quête de spiritualité». Sujet du jour? L'art de se sentir plus forte en refusant la surconsommation. Ça tombe bien! Le monde est ainsi fait que, en cette époque de soldes délirants (un petit – 70 % dans tout Beyrouth), je me réveille chaque matin avec des frétillements de jeune chiot devant *the* sac, un Lancel, cuir souple, vermillon brillant, affiché à 1,5 million de livres (1 000 dollars) en solde. Et avant de rejoindre Sheikha Ghani, je sentais mon djinn, mon démon perso me caresser dans le (mauvais) sens des plumes pour que je retourne me noyer dans mon péché compulsif : «l'achat erreur» d'un sac avec lequel rien ne va et qui coûte, au moins, cinquante corans reliés pleine peau.

«Qu'est-ce que cela change, un ou dix tee-shirts? Moi, aussi, je rêve de changer de manteau, de passer ma vie à me refaire les ongles des doigts de pied. Mais Sa lumière est en moi, elle est en nous.» «Amen», disons-nous en cœur, mon djinn me foutant enfin la paix. «Cette lumière qui me nourrit et me permet de comprendre en quoi la matérialité de notre société nous aveugle. Nous marchons sur Son chemin; Sa présence est notre lumière.» La caméra tourne, certaines des femmes prennent des notes, d'autres récitent tandis que Sheikha Ghani s'emporte, psalmodiant un verset repris par l'assistance. Lorsqu'elle termine, épuisée mais rayonnante, l'on sent courir dans l'assistance un besoin de la toucher, de l'embrasser.

Sheikha Ghani est devenue une icône, autour de laquelle on s'empresse, à la manière des stars de la chanson. À prêcher sur Al-Moustakbal (Future TV) la télévision de Rafic Hariri (dont la famille finance son centre et ses bonnes œuvres), elle a gagné une réputation d'excellence… Et d'œcuménisme. Dans son association, chiites et sunnites se réunissent. «J'ai été la première femme à présenter une émission religieuse ; la première à porter un voile à la télévision. Pour un pan de la société, et notamment parmi l'élite religieuse, ma présence était inconvenante. Une femme n'aurait pas dû se mêler de sciences religieuses.» Sheikha Ghani n'est pas une révolutionnaire. Son combat, elle l'inscrit dans le cadre de l'islam. Mais dans ce cadre étroit, elle ne mâche pas ses mots, revendiquant l'égalité de droits et l'abolition des discriminations et des violences justifiées au nom du droit musulman. «Arracher ses enfants à leur mère ne fait absolument pas partie de l'enseignement du Coran. C'est une coutume ancestrale, patriarcale, que rien ne motive en religion.» Au même titre d'ailleurs qu'elle aimerait bien voir le clergé musulman accepter des femmes dans ses rangs. En particulier la hiérarchie sunnite libanaise, très psychorigide dès qu'il s'agit de la condition féminine. «Rien n'interdit à une femme de prêcher dans une mosquée. Pourtant, mon prêche, je dois le tenir ici, dans ce centre. Rien non plus n'interdit à une femme d'être imam ou mufti. Mais, au Liban, cette liberté n'est pas possible.» Bon, OK, sans aller jusqu'à laisser les femmes prêcher pour les hommes, mais dans la partie réservée aux femmes dans les mosquées. La revendication féministe et islamiste a quand même ses limites !

Je suis
Hanane Hajj Ali

«Qui suis-je?» Hanane Hajj Ali s'amuse tout en apportant le café, dans son joli salon à dominante bleue du quartier de Zarif. Au mur, des photos des enfants, des calligraphies arabes et des colifichets rapportés des voyages à travers le monde. L'immeuble est vétuste, l'ascenseur ne fonctionne pas (de toutes les façons, c'est la coupure quotidienne d'électricité) et des *sarsours* (des cafards) gambadent joyeusement dans l'escalier au milieu des poubelles que ses voisins posent sur leur palier. Son histoire, son identité, sont une devinette, telles des poupées russes, l'une s'emboîtant dans l'autre. «Je suis comédienne et je porte le voile des musulmanes.» Elle rit, comme heureuse d'avoir fait une bonne blague. Comédienne, pratiquante d'un «théâtre engagé», actrice parmi les plus reconnues, elle joue sur la scène libanaise depuis de nombreuses années. Et travaille notamment avec la troupe Hakawâti («le conteur») de son mari, le comédien et metteur en scène Roger Assaf, qui prit les armes pour la cause palestinienne dans les années 70 avant d'avouer «haïr le sang et les armes» (sans renier son engagement). Un théâtre du réel, qui s'appuie sur le quotidien des hommes et des femmes, notamment des gens du Sud. La troupe glane des histoires vraies, les reconstitue avec l'aide des villageois, et intègre ensuite les chants, la poésie, la musique… Bref, la liturgie populaire de cette région.
Depuis les années 90, Roger et Hanane puisent dans la ville de Beyrouth la matière de leurs créations. Hanane Hajj Ali a également joué à Paris, au théâtre

Chaillot, dans la pièce de Jean Genet, *Les Paravents*.
« Je suis une comédienne qui, sur scène, lève le voile
sur son identité et dont le voile fait partie intégrante. »
« Je suis libanaise. Cela signifie que j'appartiens
à un espace fabriqué de toutes pièces par les Alliés
franco-britanniques en 1918 dans le cadre des accords
Sykes-Picot. » On revisite l'histoire tout en touillant
le sucre dans le café. Le partage des anciennes provinces
ottomanes par les puissances occidentales, le rêve
d'un Liban maître de son destin, les accords entre
les autorités religieuses et autres potentats locaux
pour s'accaparer le pouvoir, puis l'émergence
de ce Liban fragile, en permanence bouleversé
et bouleversant. « Je suis libanaise », répète-t-elle
comme s'il fallait encore l'affirmer face à ceux
qui accusent souvent la communauté chiite d'être
inféodée à d'autres pouvoirs que celui de la « nation »
libanaise.
Citadine, elle relie pourtant son identité à la terre.
Une langue de glaise et d'argile rouge, le Liban sud, qui,
à l'image d'un golem, la constitue en un jeu de miroirs
infini. « J'appartiens à une région dans le prolongement
naturel de la Palestine, dont nous avons partagé le sort
et l'histoire : populations expropriées de leur territoire
et devenues réfugiées, bombardements et agressions
continuels depuis plus de soixante ans, attachement
passionnel à la terre et à la tradition en période
d'occupation. » De la guerre, elle dit encore, comme
étonnée : « J'avais 17 ans quand elle s'est déclenchée.
Dix-sept ans plus tard, j'avais quatre enfants,
quand elle a, dit-on, pris fin. »
Alors, « qui suis-je » ? La réponse pourrait s'avérer facile.
Une femme, une contradiction. Un « féminin pluriel »
si caractéristique de son pays, que les définitions

ne parviennent pas à limiter. Rire à nouveau. Ses très
longs cheveux s'agitent (nous sommes entre femmes,
le voile n'est pas nécessaire), miroitent autour
de son visage d'enfant espiègle. Mais la complexité
de son identité réclame de pousser plus loin.
«Je suis arabe, de langue et de culture. J'appartiens
à une civilisation d'une grande richesse dont l'image est
aujourd'hui dénaturée par deux miroirs déformants :
celui de l'Occident, qui y voit les "forces du mal"
à combattre, et celui du fanatisme, que les organismes
extrémistes exhibent ostensiblement, cachant le vrai
visage d'une société dépossédée de sa vérité historique
et de son humanité profonde.» Voilà, croit-on, la dernière
pelure enfin mise à nue : femme du Sud, femme chiite.
Son origine géographique, Nabatiyé, qui l'ancre dans
un terroir, lui donne, comme à la vigne, son alchimie
précieuse ; Nabatiyé, bourgade du Sud à dominante
chiite dont les collines plongent vers le fleuve Litani,
cette fameuse limite de la zone de déploiement
de la force de la Finul de l'ONU (au-delà, un étranger
doit avoir une autorisation pour pénétrer), chargée
de la sécurisation de la frontière avec Israël.
Ces multiples facettes, à l'apparence contradictoire,
ont un trait souterrain commun. Le rôle de Fatima,
la grand-mère maternelle de Hanane Hajj Ali, à qui,
dit-elle, elle doit tout. «C'est elle qui m'a révélé la face
cachée de mon identité, la source vive de mon imagination
créatrice.» Cette grand-mère qui la nourrit d'histoires,
de légendes et de poésies et, finalement, de vie.
«Elle portait un voile sublime. J'ai toujours adoré
son allure. Sa préciosité alors qu'elle n'était
qu'une simple paysanne. Quand je suis rentrée
des États-Unis, après mes études théâtrales, ma décision
était prise. Je porterais le voile comme ma grand-mère.»

Ce voile, qui, assure-t-elle, l'affermit dans son identité. Quand elle évoque l'instant de sa «conversion», elle parle d'esthétique, de culture et de tradition. «Je me sens femme. Je me sens belle avec. Je me sens moi-même.» Comme si cette transparence de coton pouvait l'aider à se définir à ses propres yeux comme à ceux des autres. Fatima, sa grand-mère, est une femme du peuple, une paysanne «peu instruite, sauf pour tout ce qui touchait au Coran». Poétesse instinctive, Fatima chante des *zajals*, des quatrains improvisés qu'on s'échange à la moindre occasion. Fête, mariage, naissance ou enterrement, Fatima invente au gré de son imagination les mots de la consolation et de la joie. Hanane dit que son arrière-grand-père, le père de Fatima, avait donné sa fille en mariage à un cousin, notable de Nabatiyé. Un *deal* normal, comme il en existait des centaines d'autres. «Ma grand-mère avait un amoureux secret. Mais de ça, il n'était pas question. Le mariage officiel approchait, les deux amoureux au désespoir.» Contre l'avis du père, il n'y a rien à faire. Les tourtereaux se retrouvent cependant dans le secret de rencontres nocturnes. Un soir, n'y tenant plus, le fiancé veut l'enlever. Fatima refuse. Alors il lui demande: «Mais tu accepterais de m'épouser?» Elle dit «oui» avant de voir sortir, d'entre les figuiers, deux témoins qui jurent l'avoir entendue se donner. Un mariage secret a eu lieu. Reste que le mariage officiel continue sa course. «C'est le jour du mariage officiel, devant le cheikh, que tout explose. Fatima se taisait, dans l'incapacité d'aller contre la volonté de son père. Quand l'un des témoins du mariage secret s'avance, affirmant que ce mariage ne peut avoir lieu. Ma grand-mère est déjà engagée auprès d'un autre.» Hanane ne s'éternise

pas sur le scandale. Elle ne retient que le panache
de la femme, cette liberté de caractère. «Le mariage
de Fatima et de mon grand-père fut reconnu.
Elle lui donna vingt enfants. Et jamais, jamais, ne cessa
d'être amoureuse de l'homme qu'elle s'était choisi. »
L'histoire ne vaut pas que pour le souvenir. Il dit aussi
comment Hanane mène sa vie et s'est choisi l'homme
de sa vie. Car, plus qu'à une femme, c'est à un couple
mythique que l'on s'adresse : Hanane Hajj Ali et Roger
Assaf. «J'avais 13 ans. J'étais folle de théâtre. Roger jouait
au festival de Baalbeck. Je voulais y aller. Mes parents
ont refusé : j'étais trop jeune pour veiller. Eux s'y sont
rendus. J'ai attendu jusqu'à ce qu'ils reviennent, rivée
à la fenêtre, les yeux grands ouverts, pour qu'ils
comprennent que l'interdit n'avait servi à rien. »
Des années plus tard, Roger Assaf devient son prof
de théâtre. L'attirance est immédiate entre eux. Problème :
lui est maronite, déjà marié, a un enfant, mais…
Tout cela comme une ancienne peau, en train de muer,
alors que la claque de 1967 – l'Égypte qui perd le Sinaï
en quelques jours face à Israël – lui fait découvrir,
pêle-mêle, l'engagement politique, le nationalisme arabe
et la cause palestinienne. Roger Assaf s'imprègne
de la culture du sud musulman. Il vit avec les villageois,
partage leurs fêtes, jeûne avec eux quand débute
le ramadan et se met bientôt à prier. Presque sans s'en
rendre compte, lui, le chrétien maronite, attiré un temps
par les sirènes du marxisme, vient d'embrasser l'islam.
Au moment où il divorce de sa première femme, le divorce
étant interdit chez les maronites, il se convertit à l'islam.
Ce qui le rapproche encore un peu plus de Hanane.
Mais pas de ses parents, qui voient d'un très mauvais
œil cet homme, divorcé, déjà père d'un enfant, ancien
chrétien, plus vieux de seize ans que leur fille, venir

demander sa main. Hanane ne rejoue pas la scène
fondatrice de la vie de sa grand-mère, incapable
de rompre avec les siens. Les deux tourtereaux
s'éloignent l'un de l'autre.
Nous sommes en 1982. Soudain, la guerre reprend
et l'armée israélienne pénètre au Liban. Roger,
devant l'avancée de Tsahal, organise aussi le quotidien
dans Beyrouth encerclé. L'OLP finit par se rendre,
Yasser Arafat s'envole vers la Tunisie. Pour ces hommes,
combattants ou sympathisants du camp «islamo-
progressiste», ainsi qu'on le nommait presque sans rire,
1982 sonne le glas des espoirs. Beyrouth perdu,
leur rêve envolé, ne reste que le désespoir ou le cynisme.
Pire peut-être, car 1982 résonne aussi au cœur
de Sabra et Chatila, le camp palestinien : sous le regard
(et la complicité bienveillante) de l'armée israélienne,
les milices chrétiennes phalangistes, ivres de vengeance
(le président – maronite – Bachir Gemayel vient d'être
assassiné), massacrent entre 700 et 3 500 personnes.
Roger Assaf part, dégoûté, désespéré, à Paris. Hanane,
elle, est restée. Au lendemain de la tuerie, elle s'infiltre
dans Chatila, une caméra dissimulée dans un couffin,
et filme. Ses images feront témoignage.
Quand les Israéliens quittent Beyrouth, Hanane est
aux États-Unis. Son père croit décider pour elle :
elle sera médecin, biologiste… Elle ne renonce pas
pour autant à la scène et mène de front un mastère
de théâtre. Loin des siens pourtant, loin du Liban,
elle éprouve une douleur trop forte. L'absence ronge tout.
Elle se sent inutile, dépossédée d'elle-même.
Roger lui demande de rentrer. Elle dit : «Oui, mais
j'ai changé.» Quand il la voit, sa chevelure désormais
camouflée sous le voile, il ne dit rien, accepte.
Pas comme certains de leurs amis, qui voient soudain

en eux l'incarnation des «islamistes» qui ont repris
la lutte perdue par les anciens marxistes.

Ils veulent se marier. Ils le veulent à tout prix. Le père
intransigeant, qui avait refusé la main de sa fille, est loin
désormais, au Canada. Les deux amoureux entament
le tour des oncles de la famille de Hanane,
pour les conquérir. Dix ans après leur première rencontre,
ils se marient, en 1986, à Nabatiyé et s'installent
à Beyrouth. Depuis, quatre enfants sont nés. Zeinab, Ali,
Mariam, Youssef. Roger a aujourd'hui plus de 66 ans ;
Hanane, la cinquantaine. Le monde auquel ils ont cru
a vacillé. L'humanisme dont ils s'étaient repus, aux temps
de leur folle jeunesse, a explosé en mille petits morceaux.
Eux deux restent, centrés désormais sur ce qui, pour eux,
résume l'essentiel : leur famille, leurs enfants, leur amour.
Et aussi leur art : ils ont fondé le théâtre Tournesol
dans le quartier de Tayouné, entre les trois zones
confessionnelles de Beyrouth (est, ouest, banlieue sud),
devenu très vite un haut lieu de la culture à Beyrouth.
Preuve qu'ils ne renoncent jamais.

Rien ne sert de bosser

Relation paradoxale que celle des Libanaises avec le
travail! Sans doute est-ce lié au fait que «être salarié(e)»
est encore assez mal perçu dans la société. «Si tu ne fais
pas quelque chose par toi-même, tu as très peu de chance
de réussir au Liban. Et très peu de chance d'être considérée», jette Noor, salariée justement, et très bien payée
pour le pays (1 800 dollars par mois), dans une agence
de publicité. Solange, la soixantaine, très fière de sa fille
émancipée, lâche : «Voilà ce que j'ai toujours dit à ma fille.

Regarde ma carrière : pas d'augmentation en vingt ans de présence ; une absence de considération quant au travail accompli et un rapport patron-employé qui te pose, toi l'employée, en sous-fifre, en larbin de ton patron. Devine ce que fait ma fille ? Elle est à son compte et bouge dans tout le Moyen-Orient. »

Le salaire des employés tourne plus souvent autour de 600 à 1 000 dollars par mois. Pour la femme, c'est parfois en deçà. Le fameux plafond de verre a bien plus d'épaisseur ici, où l'on craint les grossesses et les absences répétées pour cause de diarrhées intempestives de bébé. Bien sûr, la règle n'est pas inscrite dans le marbre, mais tout le monde le sait : à compétences égales (ou supérieures), le salaire féminin proposé sera inférieur à celui d'un homme. Rien de nouveau sous le soleil, pensez-vous. La France a elle-même encore pas mal de chemin à parcourir pour que la travailleuse soit l'égale du travailleur ! Mais, au Liban, quand une secrétaire gagne 800 dollars par mois, quel peut être son intérêt à quitter la maison pour ramper devant un patron ? Faites le calcul : l'essence de plus en plus chère, les emmerdes des bouchons, la bonne éthiopienne à payer, le repas de midi à préparer (tout le monde continue d'embarquer dans des sacs isothermes le repas que maman, l'épouse ou la bonne, a préparé)… Et l'on se retrouve avec un petit 200 dollars réellement gagné. Le jeu en vaut-il la chandelle ? Réponse : à ce tarif-là, je reste sur mon canapé à mater la chaîne Rotana, financée par le prince saoudien Al-Walid Ben Talal, qui produit quelque cent vingt artistes de la région avec, si possible, en boucle le dernier clip du chanteur alcoolique, cocaïnomane mais à la voix éraillée sublime (au moins sur les disques, en vrai, comme il ne tient pas debout, c'est plus chiant), Georges Wassouf.

Pas étonnant que la main-d'œuvre se sauve vers les pays du Golfe, où un ingénieur sera rémunéré 3 000 à 4 000 dollars, contre 1 500 au mieux à Beyrouth.

Dans un courrier des lecteurs adressé au quotidien *L'Orient-Le Jour*, «une maman qui travaille», Éliane, répondait à deux ou trois questions qui traînent encore dans les conversations, révélatrices des résidus de machisme ambiant. «Une femme qui travaille est-elle responsable du chômage et d'une jeunesse moins éduquée? Comment peut-elle jongler entre sa famille et sa vie professionnelle?» Qu'on puisse, encore aujourd'hui, poser ce genre de questions, révèle combien on est loin d'une amélioration de la condition féminine au Liban. Cette «maman qui travaille», ainsi qu'elle signe son courrier, rappelle aussi que «les taux d'activité féminins les plus faibles sont enregistrés dans les pays arabes. […] Le taux d'activité des femmes a toujours été très inférieur à celui des hommes; il s'est cependant accru, dans certaines régions du monde, tandis que celui des hommes diminuait légèrement. Mais est-ce qu'on peut vraiment dire que la femme est responsable du chômage?»

«Est-ce qu'une femme qui travaille ne pourrait pas éduquer ses enfants?» poursuit Éliane dans son courrier. Et de répondre: «À mon avis, la femme au foyer moderne est une femme qui s'est laissé piéger dans une vie ennuyeuse qui la prive de son égalité.» Dans sa ligne de mire, une belle oisive, languide, qui passe son temps entre la salle de gym, le *sobhiyé* avec les copines, une ou deux heures de shopping en guise de sieste et le retour au bercail, les enfants déjà baignés et nourris par la bonne, pour attendre le loup des steppes (qui justement se demande quelle excuse trouver pour ne surtout pas rentrer). Ou cette autre, à l'autre extrême de la société, coincée dans le carcan social qui veut qu'une femme s'occupe de son foyer et de ses enfants. L'argent, comme auparavant la chasse chez les primitifs néandertaliens, étant l'apanage de Monsieur Muscles.

Trop souvent encore, notamment dans les milieux populaires, le travail féminin est perçu comme une honte pour l'époux, qui se doit de subvenir à toutes les dépenses. Question d'honneur. « La femme trouve des parades. Elle dit qu'elle s'épanouit dans son métier, qu'elle s'y soumet pour rendre service à la communauté. Son salaire, dans ce cas, n'est pas capital. » Oui, mais pareil subterfuge oblige aussi à taire ses revendications. « Je gagne 600 dollars comme secrétaire et je n'ai pas eu d'augmentation depuis mon entrée dans l'entreprise, il y a presque huit ans. Je n'ai jamais rien demandé non plus. Je n'ose pas », explique Rabiha, qui travaille dans une agence immobilière.

Pourtant, le pouvoir d'achat des ménages ayant chuté de 33 % en dix ans, le salaire des femmes devient de plus en plus nécessaire aux familles. « Aujourd'hui, qui plus est, les rentrées d'argent liées à la diaspora diminuent. La crise économique touche les expatriés du Golfe, dont le soutien financier à leur famille contribuait à équilibrer les revenus », avance un journaliste du *Commerce du Levant*, la revue économique du groupe L'Orient-Le Jour. Conséquence : sans un minimum de 3 000 à 4 000 dollars (pour un couple avec enfants), impossible de survivre à Beyrouth. Du coup, on cumule les petits boulots, un plein-temps d'un côté, des interventions ponctuelles de l'autre. Avoir deux ou trois employeurs devient monnaie courante. « Je ne comprends pas comment cela tient, la majorité ne touchant pas pareille somme, comment cela n'explose pas », ajoute le journaliste, qui lui-même cumule deux emplois, pour un salaire avoisinant les 2 000 dollars.

Rita est l'une des très rares gérantes de restaurant à Beyrouth, le Grey. Bomba italienne, cheveux longs, les épaules musclées comme un matador, elle affirme faire un métier «sulfureux» pour une femme, que sa famille – «des gens simples de la campagne» – a eu du mal à accepter. «Je travaille dans le milieu de la nuit. Je dirige des hommes», s'amuse-t-elle. À 35 ans, elle n'est d'ailleurs toujours pas mariée. «Je mène ma carrière comme je l'entends. J'adore mon métier. Je gagne environ 4 000 dollars par mois. Mais je fais un métier dur du fait de l'intensité des horaires, de l'engagement permanent. Et ça, peu d'hommes sont en mesure de l'accepter pour leur femme.» Rita dit se moquer de son célibat prolongé – elle a, il est vrai, depuis quelques mois un petit copain, «plus âgé et plus mûr» qui, dit-elle, «comprend mieux. Il a vécu à l'étranger». «Je m'amuse et je suis libre, ajoute-elle, et j'emm… le qu'en-dira-t-on. Les gens finissent par me respecter comme un homme. C'est étrange, c'est comme s'il leur était impossible encore de me respecter dans ce rôle de manager autrement.»

Le rapport au travail n'est guère meilleur du côté de ces «vaches de bourgeois», comme chantait Brassens. Cela dit, on les comprend : pourquoi s'enquiquiner à travailler quand on a de l'argent (ou l'argent de son mari ou de papa)? Celles qui s'y collent tout de même sont encore trop rares! Mais elles sont de fait à applaudir des deux mains! Car, même un rien futile, même totalement déconnectée de la réalité de 75 % de la population, leur présence participe à la valorisation du travail féminin. Sandra travaille dans l'entreprise de son père et jure ne pas savoir combien elle gagne. Elle aide son père. «Je vis chez mes parents. Si j'ai besoin, je demande à ma famille.» Son amie, elle, qui travaille pour la filiale d'un groupe américain et reçoit donc chaque fin de mois un bulletin de paie, affirme également ne pas vraiment être concernée par le niveau de son salaire. «De toutes les façons, ce que je gagne est ridicule au regard de mes besoins.»

Dans les grandes familles, on incite souvent les filles (ou les femmes) à devenir styliste, architecte d'intérieur, responsable de galerie d'art. Que voulez-vous, c'est quand même plus classe que couturière, secrétaire ou patron d'imprimerie! Des «métiers d'art» qu'il n'est point rabaissant d'exercer.

Femme de tête, femme de cœur

Nadine Touma adore le chocolat. Elle se goinfre aussi de bonbons acidulés, de toutes les couleurs. Sans compter les graines de chanvre qu'elle mange rôties à la moindre occasion. Résultat, elle est belle comme un modèle de Botero qui danserait autour de son ombre aguicheuse. «Bonjour, ça, c'est moi», annonce-t-elle, pas mécontente de l'effet produit. Son corps drapé dans un taffetas japonisant s'impose comme un reflet de son âme gourmande. Le pire, c'est qu'elle adore

aussi jouer à la toupie. Faire tourner les têtes,
ça la connaît. Pas celles des hommes, quoiqu'elle ait dû
en faire tourner un certain nombre en bourrique,
si l'on tient compte de sa méticulosité professionnelle,
frisant la paranoïa. Non, son nirvana, c'est inventer
des histoires de monstres, de fées, de djiins, de villes
hantées, de nuits où les étoiles ont disparu. Bref,
des contes pour enfants et adultes émerveillés. «Je viens
d'une famille où les femmes racontaient des histoires
anciennes, celles transmises de génération en génération
et celles inventées au gré de leur fantaisie galopante.
Je ne sais pas vivre sans histoires.»
Nadine Touma a fondé, en 2006, l'une des très rares
maisons d'édition de livres pour enfants de langue arabe,
Dar Onboz. «Dar» pour maison et «Onboz» justement,
comme les graines de chanvre qu'on grignote à toute
occasion – et spécialement, pour elle, en souvenir du bol
de graines grillées et salées, posé au milieu de la petite
troupe d'enfants que sa grand-mère réunissait
pour les embarquer dans la poésie des mots lâchés
en liberté. «Une fois notre projet de maison d'édition écrit
noir sur blanc, on s'est dit avec Sivine Ariss, qui s'occupe
des musiques des livres édités, que raisonnablement
ça ne pouvait pas marcher, qu'on allait dans le mur.»
Éditer des livres pour enfants alors que la région croule
sous les modèles américains, depuis Walt Disney
et ses princesses à guimauve en passant par les GI
musclés et les M16 à l'imitation si parfaite qu'on dirait
des vrais, semblait un pari perdu d'avance. Imprimer
en arabe – en «langue dialectale» – alors qu'une majorité
d'enfants peinent à la lire, plus dément encore.
Mais Nadime Touma a l'habitude des coups médiatiques.
Artiste, elle s'est notamment distinguée par une «caravane
des nez», circulant dans tout Beyrouth. «J'avais façonné

4 000 nez en pâte d'amandes. Quatre modèles différents
à vendre ! Un nez africain, un autre amérindien,
celui de Marilyn – entre nous refait ! – et notre si fameuse
protubérance "sémite", qu'il semble à tout prix nécessaire
d'éradiquer du paysage esthétique. » Nadine
et ses copines installent leur cargaison d'œuvres
comestibles à l'arrière d'un pick-up, qu'elles baptisent
du doux nom de « Soussou la coquine ». Et les voilà,
tabliers blancs de soubrette à la taille, sillonnant Beyrouth,
haranguant les passants avec des stickers sur lesquels
on pouvait lire : « Attention, nez fragile. » Nadine Touma rit
– elle rit toujours – au souvenir d'un des mots d'ordre
de leur manif : « Non à l'uniformité des nez ! » Mais rappelle
soudain, très sérieuse : « Quand votre physique devient
"public", il y a danger. Des amis ont ainsi pu me dire :
"Nadine, tu es magnifique. Mais tu serais bien mieux
encore si tu te décidais à refaire ton nez…" Pour eux,
cela relevait du conseil amical. Pour moi, c'était
d'une violence inouïe. Ce qui m'agressait dans leurs propos,
ce n'était pas seulement de me voir imposer
leur choix esthétique, mais aussi ce refus de ce que
l'on est. Standardisée, la beauté devient un simple produit
de consommation. »
Ces années d'artiste, Nadine Touma les a laissées partir
en volutes de souvenirs sans aucun regret. « Finalement,
à mes expositions, je voyais toujours le même public.
J'appartenais à une élite et, quoi que je fasse,
c'est cette élite qui venait me voir. Or, moi je rêvais
de toucher ceux que je ne voyais jamais dans les musées.
Je voulais toucher le pays, tout le pays. En priorité,
les plus jeunes, car c'est par eux que le changement
s'opère. » À ce pays qui affleure si souvent à ses lèvres,
elle affirme son attachement vivant, viscéral. « Je viens
du Sud. Je me sentais en résonance, en appartenance

avec ma terre. Avec la guerre, ma famille a dû quitter
notre village pour se réfugier dans Beyrouth est. »
Cet arrachement, d'une vie de village « mixte »
à une survie dans la banlieue, et l'inscription
dans cette classe moyenne francophone chrétienne ont
été un traumatisme. « Quand je suis partie aux États-Unis
pour étudier, je n'ai pas ressenti un choc similaire. »
Pour Nadine Touma, dont le nom de famille évoque
peut-être à certains amateurs l'arak Touma, une bonne
maison et l'une des plus anciennes, qui produit encore
cette (divine) liqueur anisée, c'est ce lien avec la terre
qu'elle cherche à restaurer. « J'aime ce qui rapproche.
Ce qui me touche, c'est la diversité de notre pays :
dans ses paysages, ses hommes, ses mondes. »
Première saison de Dar Onboz : cinq livres lancés.
Et immédiatement, le premier challenge s'impose :
lire oui, mais écouter aussi, toucher pourquoi pas,
agripper et malaxer surtout. Des livres à vivre
et avec lesquels vivre. Le succès est là, immédiat,
qui dépasse même le Liban pour envahir les pays
de la région, le Maghreb également. « On nous rebat
les oreilles avec l'appauvrissement et l'absence
d'une culture vivante dans le monde arabe. Mais notre
petite maison d'édition est la preuve que le public est là,
au rendez-vous. » Depuis, Nadine Touma sillonne le Liban,
de bibliothèques en foires, en passant par les librairies
et les festivals. « Aller vers notre public, à défaut de circuit
de distribution capable de nous soutenir. » Aujourd'hui,
son catalogue présente seize titres, dont le très beau
SabHa w-7 (« Sept et 7 »), avec des dessins signés Fadi
Adleh, ou encore *Kharbasha* (« Gribouillis »),
qui a reçu le prix de la foire du livre pour enfants
de Bologne en 2008. « Je m'appuie sur nos traditions,
mais je ne me limite pas. » Comme lorsqu'elle était artiste

et luttait contre la standardisation des nez, Nadine Touma bataille pour que son pays, son monde, même imaginaire, retrouve sa beauté multiple.

Chasse gardée

Au secours,
les hommes ont disparu

Séductrice, la Libanaise? Jusqu'à la moelle, jusqu'au tréfonds de son âme. Pas une seconde de sa vie où elle ne soit en représentation, sur le qui-vive, prête à piéger le premier quidam venu dans ses filets. C'est une seconde nature, comme l'air qu'on respire. «Arrête de sourire aux hommes!» dit Rima à sa sœur Leïla, alors qu'elles marchent toutes les deux sur la corniche. «C'est fou, tu ne t'en rends même pas compte.» Séductrice d'accord, mais alors d'un charme dangereux. La Libanaise ne connaît pas de limites à ses désirs. C'est une «killeuse», qui sortira l'artillerie lourde si l'homme lui plaît. Emmanuelle, une Française mariée depuis treize ans à un Français et qui enseigne dans un lycée de Beyrouth, veut rentrer à Paris. Ce n'est pas l'insécurité politique du Liban qui la motive. Elle a vécu la guerre de 2006. Elle était là lorsque le Hezbollah a pris Beyrouth en 2008. Des brouilles! Ce qui lui fait envisager un rapatriement d'urgence? Son couple en danger. «Elles sont là à lui rôder autour. Tu en viens à devoir marquer ton territoire. En France, je n'aurais jamais accompagné mon mari à une réunion de travail avec ses collègues. Ici, j'ai très vite compris que si je ne voulais pas me le faire faucher, j'avais intérêt à être omniprésente.» À bon entendeur! D'ailleurs, les Libanaises sont tout sauf naïves. Estampillé célibataire (c'est valable aussi bien pour les hommes que pour les femmes), vous vous retrouvez rayé des listes d'invitation des dîners mondains en couple. La raison ? C'est Amira, la cinquantaine, journaliste au quotidien *An-Nahar*, qui la donne : «On n'invite pas une femme seule. Quand j'ai divorcé, j'ai perdu la moitié de mes relations. Je devenais sans doute une rivale. Une maîtresse potentielle pour leur mari.»

Pour une Française, débarquer à Beyrouth, c'est tâter d'un code diamétralement opposé au sien. Les premières semaines, vous ne comprenez rien. Et naturellement, tous vos plans (ceux que vous aviez imaginés dans votre petite tête, parce que les individus ciblés, eux, ne s'en sont jamais rendu compte) foirent les uns après les autres. Fadi, par exemple. Vous l'avez croisé en compagnie d'autres amis au Rouge, le restaurant *so* chic de la rue à dominante festive de Gemmayzé. Tout vous a immédiatement plu en lui : son goût de la lecture (en même temps que des *blockbusters* américains «pour se détendre les neurones»), sa connaissance précise des œuvres de Bach (vous vous êtes extasiés ensemble sur l'interprétation génialissime de Gould). Sûre d'un désir naissant, vous attendez un appel. Mais rien. Le bide intégral. Fadi ne se manifeste pas. Après une quinzaine de jours, vous finissez par demander à l'amie qui vous avait invitée ce soir-là, dépitée : «Et Fadi ? Pourquoi ne le voit-on plus ?» Sa réponse donne la mesure de la mièvrerie dans laquelle vous baignez : «Pourquoi, il t'intéressait ? Mais tu n'as rien montré ! *Habibti*, si tu veux gagner le cœur d'un homme ici, va falloir te montrer un peu plus combative. Il s'est trouvé une nana.» C'est là que le sol s'ouvre sous vos pieds. Combative ? Mais elle croit quoi, votre copine ? Que vous alliez lui courir après, à ce rastaquouère, de toute façon trop poilu ? Déjà, vous condescendiez à vous y intéresser, il faudrait, en plus, lui mâcher le boulot ? Nos grands-mères, nos mères nous l'ont assez répété (les miennes en tout cas) : « Un homme, tu dois l'attirer, lui montrer que tu es réceptive par de tout petits détails. Mais ne prends jamais les devants ! C'est à lui que revient le travail d'approche. C'est à lui de te conquérir. Autrement, tu prends le risque d'être assimilée à une gourgandine » Merci, mamie ! Au Liban, avec une telle méthode, c'est la Berezina. Ici, il faut du bon gros Scud. Sortez les banderilles, le taureau s'attrape par les cornes. Et croyez-moi, cela n'a rien d'une image ! Vous riez ? Pourtant, c'est à pleurer. On estime le rapport démographique à un homme pour cinq femmes. Le chiffre n'est pas certain : cela pourrait être tout aussi bien un homme pour sept femmes, tant, certains soirs à Gem' (la rue Gemmayzé pour les intimes, la rue où l'on sort depuis que la rue Monnot est tombée en désuétude), on a l'impression de vivre au royaume des Amazones esseulées. Ce déséquilibre démographique ne date pas d'hier. Dès le XIXᵉ siècle, les hommes libanais ont quitté en masse un pays qui ne leur offrait aucun avenir professionnel. Avec la guerre civile (1975-1990), le phénomène s'est accentué. Il a même connu un nouveau boom après la guerre de juillet 2006, quand Israël a tenté de liquider les structures du Hezbollah. Alors, forcément, ensuite, c'est un combat à mains nues qui s'ouvre pour le premier ahuri venu. Comme dit Chloé, pourtant *bellissima* : « Ici, c'est la concurrence acharnée. Quand on sort, si je ne montre pas un intérêt immédiat et fabuleux pour le type qui vient nous parler, il passe aussitôt à ma copine, sans plus de façons. Et à la copine suivante, si elle ne l'a pas non plus fait sauter en l'air. » Un combat où la Libanaise prend les devants, séduit et appâte, tandis que l'homme regarde, comme indolent, cette sublime tentatrice se rouler à ses pieds. Au moins au début !

Artillerie lourde

Oubliez tout ce que vous pensiez savoir. Le charme si subtil de nos marivaudages précieux, sauce française. Pas assez efficace pour la situation. Règle de base : on socialise à mort, quelles que soient les circonstances. Pas la peine de vous terrer chez vous avec, en ligne de mire, une soirée couette, tisane et grosses chaussettes avec votre grand copain Meetic. Les sites de rencontre ne marchent pas ici. Quand il n'est pas coincé sur un site de Texas Hold'em en ligne, les cartes étant son autre grande passion, le Beyrouthin vit dehors. Le café comme une seconde maison. En plus, ici, on est multi-générationnel (mais en revanche très géo-localisé, une «Achrafiote» mettant rarement les pattes à Hamra et inversement, sauf dans la jeune génération). Une môme de 18 ans se retrouvera à bavasser avec un *hadj* (pas si «sage» que ça) de 70 printemps, la perruque noire sur la tête, quand une grand-mère de 50 ans sortira avec ses copines au restaurant Marguerita (Gemmayzé toujours), son fils et les copains de son fils dans les parages. Conseil de base : ne rembarrez pas à la française. Cet homme-là au bar qui s'approche avec une excuse bidon : «Du feu, *ya helwé*?» Ne l'envoyez surtout pas balader comme vous l'auriez fait à Paris, en lui refourguant (quand même) votre briquet, sans même un regard. Au contraire, grand sourire, penchez-vous juste ce qu'il faut pour l'allumer. «Je vous ai déjà vu ici, non?» Si, si, quand on vous dit l'artillerie lourde… Ne refusez jamais une invitation non plus. La soirée bridge à laquelle on vous convie n'a rien de supra excitant? Mais que savez-vous de cette famille (forcément) tentaculaire? Vos hôtes ont sans doute un cousin planqué dans un coin de l'arbre généalogique, libre et accessoirement pas trop accro aux jeux de cartes. De la même façon, ce gentil zouave un peu gras, un peu chauve, qui vous convie à un après-midi spécial arak (le pastis local) et mezzés (ou comment être bourré à trois heures de l'après midi) avec la bonne, son fils et sa grand-mère? Enthousiasme de rigueur! «Génial, on part à quelle heure?» Ne hurlez pas non plus au loup quand on vous organise une bonne vieille *blind date* des familles. «Ah, au fait, j'ai donné ton téléphone à Karim. Il est sympa, tu verras.» Française 100% pur beurre, le rendez-vous téléguidé vous horripile. Pire, il vous donne l'impression de marcher avec, au front, un tag odieux: «Célibataire en berne, besoin de câlins désespérément.» Qui ça, vous? Certes, *la wahdé* («célibataire») depuis des lustres, mais positive, hyperactive. À Beyrouth, tout ce grand tralala de diva ne fonctionne pas. On favorise la rencontre, on multiplie les possibles. C'est normal, naturel. Et à y regarder de près, on se demande quelle mouche a bien pu piquer les Françaises pour se draper dans leur si fière solitude plutôt que d'avouer leur quête et leurs manques.

Attention, toutefois: l'art de séduire à la libanaise repose sur un équilibre très incertain. En clair, rester accessible tout en maintenant une distance de sécurité raisonnable. Le conseil de nos grands-mères revient soudain dans son bon sens universel. À trop en faire, vous risquez aussi de passer pour une Marie-couche-toi-là. Et cela, ni Paris ni Beyrouth n'en sont de fervents adulateurs.

Soirée Kill Bill

Rita, la trentaine à peine sonnée, est plus âgée que ses trois autres copines. Mais elles ont le même but: se dégoter un jules. Plus exactement, un mari. Minauder en compagnie de jeunes donzelles, un verre de Martini blanco à la main, se révèle dans ce cas bien plus avantageux que de se balader avec des vieilles rombières de son âge. D'ailleurs, Rita s'est mise au diapason : « J'ai 27 ans », assure-t-elle, là où son état civil officiel (elle l'avouera plus tard) en annonce 31. Car Rita angoisse grave. Bien sûr, elle ne dit pas : « Je cherche un mari désespérément. Et mon horloge biologique hurle à l'urgence. » On est en boîte, au Palais by Crystal (ex-Crystal) de la rue Monnot, et l'ambiance se prête peu (rapport au son des baffles…) à parler de cette pression familiale et sociale qui pèse sur la tête de presque toutes. Mais la saison de la chasse est ouverte. Tout le monde le sait. Quand on veut s'attraper le prince charmant ou, son équivalent libanais, l'homme à gros portefeuille, il y a deux fenêtres de tir : les fêtes de fin d'année, quand les Libanais rentrent pour les bisous à la famille, et les grandes vacances, quand monsieur se pique de nostalgie pour son rivage natal. Le reste du temps ? C'est morne plaine. Des femmes, des gays, et quelques divorcés ratatinés sur leurs angoisses. Bon, OK, j'exagère un peu…

Cette année, en plus, la traque s'annonce exceptionnelle. Aux habituels expatriés rentrant pour les fêtes de fin d'année, se sont greffés les financiers et les ingénieurs libanais de retour, touchés par la crise économique mondiale. Une occasion de première, un cheptel unique ! Certes, le chômeur, question beau parti à portefeuille rembourré, ce n'est pas ce qu'on a fait de mieux, mais ceux-là au moins vont rester au-delà des quinze jours habituels. Cela laissera plus de temps pour les appâter et, qui sait, leur passer la bague au doigt. « Tu ne vas pas en boîte pour tchatcher. Mais pour t'exploser. Si quelqu'un te plaît, ça se poursuit par des *dates* plus sérieuses », prévient Rita, en grande habituée.

Rita a donc sorti l'artillerie lourde : une micro-jupe, des cuissardes échasses (paraît que c'est Dior qui a lancé cette ignominie), et une blouse de satin rouge où explose son 95 C, « 100 % naturel », affirme-t-elle, même si ses seins, comme deux bombes prêtes au décollage, disent l'exact contraire. Au Palais, ça commence doucement à s'échauffer. Il est 1 heure du mat et l'on danse sur de la techno suave par grappes de trois ou quatre. Les filles sont langoureuses. Certaines la tronche ravagée par trop d'opérations chirurgicales. Mais toutes les mains levées pour parfaire un mouvement de danse, encore hésitant, la main aux doigts graciles qui se tourne, paumes ouvertes, comme une invitation à les rejoindre. Un sourire et le tour est joué : l'homme vient se coller serré aux hanches. Aussi simple ? Aussi simple. Kamal, franco-libanais, se marre. « C'est dingue, non ? Elles se dandinent du popotin comme des geishas. Elles sont hyper aguicheuses. Mais si tu les serres de trop près, elles te rembarrent. Elles veulent du sérieux. Tu les approches. Mais tu ne les atteins jamais. » Pas, du moins, si, comme Kamal, on cherche le coup d'un soir.

Le cœur mis à mâle

Comment chasser lorsque l'on cherche la rencontre et pas un mari ? Et, complexité supplémentaire, quand on n'est pas une dingue du dandinement sur fond de musique techno ? Nada est sunnite. À 35 ans, elle dit ne plus se faire beaucoup d'illusions sur son avenir sentimental. « J'assume mes choix. Je me voulais libre et indépendante. Il y a un prix à payer. J'ai encore quelques années devant moi… Je sais que ma vie de femme ne sera pas éternelle. Alors, j'en profite. Quant à me marier… Il est presque trop tard, au regard de notre société. En assumant ouvertement ma vie, j'ai aussi fermé des portes.» La sentence est dure. Ce n'est pas que Nada y croie à 100%. Après tout, des «hommes bien», elle ne connaît que cela : ses amis (mariés), ses frères et ses cousins sont tous des cœurs d'une rare générosité. Si elle se répète cet axiome, c'est plus comme pour se prémunir d'une nouvelle déception. Nada a partagé sa vie une dizaine d'années avec un beau jeune homme, maronite de son état. «Nous pensions même nous marier. Ça coinçait un peu question religion. Mais ce n'était pas insurmontable. Et puis, il y a eu cette autre fille. Je n'ai pas réussi à pardonner.» À 35 ans, elle dit se sentir libre et épanouie comme jamais. «Avant, j'étais dans le regard d'un seul homme. Je ne vivais que par et pour lui. J'ai appris à écouter mon corps, à le sentir dans ses pulsions, ses désirs.» Alors qu'elle a choisi de rentrer à Beyrouth, à la fin de ses études en France, pour travailler, ses parents, eux, sont restés quelques années de plus. «Je me suis installée seule à Beyrouth. Quand mes parents sont rentrés, mon père ne comprenait pas pourquoi je tenais à vivre seule, loin de ma famille. Certaines de nos cousines, au village – ma famille vient du Nord – ont commencé à critiquer mon comportement. Mais mon père, même s'il n'approuvait pas mon choix, les a arrêtées : "C'est ma fille et je vous interdis de médire." Je lui en suis toujours reconnaissante.»

Mais où croiser de ces matous qui vous explosent la libido? Dans les bars. «Les soirées sont toujours un moment de rencontre possible. Parfois, ce n'est qu'un ami de plus; parfois, un compagnon possible.» Encore faut-il ne pas connaître le propriétaire ou les habitués. «La dernière fois, j'ai discuté longuement avec un homme. C'était, dira-t-on, un coup de foudre amical. Quand je suis partie vers une heure du matin, il m'a proposé de me raccompagner. À notre départ, le tenancier, qui me connaît, m'a fait une réflexion. Je n'ai pu m'empêcher de penser : que va-t-il penser de moi ? Que vont penser les gens en me voyant partir avec un homme ? » De sa vie, Nada dit n'avoir qu'un regret : les enfants. Parfois, même, elle rêve « Et si je décidais d'en avoir un sans père ? » Elle rêve, mais elle s'arrête. « Je ne peux pas imaginer faire subir ça à mes parents. »

Date de péremption

Célibataire à 30 ans ? Pas très loin du film d'horreur. « Le problème, c'est que si la femme n'est pas mariée à 32 ans, les hommes pensent qu'elle a un problème psychologique ou qu'elle ne peut plus avoir d'enfants », explique Solange Sraih, qui a fondé en 2006 l'agence matrimoniale Pom' d'Amour. Solange, qui a longtemps vécu en France avant de rentrer, en 2005, a dans son fichier un peu plus de mille profils, âgés de 23 à 70 ans (mais, rappel à la dure réalité des statistiques, quatre femmes pour un homme). « La société libanaise vit sur des cercles relationnels. Elle est finalement très fermée. Lorsque vous ne vous retrouvez pas ou plus dans ces réseaux, cela devient compliqué. Et c'est le cas des hommes de la diaspora, partis travailler dans le Golfe ou en Europe. » C'est devenu la spécialité de Solange : repêcher des expatriés esseulés pour les mettre en contact avec des femmes qui vivent au Liban. Un créneau porteur : Solange a déjà six mariages à son actif. Mais le contexte politique durcit les relations sentimentales : « Depuis quelques années, tous exigent de rencontrer des personnes au sein de leur communauté religieuse. Avant, cette règle était quand même plus flexible. La société s'est refermée. En plus, les hommes exigent des jeunes ! Des femmes de sept à quinze ans minimum leurs cadettes.

J'ai même un monsieur de 70 ans qui veut rencontrer une femme de 38 ans maximum. » À quoi pense-t-il, ce fringant barbon ? À la veuve qu'il laissera ? « Chez nous, le compte à rebours de l'horloge biologique démarre plus tôt. Une femme a peu de chances de faire sa vie après 40 ans », avance Solange, même si elle reconnaît que c'est quand même plus facile qu'avant. Mais pour ça, il faut parfois faire appel à la mansuétude européenne. Solange n'hésite pas à aller chercher le mâle là où il se trouve, en Italie et en France par exemple, pour proposer des candidats français ou italiens à cette génération « perdue ».

Fuck friend

Maha a 36 ans. Elle vient d'un village paumé aux confins du Sud, longtemps sous occupation israélienne. Sa famille y vit toujours, mais elle a déménagé à Beyrouth pour ses études, il y une dizaine d'années. Désormais, elle travaille dans un cabinet d'architectes. Surtout, ne dites rien à sa famille, qui n'apprécierait guère l'info : depuis cinq ans, Maha a un ami régulier. Enfin, plus exactement, elle est « l'amie intime » du beau Ali, un ingénieur de 48 printemps, qui vit aussi à Beyrouth. Remarquez le féminin. « L'amie intime » étant un pur concept de mecs, à mettre sur le même plan que le « *fuck friend* » si tendance chez nos amis anglo-saxons (et dont l'appellation a le mérite d'être claire !). Le mot revenant sans cesse dans les conversations, j'ai fini par demander à certains de ces messieurs de quoi il retournait. Ils m'ont dit : « C'est génial quand tu n'es pas amoureux. C'est une amie avec qui tu peux discuter de tout. Même des autres coups. Et avec qui tu baises parfois. Tu la vois sans aucune régularité. Parfois même, tu vas juste dîner avec elle.» Bref, moins qu'une maîtresse, plus qu'une copine. Seul problème : Maha est accro, AMOUREUSE. Son don Juan, lui, naturellement, ne veut pas entendre parler d'une relation sérieuse. Surtout pas d'engagement. Surtout pas de promesses. Ali, de surcroît, a un petit travers. Il est du genre Casanova. Maha connaît quelques-unes de ses frasques. Elle ne dit rien, n'en parle jamais puisqu'«il lui revient toujours». Mais aujourd'hui, son jules vient de la planter. Il se marie avec une môme de 24 ans, rencontrée lors d'un voyage express aux États-Unis. L'amour fou, soudain ? Taratata, explication bien trop romantique. Depuis quelques mois, qui sait, quelques années, Ali cherche LA femme. Celle qui pourrait être son épouse attentionnée, comblerait sa maison d'une ribambelle de petits lutins adorables. «Un jour, il faut bien se décider.» Mais alors, pourquoi pas Maha ? C'est que, dans sa tête, notre si élégant macho s'est peaufiné une liste des qualités exigées pour le poste : moins de 30 ans (*exit* Maha), éduquée et indépendante. Pas trop quand même, il faut aussi qu'elle l'admire, qu'elle soit suffisamment aimante pour s'inféoder. Faut-il aussi qu'elle soit vierge ? La question fait mal. Dans le cas d'Ali, nul n'a la réponse. Mais elle correspond bien au comportement de ces hommes supposés «progressistes» et «modernes», que la perspective du mariage fait soudain basculer vers des modèles bien plus traditionnels. Un retour vers môôoman, en somme.

Totems tabous

Les Libanais sont réputés être les meilleurs amants du Moyen-Orient. Et sans doute y a-t-il chez ceux qui s'intéressent un tant soit peu à la bête à deux dos une curiosité, un désir, que peu de limites viennent entraver, contrairement à d'autres pays du Moyen-Orient, où une néo-bigoterie semble vouloir remplacer l'art d'aimer, tant chanté par les poètes. Pourtant, à écouter Sandrine Attalah, l'une des très rares sexologues à officier au Liban, c'est plutôt la Berezina. Bien sûr, elle prend les précautions d'usage. «Ce que je peux dire relève des cas que je traite. Il n'y a pas d'études cliniques. Or, lorsqu'on se rend chez un médecin pour discuter sexe, c'est la pire des humiliations. On n'y vient que contraint et forcé, quand le cas est désespéré. Le danger est toujours de trop généraliser.» Sandrine Attalah traite principalement des cas de vaginisme, d'éjaculations précoces et, l'âge venant, des dysfonctionnements de l'érection. «Pour ces deux premières maladies, on peut dire que l'éducation a manqué. La femme n'arrive pas à voir son sexe comme une partie d'elle-même. Elle parle souvent d'un lieu caché, secret et terrifiant. Elle ne peut pas imaginer une quelconque mixtion avec l'homme. Pour l'homme, c'est en partie la même chose. On ne lui a pas appris à se retenir, à chercher le plaisir dans la durée.»

La société libanaise livre, en matière de sexe, un message paradoxal. Tout s'y vit à l'extrême. On passe du *one night stand* assumé à la vierge à épouser (quitte à ce que ce soit la même : une opération chirurgicale et le miracle peut se produire). «On est toujours dans le complexe de la sainte ou de la pute, la juxtaposition des deux rôles, impossible chez la femme, chez sa femme.» Dieu merci, entre les deux existe aussi une normalité de bon aloi. Sandrine Attalah, cintrée dans un costume veste-pantalon, une chemise rouge sang rehaussant sa carnation de brune méditerranéenne, pense cependant que la société libanaise, à la confluence de l'Orient et de l'Occident, a plus que d'autres des problèmes de rapport au corps, à l'altérité.

Une schizophrénie qui lui fait tenter de mêler le modèle Barbie SM à la jeune femme prude.

La femme épousée telle une potiche ? C'est encore, parfois, le cas ici. À côté, on fait des « choses » avec sa maîtresse, des « choses » que bien sûr, *haram* (« interdit »), on ne fait pas avec sa femme. « Je crois que la communauté chrétienne est encore plus fermée sur ses tabous. Les femmes chrétiennes "supportent" le désir de leur mari. Elles ouvrent les jambes parce qu'elles n'ont pas le choix. Alors que pour les musulmans, l'absence de plaisir chez la femme peut être une cause de divorce, au moins dans le principe. Mais on assiste aussi à un retour en arrière chez les musulmans. » Par exemple en ce qui concerne le mariage *mutaa'a* (voir page 157), ce « mariage de plaisir » qui ne dure que le temps du plaisir justement, spécialité de la communauté chiite, que certains bien-pensants réprouvent désormais au nom d'une morale plus rigoriste.

Au Liban, quelle que soit la communauté, il est encore important que la jeune femme garde sa virginité. Ainsi, beaucoup d'hommes, ayant vécu à l'étranger et expérimenté leur propre sexualité, reviendront au pays chercher une vierge… Ce qui explique peut-être pourquoi le corps des femmes se trouve « objétisé », érotisé à l'extrême chez certaines (le phénomène, bien que très visible, reste minoritaire). En réponse, l'homme exprime de manière brutale son désir, sans passer par la carte du tendre. Ces femmes, au « corps vitrine » apparemment offert, refusent pourtant de consommer l'acte sexuel. «Elles sont, elles aussi, dans une séduction brutale. Et souvent également, elles ne se sont pas trouvées dans le plaisir. *A contrario*, l'homme sera très vite castré s'il fait face à une dominante qui prend l'initiative sexuellement. Et affirme son désir.»

À 21 heures, un coq un rien aviné vous appelle ? N'ayez pas l'air surprise si, au lieu de prendre des nouvelles de votre escapade à Baalbek, il vous sort : «J'ai envie de toi. Tu ne serais pas libre demain pour le déjeuner ?» Ou, dans sa version anglo-saxonne, vous susurre un : «*I know how to fuck*» supra alléchant. Et si, face au refus somme toute poli, l'ahuri raccroche, pas plus chiffonné que s'il avait commandé une pizza peperoni et que le livreur lui apportait une simple margarita.

Notre jeune et très jolie sexologue à talons stilettos pense qu'il y a surtout un manque d'éducation. Au Liban, une éducation sexuelle sommaire était bien inscrite au programme des lycées avant la guerre civile. Elle a, depuis, été très profondément enterrée dans les limbes de l'administration (censurée ?). Chaque école fait désormais comme bon lui semble. «Certaines font intervenir des conférenciers sérieux. D'autres l'évoquent par le biais de la reproduction animale… Et jamais ne parlent du plaisir ou de l'excitation. Chez les chrétiens, on constate assez souvent que la sexualité est prise dans son acception religieuse, comme un péché. C'était mon cas lorsque j'étais au collège. Le curé nous enseignait que la sexualité n'avait d'autre but que la reproduction et que le plaisir était de l'ordre du démoniaque. Au sein de la famille, cela peut s'avérer encore pire. Il est extrêmement rare qu'une mère parle à sa fille pour lui expliquer la sexualité et comment elle peut chercher et trouver son propre plaisir ou celui de son partenaire.»

À défaut, on se fait l'éducation qu'on peut, à coups de porno occidentalisé, diffusé en boucle sur les chaînes du satellite, et de recherches Internet pour les plus branchés. Mais avec une blonde, à bouche goulue, ahanant dès qu'on lui touche les pieds, c'est sûr, les rapports humains risquent de manquer de finesse. « Lorsque des jeunes se marient au Liban, souvent ils n'ont pas eu le temps de l'apprentissage. Pas de partenaires auparavant. La majorité vivent chez leurs parents jusqu'à leur mariage. Ils n'ont pas eu d'autre approche de la sexualité que par les films pornographiques… » Ou dans des rapports à la va-vite : appartements prêtés pour quelques heures, voitures planquées dans un coin désert, à l'écart. Une sexualité succincte, peut-être trop « sauvage », qui ne pousse pas à la découverte de la sensualité. Si vous vous dégotez un amant libanais pour les vacances, vous l'entendrez peut-être vous dire, alors qu'il vous écrase la hanche de tout son poids, vous faisant miauler certes, mais de douleur : « C'est merveilleux. On a joui ensemble. » Comment lui expliquer qu'un aller-retour en TGV suffit généralement peu à votre contentement ? Hum, difficile. Si vous tentez l'explication de texte, vous risquez de vous heurter à un artisan en colère. Et, nul ne l'ignore, quand les petits métiers se sentent mal aimés, y a du grabuge : « Pfff, t'es dure, toi, à faire venir. Les autres, elles auraient déjà pris leur pied cinq ou six fois. »

Les Libanaises, reines de la simulation ? Après tout, s'il ne faut que deux ou trois « hahaha » chantonnés rapidement pour contenter son homme et passer à des choses plus sérieuses… « D'après les estimations mondiales, 40 % des femmes simulent, Au Liban, aucun chiffre n'existe, mais c'est assurément beaucoup plus. On n'ose pas dire qu'on n'a pas de plaisir. L'homme est souvent aussi ignorant que la femme. Il ne sait pas ainsi qu'un orgasme s'extériorise, que des contractions interviennent… Il croit que cela se résume à hurler… » Alors, hurlons donc, puisqu'ils en redemandent, mais pas de contentement !

Les mots doux

C'est l'histoire d'un homme marié depuis près de vingt-cinq ans. Ce dimanche, il a invité un ami à manger chez lui. Dans le salon, où ils discutent, il ne cesse d'appeler sa femme. « *Hayaté*, est-ce qu'on aurait encore de ces délicieuses olives du village ? » ; « *Habib'elbi*, tu sais si Amine est le cousin de la famille des Helou de Baabda, ou c'est une autre branche ? » À la fin, son ami s'exclame, bluffé : « Vingt-cinq ans de mariage et tu donnes à ta femme toujours autant de petits noms tendres qu'au premier jour ? C'est magnifique ! » Et Charles de lui répondre : « Ne m'en parle pas… en fait, j'ai complètement oublié son nom. »
Loin d'être aussi caustiques, les Libanais – et d'une manière générale tous les hommes et les femmes du Moyen-Orient – marquent très vite leur attachement par des petits mots doux, comme autant de tics de langage. Un homme amoureux de sa femme (ou de son amie, ou de sa maîtresse) passera son temps à les glisser dans la conversation. Mais les hommes entre eux ou les femmes entre elles se témoignent également leur amitié en ponctuant leurs phrases de petits noms. Attention, toutefois, l'ami masculin avec lequel vous ne faites rien d'ambigu prendra soin de vous appeler « sa sœur » devant les autres hommes, histoire qu'ils n'aillent pas se méprendre sur les relations que vous entretenez.
Petit glossaire. Le basique « *habibi* » (pour s'adresser à un homme) ou « *habibti* » (pour s'adresser à une femme), voire la surenchère « *habib'elbi* » (« mon amour », « mon cœur »), sert de passe-partout. Entre hommes, il n'a d'autre valeur que de montrer l'attachement.

Pas question cependant pour une femme de haranguer
ses potes d'un «*habibi*», apostrophe trop ambivalente.
À défaut, elle les régalera d'un «*hiii, chabebs*»
(«salut les jeunes», même et surtout quand les *chebabs*
ne sont plus si jeunes que cela) bien moins sulfureux.
Le «*ya hobbi*» («mon amour») ou «*hayaté*» («ma vie»)
sont récurrents. Ensuite, on passe à une série d'organes
internes. Pas forcément très ragoûtant de se voir appeler
au petit matin «*ya kebdti*» («mon foie»), mais les Arabes
associent l'idée de passion, comme d'ailleurs nous autres
Occidentaux jusqu'au XIᵉ siècle, à l'organe hépatique.
Chez Fairouz, la sublime et très secrète égérie
de la chanson libanaise des années 60-70, vous
entendrez à tour de bras des «*ya elbi*» («mon cœur»),
«*ya aiyouné*» («mes yeux»), «*ya roubi*» («mon âme»),
«*ya douni*» («ma vie»). Plus typique du Liban, le «*to (q)
bourné*» (pour l'homme) ou «*to(k)briné*» (pour la femme)
peuvent être traduits par un étrange «Que tu m'enterres»!
On a l'amour vache au Liban! Cela ne fait aucun doute,
mais l'expression vient d'un souhait : les parents avaient
coutume de lancer au ciel cette incantation pour souhaiter
longue vie à leurs enfants. Elle est ensuite passée
dans le vocabulaire amoureux. De même que le «*tislamli*»
(pour les hommes) ou les «*teslamali*» (pour les femmes)
sont des façons de demander protection à Dieu
pour l'élu(e) de son cœur.
Dans les bars de Hamra ou de Gemmayzé, si un individu
vous susurre un «*ya amar (i)*» («ma lune») du bout
des lèvres, ou un «*ya achta*» («ma crème»), pas de doute,
le plan drague n'est pas loin. Ne vous sentez pas
offensée, le quidam n'est pas en train de comparer
vos fesses à de la gélatine! Rappelez-vous : le Libanais
adore la *labné*! Plus salace, le «*dakhilek*», et sa version
plus châtiée «*al (q) aleb ghaleb*», sont un compliment,

une façon de vous dire que le «moule est bien mieux»
que le vêtement porté…
Et si vous souhaitez virer l'un de ces malotrus bien trop
collants, pas la peine d'aller chercher très loin. Tous
ces mots tendres peuvent aussi marquer le peu d'estime
dans lequel vous tenez l'individu. Tout est une question
d'accent! Laissez traîner les finales du mot, l'insulte
n'en sera que mieux ressentie.

Entre elles

Place Sassine. Tout semble tranquille. Le café Starbucks accueille en terrasse ses habitués; d'autres passent
prendre des gâteaux chez le pâtissier Noura, l'un des plus
réputés de Beyrouth. On papote autour du kiosque à
journaux. Mais voilà que deux inconscients sont surpris
par la police dans le hall d'un immeuble. Deux homosexuels pris d'une «terriiiible envie de *Nesquik*», qui n'ont
rien trouvé de mieux que de se rejoindre dans ce lieu de
passage pour assouvir leur envie. Naturellement, ils se font
choper. Naturellement, la police les tabasse, au point que
des habitants du quartier sont obligés d'intervenir pour
arrêter le bain de sang. Les deux amoureux feront de la
prison, avant que leurs familles ne les fassent relâcher.

L'histoire a beau remonter à quelques mois seulement,
Beyrouth est sans doute le meilleur endroit du Moyen-
Orient pour être gay. Vu des autres pays de la région, où
l'homosexualité n'existe officiellement pas (et où l'on tue
les homos), Beyrouth fait figure de ville tolérante où le drapeau arc-en-ciel flotte au vent. La fornication entre mâles
est pourtant encore considérée comme «un acte contre
nature» (article 534 du Code pénal), au même titre que

la prise en levrette d'une chèvre! «On le tolère, mais cela reste encore pour beaucoup assimilé à un acte anormal», explique Nadine, qui termine son mastère de philosophie à l'Université américaine de Beyrouth (AUB), et qui, depuis plusieurs années, milite pour la reconnaissance du droit des femmes et des homosexuels au Liban. Avec une quarantaine d'autres, elle a lancé, en 2007, le mouvement Meem. «Meem» comme la lettre M de l'alphabet arabe. Meem aussi comme «*marat*» («femme»), M comme «*mathliyya*» («lesbienne»). «La lutte pour les droits des femmes est liée à notre combat pour la reconnaissance des homosexuelles. Il y a tellement de chemin pour faire valoir nos droits en tant que femmes! Souvent, nous baissons les bras. On nous explique qu'il y a des combats "nationaux", "politiques", bien plus importants. C'est la pire erreur. Si nous attendons, rien ne changera. Ce qui nous menace le plus en tant que Libanais, hommes ou femmes, homos ou hétéros? L'absence d'espoir. Ce *deal* cynique avec une société dont bien des aspects nous répugnent mais avec laquelle, au final, nous finissons par mener de petits arrangements.»

Petite, robuste, le *keffieh* palestinien enroulé autour du cou, une clope et un verre de Coca pas *light* du tout en main, Nadine s'attend à l'éternelle question: «Ça fait quoi d'être lesbienne au Liban? Et c'est comment le *coming-out*? Dur? Très dur? Ou juste un peu?» «Certaines n'ont eu aucune difficulté à s'avouer à elles-mêmes leur homosexualité, ni à le dire à leur famille… D'autres, au contraire, ont mis des années à faire le chemin et ont dû fuir pour ne pas être tuées. Certaines l'affichent, d'autres le cachent… Ici, certaines femmes, faute de débats ouverts, ne savent pas mettre de mots sur ce qu'elles ressentent.»

Difficile d'estimer le phénomène «lesbien» au Liban, la «communauté» n'étant pas structurée. «Ceux et celles qui sirotent un verre d'alcool à 10 dollars au Bardo, le bar gay branché du quartier de Joumblatt, à l'ouest de Beyrouth, appartiennent en général à un milieu social favorisé qui leur permet de vivre à l'occidentale. Ailleurs, c'est totalement différent.»

Nadine, comme ressassant une leçon déjà mille fois répétée, met justement l'accent sur «ces pelures d'oignon» de l'identité au Liban. «Ici, tu nais étiqueté. Tu es musulman, chrétien… Tu es du Metn, de la montagne Nord ou du Sud-Liban. Cela te définit. T'interroger, en plus, sur ton identité sexuelle ? La revendiquer ? Ça commence à faire lourd.» Se définir «lesbienne», dit-elle, est d'autant plus long que le terme, importé d'Europe, ne correspond pas à la culture d'Orient. «On a repris le concept occidental par défaut. Mais dans nos villages, par exemple, des femmes célibataires s'installent ensemble. On les appelle des *awanes*, des vieilles filles. Ce sont des couples. Nous avons un terme, une place dans une petite case. À partir de là, la société l'accepte.» C'est cela que revendique Nadine : trouver sa place comme lesbienne au sein de la société, sans copier les revendications de ses sœurs européennes ou américaines. «Du fait de la ségrégation des genres, il existe au Moyen-Orient une société de femmes plus forte, plus ancrée dans la tradition qu'en Europe par exemple. Cela ne signifie pas que ces sociabilités soient connotées "homo", loin de là. Mais que toutes participent à une cohérence de groupe, inconnue en Europe.» Nadine a beau s'en défendre, l'idée d'une «licence secrète» entre femmes (ou entre hommes d'ailleurs) affleure assez vite quand on vit au Levant, tant les marqueurs sexuels y semblent parfois plus fluctuants. Ou moins déterminants pour son identité. Toufic, jeune homme qui vit en banlieue, assure par exemple aimer les femmes autant que les hommes (même si on ne le croise qu'avec des michetons). « Bon, OK, en ce moment, je suis plutôt branché mecs. Mais je ne suis pas monomaniaque. Et beaucoup sont comme moi. » Sa famille n'est pas au courant. « Je veux me marier, avoir des enfants. »

Illusion d'optique ? Côté femmes, outre celles qui revendiquent leurs préférences pour la gent féminine, nombreuses aussi sont celles qui « oscillent » entre les plaisirs de Sapho et ceux, plus conventionnels, d'un mari à demeure. Avec ou sans l'assentiment de l'époux. « Les *majales en-nisa*, ces réunions de femmes de l'époque ottomane, que beaucoup n'évoquent pas sans un sourire grivois, étaient acceptées. » En très peu de temps, les filles de Meem ont réussi le pari de mettre en ligne un magazine (www.bekhoos.com) et ont édité un livre de témoignages en anglais et en arabe. Depuis peu, elles s'intéressent à la loi libanaise qui punit d'emprisonnement les « relations sexuelles contre nature ». « Cette loi, nous la devons au mandat français. Dans les anciennes colonies britanniques et françaises, les autorités coloniales ont cru bon de légiférer contre les "débordements primitifs" des Orientaux. Une fois encore, cette loi est l'expression du regard porté sur les Arabes : des êtres sales, copulant en bande, voire s'essayant aux chèvres. Un regard que nous avons ensuite intériorisé, qui est devenu notre regard sur nous-mêmes. Mais avant, notre "sexualité d'Arabes", dans tous ses possibles, ne nous posait pas de problème. » On sent chez Nadine l'envie d'en découdre avec beaucoup de ces stéréotypes qui lui collent à la peau. Peut-être parce que, en étant arabe, femme et lesbienne, elle accumule trop de pression sur sa seule personne pour ne pas exploser.

La nightlife

BARS

Buddha Bar
Centre-ville, Assaily Building – 01 99 31 99

Vous ne le saviez peut-être pas, mais le Buddha Bar est à Beyrouth. Fermé pendant toute la période du sit-in du Hezbollah, un camping géant place des Martyrs qui a asphyxié le centre-ville pendant un an et demi, cet immeuble de trois étages avec, cerise sur le gâteau, une immense statue de Bouddha en or, a repris du service aussitôt que les tentes du Hezbollah ont disparu, en mai 2008, au grand soulagement des commerçants. C'était même l'objet d'un groupe d'aficionados sur Facebook, qui se moquait comme de l'an 1000 de savoir si le Hezbollah avait gagné ou perdu, mais qui, par contre, s'interrogeait grave pour savoir quand le Buddha Bar allait rouvrir (et en être).
Attention, *dress up*! Et réservez au moins une semaine à l'avance si vous voulez manger. On danse au dernier étage.

Sky Bar
Ouvert tous les jours l'été, à partir de 21 heures
– Biel – www.skybarbeirut.com

L'endroit où il faut être, quand on entend compter dans le landernau de la si terrible vie nocturne. C'est le lieu «VIP-M'as-tu vu», où boire une coupe de champagne en swinguant (ou bien : regarder les autres boire une coupe de champagne et s'enquiller tristement sa bière, un peu moins chère. Mais ce n'est pas tendance du tout…)
Réservation au moins quinze jours à l'avance (que dis-je, un mois à l'avance) et tenue de soirée hautement élaborée de rigueur.

White
Ouvert l'été – Centre-ville, An-Nahar building – 03 06 00 90

Coincé au dernier étage de l'immeuble du quotidien *An-Nahar*, à l'entrée du centre-ville, le White enquiquine tout le quartier (et plus) par sa déferlante de musique et sa horde de voitures massées à l'entrée…
Mais encore un incontournable des nuits beyrouthines. Faites chauffer la carte de crédit! La facture douille autant que les décibels hurlent.

Acid

Vendredi-samedi, à partir de 22 heures – Sin el-Fil

Gratuit pour les filles avant minuit, cette boîte gay *friendly* est l'une des rares de Beyrouth à miser sur le groove et la dance.

Pas de dress code, mais l'originalité est bienvenue. On commande rarement une bouteille de champagne, se contentant de la vodka à l'orange dégueu du bar, mais on y danse toute la nuit.

BO 18

Ouvert en fin de semaine – Quarantaine

Un peu à l'écart de Beyrouth, près du Forum de Beyrouth, le BO 18 est l'un de ces lieux qui ont fait la réputation de Beyrouth, capitale mondiale de la nuit. Design exceptionnel, « une déco de cimetière magnifique » aux dires d'un ami qui semble apprécier l'aspect mortifère. Le soir, le toit s'ouvre, les banquettes se replient et l'on danse, comme il se doit, sur les tables.

Palais by Crystal

Rue Monnot

Haut lieu de la décadence *made in Lebanon*, une clientèle aussi dingue que caricaturale à se faire la course par bouteilles de champagne interposées. Un indice : Paris Hilton s'y produisait à l'été 2009.

Art Lounge

Corniche Al-Nahr – www.artlounge.net

Performance de DJ venus des quatre coins de la planète en *live*, comme on dit. Cet ancien espace industriel accueille aussi des expositions très branchées.

Music-Hall

GF, Starco center – www.elefteriades.com

Très improbable, très très recommandé, le Music-Hall est le club où aller voir des spectacles, écouter des concerts.

On peut également y dîner. Même si la qualité gustative des mets servis n'est visiblement pas la préoccupation première du propriétaire.

The Basement

Du jeudi au samedi, à partir de 21 heures – Avenue Charles Helou

Adresse incontournable pour les amateurs de concerts DJ et de musique indé. Décor très flashy, tables basses, fauteuils rouges au centre pour danser et naturellement être vu.

Cassino
Square Sodecco

Pour celles et ceux qui auraient envie de se visionner en direct la *nightlife* façon Saoudiens, voici l'adresse où pourchasser l'*abaya*. Pas forcément la plus hip des boîtes, à vous dégoûter sans doute de séjours trop prolongés en Arabie, mais une réalité aussi très libanaise. Quand les Saoudiens, qui pensent, comme beaucoup dans la région, que les Libanaises (plus émancipées que les autres femmes arabes) sont toutes des prostituées (sic), et se cherchent des pin-up à dévergonder.

La noce
dans l'âme

Mariage, le passage obligé

Les Libanais, il faut le dire, ont une fâcheuse manie : ils croient encore aux liens sacrés du mariage. Englués dans nos étranges pratiques ethniques (concubinage, PACS et autres 0 % de l'engagement), nous observons nos sœurs libanaises rêver prince charmant et bague de fiançailles avec un rien de condescendance. Mais essayez donc de rouler un palot à votre petit copain sur une place quelconque de Beyrouth, et vous comprendrez vite pourquoi le mariage reste un incontournable. Si, par chance, vous ne vous chopez pas une remontrance de la gendarmerie (ou pire, un bon gros coup de gourdin d'un policier en treillis bleu), vous serez l'objet de la réprobation de la rue. C'est vrai, Beyrouth vibre de liberté de pensée (ou de comportement), ne serait-ce que par rapport à son environnement régional, mais il faut tout de même conserver une certaine moralité. Pas de bécots en public ! Quant à vivre ensemble sans alliances…

Bien sûr, il existe, en particulier dans la jeunesse, un courant *underground*. Dans certains quartiers, des couples vivent en union libre quelques mois ou quelques années avant de convoler. Prenez Hamady, 25 ans, catholique, dont l'amoureux transi se trouve être le bel Abdallah, un chiite de 28 ans. Au premier abord, on pense tout de suite enquiquinements à rallonge. Mais non, les deux tourtereaux sont ensemble depuis cinq ans. Et depuis un an, ils vivent en couple dans le très beau et très cosy quartier de Clemenceau, à l'ouest de Beyrouth, pas très loin de la place Gefinor et de ses hautes tours des années 70. «Dans nos familles, ni la différence confessionnelle ni notre désir de nous installer ensemble n'ont posé de problème.» Tous deux vont d'ailleurs filer à Chypre dans très peu de temps, histoire de se marier civilement. «Tu peux vivre en union libre un moment. Mais si tu veux des enfants, là, cela devient plus compliqué. Ni Abdallah ni moi-même ne sommes religieux. En fait, je n'ai compris que nous étions de deux communautés différentes que lorsque nous avons envisagé de nous marier. Là, d'un seul coup, les imams et les curés sont venus polluer notre amour. D'où notre choix d'un mariage civil. On ira à Chypre, comme tout le monde.»

D'autres se heurtent à ce très puissant qu'en-dira-t-on. «Quand je vivais dans le quartier populaire chrétien de Furn el-Chebek, à l'est, j'ai eu droit à des remarques désobligeantes des voisins parce que mon ami venait me rejoindre chez moi. J'ai assez vite déménagé dans un quartier cosmopolite. Pourtant, même ici, à Bliss, à côté de l'Université américaine où un certain anonymat me protège, je ne suis pas sûre que mes voisins ne se mêleraient pas de ma vie privée si un homme vivait à demeure avec moi», explique Leïla, une jeune femme toujours «demoiselle» (expression que l'on utilise encore pour s'adresser à une femme de plus de 70 ans lorsqu'elle n'est pas mariée).

De fait, dans la majorité des cas, pour s'émanciper et vivre une vie de couple, les Libanais se trouvent contraints de passer devant le curé ou le cheikh. Et de formaliser leur union par un contrat. «Je n'ai pas vraiment réfléchi au type de mariage au moment de convoler, pas réellement étudié les mérites comparés du mariage civil et du mariage religieux. Je sais que dans mon cas – je suis maronite et mon mari également –, le divorce est quasi impossible. Mais penser à cela lorsque tu te maries… Ça porte malheur ! Ma famille et celle de mon mari n'auraient de toute façon pas compris l'idée d'un mariage civil. Chez nous, les traditions sont encore fortes. Le mariage civil est presque assimilé à une forme de prostitution », dit mon amie en robe blanche. Certes, le Liban reconnaît le mariage civil… mais à condition qu'il se pratique à l'étranger (ensuite, si problème il y a, c'est la loi du pays où le mariage a été célébré qui s'applique au Liban[1]) ! Hypocrisie ? Sans doute, mais que faire quand les curés, archevêques, popes, muftis, imams, *sayyeds* et autres religieux à calotte se retrouvent tous ensemble pour hurler à la dégénérescence de la nation lorsqu'on parle d'instaurer un contrat civil ? Au moment de l'Achoura, fête chiite qui commémore le martyre de l'imam Hussein, et alors qu'Israël bombardait avec entrain les habitants de Gaza, Hassan Nasrallah, grand manitou du Hezbollah, n'a rien trouvé de mieux que de nous seriner, une heure durant, que les unions libres ont des conséquences désastreuses sur l'avenir des enfants libanais. L'ennemi n'est donc pas seulement sioniste ? Il se cache aussi dans la dissolution des mœurs que notre *so beautiful sayyed* estime responsable de la recrudescence des violences constatées chez les plus jeunes ?

Si les religieux hurlent au loup avec une telle véhémence, c'est aussi que le mariage civil se banalise. Pas de chiffres officiels, mais un minisondage autour de moi. Dans « mes » nouveaux mariés, un sur deux a opté pour un mariage civil à l'étranger. Lorsqu'on n'a pas la chance de posséder la nationalité française, canadienne ou américaine, qui permet de s'organiser son délire nuptial comme on l'entend dans ces pays, il reste deux échappatoires :

1. Sauf si l'un des deux époux est musulman et sunnite : dans ce cas, ce sont les tribunaux religieux musulmans sunnites qui tranchent et donc le droit musulman qui s'applique.

Chypre ou la Turquie. À Nicosie, l'embrouillamini libanais s'avère être un tel business (4 000 dollars en moyenne pour un séjour de quatre jours, le temps de finaliser les papiers, mais des agences proposent des *packages* soldés à 1 500 dollars) qu'on y convole à la queue leu leu, avec d'adorables fonctionnaires chypriotes, blasés à force de servir de témoins à des couples pressés d'en finir. Joumana, 35 ans, mariée depuis six ans à Firas, sunnite comme elle, se souvient : « Il n'était pas question d'un mariage religieux entre nous. Alors, on a embarqué nos témoins pour un week-end "mariage-voyage de noces" à Nicosie. À notre retour, on a organisé une grosse fête avec famille et amis pendant laquelle on a présenté un film de notre mariage, histoire de leur faire partager cet instant, histoire aussi de rappeler à ceux qui peut-être voulaient l'oublier que nous avions délibérément opté pour un mariage civil. »

Épousailles en superproduction

Zeina el-Murr est une « *wedding planner* ». Kezako ? En français, ça sonne vaguement psychorigide, la preuve que le concept n'est sans doute pas encore totalement assimilé dans notre pays de paillardises improvisées. « Une organisatrice de mariage », bref, une reine du micmac cérémonial, une entremetteuse de la grande parade en robe blanche et nœud pap. Oooooooui !, songez-vous, vous remémorant enfin ce superbe navet avec Jennifer Lopez, visionné un dimanche d'hiver et de pluie avec votre moufflette blottie contre vous dans le canapé, c'est bien cela, une matrone à chignon (le chignon, ça fait pro), à ensemble pastel rosâtre et oreillette coincée pas trop loin du lobe frontal, style « Je suis supra opérationnelle ». Zeina el-Murr, c'est cela. Sauf qu'elle n'a pas de chignon et que ses boucles sauvageonnes jouent en liberté ; qu'elle ne porte pas de tailleur rose mais un jean sur ballerines légères ; que, grosso modo, quand elle met du brillant à lèvres, ses copines lui demandent aussitôt pourquoi elle se déguise ; et qu'elle n'a pas l'oreillette qui donne trop le look (pas besoin, elle est intelligente), mais un téléphone qui bipe grave toutes les cinq minutes.

Accessoirement, Zeina el-Murr dirige Céphée, une boîte d'événementiel spécialisée dans le « happy ending », qui vous remastique de son incroyable énergie le « plus beau jour de votre vie » en une séance digne des Oscars hollywoodiens. Tout y est chronométré au millimètre près, de l'arrivée des parents en Rolls Royce (ou grosse Mercedes) aux agapes (forcément royales), jusqu'au dance-floor avec boule années 70 qui brille pour la nocturne. Zeina est même connue, sur la place de Beyrouth, pour l'originalité de ses prestations dans une industrie du mariage labellisée « big event ». « Cinquante pour cent des mariages passent par des wedding planners désormais. D'une part, parce que c'est un travail de titan. Lorsqu'on parle d'un "petit mariage" chez nous, c'est 300 à 500 invités au minimum. Alors, les gros… Ensuite, parce que cela continue d'être l'événement de ta vie et, plus important encore, celui de la famille : tu ne peux pas filer te marier en douce sur une île paradisiaque, à moins de vouloir d'entrée te fâcher avec ta belle-famille. » Une amie, qui vient de se marier en blanc et à l'église du village de son mari, confirme : « Au début, nous pensions faire dans l'intime. Chacun de nous devait faire une liste serrée de 25 personnes maximum. On s'est très vite rendu compte que c'était impossible. Ou l'on se fâchait avec tout le monde. On a fini à 300 en restreignant à la famille proche. »

À ce tarif, on comprend qu'au Liban le mariage soit un business juteux. Il y aurait une petite cinquantaine

d'agences spécialisées dans l'organisation du grand cérémonial. « Pour un mariage, il faut compter entre 10 000 et
200 000 dollars. Les couples s'endettent souvent auprès
des banques », reprend Zeina. Petit hic : à s'industrialiser,
le processus finit par manquer de romantisme et de ce rien
de personnalisation censée rendre l'événement inoubliable.
Même grand hôtel, même buffet, même DJ saoulard et
même sourire figé des invités conviés à se dandiner lorsque
commence la danse du balai (essayez donc de scander
une *dabké*, cette danse villageoise pas très éloignée du
kazatchok cosaque, en talons hauts, et vous comprendrez
illico l'image du « manche à balai »). À ces mariages où
l'on rameute l'arrière-ban familial et qui, en général, se
terminent en feux d'artifice tonitruants sur la ville (ou,
sa variante guerrière, en tirs de joie de kalachnikov, voire,
quand vraiment le marié est un suprême VIP, de roquettes
RPG vers la mer), on peut maintenant trouver une alter-
native. C'est là que Zeina el-Murr intervient. Sa stratégie
pour se démarquer des grands organisateurs ? Le Conseil
(avec un grand C). « J'assure un appui, mais je laisse les
couples décider. Je fouine pour eux, mais n'impose pas de
programme. » La tendance du moment, c'est le mariage les
pieds dans l'eau. Si jamais d'ailleurs, l'été venu, on vous
invite à une *beach party* privée, méfiez-vous ! Vous risquez,
comme moi, de débarquer à un mariage chiquissime en
baggy large et tongs de plage, le maillot dépassant du tee-
shirt minimaliste et la serviette de bain Pocahontas en
guise de pochette de soirée ! Car « l'amour à la plage » n'a
pas grand-chose à voir avec la chanson de Niagara et ses
« ahou tchatchacha » languissants. Le cadre est certes un
rien plus convivial – bougies sur le sable et piscine illumi-
née, le tout sur fond de brise marine –, mais on y retrouve
les mêmes robes longues à strass précieux, le buffet fin
et surtout l'inévitable « C'est la chenille qui redémarre »,

version danse du ventre, autour de la piscine, tandis que la majorité des hommes, les vrais, boivent tranquillement leur whisky ou leur vodka en disant tout le mal qu'ils pensent du monde politique libanais. La mer ? « C'est sympa, mais ça mouille », dira celui qui m'avait invitée à ce mariage sans me briefer sur les us et coutumes, refusant d'ailleurs d'aller marcher sur le sable de peur de rétamer ses chaussures en peau de chamois. Le romantisme, c'est bien. Mais les pieds au sec !

Mélis-mélos matrimoniaux

La polyphonie confessionnelle ou, quand on a l'esprit tordu, sa cacophonie, ne se contente pas de stériliser le débat public – la menace d'excommunication entre politiques libanais étant aussi commune ici que l'accusation de « soixante-huitard mal dégrossi » en France. Ce régime multiconfessionnel, dont certains voudraient qu'il soit « la lumière » ou le « rêve » de l'Orient (*dixit* Jean-Paul II), pourrit aussi le quotidien de ses citoyens dans l'aspect le plus intime de leur vie : les relations amoureuses. C'est là, sans doute, que s'érige la barrière. Un bon gros mur en parpaing quasi impossible à perforer. « Mes parents m'ont toujours laissée libre de mes choix. Je sortais avec qui je voulais, avais des aventures avec qui bon me semblait. Avec une limite : "Pas de musulman pour faire ta vie" », dit Nayla, grecque orthodoxe mariée à un autre chrétien. Dès que l'on touche à des relations supposées longue durée, c'est retour au connu, au familier, à l'identique. En clair, à sa propre communauté. Bon, on ne va pas non plus trop chipoter. Un maronite peut s'engager avec une grecque orthodoxe sans provoquer l'ire de son clan (quoique). Et, il y a encore quelques années, un chiite pouvait faire de même avec une sunnite (quoique) sans clash intempestif. Mais les tensions politiques sont telles désormais que les familles se replient sur leur communauté, préférant un avenir sécurisé pour leur progéniture, sans les dangers de la mixité. En toile de fond, le spectre de la guerre civile où l'on s'est, à la fin, méchamment étripé aussi en fonction de son appartenance religieuse (le pire est cependant venu de l'intérieur, quand les chrétiens se sont entre-tués ou quand les chiites d'Amal ont assiégé les Palestiniens – sunnites – du camp de réfugiés de Chatila) ou, plus récemment, de l'éclatement de l'Irak, avec la montée du clivage sanglant entre sunnites et chiites dans tout le Moyen-Orient. «C'est essentiel d'avoir la même religion pour éduquer ensuite son enfant, pour perpétuer nos traditions.» Pour cette jeune musulmane (sunnite), les différences confessionnelles forment l'identité de chacun, justifiant le choix d'un prétendant «religieusement correct». Mais il suffit de lui demander de quelles différences ontologiques elle parle pour obtenir soudain un silence prolongé, proche du K.-O. intellectuel. «On se mélangeait bien plus dans le passé», me dit une amie, la cinquantaine, homologuée sunnite (dont la mère, qui répond au doux nom de Joséphine, était grecque orthodoxe) et divorcée d'un maronite. «Qu'est-ce que cela signifie, être sunnite ici ? Que quelqu'un m'explique en quoi c'est déterminant pour ma vie. Parce que moi, je n'ai toujours pas compris.»

CDD nuptial

Connaissez-vous la version islamique du *one night stand*, le plan cul 100 % halal et licite ? On l'appelle le mariage *mutaa'a*, ou « mariage de plaisir ». Mais attention ! Homologué exclusivement chez les chiites. « Le bon côté du mariage de plaisir, c'est qu'il ne dure que le temps du plaisir », avançait une amie, pas chiite pour un sou mais divorcée, qui trouvait là le prétexte à une plaisante rêverie. Le *mutaa'a*, c'est le CDD de l'engagement. Voire le contrat intérimaire à missions très ponctuelles… En clair, parfois aussi, une forme légale de prostitution. On lui fixe un délai : une heure, un jour, un an… pour mieux s'envoyer au septième ciel.

Les sunnites, qui ne le reconnaissent pas (mais pratiquent en douce d'autres formes de mariage allégé, comme le *nikâh al-misyar*, le mariage pour voyageurs depuis trop longtemps hors du nid familial), et les chiites s'écharpent sur cette institution. Les uns dénoncent une pratique archaïque et répugnante qui « désacralise » les liens conjugaux, les autres rétorquent qu'Allah nous a créés avec des besoins physiques, et qu'il serait hypocrite de ne pas en tenir compte. Quant aux chrétiens, pas loin d'être atterrés (mais forniquant également dans le secret des alcôves de l'infidélité), ils ne peuvent s'empêcher de juger que l'institution du *mutaa'a* est d'une hypocrisie éhontée. « Ils n'ont même pas besoin de témoin, même pas besoin de passer devant le juge. Ils disent : "Je t'épouse au nom d'Allah", et hop, direct au paddock. Quand même, ce n'est pas le summum de l'imposture ? ». En réalité, la formule requiert *a minima* un contrat oral – le consentement des cœurs ou des corps n'étant pas suffisant – entre les deux partenaires. La formule est, pour qui voudrait s'y essayer : « Je t'épouse pour le plaisir selon le livre de Dieu et la tradition du Prophète, sans aucun héritage, pour un nombre de jours donné. » Si la femme accepte d'un « oui » soufflé, le *mutaa'a* peut se consommer. Mais l'on peut également l'officialiser par un contrat devant les autorités.

Les autorités religieuses chiites (qui ne sont naturellement pas toutes d'accord entre elles) en ont cependant
limité l'usage à certaines catégories de nécessiteuses (les
hommes, mariés ou pas, peuvent avoir recours au *mutaa'a*
autant de fois que leur désir le leur inspire) : les veuves, les
divorcées et les femmes de plus de trente ans. Encore que,
pour cette dernière catégorie, la question fasse terriblement débat : la trentenaire, OK, mais l'autorise-t-on si elle
est toujours vierge ? Car on suppose que ça laisse encore
un semblant d'espoir… Quand on interroge les pros de
la casuistique chiite, ceux-ci rétorquent que le mariage
mutaa'a a été pensé pour le droit des femmes. Là, je sens
que le morceau de gâteau au chocolat que vous étiez en
train de grignoter vous reste coincé dans le gosier. Écoutez
cependant, la suite se défend : « Le *mutaa'a* protège les
femmes. Il leur permet de vivre leurs désirs sexuels tout
en les encadrant. Ainsi, par exemple, si la femme tombe
enceinte, son enfant sera reconnu et elle pourra exiger de
l'homme la prise en charge de son éducation. » Au regard
du droit français, qui a très longtemps tardé à reconnaître à
l'enfant illégitime les mêmes droits qu'à l'enfant légitime,
le droit musulman semble soudain bien plus progressiste.

Mais dans le quotidien des femmes, le *mutaa'a* n'est
qu'un pis-aller pour tenter de vivre – en secret – sa vie
sexuelle. Joumana, 45 ans, continue de partager l'appartement familial. Elle est la première à tirer à boulets rouges
sur un rite qu'elle pratique pourtant. « Le *mutaa'a* reste
un mariage secret. Dans la réalité, une femme qui atten-
drait un enfant ainsi n'a presque aucune chance de voir
l'homme l'accepter. À moins de forcer l'homme à faire
un test ADN et, donc, de mettre sa relation sur la place
publique… Ce qu'elle ne fera pas si elle ne veut pas passer
pour une putain… » Le droit des femmes prend très rapidement du plomb dans l'aile !

Mais, dans ce cas, pourquoi des femmes sont-elles demandeuses de ce cadre juridique, au même titre que les hommes ? « Nos principes nous font craindre autant le jugement de la société que celui des hommes. Nous redoutons que si nous disons "oui" à l'homme, notre image, notre probité, soient ternies aux yeux de celui dont tu acceptes ainsi les avances. Moi, j'ai fait un "long" *mutaa'a* après ma séparation. L'idée était de consentir à une relation sexuelle pour aller plus loin – autrement l'homme m'aurait de toute façon quittée – et de savoir si nous pouvions nous marier définitivement. J'avais le sentiment de préserver mon honneur, de demeurer respectable vis-à-vis de lui. Cela n'a pas marché », explique-t-elle. Une autre, mariée « correctement » désormais et mère d'un petit garçon de quelques mois : « Je me serais volontiers installée sans mariage, ni engagement avec mon actuel mari. Pour lui cependant, un concubinage était inenvisageable. Le *mutaa'a* a donc été une "solution de repli" de quelques mois, pour décider si oui ou non, nous étions faits pour vivre ensemble. »

Fatma, 38 ans, vient d'une famille très conservatrice. Ses frères, sa sœur soutiennent activement le Hezbollah. Elle n'est pas spécialement croyante, mais son éducation ne lui a jamais permis d'imaginer le sexe hors des liens officiels du mariage. « Je suis construite ainsi. Je n'y arriverais pas. Ce serait comme me promener nue dans la rue. J'ai eu des soupirants quand j'étais jeune. Mais j'ai toujours refusé. Les individus n'étaient pas à la hauteur. Je pense que tu peux t'habituer à vivre en dessous d'un certain standing financier. Je ne crois pas que tu puisses jamais vivre en dessous des exigences intellectuelles qui t'ont formé. » Mais avec de telles convictions, Fatma est arrivée à 31 ans vierge comme une oie blanche. C'est là qu'elle a rencontré son « fou », ainsi qu'elle le nomme, celui avec qui, sept ans plus tard, elle est toujours coincée. « Il m'a embobinée. » L'homme, communiste, athée, alcoolique, autodestructeur, baiseur notoire, mais... d'une intelligence, dit-elle, comme jamais plus elle n'en a rencontré. Faute donc d'imaginer des relations intimes sans l'assentiment de Dieu, Fatma lui a proposé un *mutaa'a*, reconductible en fonction de leurs désirs. « Il m'a traitée de tous les noms d'oiseaux, d'arriérée mentale, de néandertalienne, incapable d'assumer mes désirs sans passer par le subterfuge religieux... Mais sans *mutaa'a*, je ne me sens pas libre de mes actes. » Relation non formalisée qui, dans leur cas, tient plus de l'amitié amoureuse que d'une véritable histoire, leur liaison se prolonge au gré de *mutaa'a* dont la famille de Fatma ignore naturellement tout ou, du moins, et ainsi qu'elle le dit elle-même, dont sa famille ne veut rien savoir officiellement. « Nous n'en avons jamais parlé. Je crois qu'ils savent, mais qu'ils n'approuvent pas. Ils sont conscients qu'il est impossible de vivre jusqu'à 40 ans sans éprouver des désirs, des besoins... Mais tant que je préserve les apparences, ils font comme s'ils n'étaient pas au courant. » Lucide, elle avance qu'il s'agit là d'une hypocrisie sociale. « La preuve en est que l'on doit se laver après l'acte, en récitant une formule consacrée qui nous purifie de la relation physique. » En même temps, elle ne parvient pas à imaginer un cadre non contractuel pour aimer et vivre sa vie de femme.

Sous séquestre

À 14 ans, Rita, jeune adolescente turbulente, issue d'une famille de la montagne chrétienne, a été kidnappée. Au Liban, chaque fois que pareil drame survient, on songe à un coup du Hezbollah et à une très probable affaire d'espionnage pour le compte d'Israël (ou, seconde hypothèse, à une rivalité liée au trafic de drogue). Le processus est à peu près toujours le même. Dans un premier temps, personne ne sait rien, tout le monde dénie et promet de faire la lumière sur cette «troublante» disparition. Un mois plus tard, l'homme réapparaît, un rien contusionné, un ou deux os cassés, encadré par des combattants de la milice chiite. Celle-ci, apprend-on, s'est chargée du sale boulot, en accord plus ou moins tacite avec l'armée libanaise, qui parfois l'aide même à «interroger» le suspect. Le Hezbollah remet alors officiellement, aveux à l'appui, l'espion découvert au gouvernement libanais. Parfois aussi, cela se passe un peu plus mal et l'homme disparaît pour de bon. On retrouve son corps ou on ne le retrouve pas.

Mais le Hezbollah n'a strictement rien à voir avec Rita. Son kidnapping est tout simplement un *khatifé*, un mariage forcé, en quelque sorte. Forcé ? Oui, si ce n'est que, dans ce cas précis, on contraint non pas une jeune fille éplorée à accepter un probablement détestable destin d'épouse, mais les parents de celle-ci, obligés d'accepter son union avec un prétendant dont ils ne voulaient surtout pas entendre parler. L'affaire se règle souvent entre clans, parfois avec échange de jeunes femmes (une jouvencelle du clan des kidnappeurs étant donnée en mariage à un homme du clan des kidnappés par exemple), ou avec une somme d'argent en guise de compensation. Le mariage devenant un business excessivement cher, le *khatifé* se maintient aussi comme une forme de mariage *a minima*, qui permet à de jeunes couples pauvres de forcer les familles à accepter leur union sans passer par la case du delirium festif ou du *mahr* (la dot pour les musulmans) qu'elles escomptaient en tirer.

Reprenons l'histoire de Rita. À 14 ans donc, elle vit avec ses parents – « des gens normaux » dit-elle – et ses deux sœurs, dans la banlieue chrétienne du nord de Beyrouth. On est en pleine guerre civile, plus précisément dans la « dernière guerre » (1990), celle que mène le général Michel Aoun contre la Syrie, qui, avec l'accord des Américains et des Britanniques, pénètre dans les dernières zones libres du Liban. Le général perdra assez rapidement sa guerre et se réfugiera à Marseille, où il passera quinze ans en exil avant de rappliquer au Liban lorsque les Syriens en seront chassés en 2005. Cette page d'histoire a une importance cruciale dans la vie de Rita. Elle dit que la guerre l'a fait mûrir plus vite. « À 11 ans, j'avais déjà un petit ami avec lequel je suis restée un an et demi. Quand j'ai rencontré mon futur mari, j'avais à peine 14 ans, mais je me sentais une femme. » Lui, Antoine, a 19 ans, une carrière bien entamée de séducteur de bacs à sable que Rita ignore encore et un désir de voyager, le plus loin possible du Liban. « Notre relation durait déjà depuis sept mois en secret. On voulait partir et pour cela il fallait se marier. » Le père de notre don Juan en culottes courtes étant décédé, sa mère monte donc voir la famille de Rita pour lui demander sa main. Le père de Rita, qui ne veut pas de ce mariage prématuré, refuse, hurle et bastonne juste ce qu'il faut sa fille pour lui faire entendre raison. Et naturellement, il l'enferme.

Alors Rita fait le mur, quitte la maison de ses parents pour se cacher chez un membre de la famille de son amoureux. Pendant dix jours, elle se terre, un oncle quelconque se chargeant de faire le *go-between* entre les deux familles pour tenter la conciliation. En clair, un mariage à la va-vite pour au moins cacher aux yeux de la société l'impardonnable faute. « Mon père a refusé assez longtemps. J'étais l'aînée. Quel exemple pour mes sœurs ? » Le mariage a cependant lieu. Pas de robe blanche, peu d'invités. On pare au plus pressé.

Faute d'être encore dans la vie active, les deux tourtereaux vivent chez la mère d'Antoine. Les parents de Rita l'ont, eux, rayée de leur mémoire. « Je me suis très vite retrouvée en tête à tête avec sa mère. Je voulais continuer l'école, mais mon mari a refusé. Lui, par contre, filait voir des potes presque tous les soirs. Enfin, officiellement, parce que je me suis vite rendu compte qu'il avait pas mal d'amies aussi. » Les choses s'enveniment gentiment. Une première bagarre, une deuxième qui dégénère et la tête de Rita passe à travers la porte vitrée du salon de l'appartement. « Cela faisait maintenant trois ans que nous étions ensemble. Je vivais l'enfer. Mais c'était trop tard. Personne vers qui me retourner. Mon mariage m'avait fermé les portes de ma famille. » Dans certaines histoires, l'engrenage se met en branle avec une facilité déconcertante. Car Rita, comme il se doit, tombe enceinte. Une petite fille naît, l'étau se resserre. D'autant que notre bimbo au destin tragique se refuse désormais à subir les assauts de son violent de mari. « Je ne pouvais plus accepter sa vie de casanova et me soumettre. Entre nous, ce n'était plus que violence et coups. Ce qui m'a sauvée, c'est ma mère qui revenait en douce voir sa petite-fille. » Les bleus de Rita deviennent trop visibles, sa mère s'inquiète et l'incite à retourner dans sa propre famille. « J'ai craqué quand ma fille m'a dit : "Maman, pourquoi tu ne trouves pas un autre papa ?" » Retour au bercail familial donc, mais sans espoir de divorce. Chez les maronites, seul le subterfuge de l'aliénation mentale permet de se séparer. (L'excuse peut même être passagère ! On peut avancer qu'on n'avait pas toute sa tête au moment du mariage.) « Dans mon cas, on pouvait faire jouer mon âge, 15 ans[1] au moment de l'union. Mais la procédure est infiniment longue. J'ai préféré me convertir et suis devenue grecque orthodoxe. On divorce plus facilement chez eux. » Trois mille dollars, et l'affaire est dans le sac. Rita, à 24 ans, est de nouveau libre, mère célibataire, sans bagage universitaire. « Je voulais vivre seule. Je ne pouvais pas retourner chez mes parents. Même si l'on se parlait, le lien était en partie cassé, notamment avec mon père. » Rita a du courage. Elle a passé son bac en auditeur libre, l'a obtenu, s'est dégoté un job d'assistante secrétaire dans une ONG et a même fait un brin de carrière comme comédienne de cabaret… « Ma fille est restée avec son père. Je la voyais une fois tous les quinze jours. Je vis seule désormais. Mon père ne l'accepte pas. La situation avec lui est toujours tendue. Une femme, surtout divorcée, ne vit pas seule dans notre société. Mais, moi, cela a été ma lutte. J'avais un besoin véritable de me sentir responsable de moi-même. » Sa fille a maintenant 14 ans, elle, 30. « Ma fille ? Je me sens plus comme une sœur pour elle que comme une mère. »

1. Quinze ans est l'âge légal du consentement à l'acte sexuel. Il n'y a pas d'âge légal du mariage unifié pour tous les Libanais, les règles du mariage étant régies par chaque confession. Mais 18 ans (pour les garcons) et 15 ans (pour les filles) peuvent être considérés comme la norme. Cet âge peut être réduit par décision des autorités religieuses compétentes lorsque le garçon ou la fille ont atteint l'âge de la puberté.

Nuances
linguistiques

Il y a des questions qui semblent claires en arabe, faciles à mémoriser. « *Mejawweza ?* » (« Es-tu mariée ? ») La réponse, aussi aisée : « *La, ana mish mejawweza.* » (« Non, je ne le suis pas. ») Vous êtes même supra heureuse. Enfin, vous arrivez à refourguer, sans buter sur ces *h* aspirés de la langue arabe, quelques phrases à peu près cohérentes. En fait, vous n'avez rien compris. Car, même pour un babillage aussi simple, il vous manque l'essentiel. Le sous-entendu. Un chauffeur de taxi ou de « services », ces transports collectifs, par exemple, qui vous demande si le prince charmant vous a déjà passé la bague au doigt ? Revendiquez votre célibat et vous lui ouvrez direct les portes de l'imaginaire. Ce qui pourrait donner dans sa petite tête un : « *Madre dios* (ou « Alléluia » ou « *Allah akbar* »), regarde-moi l'occase qui me tombe dessus ! Une cruche d'Occidentale curieuse de tester le charme du lion oriental… » Donc, et pour éviter la visite du zoo, réponse impérative : « Oui » avec, si possible, dans la foulée, un mari *très* libanais, genre de la plaine de la Bekaa (risque de vendetta) et, en prime, une bonne barquette de bambins.

La situation se reproduit lorsque vous vous rendez chez le gynécologue. Visite de routine, la secrétaire se charge de la petite fiche avant que le médecin ne vous ausculte. Vous savez : nom, prénom, téléphone… Rien que du très banal. La question de votre statut marital refait pourtant surface. Mais au corps médical, on ne ment pas, n'est ce pas ? Donc, et toujours supra guillerette à l'idée de répondre en arabe : « Non, je ne suis pas mariée. » Encore une fois, vous vous bananez allégrement,

le médecin, en blouse blanche et votre fiche entre
ses doigts, ayant l'air, lui, de ne plus rien comprendre
du tout lorsque vous lui demandez le renouvellement
de votre contraceptif. « Vous êtes ou n'êtes pas mariée ? »
Devant son insistance, venu du très lointain, peut-être
un résidu d'intelligence qui remonte à la surface.
Vous pigez : comme le Français, l'Arabe a parfois
de ces circonvolutions prudentes lorsqu'il approche
des zones érogènes. Le toubib se fout comme
de son premier stérilet de savoir si vous êtes ou pas
casée. Ce qui lui importe, pour rendre son pronostic
de survie, c'est de savoir si vous êtes (ou non)
« sexuellement active ». Donc mariée. Vous voyez
le lien ? Pas la peine de prêcher dans le désert,
en avançant que la libido à zéro, ça arrive plus souvent
chez les couples. « Mariée » équivaut à un « sexuellement
active », quand « non mariée » vous rejette dans l'enfer
de l'abstinence. Lorsque vous repassez devant le bureau
de son assistante, avec dans les mains une ordonnance
pour un examen approfondi de votre anatomie (puisque
sexuellement active sans bague au doigt, ô honte),
sa secrétaire vous demande, interloquée et toujours
euphémisante : « *Chou ? Mein tahat ?* » Cette fois, nulle
équivoque : « oui », vraiment, la totale, « en dessous »
(de la ceinture) traduisez-vous automatiquement.

Préserver le « chemin de retour »

Catherine est professeur de philosophie. Elle est aussi
amoureuse et très officiellement fiancée, soûlant d'ailleurs
son entourage sur la future couleur de sa robe de mariée
(blanche oui, mais quelle nuance ?) et d'autres peccadilles,

rapport à son grand rêve de princesse. Le mariage prévu pour cet été, «à la montagne», dans le village de son adoré de gringalet. Pour autant, Catherine n'a jamais consommé. «Dieu non, ça va pas la tête!» De toute façon, elle prend avec le curé de sa paroisse des cours de préparation au mariage, un stage intensif où on lui apprend (si jamais elle n'en était pas tout à fait persuadée) que toute forme de contraception, par exemple, est un acte contre Dieu… La vérité donc? Ceinture pour les deux tourtereaux avant le passage devant monsieur le curé. Quand on insiste, demandant si, quand même, allez, quoi, zut à la fin, quelques attouchements volés? Même regard incrédule, indigné, et le «niet» qui fuse comme une évidence. Vierge je suis; vierge je reste.

Le Liban, royaume de la chasteté? Tu mates, mais pas question de toucher? Comme dit Alice : «Au Liban, on fait tout, juste un peu plus tard. On fait tout, pourvu que cela reste discret.» Ou, ainsi que le susurre, perfide, une autre : «Quoi? À 30 ans, tu nous veux encore vierges? Faut être con pour y croire!» Ouaip, jetterait un gosse de Barbès avant de cracher par terre : «Et dans tes rêves! Tu vois la Sainte Vierge?» Reste alors un balancement entre une Pimprenelle (notre Catherinette), coincée dure de la membrane, et cette autre miss à nectar orgasmique (Alice). Difficile de s'y retrouver dans l'homologation vertueuse. Tout, encore une fois, est une question de culture(s), de milieu(x). Fayçal el-Kak, qui pratique l'hyménoplastie, c'est-à-dire la reconstruction de l'hymen, a cessé de juger il y a belle lurette. «Ici, l'hymen reste un symbole important. Alors, si cela peut faciliter la vie d'une femme de se le faire recoudre…» Je vous vois venir… Vous pensez aux musulmanes. Raté! Les chrétiens exigent aussi le reprisage avant l'achat. Vous vous dites : encore des nanas solitaires qui hantent, la honte au visage, les cabinets médicaux. Encore raté! On voit des couples, des futurs mariés, venir main dans la main le jour de l'opération. Vous ne comprenez plus? Cette fois, ce n'est pas pour l'homme que l'on se rafistole l'hymen, mais pour les familles, pour lesquelles ces trois gouttes de sang sur le drap blanc nuptial relèvent toujours du code d'honneur (je concède, c'est quand même devenu rare à Beyrouth). «Est-ce hypocrite? Je ne me pose pas ce genre de questions. C'est un fait culturel. Dans la campagne, une femme donnera le sein au vu et au su de tous sans que personne ne trouve à y redire. L'acte n'ayant rien, dans notre imaginaire, de sexué. Mais à Beyrouth, allaitez donc votre enfant en public, et l'on vous prendra pour une folle.»

Mon mari, mon amant et moi

Conversation animée sur la terrasse de Paul, l'un des cafés pintades branchouilles de Beyrouth. Ce haut lieu de la volaille, qui ouvre sur la rue Gouraud et ses vieux bâtiments historiques classés, est le lieu idéal pour des rendez-vous entre l'est et l'ouest. Non pas que cela soit encore la guerre civile à Beyrouth! Quoique, parfois… Non, allez, je vois tout en noir. Qu'est-ce que des feux de joie lancés dans le ciel radieux quand *sayyed* Nasrallah nous pond un énième discours (pour l'un des « *most wanted* » de la planète, qu'est-ce qu'il tchatche ce mec, c'est hallucinant), quand on annonce la victoire du 14-Mars et de Saad Hariri ou quand Nabih Berry est renommé (depuis 1994 non stop!) président du Parlement (un mort et de nombreux blessés)?

Vraiment, j'exagère : de plus en plus d'Achrafiotes colonisent (hélas, comme dit une copine) même les bars de Hamra… C'est juste qu'au lieu des anciennes milices, ce sont les bouchons qui laminent l'élan fraternisant. Donc Paul, presque à la jointure de l'est et de l'ouest – si on ignore le centre-ville au milieu, réhabilité mais vide d'habitants –, est une adresse raisonnablement accessible à toutes.

J'étais là à attendre Denise, une copine, sur la terrasse pour éviter le nuage des cigarettes à l'intérieur (fumer est toujours autorisé au Liban) quand mes oreilles ont happé les conversations de mes voisines de table. Ces femmes avaient l'air de ce qu'elles sont : de gentilles bourgeoises, un rien trop blondes mais le maquillage discret, et, coutume oblige (limite si ça porte pas bonheur), le sac posé sur la chaise à côté d'elles, jamais par terre. Je m'attendais au compte rendu du dernier weekend à Faraya, les pieds dans la neige presque éternelle, le narguilé au bec, quand l'une d'entre elles a lâché la bombe (en français de surcroît). « Ah non, j'ai plaqué mon amant. Il était insupportable. Bien trop exigeant. »

J'étais secouée. Voilà qu'on papotait « mon mari, mon amant et moi » en sirotant une limonade à Beyrouth comme si on était à Madrid, *el deseo* dans l'air ? Cela dit, j'avoue, un rien me choque. Une amie blasée, semble-t-il, ou terriblement réaliste, me susurra : « Mais c'est vraiment cliché, ton affaire. Le vrai scandale à Faraya aurait été : une femme a couché avec son mari ! » Rien pourtant chez cette femme n'indiquait une quelconque souffrance, un quelconque désir non plus. Rien. Pas même un soulagement de s'être débarrassée du sieur trop gluant. C'était comme si se choper du jules transitaire dans la vie, ça lui donnait une valeur. Avoir possédé et, au final, avoir largué son quota d'amants lui donnaient de l'importance vis-à-vis de ses amies. Voilà, on était dans l'attitude. Elle ne disait pas : « J'ai largué l'homme que j'aimais secrètement car je devais faire un terrible choix » (ce que pourrait dire une Française ayant trop regardé *Desperate Housewives*). Elle précisait à son réseau : « Je me suis farci un p'tit gars et je l'ai jeté après usage. » J'ai beau savoir que les hommes, c'est comme les crottes au chocolat de mémé (impossible, avant d'avoir croqué dedans, de savoir lequel est à éviter), ça m'a quand même retournée, cette absence apparente de sentiments. J'en ai parlé à mon esthéticienne. Mon esthéticienne, c'est mon docteur Freud à moi, en plus basse-cour popu. « C'est quoi, cette tendance ? On s'attrape du gigolo chez les bourgeoises maintenant ? » « Pire, m'a-t-elle répondu dans un grand éclat de rire, c'est partout ou presque. » Et la tendance, c'est la chair fraîche, du moins quinze ans d'âge, histoire de se croire dans un film d'Almodóvar. « Après vingt ans de mariage, qu'est-ce que tu crois ? Surtout que les hommes, eux, ne se privent pas. » En substance, mon esthéticienne, miss Monde du masque de beauté, a presque ajouté : « Sauf qu'avec les femmes, c'est en plus de la positive attitude. Elles ont trop regardé les séries américaines et elles pensent que c'est *groove* de s'attraper du marsouin sauvage. » À Beyrouth, les femmes commencent à mourir bien avant qu'elles ne soient mortes. Dès qu'elles commencent à vieillir et qu'on ne les désire plus. Prendre un amant, c'est comme de se tartiner de crèmes antioxydantes. Cela laisse croire à une possible survie quand le mari cesse de s'intéresser…

Mon esthéticienne m'a avoué qu'elle-même… « Chez nous, tu es mariée à vie. Et, en général, sans période de test. Alors, après dix ans, les yeux qui brillent face à ton homme en caleçon long avachi, ça devient rare. » Elle a cependant ajouté qu'au moins, ton mari, « tu sais qui il est. S'il est gentil, ça sert à quoi d'en chercher un autre ? Changer, c'est prendre le risque du pire. Alors, pour vivre et vibrer, tu prends un amant ».

Les Beyrouthines ont réinventé l'amour de loin. Vous savez, ces troubadours sans le sou qui se languissaient pour de belles châtelaines mariées à d'acariâtres roitelets provinciaux. Guenièvre, Lancelot et Arthur : le trio infernal. La passion donc, le Graal, si on veut la sentir, on la réserve pour ces parenthèses amoureuses, tandis que l'on construit plus sereinement avec un homme dont on connaît les défauts. Amira est dans ce cas. Elle est mariée, la petite quarantaine, et mère de trois enfants. Pourtant, depuis un an, elle convole en douce avec un autre homme que son mari, fou d'amour, « fou », c'est le mot, dit-elle, qui lui fait vivre ce qu'elle n'a jamais vécu. « Jamais, je ne quitterai mon mari pour lui. Jamais, je ne briserai ma famille. Mais, à 40 ans, j'avais peut-être besoin d'éprouver cette passion ravageuse. Avec lui, j'expérimente tout, allant au plus loin de mes désirs. Je me découvre extrême, prête souvent à le faire souffrir. Je m'essaie à être une autre que ce je suis dans ma vie quotidienne. J'aurais dû mal désormais à imaginer ma vie sans lui. » Est-ce que son mari le sait ? « Je ne crois pas. Parfois, cependant, je pense qu'il faut être aveugle pour ne pas le voir. » Est-ce que lui-même aurait une maîtresse ? Elle ne dit rien, Amira. Ne répond pas. Elle-même aveugle, ou peut-être fataliste.

Rupture

«Autour de moi, c'est l'hécatombe. Si je compte, quelque chose comme dix couples, parmi mes relations, qui viennent de divorcer!» s'exclame Jamale, tandis que notre bus cahote sur les pistes de sable rouge de la banlieue sud (toutes les routes de Dahyé ne sont pas des pistes de savane, mais on bricole toujours beaucoup dans le secteur). «Mais ce n'est guère étonnant : on se marie tellement vite ici», ajoute-elle. C'est vrai : faute de cohabitation possible avant le grand engagement, les amoureux des bancs publics convolent assez vite, vers 26-27 ans (ce qui est cependant assez tardif par rapport à la région). Amine vient de rentrer (il travaille comme architecte au Qatar), sa femme Vera vient juste d'accoucher d'une petite fille. Qu'on se rassure, il ne parle pas déjà de divorcer. Simplement, une connaissance commune me fait cette réflexion à leur sujet : «C'est fou, la première année de mariage est TOUJOURS une année dépressive. Tous les couples que je connais sont tristes comme s'ils avaient attendu autre chose de leur union. Même mon frère se trouve dans cette situation : il m'a dit ne pas être vraiment heureux.» Une amie âgée de 60 ans qui vit à Tyr dira même, alors que nous parlons de ses premiers souvenirs de mariage : «La première année ? Je n'ai fait que pleurer… Quitter les miens, ma famille, mes repères… En fait, je n'ai commencé à être heureuse qu'avec la naissance de ma première fille…»

Leyla a divorcé il y a maintenant quinze ans d'un homme qu'elle n'avait jamais aimé. «Mes parents m'ont mariée à un cousin à 18 ans. Pas un mariage forcé, mais un mariage très arrangé. On a eu deux enfants. Longtemps, on est restés ensemble, avec un arrangement : lui à l'étranger, moi, avec mes deux filles, au Liban. » Leyla, 47 ans, a vécu quatorze ans avec cet « étranger imposé ». Parfois, dit-elle, elle appelait ses filles à l'école, en panique et au bord des larmes, et leur faisait promettre alors qu'elle n'était que des mouflettes de « ne pas se marier avant 30 ans ». Ridicule ? Elle l'admet aujourd'hui. « Je voulais qu'elles vivent, qu'elles aiment, qu'elles sentent leur corps grandir, alors que ma mère à moi ne m'avait pas laissé le choix, alors que je n'avais que 18 ans. "Si tu ne te maries pas à celui-ci, tu deviendras une vieille fille comme ta tante." J'étais paniquée. »

Des années qui ont précédé son divorce, Leyla dit qu'elles ont été les plus dures de sa vie. « Ici, on n'est rien sans son mari. » Pour elle, le souvenir de cette période est encore comme une blessure à vif, sur laquelle elle met « une couche d'huile », comme lorsqu'on prend deux cuillerées d'huile d'olive pour éviter que l'arak monte à la tête. Le divorce n'a pas été facile. D'une part, on ne divorce pas dans la communauté maronite (du coup, Leyla est devenue orthodoxe), et elle a dû raquer quelque 14 000 dollars pour que l'archevêché lui donne les papiers de la séparation. « Un bon business, non ? » Mais c'est surtout le regard de ses relations qu'elle n'a pas accepté. Certains lui ont tourné le dos. « À l'école de mes enfants, certaines de leurs petites amies ont cessé de les inviter. Elles n'en avaient plus le droit. Nous étions devenues des pestiférées. »

Elle tient pourtant sa revanche. Remariée à 33 ans à un Libanais (lui-même divorcé), l'homme de ses rêves, dit-elle. Quelqu'un de bon, d'attentionné, qui l'a aidée et soutenue lorsqu'elle a lancé sa gamme de produits cosmétiques bio. Quelqu'un qui a accepté ses enfants comme les siens propres. « Certaines jeunes femmes me disent parfois que nous autres divorcées, nous leur piquons les hommes qu'elles espéraient rafler!» En vingt ans, la société a changé : la condition de femme divorcée n'est plus aussi dure qu'autrefois. «À l'époque de mon divorce, on disait : "C'est la femme de qui?", "le fils de qui?". Aujourd'hui, j'entends plus souvent : "C'est l'ex de qui?", "la fille de qui?".» Ghada n'a pas eu cette chance. Son mari et elle se sont séparés, plus tardivement. «Honnêtement? Je ne pense pas qu'un Libanais regarde une femme de 45 ans. Je peux trouver des *boyfriends*, des compagnons de route. De toute façon, est-ce que je le voudrais? J'ai rempli mon rôle : j'ai trois enfants presque adultes et désormais j'ai plus envie de penser à moi-même. Reprendre les études que je n'ai jamais finies, par exemple. Mon mari, lui, s'est remarié presque aussitôt avec sa secrétaire.» Pas de reproche, juste une lucidité acerbe qui lui fait détester les hommes. «Je crois qu'ici, de plus en plus de femmes se disent qu'elles peuvent s'en passer.»

Mais *quid* de la garde des enfants? Dans la société libanaise, la tradition veut que la progéniture revienne «naturellement» à la branche mâle de la famille (ou aux mâles de la branche maternelle), quelle que soit la confession des couples. Noor, par exemple, est chiite. Mariée, divorcée, remariée dans la foulée. «Nous nous sommes mariés trop vite. Six mois plus tard, nous savions déjà que cela avait été une erreur. On parlait divorce quand je suis tombée enceinte. On a essayé de se rabibocher. Mais c'était impossible. Nos divergences, trop grandes. Trois mois après la naissance de Marjane, nous nous séparions.» Au début, le bébé est resté avec sa mère. Dans la communauté chiite, on laisse l'enfant à sa mère jusqu'à deux ou trois ans. Ensuite, c'est une décision du tribunal religieux qui décide (quelle que que soit la confession, le Code de la famille revient aux tribunaux religieux). Et cela fait mal. Car le père récupère la garde des enfants de manière quasi systématique. Il peut même, s'il le souhaite, demander à ce que la mère n'ait pas de droit de visite, passé un certain âge (si elle s'est remariée par exemple, la présence d'un étranger à la famille, soit le nouveau mari, pouvant être invoquée comme justification). Que fait-il de ses enfants ? La plupart du temps, il les refourgue à sa propre mère ou à l'une de ses sœurs. Ou alors, il se remarie dare-dare pour leur donner une autre mère. Dans le cas de Noor, l'histoire est plus compliquée, la vérité plus difficile à obtenir. «Je voulais refaire ma vie.» Entre les silences, l'aveu difficile : Noor a choisi entre sa fille et son avenir de femme. Avec une petite fille à charge, songer à un second round, bien que ce soit possible, s'avérait plus délicat. Elle a donc accepté que sa première fille soit placée chez la mère de son ex-mari. Depuis, elle a eu d'autres enfants de son second mariage. «Je la vois de temps en temps…» Rarement, en fait. Mais cela fait trop mal à avouer.

Divorces à la libanaise

Premier café du matin avec les copines, au travail. Joanne est inquiète. La veille, elle a réceptionné une de ses amies moldaves, Tania, mariée à un Libanais, en fuite du domicile conjugal. «Il la bat. Il la séquestre. Sans lui, elle n'a pas le droit de sortir. Si elle a besoin de quelque chose, c'est la bonne qui se charge d'aller le lui acheter. Elle a déguerpi du domicile conjugal et veut divorcer.» Nous lui demandons alors en chœur : «Il est quoi, le mari ?» Le «quoi» ne fait pas l'ombre d'un doute. Nous parlons de la confession.

Car se marier (ou vouloir divorcer), c'est évoquer en fili-grane le problème du «statut personnel» de chaque Libanaise, fonction de sa communauté religieuse (ou de celle de son mari). La réponse de Joanne, «maronite», sonne comme un couperet. «*Euffe*, la pauvre, pourquoi s'est-elle mariée sous le régime maronite? Y a pas pire… Elle est foutue, elle n'arrivera jamais à divorcer. À part la fuite dare-dare, pas de solution.» La Moldave prendra le premier avion le lendemain, fuyant un mari violent et un mariage quasi indissoluble aux yeux des autorités religieuses.

Au Liban, on apprend avant toute chose à vivre avec son statut personnel. Presque chacune des 18 communautés a ses avantages et, naturellement, ses contraintes. Chez les maronites, quasi impossible de divorcer, mais pour les questions d'héritage, la femme et l'homme sont à égalité. Supra fastoche de virer son homme chez les chiites (pour peu que vous ayez fait inscrire une clause dans votre contrat de mariage stipulant que vous vous gardez le droit de demander le divorce), cependant l'homme pourra récupérer ses enfants dès leur deuxième année, sans que vous ayez rien à redire.

Mais la multiplicité des communautés et, partant, la diversité des statuts personnels, permet aussi de contourner voire de transgresser ces règles. Quand on ne peut pas divorcer… il suffit de changer de religion!

Le cas de Najib est célébrissime au Liban. Najib est maronite, la soixantaine, marié comme il se doit à une maronite. Le conte de fées presque parfait, d'autant que les deux familles sont très riches… Mais voilà que notre bon père de famille se voit rattrapé par le démon de minuit. Au Koweït, où il travaille, il tombe fou amoureux d'une belle (et plus jeune) autre Libanaise maronite. Petit hic : maronite, notre casanova vieillissant ne peut pas divorcer… Dieu merci, il existe les autres communautés, dont certaines au statut personnel bien plus permissif. Pour passer d'un statut à l'autre, c'est simple : il suffit de se convertir! Najib aurait pu choisir d'endosser la religion grecque orthodoxe, au sein de laquelle le divorce est admis. Mais il opte pour une conversion à l'islam sunnite, qui non seulement accepte le divorce, mais reconnaît aussi la polygamie et la répudiation… On n'est jamais trop prudent. Désormais bigame, Najib en profite pour faire deux jolis poupons à sa nouvelle femme. L'ancienne épouse, elle, s'est remise assez vite de l'affront. Et quelques mois plus tard, la rumeur lui octroie un amant, musulman de surcroît, avec qui, cependant, elle ne jugera pas utile de se remarier, en se convertissant auparavant.

Les choses auraient pu en rester là. Chacun des nouveaux couples heureux d'un destin qui leur permettait de refaire leur vie à très bon compte… Sauf que notre ex-maronite, devenu sunnite, a sur son lit de mort une crise aigue de conscience… Qui le pousse à se convertir de nouveau au christianisme. Le cas serait presque comique si derrière ne se profilait un problème de poids : l'héritage de ce «maronite sunnite», aux comptes en banque bien fournis… Les deux familles se sont écharpées des années durant pour récupérer (ou conserver) une part de la succession.

Les cas de conversion «intéressée» sont si nombreux que certains, parmi les autorités religieuses sunnites, voudraient présenter un projet de «contrat de mariage religieux optionnel». En clair, un contrat de mariage dont la base – les éléments qui ne posent pas de problèmes – serait commune à toutes les communautés, mais dans lequel apparaîtraient des variantes, en fonction des souhaits des couples. Ainsi, un maronite pourrait rester maronite tout en sélectionnant la case «divorce à la manière sunnite», et prévoir la garde des enfants en optant pour «la manière des grecs orthodoxes», ou l'héritage «selon le rite chiite». L'ancien directeur général de Dar el-Fatwa (l'instance religieuse sunnite) ne voit là rien de révolutionnaire. «Pourquoi ne pas prendre le meilleur de chacune des communautés, lorsque cela est possible? Après tout, un mariage n'est qu'un contrat entre deux personnes. Libre aux uns et aux autres d'y mettre ce que bon leur semble.» Pas sûr que les autres communautés ou même les sunnites explosent de joie à l'idée de voir leurs ouailles opter pour un bout de maronite, un morceau d'alaouite, un zeste de copte... La fin du confessionnalisme ou la naissance d'un modèle méga confessionnel?

Divas
domestiques

Si t'as pas pondu, t'es foutue

Une chose est fabuleuse au Liban. Être maman. D'abord, parce vous êtes belle, divine, même avec 40 kilos de trop dans la fesse gauche. Vous êtes la mère, la *mama*, et ça, c'est respect ! D'accord, si six mois après votre mariage (petit rappel : sans mariage, pas d'enfants au Liban), vous n'êtes toujours pas enceinte, l'entourage commence à s'inquiéter et, surtout, à s'en mêler. Et cela, quelle que soit votre prestance sociale ou votre religion. Un ami gynéco rit, amer, au souvenir de certaines de ses consultations : « Il m'arrive de recevoir de jeunes mariées, avec leur belle-mère, et c'est la marâtre qui parle de son inquiétude à ne pas avoir encore de petit-fils, trois mois après le mariage de son fils ! »

Joyce, mariée depuis six ans, est un cas à part. Architecte travaillant à son compte, elle a attendu deux ans avant de mettre le premier enfant en route. « C'est encore assez rare dans notre société. D'une certaine façon, quand on se marie, c'est aussi pour fonder une famille, non ? » assure-elle, alors que l'on papote dans son superbe appartement d'Achrafieh, sa mère en profitant pour câliner son dernier petit fils, un adorable bout de chou de quelques mois à peine.

En France, enceinte, vous avez pu vous sentir baleine, voire « cachalote », pour reprendre l'expression d'une amie française à son septième mois, qui sur-saturait de se sentir une proéminence planétaire là où « auparavant, c'était plat comme le cosmos ». Conseil donc à toutes : prenez votre congé maternité à Beyrouth. Vous y serez choyée, chouchoutée, vénérée. Car ce n'est pas seulement votre jules, qui, ici, vous regarde avec les yeux de l'amour (en France, après un certain stade de métamorphose cétacé, les « yeux de l'amour » fonctionnent moyen). C'est toute la société. Hala, la petite quarantaine, responsable marketing d'une entreprise du Golfe implantée au Liban, est rentrée quand son deuxième enfant arrivait. « Entre Paris et Beyrouth, le choix a très vite été fait. J'avais un job en or, comme on dit. Mais j'étais seule à Paris. Ici, même si je n'ai pas retrouvé un travail aussi excitant, ma vie de famille et de femme, elle, est un véritable bonheur. » Tout le monde vous comprend. Pas une de vos copines ne vous abandonnera en murmurant, fatidique : « Waouh, elle est lourde la Ginette, désormais. Y a pas moyen de parler d'autre chose que d'épisiotomie et de couches. » Non, à Beyrouth, évoquer l'épisiotomie au petit déj relève du banal ! Du moins, tout le monde comprend qu'il y a un passage un peu dur dans la vie d'une femme et que la dernière expo de Beyrouth capitale mondiale du livre ou le mariage de Haïfa Wehbé avec Ahmad Abu Husheima ne font plus vraiment partie de votre univers mental.

Mieux encore, vous n'êtes jamais seule. Entre mamie (« *téta* »), papy (« *jeddo* »), la pléthore de cousines et le voisinage, impossible de se sentir abandonnée, hagarde, à mater son premier biberon en se demandant si 45 °C au micro-ondes, ce n'est pas un peu chaud quand même pour la tétée. On se seconde, on s'entraide. Au point que, parfois, il faut presque faire barrage : « Mon mari a fini par mettre tout le monde à la porte, sauf le premier cercle. Nous, on vient de la montagne. C'est encore assez traditionnel. C'était par centaines qu'ils défilaient à la maison ! On n'en finissait plus de recevoir des amis, des cousins, des voisins, pour les visites de félicitations. Et moi, je n'arrivais pas à récupérer, entre les nuits que je ne faisais pas et mes journées à devoir accueillir, j'étais en train de tomber d'épuisement», se souvient Carole, trois enfants désormais, qui vit à Harissa. Au Liban, la naissance est une fête. Pendant quarante jours, on visite la mère et son enfant pour la féliciter et lui souhaiter plein de «*mabrouks*» roucoulants. En la serinant, en passant, sur le prochain bébé qu'elle «nous» mettra en route rapidement. Cela va de soi! D'ailleurs, à peine l'enfant est-il né que l'on songe déjà à l'école où il ira. Lycée français («le niveau a beaucoup baissé, et puis c'est trop laxiste»), Notre-Dame de Jambour («école formidable, mais trop stricte, trop jésuite, elle manque d'imagination») ou Collège protestant («un bon mixte»), voire l'IC – l'International College («trop élitiste et hypra cher»)[1]. Toutes ces écoles, bien sûr, sont privées, leur tarif à vous faire crever de faim une famille de la classe moyenne (2 000 dollars le trimestre pour le Lycée français). Ce n'est pas qu'au Liban, comble du snobisme, on ne jure que par le privé. C'est juste que l'on n'a pas le choix. Le public étant ce qu'il est (surpeuplé, mal équipé, même si beaucoup de profs s'y battent avec très peu de moyens et pour un salaire misérable), les familles libanaises ont le réflexe du privé : «Mon bébé, tu mets ta blouse rose et tu files chez les sœurs de la Charité ou de Nazareth apprendre ton alphabet.» Dès la naissance, l'éducation de leur progéniture est une telle angoisse, une telle priorité, qu'elles sont prêtes à se saigner aux quatre veines.

En attendant, quelques expressions à se rappeler d'urgence : «*Ya Aïche fidelcom*» («Qu'il vive dans votre

---

1. Les écoles Al-Mustapha, financées par le Hezbollah dans les quartiers sud, n'ont manifestement pas encore la cote auprès de l'élite libanaise, mais, dans la pratique, elles gagnent en réputation (on y enseigne en anglais, en français, en arabe) et en résultats.

ombre ») ; «*Allah yi aïchou*» (pour un garçon, *aïcha* pour
une fille) ; «*Abel sabé*» (« Que le suivant soit un garçon »)
ou «*Nefrahlak min aris*» (« Que Dieu te réserve un garçon »)… Expressions figées, dont le sens est en partie
désuet, mais qui rappellent combien la naissance d'un
petit mâle braillard a longtemps été une nécessité pour
des familles dont la continuité, la «lignée», s'établissait
uniquement via les hommes. Si, aujourd'hui, on a presque cessé de faire la gueule à la naissance d'une pisseuse,
Michèle, qui a donné naissance à deux filles, se souvient de
la mine déçue de l'infirmière à la naissance de sa seconde.
La sage-femme fut presque interloquée face à l'immense
bonheur de son mari. «Il la filme quand même ? Il est
heureux alors ? » Ben oui, il était pire qu'heureux.

Depuis peu, il existe au Liban des «listes de naissance»,
déposées dans des magasins (celles du *shopping mall* de
l'ABC en particulier) où aller débusquer les cadeaux utiles.
Et même des baby-showers à l'américaine, ces réunions
entre femmes où l'on douche, littéralement, la future
maman de cadeaux tout en l'abreuvant de recettes de
grand-mère pour soulager les coliques de son bébé (lui
masser le ventre avec de l'huile d'olive chaude) ou ses diarrhées (un biberon d'eau de cuisson du riz). Pour la seule
fois peut-être, on ne craint pas non plus de se refiler, entre
copines et cousines, des affaires déjà utilisées, des linges
déjà portés. Mais l'invité n'est pas le seul à devoir se fader
sa liste de cadeaux. La famille, y compris la mère, doit
préparer au millimètre près la réception de ses multiples

hôtes. Parmi les incontournables, le *meghlé*, un entremets que, perso, j'ai tendance à manger n'importe quand tellement c'est bon. Sans compter tous les « cadeaux de retour » – chocolats, dragées, petits porte-clefs, boîte à souvenirs – qu'on offre à celui qui vous fait l'honneur de venir.

Quand ce n'est pas la famille qui aide, c'est le personnel, qu'on trouve pratiquement en se baissant. Pas la peine de paniquer, « zut zut comment je vais payer la nounou, qui gagne le double de mon salaire, et rezut zut, plus de places en crèche avant cinq ans sur toute la rive droite sauf si Alfred m'assure un p… de passe-droit auprès du maire » : une bonne nourrice à Beyrouth, c'est 650 dollars par mois. Une broutille en comparaison des 1 500 euros à sortir pour une professeur assermentée « areu areu » en France. Bon, il y a parfois quelques petits couacs. Comme pour Rim, dont la première « assistante maternelle » recrutée fumait comme un pompier (en présence des enfants) sans voir à mal. Mais si on dépasse ces légères frictions de santé, on peut toujours trouver une domestique (200 dollars par mois) tellement en manque d'affection de ses propres enfants qu'elle te dorlote poupette comme si elle était sa propre mère. Ensuite, que l'enfant préfère le riz ou la patate douce au *moujadara* (plat de lentilles), c'est une autre histoire ! De toutes les façons, comme l'enfant, une fois adulte, partira de par le vaste monde, autant le préparer jeune ! « Je me demande comment les Françaises ou les Américaines font pour s'en sortir. Sans quelqu'un pour m'aider, je n'y serais jamais parvenue », confie Ghada, jeune maman d'une petite fille de 18 mois, qui vient de prendre, en plus de sa domestique habituelle, une nourrice pour les « heures de pointe » (soit tout le temps !). Difficile de se passer de ce niveau de services quand on a toujours été habituée à ça. En témoigne cette mère de famille libanaise exilée à Paris pendant la guerre de 2006, avec ses enfants mais sans sa bonne, et rentrée plus tôt que prévu à Beyrouth : « Plutôt Beyrouth sous les bombes que Paris sans bonne ! »

En même temps, Cherine, enseignante dans une école publique (soit un salaire de misère, mais son mari informaticien dans un groupe américain gagne mieux), ne se fait toujours pas à l'idée de devoir partager son quotidien avec une étrangère. « Si j'avais le choix, si je pouvais réellement sélectionner la jeune femme qui viendra m'aider, je ne dis pas. Mais le système fait que c'est une loterie. Et moi, je ne me vois pas en pyjama face à une femme dont je ne partage pas un minimum de traits communs, même si je la paie. D'ailleurs, la plupart du temps, je n'ai pas de pyjama. C'est aussi ça le problème… » Cherine jongle donc avec une « bonne nounou » free lance, une Éthiopienne qui était chez sa mère et a choisi de se mettre en indépendante. « Du coup, le soir, je suis seule. Et quand je dis que je ne peux pas sortir à des amies, celles-ci ne comprennent pas. Elles ont tellement l'habitude de se décharger sur d'autres… »

Ce monde merveilleux a aussi quelques très jolies fêlures. À force d'être aidées, certaines en oublient d'être mères. L'image de la bonne, toujours elle, portant le dernier chérubin dans les bras (plus quelques sacs de shopping) tandis que maman, l'officielle, la vraie, dodeline du popotin sur des talons échasses trois mètres devant, façon Rachida Dati – « j'ai accouché mais je ne m'en suis pas rendu compte » – reste une image relativement courante, à laquelle les Occidentaux peinent à s'habituer (tout comme beaucoup de Libanais). Pour Mireille, sage-femme à l'hôpital Trad de Beyrouth, ce phénomène est à relier à la condition féminine. « Notre société adore les enfants. Être femme, c'est aussi être mère. Mais quand on le devient, parfois la société oublie que l'on est aussi une femme. » En clair, vous avez fait votre boulot de pondeuse, si possible en accouchant joyeusement d'un rejeton mâle (sinon, il faut recommencer illico), et c'est pour cela que l'on vous est redevable. Si vous ne luttez pas dare-dare pour retrouver votre statut de jeune épousée désirable, vous risquez de vous retrouver *ad vitam* avec, collée sur le front, une étiquette « spécialiste Pampers » pas des plus reluisantes. D'où, pour Mireille, ce refus du « naturel » qui imprègne la société beyrouthine. Au final, l'accouchement par voie naturelle n'est pas des plus prisés à Beyrouth (ça élargit et après, faut faire des exercices, pouf, c'est fatigant), et l'allaitement se retrouve placardé au rang de truc dégueu (qui fait pendouiller les mamelons) ! Quant à imaginer des trucs aussi farfelus que le chant prénatal, l'accouchement dans l'eau, la sophrologie ou l'acupuncture… Passez votre chemin, ici, on ne s'amuse pas, on prolonge la lignée ! Alors que la France et les États-Unis semblent revenus aux méthodes naturelles, quitte à prôner pour les jusqu'au-boutistes l'allaitement jusqu'à 7 ans, comme cette ostéopathe française passée au mode total beatnik, Beyrouth, qui d'habitude n'est jamais en retard d'une folie, résiste encore fortement au retour en force du « bio ». Une anecdote en passant : une jeune femme libanaise, accouchant aux États-Unis et qui ne souhaitait pas allaiter, s'est vu donner illico le numéro de téléphone d'un psychiatre pour consulter en urgence. Qui délire dans ce cas ? Certes, cela déconne menu au royaume du Cèdre, où l'on finit par demander, comme pour les plaques d'immatriculation des voitures, une date

de naissance si possible facile à retenir, un «09/09/09, ça
le fait, non?», qui justifie le recours à la césarienne, pour
le plus grand bonheur des médecins, pas mécontents de se
faire ainsi du cash rapide. De la même façon, l'allaitement
n'a pas encore regagné ses lettres de noblesse. Dana, qui
a trois grands enfants et a très longtemps été «maman à
plein temps», bosse désormais dans une entreprise d'adap-
tation des programmes scolaires anglo-saxons aux réalités
éducatives des pays du Moyen-Orient. Ingénieur de formation, thésarde, longtemps expatriée au gré des postes
de son mari dans les pays anglo-saxons, Dana songe très
sérieusement à fonder une association pour la défense de
l'allaitement. «Aux États-Unis, on explique aux femmes
comment allaiter. On les prévient des avantages pour l'enfant – en matière notamment d'autonomie future –, en
même temps que des désagréments. Ici, rien ne nous prépare. Pas même nos mères, qui, elles, ont subi la "révolution
du lait maternisé". Aujourd'hui, une maman libanaise qui
veut allaiter ne sera pas réveillée pendant ses premières
nuits à l'hôpital. Pourquoi s'enquiquiner alors que l'on peut
donner un biberon qui rassasiera bébé toute la nuit et laissera l'infirmière et maman dormir en paix? Ensuite, c'est le
cercle infernal. Nous avons déjà toutes peur de finir vaches
laitières, alors si le corps médical n'aide pas…» Et dire que
dans les maternités françaises, au lendemain d'une césarienne, il faut supplier, la potence dans une main, la pompe
à morphine et nos airs de petite vieille comme arguments
massue, pour espérer attendrir l'auxiliaire de puériculture
de service et la convaincre de garder bébé pour lui donner
un biberon la nuit («Bon d'accord, mais une seule fois,
hein, sinon il va s'habituer!»)…

Il n'y a pas que le corps médical qui mégote. Le monde
du travail aussi. Avec un petit 49 jours top chrono de
congé maternité, allez donc essayer de jouer les parfaites

«business mamans», qui accouchent normalement et pilotent leur agenda *wallah* perfect du bout de leurs ongles rouge carmin. Louise, rédactrice en chef d'un magazine libanais, est un vaillant soldat. Depuis qu'elle est revenue au boulot, tous les jours à la pause de midi, elle déploie un vieux paravent trouvé chez sa belle-mère pour s'isoler de ses collègues pendant qu'elle «tire» son lait. Mais beaucoup renoncent : «C'est dingue. La veille de mon accouchement, je travaillais. Je suis rentrée chez moi, où nous recevions des amis. Le lendemain, mon gynécologue m'a dit : "Attention, départ pour l'hôpital tout de suite, risque de complications." J'ai accouché par césarienne presque aussitôt. Je n'ai pas eu le sentiment de donner naissance. Mais peut-être aussi est-ce lié au fait que je n'ai pas eu de montée de lait ? Un mois plus tard, je retournais au travail. Tout combiné, je me suis retrouvée à me sentir "mauvaise mère." J'ai fait une dépression», assure Soulefah, palestinienne (réfugiée palestinienne) dont la famille (mais pas elle) vit dans les camps et qui travaille pour une ONG. Joyce, elle, a de la chance. Elle le reconnaît d'ailleurs. Elle était heureuse de retourner au travail… Mais, il est vrai, elle travaille avec son père. Ce qui lui laisse une latitude raisonnable pour gérer son emploi du temps de travailleuse et de mère. «Le premier mois, je l'ai passé seule avec mon mari, qui avait pris un congé de son travail au Qatar pour m'aider et être présent. Une nuit, c'était moi ; une nuit, c'était lui. Mais encore peu d'hommes sont dans cet état d'esprit. Quand j'ai repris mon travail, mon mari reparti, j'ai recruté une domestique. Pour moi, cette bonne n'est qu'une aide. Il n'est pas question qu'elle me remplace. Les premiers pas de mon fils, ses premiers émois, je veux les vivre. Je veux être là pour l'aider à s'épanouir.» Très entourée, Joyce vient même de s'envoler pour le Qatar pour un week-end en amoureux avec son mari, laissant ses autres hommes – ses deux garçons – à la charge de sa mère, pas mécontente de jouer les grands-mères baklava avec ses deux loustics de petits-fils.

Pour Line, par contre, secrétaire chez un éditeur, l'enfer a commencé avec son premier enfant. Car si elle vit à Beyrouth avec son mari, leurs familles viennent de la région de Tripoli. « Chaque fois que ma fille tombait malade, je devais m'absenter. C'était mal accepté au boulot. J'ai d'abord eu droit à des petites remarques, puis à un entretien avec mon patron : si je n'étais pas capable d'assumer, je n'avais qu'à arrêter de travailler. » Line s'est résolue à envoyer sa fille au village, chez ses parents. Elle y « monte » tous les week-ends. « Nous avons besoin de mon salaire. » Dans certaines entreprises, on murmure même que la bague au doigt sonne le glas de toute carrière professionnelle. « Celle qui se marie, puisque cela signifie derrière avoir des enfants, n'a pas de promotion. À la base déjà, la femme n'avance pas de la même façon qu'un homme dans notre société. Si elle est mère, c'est encore plus délicat », conclut Joyce. Et nos sœurs libanaises de regarder le « modèle français » avec une petite envie gourmande : les Françaises ont beau râler, à juste titre, sur la parité qui tarde à se mettre en place concrètement dans les entreprises, au moins, disent-elles le principe est acquis ! La preuve, Claudia, 26 ans, à peine mariée (et déjà enceinte, mais Claudia est une killeuse, qui fait tout très vite dès qu'elle le décrète) vient de décider de « mettre la pédale douce sur sa carrière ». Arrêter quelques années. « On verra plus tard », dit-elle. Jusque-là, Claudia bossait comme attachée de presse. Ce qui signifiait : réunions sans fin avec ses clients, voyages réguliers à l'étranger, accueil nocturne de participants à des séminaires, travail le week-end… Pas du tout la vision que son mari avait de la disponibilité d'une femme. «Oui, il se plaignait. À mon travail, mes employeurs me voulaient 100 % investie. Pas d'aménagement possible. Quel autre choix avais-je ? »

La voie étroite

Le Liban connaît un taux de césarienne délirant : de l'ordre de 50 %. «C'est une mode. Si une patiente me demande à accoucher par césarienne, que puis-je faire sinon respecter son souhait ? » dit le docteur Fayçal el-Kak. Cet enseignant à l'AUH (Hôpital universitaire américain) est diplomate. Pas question pour lui de cracher sur ses collègues, qui ont fait de la césarienne à la chaîne un business juteux. «On la propose de plus en plus. Les médecins affirment que c'est un accouchement "sans séquelles" pour le corps féminin, m'explique Adla, à son huitième mois, qui ne veut pas entendre parler de césarienne. J'aurais l'impression de ne pas accoucher. » Une mode ? Oui. «Un *trend* mondial. Au Brésil, c'est 90 % des accouchements qui s'effectuent ainsi dans certaines villes. En France, pas loin de 20 % », reprend Fayçal el-Kak. Va alors pour la tendance mondiale, la césarienne programmée, en mode je te tronçonne la barbaque, histoire que tu ne souffres pas trop d'un accouchement «par le bas ». Remarquez, que celle qui n'a pas tué (virtuellement) ce crétin d'anesthésiste spécialiste du ratage de la péridurale («Ah ben, zut, ça n'a pris que d'un seul côté, c'est dommage ») fasse semblant de ne pas comprendre les préoccupations douloureuses des Libanaises ! On aurait pu en rester là, Fayçal el-Kak ajoutant que «seule l'éducation permet de sortir des ornières du cliché », si une copine ne m'avait pas dit, sur l'air du secret inavouable : « Avec une césarienne, tu te conserves étroite. » J'avoue : j'ai mis trente secondes à saisir que ce n'était point de l'évidente étroitesse de vue des politiciens libanais dont il était question. Mais de l'intimité circonscrite des méandres féminins.

Dans la psyché du Moyen-Orient, l'étroitesse du vagin, puisque c'est bien de lui qu'il s'agit, relève de l'obsession érotique. Les poètes médiévaux encensaient déjà cette « voie étroite », qu'ils comparaient (en positif ou en négatif) aux bonheurs des amours masculines. Mais il est aussi question, et pour être plus moderne, d'une éducation au corps : « Je demande aux femmes que je suis d'assister à des cours pour se préparer à accoucher ; je leur prescris également des séances de kiné post-partum. Y vont-elles ? Pour beaucoup, non », reprend Fayçal el-Kak, fatigué et malade. Au point qu'on se demande si c'est son rhume ou son métier qui l'use ainsi.

Le jeu des 7 familles (et des 785 tribus)

Parmi les plus étranges coutumes locales, ces drôles de « *Allô, mama ?* », « *Chou baba ?* », qui ponctuent toute conversation d'une mère ou d'un père avec sa fille ou son fils. Normalement, « *mama* » et « *baba* » désignent nos équivalents français, « papa » et « maman ». Jusque-là, rien que de très normal. Mais cela se complique quand, par exemple, le père demande : « *Chou bedik tékleh ya baba ?* » (« Que veux-tu manger, papa ? ») en s'adressant à sa fille chérie. Non, le père égaré ne se parle pas à lui-même, interrogeant son estomac pour connaître ses préférences intimes. Il parle bien à sa fille, la nommant « *baba* », dans un savoureux jeu réflexif qui dit combien l'on est la digne fille de son père (ou le digne fils de sa mère) au Liban. Un genre de « toi, c'est moi et moi, c'est toi » qui évoque aussi ces relations « incestueuses », ces réseaux familiaux resserrés qui, au Liban et, de manière générale, au Moyen-Orient, enferment autant qu'ils protègent !

Bien plus que les confessions religieuses, dont les Occidentaux se repaissent comme d'une facile grille de lecture pour comprendre cet obscur monde « arabo-mulsuman », ce sont ces réseaux de solidarité qui marquent de leur empreinte profonde la société. Face à ces groupes – famille (proche ou élargie), voisinage, village ou quartier, communauté et confession (et finalement État ?) –, l'individu se retrouve pris au piège de solidarités, d'allégeances ou de loyautés. Marie, pas encore 50 ans, a vécu à Paris. Elle s'est cru émancipée, libérée, avant de revenir au Liban et de se sentir à nouveau empêtrée dans le « carcan œdipien » des relations. « Lorsque j'étais jeune, nous jetions aux orties ces obligations. Le "Famille, je vous hais !" était, pour nous aussi et sans doute avec encore plus d'acuité qu'en France, notre leitmotiv. Sans compter que nous refusions de nous définir en fonction de nos religions. Mais la guerre civile est passée par là. On nous a forcés à nous redéfinir en fonction de la carte communautaire. Au final, aujourd'hui, je n'ai pas le choix : j'appartiens à différents réseaux qui me protègent, plus ou moins. Ma famille, ma région, ma communauté. Et je me battrais si on voulait affaiblir le rôle des chrétiens au Liban. C'est ce qui me sauve en dernier recours. Regardez ce qui se passe en Irak, où on les tue ; en Égypte, où des policiers sont obligés de garder les églises ! C'est un cercle vicieux ! » La réaction sera à peu près identique avec un musulman, qui, même absolu mécréant et, dans le cas d'un chiite, même et surtout anti-Hezbollah (mais oui, ça existe), montera sur ses ergots si vous mettez en doute l'utilité de son appartenance communautaire. «Je suis chiite. Est-ce que tu mettrais en doute ma famille?» Ouh lala, on se calme, je voulais juste savoir comment on fait cuire le poulet…

Personne ne comprendrait que vous ne passiez pas faire acte de présence et saluer «*Allah ya aïchou*» (ou toute autre expression religieuse, selon le rite de chacun) la naissance du premier ou du treizième enfant de votre cousine (la moyenne se situant à deux ou trois enfants par couple à Beyrouth). La femme, plus encore que l'homme, se trouve contrainte par ces réseaux d'allégeance. Elle leur appartient, en est bien souvent la cheville ouvrière et invisible. C'est elle qui organise les réunions des «ligues de familles», ces associations – parfois mixtes du point de vue religieux – qui regroupent les porteurs d'un même patronyme. C'est elle encore qui gère le calendrier des *diwans*, ces «centres de réunion familiale» où sont prises les décisions importantes, même si elle n'a guère son mot à dire (les *diwans* n'existent plus à Beyrouth, mais on les trouve très vivaces à Tripoli ou dans la plaine de la Bekaa). C'est surtout elle qui assure le lien au cœur du quartier ou du village.

La femme est au centre de ces groupes de solidarité, qui évoquent aux Occidentaux un méli-mélo «tribal», «ethnique» ou «féodal», selon l'analogie tentée. Mais on oublie un peu vite que des «réseaux d'allégeance» se retrouvent dans le monde entier, sous des formes plus ou moins élaborées. Et que la fameuse découverte des «réseaux sociaux» où «c'est génial on est tous solidaires les uns des autres» reprend en partie ce même jeu «tribal».

Essayez donc de prendre rendez-vous avec certaines de vos amies beyrouthines. Face à votre désir commun d'un «café ensemble», voici que se lèvent un nombre invraisemblable d'obligations sociales in-con-tour-nables : «Non, demain, impossible, j'ai deux cérémonies de condoléances en même temps… Après-demain, un repas avec la ligue de ma famille… Vendredi, un *sobihyé* avec les filles du quartier… Ce week-end, un départ pour le Sud où la famille a décidé de se réunir… » L'allégeance réclame, en effet, sa part de fidélité. S'y soustraire, c'est prendre le risque de se retrouver «seule». Impensable au Liban !

Un dimanche sans la campagne

Et si on allait au *mall* ? C'est vrai, quoi : on n'est presque pas sortis se promener dans la nature de tout le week-end et la petite commence à avoir des fourmis dans les jambes. D'ailleurs, dès que le père propose, Yasmina sautille, tout heureuse. Ce n'est pas que Yasmina soit une *addict* de la fripe à 7 ans. En la matière, d'ailleurs, elle est plutôt monomaniaque : du rose de princesse partout partout, avec si possible des scintillements de strass qui brillent sur les pointes des manches. C'est juste qu'au *mall*, on a des méga jeux pour enfants. Des manèges qui tournent à vitesse hypersonique et des parcours dans la jungle magique où l'on peut se flinguer des alligators en hurlant. À Beyrouth, où il existe seulement deux parcs à thème à l'extérieur de la ville et pas vraiment d'espaces verts ni de réels programmes «éducatifs» pour les enfants, la virée au centre commercial est une sortie familiale obligée.

Alors qu'on pourrait se regarder peinards un film de vampires américains sur MBC4, la chaîne satellite saoudienne (mais avec bisous coupés), on s'enquille donc les embouteillages à cinq heures du soir, pour atterrir au Beirut Mall, pas loin du rond-point de Tayouneh, qui conserve quelques vestiges des affrontements de la guerre civile, l'ancienne ligne de démarcation entre l'est et l'ouest passant sur cet axe. Quinze mille mètres carrés de magasins, pas de grande différence avec les quatre autres énormes centres commerciaux bâtis sur le modèle américain qui ceinturent la ville, si l'on excepte les deux étages consacrés à Bambi et à ses amis. Alors qu'il est situé à Chiyah, en banlieue sud, soit normalement à quinze minutes du centre, nous mettons une heure pour parvenir jusqu'à ses trois parkings souterrains, bondés, comme il se doit.

Dieu merci, nous avons Nostalgie dans la voiture, la radio qui nous mâchouille des chansons de Mireille Mathieu, Sheila, C. Jérôme et autres vieux croûtons de la postérité sidérante. Ça fait bizarre la première fois que l'on entend l'Avignonnaise s'époumoner « Je suis une femme amoureuse ». Mais, comme le phénomène se répète assez souvent, on se rend compte que Nicolas Sarkozy n'est pas le seul à être resté scotché sur ses vocalises. Le Liban aussi. Tout le Liban. C'est quand même le seul pays du cosmos où se choper « Ah qu'elles sont jolies les filles de mon pays » et « Que je t'aimeuh, que je t'aimeuh » de Johnny à la demande expresse des auditeurs dans une émission supposée jeune et branchée.

Premier étage du *mall* : cafés au centre, magasins de fringues dans les allées, et un bruit à provoquer une otite purulente dans le quart d'heure. L'ambiance surprend : à ne voir que des hommes attablés devant leur expresso et leur indispensable petite bouteille d'eau, on se demande si l'on n'a pas loupé un maillon de l'évolution humaine : existerait-il des *malls* pour hommes *only* ? Avant de repérer, égarées dans la masse, leurs belles pintades, déambulant entre les vitrines aux mannequins sapés violet ardent et vert chloroforme. À Chiyah, on n'est pas dans le luxe, mais dans des marques raisonnablement fashion. La Senza pour la lingerie (push-up garantis), Aldo pour les chaussures (à talons qui grimpent au ciel), Okaïdi pour les enfants… On se dit, bon, tout va bien : l'homme conduit et prend ensuite son café tranquille ; la femme, elle, attrape le porte-monnaie et fait les courses. Rien de neuf sous le soleil. Jusqu'au moment où l'on voit émerger des escalators les bonnes nigériennes, éthiopiennes ou philippines, en jogging peluche vert ou bleu turquoise, traînant le Caddie d'une main et la marmaille de l'autre.

Mais Yasmina tire par la manche : pas question de faire du shopping. Elle veut aller jouer dans les étages. On abandonne donc l'homme au café, comme le veut la théorie de Darwin appliquée aux Libanais, et on grimpe vers l'enfer. Il n'y a pas d'autres mots pour décrire cet « espace de loisirs ». Se retrouver dans un cube sans lumière, cernée par des centaines de petits monstres courant et hurlant partout, vous appelez cela comment ? On sort le passe (rechargeable), traverse la masse humaine pour aboutir aux auto-tamponneuses. Trop de monde déjà au portillon. Une foule digne d'un match de foot, des femmes, des hommes, des bonnes cherchant des yeux leur progéniture, les confondant parfois. Ça ne loupe pas d'ailleurs : un instant d'égarement et Yasmina disparaît. Panique de l'adulte et retour affolé à la caisse, avant de voir l'écriteau béni (en français, anglais et arabe) : « Vous ne pouvez reprendre vos enfants qu'en échange de votre ticket d'entrée. » *Chou ?* Une consigne ? Oui, une consigne. Si on le désire, on dépose et on se casse. Ou alors on colle la bonne à la course aux enfants en chaussettes (pour des raisons de sécurité, nos adorables bambins vivent leurs aventures déchaussés, ce qui nécessite ensuite de retrouver la bonne paire, de l'enfant et des chaussures) et l'on s'en va reluquer les vitrines. Pratique, somme toute.

Lorsqu'on a réussi à retrouver et, plus important, à extraire la môme de la cabane enchantée, une sorte de camp paramilitaire avec corde pour sauter, toboggan pour glisser et tapis de judoka pour tomber, reste encore à supporter les manèges : voitures, chevaux ou trains qui déraillent. Oui, je sais, c'est chouette les manèges au jardin du Luxembourg ou au Jardin des plantes ! Les chevaux de bois qui dansent au gré d'une musique désuète… Cet instant magique où l'on prend plaisir à revivre sa propre enfance… Mais essayez donc la nostalgie, coincée entre un stand de bowling, un autre de tir à la carabine, deux ou trois activités punching-ball et un trampoline… Et l'on reparlera alors de souvenirs communs et de complicité intergénérationnelle.

Pire, tellement de bruit et de stress qu'il est impossible de draguer. Si encore on lâchait l'homme au café pour s'encanailler cinq minutes avec d'autres papas… En France, le bac à sable a toujours été un haut lieu de rencontres (avec la sortie d'école). Même pour cinq minutes, même sans arrière-pensée scabreuse, le « C'est votre fille ? (cela marche aussi avec les chiens), elle est mignonne » nous sauve souvent de cette sensation d'être d'exclusives pouliches, à vivre notre statut de mère sans plus nous souvenir que nous avons pu être aussi des femmes désirables un jour. Mais, ici, accrochez-vous aux branches mécaniques des manèges si vous parvenez à provoquer un instant d'émotion. À part hurler un : « *Sorry*, je vous ai écrasé le pied » ou un : « Oups, ce ne seraient pas les baskets de votre adorable chérubin que j'ai prises pour les miennes ? », le dialogue tourne court assez vite. Faut être efficace : ne pas perdre son tour (les Libanais, comme les Français, n'ayant pas leur pareil pour gagner quelques rangs dans la queue), patienter en avance au bowling tandis que votre fille joue encore dans les arbres en plastique, et même sortir sa carte de presse pour obtenir en passe VIP la dernière voiture du train fantôme (pas très éthique, mais à la guerre comme à la guerre !).

Quand on a enfin récupéré l'amour de sa vie, réussi à la persuader que l'attend désormais un Suprême chocolat si elle condescend à quitter ce lieu de perdition et, *last but no least*, retrouver le ticket de consigne, il ne reste qu'un espoir. Que l'homme, laissé au café, ait assez de force pour vous porter sur son dos et vous conduire jusqu'à votre couche. Le devoir accompli.

Une mère, une fille

Dimanche de Pâques, au petit matin. Beyrouth est vide. Un silence presque anormal tant l'on finit par s'habituer aux klaxons assourdissants des taxis-services en maraude ou aux stridences en provenance des immeubles en construction. Un appel en absence sur mon portable : c'est l'heure de décaniller, direction Saïda, où Khadouj, la mère de mon amie Sima, nous attend pour le déjeuner. À Beyrouth, pour économiser sur les tarifs prohibitifs des appels, l'on se « *miss call* » (on appelle et l'on raccroche aussitôt pour n'avoir pas à payer le prix de la communication) ou l'on se « sms » à tours de bras, histoire de dire « *yallah*, on y va » ou « rappelle-moi depuis ton bureau, j'ai un truc important à te dire » (en général : « Devine qui j'ai croisé hier, la sœur de… Tu sais, elle s'était mariée avec… Oui, le fils de mon ancien voisin… Là, j'étais invitée chez… Oui, c'est cela, la cousine de… Je l'ai pas reconnue…

Son lifting, mon Dieu, c'est pas de la chirurgie, c'est de l'embaumement… »).

Première urgence : passer à la banque. Les frais, quand on veut retirer du cash dans une banque autre que la sienne, sont tels qu'on doit se plier à de vrais marathons matinaux ! Seconde urgence : se choper un service. D'habitude, tu marches dans le sens opposé et il te klaxonne quand même. Un genre de « tu montes, chérie ? » pas supra élégant, mais efficace. Visiblement, ils doivent tous roupiller. L'heure est trop matinale : pas un taxi-service à l'horizon.

Je finis par en voir un débouler. Un papy conduisant une Mercedes de la Première Guerre mondiale. J'interroge : « À Cola[1] ? » « Taxi ? » me demande-t-il. Oh non, pépé, tu ne vas pas me faire ça, hein ? Il n'y a personne dans les rues. Ta caisse, elle est tellement dessoudée que même les Indiens des chantiers navals hésiteraient à la désamianter, et toi tu veux me la jouer prestige, que je monterais dans la Rolls Royce où Marilyn Monroe a posé son divin popotin ? Bon, je ne lui dis pas ça, mon Arabe étant trop sommaire, mais je m'énerve quand même, histoire de montrer qu'on ne me la fait pas. « *La, mish taxi, mafi hada.* » (« Non, pas en taxi, il n'y a personne »). Mon pépé essaie encore : « *Servicein ?* » (deux services, soit deux fois la course normale, soit 4 000 livres). Peuchère, mais il a quoi, ce taxi ? Limite si je n'ai pas l'impression de négocier la passe, en mode enchères inversées. Ah, je sais : en ce moment, on a des touristes. Des Italiens, avec le treillis de montagne à poches multiples et la gourde spéciale escalade de l'Annapurna, qui se promènent dans notre savane urbaine. Avec mon visage d'Occidentale blafarde, le taxi me fiche pigeon dodu en direct. Mais on ne la fait pas à une pintade avertie : « *Please, mish momken. Ana mish*

1. Cola est l'une des principales gares routières de Beyrouth.

sayeha. Sakna hon, mechi?» («Je ne suis pas une touriste, je vis ici, OK?») Là, il opine du chef. Ouf.

On roule à deux à l'heure jusqu'à Cola, lui cherchant quelque autre proie à kidnapper dans sa relique. Du coup, il me baratine. Je vis ici? Et depuis quand? Je suis mariée? Je travaille? Avec un Libanais? Des enfants? Des garçons? Aaaah pas de fils, *meskina*, mais fasse que Dieu m'envoie un petit mâle d'ici peu... Lui, il s'est marié avec sa cousine. Elle avait 14 ans. Waouh, je dis, «*Kenit zghiré*» («Elle était jeune.»). Oui, mais il me rassure (il a pigé que les Occidentaux, quand on leur dit qu'on s'est mariés à 14 ans, ça leur fait tout drôle, limite pédophile battant la campagne) : «On a attendu un peu avant de tac tac... *Btefhami?*» («Tu comprends?»), avec en prime un bon gros clin d'œil. Là, je pige que ça dérape dans les virages et que, malgré ses 70 printemps au compteur, mon chauffeur est un gai luron. Je lui passe les 2 000 livres qu'il embrasse (pour porter chance, certains chauffeurs font ça parfois lors de leur première course de la journée) et l'infâme vieillard me dépose à la gare routière de Cola où Sima m'attend déjà, un bouquet de fleurs pour sa mère dans les bras.

La famille de Sima est «africaine». Ses parents sont rentrés vivre au Liban quand ils ont pris leur retraite. En Afrique, ils n'ont pas fait fortune. Ils se sont contentés de survivre : lui était employé; elle ne travaillait pas. «C'est bizarre, mon père n'a jamais voulu que ma mère travaille. Mais ma sœur et moi, il nous a poussées à être indépendantes, à faire des études longues. Il n'était pas question que nous nous mariions et que nous ne travaillions pas. »

C'est un déjeuner entre femmes qui nous attend. Ici, on ne laisse pas une étrangère fêter Pâques toute seule. Qu'importe que je ne sois pas chrétienne, et qu'eux soient chiites : les fêtes, c'est sacré.

Dès l'arrivée, une nouvelle urgence s'impose : préparer le café turc. Ce pays est béni des dieux, où l'on peut siroter des quinzaines de cafés à la file sans (apparemment) crever d'un ulcère. Mieux encore : faute d'eau potable dans les robinets (on a bien un robinet « eau à boire », en plus du normal « eau à laver », mais il marche tous les dix ans et personne n'a, de toutes les façons, confiance), le café, on le fait à la Sohat, la Volvic locale. Ça en jette, non ? Cela étant, on fait moins la mariole quand on est total en rupture de stock de Sohat, agonisante de sueur par plus de 40 °C, et que les robinets refusent obstinément de laisser jaillir le filet d'eau salvateur !

Je file dans la cuisine faire bouillir l'eau. Sima est partie se déshabiller. Un vrai rite : on passe son temps à se saper et à se désaper. Pas qu'on soit exibho (quoique), juste qu'à la maison on se met en tenue confort : jogging ou djellaba et chaussons.

J'ai à peine fini de touiller le café, les bulles montant à la surface pour éclore, que l'on sonne à la porte. Une cousine, Mona, « africaine » comme il se doit, venue dire bonjour. On s'installe dans le salon. On ajoute des tasses. On parle de la famille, du pays (l'Afrique). Tel cousin qui est mort au Nigeria. « Mais c'était le fils de qui ? » « Ah oui, bien sûr, de Hassan. » « Mon Dieu, que le père doit porter de douleur ! Il a incité son fils à partir. Quelle horreur ! » La sœur de Khadouj, Souad, sort de la chambre où elle se reposait. Son foulard blanc de paysanne de travers sur ses cheveux. Il y a quelques jours, elle est tombée dans la rue et s'est démis l'épaule. Elle passe sa convalescence chez sa sœur avant de remonter au village, dans le Sud. Plus vieille d'une quinzaine d'années, Souad est la mémoire de cette famille, dans sa lignée féminine. Elle parle de ses premiers souvenirs d'Afrique, quand elle a débarqué à Abidjan pour la première fois, dans un avion de l'Aéropostale. « J'ai eu peur quand un étranger s'est approché de moi pour me serrer dans ses bras… J'avais 10 ans. Je n'avais pas vu mon père depuis ma naissance », dit-elle alors que Sima lui caresse la main.

Est-ce cela qui nous fait dériver de l'Afrique aux hommes ? On parle des séparations… Du bonheur qu'il y a à vivre loin des hommes parfois… Des enfants métisses. De ces enfants adultérins, oui, que les Libanais d'Afrique (les hommes en général ?) laissent parfois en chemin. « Chez nous, il n'y en a pas beaucoup. Mais chez Ali, combien, quatre, cinq de ses enfants ? » s'interroge Khadouj, riant presque de la vitalité de son lointain cousin. Mona, la cousine de Khadouj, qui vient de fêter ses 49 ans, lance comme si elle annonçait qu'elle allait chercher le pain : « Mon mari lui aussi veut un bébé. » Ça paraît un peu bizarre, un peu tardif, d'autant qu'elle a déjà trois fils et une fille adolescents. D'autant que depuis les émeutes d'Abidjan, où ils vivaient, Mona est rentrée vivre au Liban (sans son mari), comme une majorité de Libanais installés là-bas, accusés de tous les maux. Souvent, seuls les hommes sont restés pour assurer le business. Mona s'est donc installée à Beyrouth avec ses enfants, se contentant désormais de quelques allers-retours en Côte d'Ivoire. « Ma fille dit que s'il le fait, elle empoisonnera l'enfant. » Je patauge dans la semoule, ne comprenant plus rien, mais toutes saisissent le sous-entendu. « Tu ne vas pas te laisser faire, hein, Mona ? Tu ne crois pas qu'il t'en a assez fait ? » Elle ne répond rien. Mais à mon adresse, sans colère : « Après il te demande de prendre l'enfant en charge. Et ça, je ne crois pas que je pourrais. Non, *walla*, je ne peux pas.» Elle se lève : encore de la famille, des cousines «à visiter» avant de rentrer à Beyrouth.

Dans l'appartement chichement meublé, aux couleurs dorées, jaune et ocre mélangés, de l'Afrique, il ne reste que trois femmes. Souad, la sœur de Khadouj, Khadouj elle-même et sa fille Sima. On écoute le discours d'un homme politique de Saïda, sur Al-Manar, la chaîne du Hezbollah. «Un homme bien.» Les parents votent pour la milice chiite ; Sima, pour le Parti communiste libanais quand un coco se présente dans sa circonscription (le découpage du pays changeant presque à chaque élection, on ne sait jamais trop bien quel sera le territoire au sein duquel on votera, ni d'ailleurs qui se présente dans sa circonscription). On se moque de Fouad Siniora, le Premier ministre, venu la veille annoncer sa candidature à Saïda. «Tu sais ce que ses services de sécurité ont fait ? Ils ont lâché les chiens dans la mosquée pour en vérifier le périmètre avant qu'il n'aille y prier. Pour un musulman, ça se pose là ! Ne pas savoir qu'un chien est banni des lieux saints pour son impureté. Je peux te garantir qu'il est reparti très vite ! Autrement, c'était l'émeute.»

Et puis de nouveau, la conversation dérive. Des chiens… aux hommes, forcément. «Je voulais tellement pour mes filles. Je voulais qu'elles réussissent là où moi je n'avais pas pu poursuivre. Et aujourd'hui, je me demande : est-ce que ce n'est pas ça qui a empêché Sima de se marier ? Est-ce que ce sont mes désirs qui l'ont empêchée de trouver un homme ?» Khadouj connaît la vie de sa fille. Elle sait qu'elle vit seule à Beyrouth et qu'elle «écoute ses désirs de femme». Elle comprend. Elle partage. Le père, lui, ignore tout. Du moins, il fait semblant de n'en rien savoir. «De mon temps, déjà, c'étaient des questions qui se posaient… Disons qu'elles se posaient, mais qu'elles ne se matériali-saient pas.» Son premier enfant, Khadouj l'a eu à 19 ans. Sa fille aînée, mariée, vit au Canada. «Sima est plus heureuse que sa sœur, alors ? Est-ce absolument notre destin de nous marier ? » Pourtant, il y a des choses qu'elles n'arrivent pas à accepter. Comme quand Sima a envisagé de se marier avec un chrétien. « Non, ça, ce n'était pas possible. » « Maman, pas possible pour qui ? Pour toi ou pour papa ? » « Oui, pour ton père. Mais quand j'ai compris que cela devenait sérieux, j'ai dit : "Fais comme tu veux, je convaincrai ton père." » Sima bouillonne. Elle veut discuter, fourrager dans les contradictions de sa famille. « Maman, tu as toujours protégé papa. Protégé de notre réalité. Quand j'ai voulu l'affronter, tu t'es interposée. »

Encore une fois, l'on sonne à la porte. Une autre parente, une tante, une « Africaine » toujours, trop conservatrice cependant pour qu'on puisse discuter librement. Les femmes repassent à des conversations plus anodines : « La famille, ça va ? Et les enfants ? Des nouvelles ? » On va chercher des gâteaux. Khadouj offre à nouveau le café. « Et toi, Rabiha, si c'était à refaire ? Tu te marierais encore avec ton homme ? » demande Khadouj, pas du tout sûre de sa réponse à elle. Rabia dit « oui », sans aucune hésitation. Son voile d'un bleu-gris transparent, qu'elle porte comme une corolle sur la tête, lui donne des airs de madone fatiguée. « On sait ce que la vie nous a donné. »

Circulez ! Enfin, si vous pouvez...

Si vous n'avez pas de voiture personnelle, reste l'option des transports publics. Officiellement, ils existent ; officieusement, une vraie galère à trouver… En général,

ces bus (le tramway, qui existait du temps du mandat,
a disparu dans les années 60 et l'on parle régulièrement,
comme d'une arlésienne, d'un train reliant les villes
côtières entre elles) sont un peu plus imposants
que les minibus (transports privés) que vous entendez
pétarader dans tout Beyrouth. Blancs, rayés rouge
ou bleu, ils sont pour la plupart extrêmement fatigués,
circulent à deux à l'heure (vous allez plus vite à pied)
mais ne coûtent que 1 000 livres libanaises (moins
de un dollar), voire moins quand on a la carte
d'abonnement. Pour savoir où ils vont (et s'ils vont
quelque part), le plus simple est encore de demander
au chauffeur.

Deuxième possibilité : prendre l'un de ces très nombreux
minibus privés. Toujours 1 000 livres pour se promener
dans Beyrouth et 2 000 quand vous vous éloignez
vers Aley ou Baalbek. On les attrape au vol
(ce n'est pas qu'une image : il faut parfois sauter
dedans, le van toujours en marche) et ils sont censés
avoir des lignes fixes. Mais mieux vaut se méfier.
Trop pressés, ils peuvent court-circuiter leur itinéraire
normal ou décider (l'anecdote est véridique) de rentrer
chez eux se faire un café…

Troisième possibilité : les services, des taxis collectifs
(ces fameuses Mercedes ou Peugeot déglinguées),
qui vous embarquent pour 2 000 livres dans tout Beyrouth
(certains cependant cherchent à doubler la mise,
et réclament un «*servicein*», soit 4 000 livres bien dosées,
pour passer de l'est à l'ouest). Pas la peine
de les chercher, c'est eux qui vous hèlent à coups
de klaxon ! À vous d'indiquer votre quartier de destination,
en donnant éventuellement le nom d'un monument,
d'un restaurant, ou encore d'une pharmacie pour préciser
l'adresse, une majorité de rues n'ayant pas de nom.

Restent ensuite les taxis (qui peuvent être les mêmes voitures que les services, mais où vous montez seule), entre 5 000 (dans Beyrouth) et 15 000 livres (environ 10 dollars, pour l'aéroport), à réserver par téléphone ou à héler dans la rue. Depuis quelques mois, on voit parfois des Peugeot roses conduites exclusivement par des femmes pour des femmes, les Taxis Banat. Plus une option saoudienne et marketing qu'autre chose (cela dit, même les Saoudiennes ont l'air de préférer leur 4 × 4 privé avec chauffeur).

Enfin, ultime possibilité : marcher. Pour les Libanais, cette option est simplement inconcevable.

À leur décharge, se promener à pied à Beyrouth relève du parcours du combattant. Les trottoirs, quand il y en a, sont souvent des parkings de repli, dans une ville qui sursature faute de places. Ou alors leur largeur est tellement réduite que les ficus géants plantés en leur exact milieu bouffent littéralement tout l'espace.

Sans compter les trous dans la chaussée et autres nids-de-poule qui rendent tout voyage pédestre kamikaze.

Jamais sans ma bonne

Yehya est super emmerdé. Sa bonne l'a lâché. Qui, hein, va lui repasser ses chemises et lui faire à manger ? «C'est la première femme que je regrette de toute ma vie.» Yehya a toujours eu un humour très très spécial. Et puis, son ex-femme n'est pas un cadeau non plus. Quant à ses deux ou trois maîtresses régulières et à ses incartades occasionnelles… Pas la même intensité relationnelle qu'avec Hayat, sa bonne, pourtant pas supra aguicheuse, jamais maquillée, et un voile noir en permanence sur la

tête, mais qui bichonnait son don Juan aux petits oignons.
«Elle cuisine divinement bien. Tous mes amis venaient à
la maison pour se régaler.» Yehya est vraiment perdu, le
pauvre. Et l'on sent bien qu'il lâcherait quelques-unes de
ses femelles sexy contre le retour de Hayat dans la cuisine.
Mais Hayat refuse : son «fiancé» (un mec déjà marié, ce
qui n'a jamais empêché l'instinct de propriété) ne veut pas
qu'elle fasse le ménage chez les autres. Chez les hommes
célibataires encore moins. Pas important qu'elle n'ait aucun
métier ; pas grave non plus qu'elle ait besoin d'argent pour
payer son loyer. Une Libanaise qui se respecte ne va pas
chez des étrangers laver leur crasse. Point à la ligne. Et
Hayat, la quarantaine, a beau être une sacrée nana qui
s'assume seule après un divorce calamiteux, elle fléchit face
aux volontés de son pseudo-nouveau fiancé (elle ne dit pas
«fiancé» en fait quand elle parle de lui, mais «mon frère»
par convenance sociale, même si, connaissant sa famille,
nous savons tous qu'elle n'a que des sœurs). Alors, Yehya,
avocat débordé, téléphone à tous ses amis pour savoir si, par
hasard, personne ne connaîtrait la perle rare. Impossible à
trouver. On lui propose, en revanche, de la Sri Lankaise, de
la Vietnamienne ou de l'Éthiopienne à demeure et pour pas
très cher. Mais c'est justement ce qu'il ne veut surtout pas,
contrairement à une majorité de Libanais : «une femme,
n'importe quelle femme, dans la maison en permanence».

Aujourd'hui, l'emploi des domestiques étrangères, en
provenance d'Asie ou d'Afrique, s'est démocratisé au point
de n'être plus l'apanage d'une couche aisée, ni d'ailleurs
d'un seul pays. Bien que différents reportages de la presse
occidentale aient pointé du doigt la «traite des bonnes»
ou «l'esclavage moderne» au Liban, la plupart des pays
de la région, dans le Golfe en priorité, connaissent aussi
ce phénomène. Déjà au XIXe siècle, des agences spécialisées
se chargeaient de dénicher, dans les villages reculés du Liban

ou de Syrie, les petites paysannes analphabètes à placer dans des familles de la bourgeoisie beyrouthine. On les louait encore enfants. Elles y passaient en général leur vie. Pour certaines, cette servitude représentait malgré tout un avenir plus radieux que celui qui les attendait : on se débarrassait encore des femelles au pied des orphelinats (quand on ne les zigouillait pas à la naissance), faute de voir en elles autre chose qu'une énième bouche à nourrir, alors que ces familles crevaient de faim. Depuis, les anciennes paysannes, devenues citadines, se sont rebellées. Même dans les ghettos pauvres, elles refusent de travailler chez les autres. Le salaire d'une domestique indépendante n'est pourtant pas mauvais, de l'ordre de 7 500 livres l'heure (5 dollars) quand une barmaid d'un bar branché est payée 2 dollars de l'heure. « On peut nettoyer les bureaux, faire les écoles. Mais jamais le ménage dans une famille. C'est la honte. Et l'on est sûre de ne jamais trouver de mari », dit l'une d'entre elles, qui vit à el-Nabaa, dans la banlieue est de Beyrouth, et préfère s'esquinter les yeux sur des canevas de perles plutôt que d'être « boniche » dans une famille libanaise.

Les étrangères sont donc venues remplacer au pied levé ces récalcitrantes. Elles seraient aujourd'hui quelque 200 000 à vivre ainsi au Liban, certaines intégrées dans les familles, d'autres en free lance (et souvent sans papiers). Une amie de la bourgeoisie beyrouthine, qui emploie depuis plus de dix ans les deux mêmes domestiques, m'affirmait : « Quand je me suis mariée, mon père m'a dit : "N'exige pas de folies dans ton trousseau. En revanche, les bonnes pénètrent avant toi dans ta future maison. C'est une condition. Ce n'est que comme cela que tu préserveras ton autonomie, ta famille et ton travail." » Cette anecdote dit bien qu'au Liban les femmes ont très vite compris que le partage des tâches à la maison n'était pas pour demain. Et que, à défaut de voir l'homme soudain nettoyer le sol à quatre pattes, mieux valait employer du petit personnel. Ce qui est nouveau en revanche, c'est qu'on trouve ces domestiques dans toutes les couches de la population. Dans le quartier populaire où je vis, mes dimanches « nettoyage de printemps » (soit chaque semaine, du fait de la pollution ambiante) sont l'occasion d'une franche rigolade pour les Érythréennes et les Comoriennes des alentours : une « blanche » lavant elle-même ses carreaux, c'est si rare que ça en devient hilarant d'exotisme. À l'image du syndrome chirurgie esthétique, où l'on voit des jeunes femmes des classes nécessiteuses se serrer la ceinture, voire emprunter sur dix ans, pour se planter des mamelons hydrocéphales, posséder sa bonne revient à dire : « Moi aussi j'en suis, moi aussi j'appartiens à ce monde merveilleux où l'on vacille sous le poids d'un 105 D lunaire et où ma bonne me sert le café au lit. »

Le business est immensément lucratif pour les intermédiaires. On compterait plus de quatre cents officines officielles dans Beyrouth. Le profit, il faut dire, est suffisamment juteux pour aiguiser les dents de certains grands carnivores. L'agence de placement, qui se charge de chasser la bonne et de rapporter sa proie à Beyrouth, récupère entre 50 à 60 % des frais de dossier. Soit en moyenne 2 000 à 2 500 dollars par tête de bétail. Il y a quelques années, rapporte journal *Le Monde*, une agence proposait même des soldes sur la Sri Lankaise ! Affaire à saisir !

Pas un quartier qui n'ait, dans ses immeubles délabrés, quelque officine gérant un « parc » de domestiques. Certaines sont spécialisées par nationalité ; d'autres vont chercher dans les coins les plus reculés de la planète le cheptel manquant. Entre la commission de l'agence, les frais de visa, la visite médicale et le billet d'avion pour la future employée, il faut compter environ 4 000 dollars de dépense initiale. Plus, évidemment, le (ridicule) salaire mensuel. Ces bonnes sont payées selon leur nationalité, en accord, d'ailleurs, avec leurs ambassades respectives. La Philippine est très demandée et la plus chère du marché (jusqu'à 600 dollars par mois) : mieux éduquée, elle parle l'anglais, a souvent suivi des études secondaires. Ce qui permet, fait non négligeable, de communiquer autrement que par aboiements. La Malgache, elle, s'arrache dans la communauté francophone, car elle tchatche le français, résidu de colonisation oblige. Au milieu de ce melting-pot, les « Africaines », moins demandées, s'échangent autour de 150 à 200 dollars. La moins bien cotée étant, semble-il, la Népalaise (moins de 150 dollars), depuis peu disponible sur le marché. Outre ces 200 dollars mensuels en moyenne, la famille qui accueille a la charge des « extras » (savon, shampoing, vêtements ou cartes de téléphone éventuels…).

Description répugnante ? Le système mercantile qui s'est mis en place autour des bonnes relève bien d'un nouveau marché aux esclaves. Mais les rapports qui s'instaurent entre employées et employeurs, bonnes étrangères et familles libanaises, sont bien plus compliqués. Ils tiennent souvent d'un rapport paternaliste où la bonne finit par faire partie de la famille.

Bonne en ligne

Dans la famille de Wissam et de Mariam, c'est la folie. Trois mois que Marlène, l'ancienne bonne de la famille, est rentrée chez elle, « en vacances », aux Philippines après quatre ans passés à Beyrouth. Elle devait s'absenter trois semaines. Mais elle n'est jamais revenue. Pourtant, Marlène, 39 ans, disait de la famille de Wissam (tandis qu'elle me montrait les photos de son fils de 7 ans, qui vivait avec sa mère à Manille) : « Ils sont comme une seconde famille pour moi.» Elle disait aussi : «Je fais mon boulot. Ce que j'aime avec eux, c'est qu'ils ne me donnent pas d'ordre. Si j'ai terminé, je fais ce que je veux. Lire, éventuellement regarder la télévision… Parfois, ils reçoivent des amis le soir, mais c'est relativement rare. Et j'ai un dimanche sur deux.» Dans son pays, Marlène était institutrice, payée aux alentours de 50 dollars par mois. Quand son mari, plus âgé, a perdu son emploi dans la construction, elle a accepté l'offre d'un de ces intermédiaires «libanais» qui sillonnent le monde à la recherche de personnel pour les maisons du Levant. Destination Beyrouth, avec atterrissage bienheureux dans la famille de Wissam. Avec l'argent gagné au Liban, Marlène a fait construire une extension à la maison de sa mère à Manille, pour elle et son fils. Elle voulait ouvrir un restaurant. Grâce à l'argent qu'elle envoyait au pays, elle affirmait même, avec un brin d'orgueil, que sa mère employait désormais elle aussi une bonne, «mais pour trente dollars par mois» pour l'aider à éduquer son petit-fils.

Depuis quatre mois donc, c'est la totale panique dans la famille de Wissam et de Mariam : la poussière s'accumule, les enfants ne sont pas loin de redevenir des petits sauvageons. Les parents travaillent tous les deux. Elle est jeune journaliste dans un quotidien arabophone pour 600 dollars par mois; lui bosse comme ingénieur pour 2 000 dollars par mois. Pour ce couple, plus encore que le ménage, le souci majeur reste la garde des deux enfants, notamment le dernier-né de 4 ans, Athar. Leur famille, leurs parents, vivent entre Tyr et Saïda : aucune aide à envisager de ce côté-là pour gérer leur petit prince au quotidien. À Beyrouth, il existe certes de rares garderies privées pour les plus jeunes – au demeurant chères, de l'ordre de 300 dollars par mois. Mais aucune accessible, pour cause de surbooking et de liste d'attente. Or, les élèves finissent leur journée, aberration liée à la guerre civile, vers 13 h 30 (les élèves commençaient très tôt pour finir avant le début d'après-midi, qui sonnait souvent l'heure des premiers accrochages). Alors, pour Mariam, il est quasi impossible de tenir ses engagements à la fois professionnels et familiaux sans l'aide d'une nounou à la maison.

La sortie d'école mérite d'ailleurs le détour. Les Sri Lankaises, les Malgaches ou les Éthiopiennes attendent les gamins dont elles ont la charge avec patience au seuil des établissements scolaires. Une amie racontait que, allant chercher son fils tous les jours à l'école (puisqu'elle ne travaillait pas), elle avait fini par entendre son chérubin lui demander, étonné : « Maman, pourquoi tu n'es pas noire comme les autres mamans ? »

Wissam s'est donc mis en chasse. Première agence contactée, première piste possible. Normalement, pour venir au Liban, une bonne étrangère doit être « attribuée » à une famille, celle-ci assurant sa prise en charge dès l'aéroport. La récupération (ou plutôt la livraison) de la bonne étant d'ailleurs un moment de grande solitude quand on a un rien d'humanité. Vous pensez peut-être que, comme quand vous réceptionnez vos amis à l'aéroport international Rafic-Hariri, il vous suffit d'attendre face à la porte d'arrivée ? Tout faux : les bonnes passent par un circuit spécifique (il ne faudrait pas qu'elles se mélangent avec le touriste, ça ferait mauvais genre) et vous devez aller la chercher, papier en main, tampon homologué, dans la «zone des bonnes» où elles attendent, hagardes bien souvent, totalement paniquées, parquées derrière des vitres que «leur famille» vienne les récupérer. L'aéroport Rafic-Hariri n'est pas unique en son genre. C'est la même chose dans presque tous les pays du Moyen-Orient où ces ménagères étrangères se recrutent en nombre. Une scène dont la cruauté fait penser à la «foire aux vieux» de *L'Arrache-Cœur* de Boris Vian.

Les agences de placement ont toutefois besoin de flexibilité. Une bonne malade à remplacer en urgence? Une autre qui ne convient pas? Les familles peuvent en effet rendre la bonne à l'agence à tout moment, alors que par contrat celle-ci n'a aucune possibilité de «démissionner», quelles que soient ses conditions de vie et de travail. Bref, les agences en gardent toujours quelques-unes sous le coude, à refourguer en seconde main.

C'est le cas de cette jeune Vietnamienne que l'on propose à Wissam. Apparemment, elle a été sélectionnée sur Internet par une famille, qui pour une raison obscure s'est rétractée. *Deal* avec l'agence: une semaine gratis à l'essai et on fait les papiers si elle convient. La bonne vietnamienne ne parle ni l'anglais, ni le français, ni bien sûr l'arabe. Elle possède, en revanche, un erzatz de manuel photocopié qui regroupe les ordres les plus élémentaires («*Bring the salt!*»; «*Clean the terrasse!*») traduits dans sa langue et de quelques formules précieuses («*My name is…*»; «*I'm sorry, I don't understand*»), auquel elle s'accroche pour tenter de comprendre le monde dans lequel elle vient de tomber. Problème d'entrée: la voilà malade, à cracher ses poumons. Elle supplie, par ailleurs, pour prendre une douche et laver ses quelques vêtements. À force de mélanger langage des signes et séances de mimes, Wissam et Mariam finissent par comprendre qu'elle vit, depuis son arrivée à Beyrouth – soit il y a trois mois – parquée par l'agence dans un appartement avec une vingtaine d'autres, sans autre accès à l'eau qu'un robinet suintant une eau trop rare.

Wissam et Mariam sont tout sauf des méchants. Évidemment qu'elle peut se laver. Évidemment qu'on va la soigner… Mais Wissam est quand même pris d'un doute. Et si ce crachotement, qui fait trembloter les très maigrichonnes épaules de sa nouvelle employée, était lié à quelque maladie incurable ? Contagieuse ? Les deux premiers jours passés et après l'avoir embarquée chez le pharmacien, ils choisissent de la renvoyer. « De toute façon, je ne peux pas vivre avec quelqu'un qui ne me comprend pas. »

Reste la solution d'en commander une. C'est un peu comme sur houra. fr : on achète à distance, avec la photo du produit et ses caractéristiques principales. Sans trop savoir ce qu'on va recevoir : une bonne en kit à monter soi-même ? Lui veut une Française. Entendez : quelqu'un en mesure de parler la langue de Molière. Ses enfants sont en petite section au lycée français de Verdun. Et l'anglais n'est pas (encore) leur fort. Une agence du quartier de Zarif propose de la Malgache. Nouvelle rencontre, le prix de la transaction paraît excessif (5 000 dollars, « les billets d'avion », lui explique-t-on), mais on lui fournit les codes d'accès du site où aller fouiner dans les nombreux CV des candidates, qui, comme pour un poste de manager marketing, ont rempli très sérieusement une fiche d'expérience avec photo. Sur l'écran défilent les profils de femmes plus ou moins jeunes, plus ou moins aguerries aux joies de la servitude : « expérience d'une personne âgée » ; « bon feeling avec les enfants » ; « quatre ans déjà dans une famille libanaise » ; « français courant ». La plupart ont plus de 30 ans, certaines pas loin de 40, et mentionnent aussi une famille, des enfants.

Les deux enfants justement de Wissam et de Mariam, qui s'agglutinent autour de l'écran pour « acheter » leur nouvelle nounou, poussent des cris d'horreur devant les photos de prétendantes. « *Chou!* On dirait un homme, elle est énorme ! » ; « Oh, quel monstre ! » ; « Waouh, celle-là, elle a de la moustache ! » Un jeu cruel avant de poser les questions urticantes, celles que Wissam préférerait ne pas entendre : « Elles ont aussi des enfants ? Comment elles font ? Elles les abandonnent ? » Et Wissam de soudain devoir expliquer, gêné, une certaine façon de tourner du monde où, entre dominés et dominants, les femmes laissent derrière elles leur famille, leurs enfants pour soigner ceux des autres.

Les voilà tristes, les gamins de Wissam et de Mariam, qui désormais boudent et hésitent. « Bon, OK, celle que je prendrai sera sans enfants », dit le père pour tenter la conciliation. Puis, s'adressant à son ordinateur : « Comment je sélectionne ? Qu'est-ce que j'en sais, moi ? Je ne veux pas m'embarquer dans cette horreur. » Arrêt du défilement des Malgaches, Wissam prend son téléphone, contacte encore des amis. On lui parle de la sœur d'une Érythréenne, depuis trois ans dans une même famille. Il pourrait reprendre le contrat, la famille n'en a plus besoin. En attendant, et parce qu'il est vraiment dans la mélasse, sa mère lui prête sa bonne pendant une semaine, le temps qu'il finisse par trouver la bonne de son cœur.

Quartiers (presque) libres

Rue du quartier commerçant et cosmopolite de Hamra, où les intellectuels de la gauche se réunissaient avant la guerre civile. Personne dans les rues, malgré le soleil matinal, il est encore trop tôt. Sauf pour ces « étrangères », Sri Lankaises, Philippines, Africaines, qui se dirigent par petites grappes vers l'église Saint-François. Dans le jardin de l'église, il y a foule. On se regroupe par nationalités, on gazouille enfin dans sa propre langue, prenant des nouvelles des unes et des autres. Un groupe est déjà parti en excursion à Harissa, le lieu saint à une demi-heure de route de Beyrouth, visiter et prier au pied de l'immense statue de Marie qui glorifie la montagne maronite.

Un photographe – lui-même africain – propose ses services. «Portraits de bonnes» à envoyer directement au pays (il fournit l'enveloppe *by plane*) pour 5 000 livres le cliché, qu'il rapportera développé en 13 × 18 la semaine suivante. Certaines, sur leur trente et un, se laissent prendre au jeu. Mais elles veulent le grand jeu. Elles sont venues avec des photos découpées dans des magazines féminins, histoire de lui montrer ce à quoi elles veulent ressembler, au moins dans la pose. Dans la maison, qui jouxte l'église catholique, on entend rire et glousser. Jeunes et moins jeunes, maquillées de rouge outrageux ou plus simplement apprêtées, ce sont les domestiques de Beyrouth, une joie espiègle au cœur pour leur jour de congé. Certaines n'ont qu'un dimanche sur deux ; d'autres, plus chanceuses, ont tous les dimanches *off* (et d'autres, pas de jour de repos du tout !). «Jusqu'à 18 heures», précise une Érythréenne qui attend sa sœur, en retard, installée sur un banc à l'ombre de l'église. Ces deux-là passeront leur début d'après-midi dans la cour, sans argent pour aller se payer ne serait-ce qu'une glace ou un thé dans les bars de Hamra. Un chant monte, un «gloire à Dieu» psalmodié en philippin par une quinzaine de jeunes femmes dans une salle. Dans l'arrière-cour, une équipe de basket-ball féminin exclusivement philippine, short rouge et logo de sponsor sur le dos, se prépare à partir pour une rencontre amicale à Jounieh, au nord de Beyrouth, dont les plages ont fait la réputation (aujourd'hui obsolète). Sous les arcanes, on papote en tamoul, en langues africaines, où pointent parfois l'anglais ou le français. Dans l'ombre, des vendeuses proposent soutiens-gorge, croix en or, poissons séchés, gâteaux de riz et de noix de coco. Une manucuriste prend à la queue leu leu ces bonnes pour leur ripoliner les doigts de pied à l'ombre des panneaux de basket. À cette heure, la messe est en français : celles qui y assistent ne semblent pas comprendre grand-chose du prêche sur le Saint-Esprit, ce qui ne les empêche pas de prier avec ferveur.

Dans les rues, au fur et à mesure qu'elles quittent l'église, on voit de ces groupes de femmes sur talons vertigineux, la petite chaîne en or brillant à leur cheville, les lunettes imitation Ray-Ban, déambuler dans les rues de Hamra. La communauté philippine est ici organisée, avec ses quelques magasins de produits locaux. Les Sri Lankaises, elles, ont leur souk à Dora, dans la banlieue est de Beyrouth. Quelques rues, au milieu de Bourj Hamoud, quartier à dominante arménienne, où elles peuvent acheter des produits introuvables ailleurs, comme des crèmes de beauté pour leurs cheveux. À Hamra, face à l'agence de la Western Union, où toutes font la queue pour envoyer (souvent) l'intégralité de leur salaire au pays, c'est toujours le même rituel. Un embouteillage de voitures, les Libanais, qui cherchent une bonne (ou une nana) tournant dans le quartier le dimanche matin.

À les regarder, pomponnées, si enchanteresses dans cette bonne humeur enfantine et comme naïve qui semble les animer pour leur dimanche de liberté, on oublierait presque que la réalité de leur vie n'est pas si joyeuse. La plupart en effet vivent dans leur famille d'accueil, certaines dans la chambre d'amis, d'autres où elles peuvent, en fonction de la place et de l'arrivée d'un membre de la famille. La plupart ne sortent que pour accompagner les enfants à l'école ou pour faire les courses. Les ONG se battent pour que leurs conditions de vie au Liban (et dans tout le Moyen-

Orient) respectent un minimum les droits humains. Quant aux conditions de travail (congé hebdomadaire, nombre d'heures, liberté en dehors du travail…), on n'en est pas encore là! Une campagne de publicité, visible sur les chaînes saoudiennes satellitaires, les quatre MBC, rappelait il y a peu que la clémence est un don de Dieu et que son usage à l'égard de ses domestiques, un précepte à user chaque jour.

Au Liban aussi, les bonnes se suicident, se jetant des balcons des maisons où elles sont employées (elles sont souvent enfermées à double tour quand elles sont seules). L'ONG Caritas a recensé quelque deux cents «suicides» ces dernières années[1]. «Certaines n'arrivent pas à s'adapter. Leur pays qui leur manque trop; les conditions de vie ici auxquelles elles ne comprennent rien, avance une bénévole d'une association qui évoque un cas récent et pour lequel le motif du suicide reste inconnu. Mais d'autres portent clairement des ecchymoses sur le corps, des morsures ou des brûlures. Pourtant, à ma connaissance, aucune "famille d'accueil" n'a encore été jugée pour crime.» À ces actes de violence s'ajoutent les viols, les abandons d'enfants – le Liban connaît de plus en plus d'abandons de bébés de couples mixtes (une bonne étrangère avec un Libanais, un Syrien, un Égyptien…). Selon une enquête publiée en 2007 par Caritas, 91 % des familles interrogées confisquent le passeport de leur employée (on les juge responsables de leur bonne, et pour éviter leur «fuite», les employeurs confisquent leur passeport); 71 % ne la laissent pas sortir seule, 31 % avouent la battre, 31 % limitent sa nourriture; 73 % surveillent ses fréquentations et 34 % la punissent comme une enfant. À défaut d'une législation encadrant

---

1. Sous l'étiquette «suicides» se cachent parfois des meurtres domestiques, le «suicide par défénestration» pouvant être une façon de camoufler un meurtre.

ces emplois, les familles libanaises s'avèrent souvent mal préparées à la venue d'une étrangère du quart-monde au sein de leur «intimité» (mais mieux que celles d'autres pays de la région), infantilisant au maximum ces jeunes femmes auxquelles elles ne parviennent jamais à faire pleinement confiance. Membre – secondaire – de la famille ou esclave corvéable à merci, la frontière est souvent floue.

Martouta

Martouta est en train de plier les torchons dans le minuscule réduit qui jouxte la cuisine. C'est une toute petite bonne femme, 1,50 mètre tout au plus, le corps rabougri, mais les yeux d'un vif qui dément la vieillesse. Toute sa vie a été consacrée à cette famille chrétienne de Aïn el-Mreissé (ouest de Beyrouth) chez qui elle s'apprête à passer les fêtes de fin d'année. Toute sa vie, Martouta a été une domestique. «Je suis née en Syrie d'une famille chrétienne. Mes parents sont décédés quand j'avais neuf ans, laissant mes quatre frères et mes deux sœurs sans famille directe. En 1943, un homme est venu dans mon village : il a offert de me placer dans une famille libanaise. C'est comme cela que je suis arrivée à Amioun, dans cette famille qui comptait sept enfants.» Son énergie, Martouta semble la puiser à une source intarissable. Pas celle des femmes condamnées à servir leur vie durant. Plutôt comme un long fleuve coulant, irrésistible. Son métier, la servitude induite, tout cela la dépasse. Quand on la regarde s'agiter, on comprend la marche irrésistible des planètes sur leur orbite. Elle n'a ni regret ni autre espoir. C'est ainsi. Elle dit ainsi que cuisiner, c'est sa manière à elle de contribuer. « Nourrir la famille que j'aime. » Alors, toute la journée, elle mitonne de ces merveilles libanaises : taboulé, *kebbés*, *siyadiyeh* (un délicieux riz au poisson)… « J'ai observé la maîtresse de maison, la mère de celui chez qui nous sommes aujourd'hui. C'est comme cela que j'ai appris. » Martouta ne sait ni lire ni écrire. Elle n'a pas voulu aller à l'école. « Je n'ai jamais été maltraitée. Je jouais souvent avec les autres enfants de la famille. Mais je n'étais pas l'enfant de la famille. J'étais la bonne. » Elle n'a jamais voulu non plus se marier. Elle dit : « Pour quoi faire ? » Dans les sociétés du Moyen-Orient, le métier de domestique était – et est toujours – un passeport assuré pour le célibat.

On teste sa confiture de coings vanillée ; quelques *fatayers*, des triangles aux épinards. Elle dit que le secret de la cuisine libanaise, c'est sa simplicité. « Cela ne sert à rien, toutes ces épices que l'on met désormais. » Puis ajoute un proverbe arabe : « La beauté repose en sa modération. Pour une femme ou pour la cuisine, c'est pareil. » Depuis, elle a obtenu la nationalité libanaise. Elle a suivi « sa » famille à Bahreïn lorsque le père est parti faire de l'argent. Elle est rentrée avec eux lorsqu'ils ont rejoint Beyrouth. Du labeur épuisant, elle ne parle pas. Mais la vieillesse s'installant, le travail se faisant de plus en pénible, elle a choisi de repartir au village. Pas en Syrie. À Amioun, dont elle connaît tous les habitants. Là où le réseau social la rassure. « Je me sens étrangère à Beyrouth. » Elle vit dans la grande maison familiale. Une demi-retraite, car elle continue quand même de servir. « Antoine, le fils aîné, monte une fois par semaine. Il redescend toujours avec plein de plats prêts à être réchauffés. » Pourrait-elle songer

à s'arrêter ? Elle ne comprend pas la question.
« La cuisine est ma vie, mais c'est comme Dieu veut. »

Soap épopée

Évidemment, vous connaissez *Les Feux de l'amour* ?
Au moins de nom. Peut-être un vague souvenir, celui
d'un vieux beau tournicotant au milieu d'une horde de
femmes, moitié vamps, moitié mégères. Mais avez-vous
déjà entendu parler de *Noor* ? Moi, habituée à *Bab al-Hara*,
un soap syrien drolatique en costumes d'époque, où des
hommes à moustaches tarabiscotées roulent des yeux pour
dire leur colère, le couteau prêt à être défouraillé de sous
leur *djalabiyya* (djellaba), j'en étais toute chamboulée. Mes
repères culturels en pleine explosion. Au Liban, c'est un
raz-de-marée. La ménagère de plus de 50 ans, sa fille et sa
petite-fille, scotchées tous les soirs devant la chaîne satellitaire panarabe MBC (à capitaux saoudiens) pour mater la
vie chaotique de Mouhannad, le héros du feuilleton *Noor*,
et de sa dulcinée, celle qui donne son prénom à la série.

Mohammed, qui n'est pas une pintade, n'est pas accroc
au feuilleton. Mais Lina, sa fille, oui. Mohammed est
divorcé. Il vit seul avec sa fille de 7 ans. Phénomène extrêmement rare. D'habitude, les pères, qui peuvent réclamer
la garde définitive de leurs enfants en cas de divorce (à des
âges différents selon les communautés) refourguent leurs
enfants à leur propre mère pour refaire leur vie. Même
chose d'ailleurs si l'homme vient à mourir : la veuve ne
peut récupérer la tutelle de ses enfants que si les oncles
ou le grand-père se désistent en sa faveur. Et cela, quelle
que soit la confession (les grecs orthodoxes et les druzes
étant cependant plus progressistes, privilégiant la mère,

sauf bien sûr si elle se remarie…). Au cas où toutes ces subtilités seraient encore floues dans votre esprit, vous avez droit à une séance de rattrapage page 176. Tous les soirs à 21 heures, c'est donc le même scénario. Mohammed peut toujours monter en voix, le «Demain, tu as école, file au lit!» reste sans aucun effet sur la fillette, hypnotisée par l'écran de télé. Alors que nous fumons sur le balcon de son appartement de la Corniche Mazraa, avec une vue incroyable sur la Méditerranée, pas très loin des belles plages de Beyrouth ouest, son père me confie : «Je la laisse regarder *Noor* pour qu'elle voie d'autres situations, d'autres univers…» Il n'a pas tort. C'est un grand chamboule-tout que propose *in fine* ce soap à l'eau de rose.

Presque aussi fascinée que Lina, me voilà à mon tour installée en boule sur le canapé, à reluquer Mouhannad, ce blondinet à barbe rousse de trois jours, un genre de Gainsbourg l'alcool et la cigarette en moins, en train de se débattre dans de modernes perfidies. Au départ, on a un peu de mal à suivre. Il leur arrive tellement de choses, à ces héros… Mouhannad poignardé! Mais par qui? «Pfut, un gangster qui voulait le faire chanter», me dit Lina qui, du haut de ses 7 ans!, me fait le résumé des épisodes manqués. Noor, malade, un cancer peut-être, qui, cependant, choisit de taire sa maladie aux siens. Noor, il faut dire, a un sens aigu du devoir. C'est ce qui la rend si belle et si triste. «Elle ne veut pas que sa famille s'inquiète.» Et puis aussi, la sœur du jardinier enceinte. Mais de qui? «Personne», me répond Lina. «*Oh my gosh*», dis-je en ayant recours au franglais libanais tellement je suis secouée : «Nous voilà avec une Vierge Marie à Istanbul.» «Tu crois que c'est Mouhannad?» je demande à Lina. «Non, il est pur. Il respecte Noor.» Ben, moi, je veux bien, mais j'y crois pas trop à son explication à la mouflette : «Y a quelques semaines, Noor l'avait quand même quitté parce qu'il avait fait *caza*

caza (des choses) ou presque avec une autre, alors… » Et c'est là que Lina me révèle l'insupportable vérité. « Oui, mais c'était avec Nihal, son grand amour d'avant Noor, avec qui il a eu un bébé. Il pensait qu'elle était morte, tu comprends, quand il s'est marié. Sinon, il l'aurait attendue, Nihal. Il l'aimait trop. » *Dallas* battu à plate couture !

On peut rire. Mais quelque chose touche chez cette Noor si triste, aux yeux incroyablement cernés. Quelque chose d'universel : elle lutte contre des fantômes, des douleurs anciennes et jamais tout à fait résorbées, tapies dans sa vie. Au cœur de ce Levant fantomatique, percluse dans ses fractures passées ou son avenir chaotique, la vie de Noor prend soudain sens. Elle lutte, de toute son âme, pour parvenir à réussir son couple, sa famille. Et l'on comprend enfin le succès de ce feuilleton turc au cœur des pays arabes (ce qui ne laissait pas de surprendre, les Turcs étant, encore aujourd'hui, considérés *a minima* comme les « occupants ottomans »). Ce qui plaît à Lina, pourtant choyée par un papa poule hors pair, comme aux femmes libanaises, c'est de voir vivre là un modèle d'homme, un idéal (blond), qui plus est musulman, dont la puissance ne s'exerce pas au détriment de sa femme. Un homme prévenant, presque doux, certes englué dans ses propres hésitations, ses doutes ou ses démons. Bref, un homme « moderne », sans ces préjugés machissimos qui empuantissent bien des relations ici. Il faut le voir donner le biberon à son bébé (lequel de bébé, je ne sais plus. Celui qu'il a eu avec Nihal ou celui de Noor ? Ne m'en demandez pas trop), pour comprendre ce qui le rend si séduisant aux yeux des femmes. Un homme comme elles n'en ont pas. Noor a raison de lutter[1] !

---

1. *Noor*, soap de l'été 2008, a depuis cessé (mais on trouve les épisodes complets en DVD), remplacé par *Mirma et Khalil* (la même histoire, ou pas très loin, seuls les noms changent), toujours avec l'acteur vedette de *Noor*.

Gastrobsession

Le Moyen-Orient, le Liban en particulier, accorde une place privilégiée à la nourriture. Le dire revient à énoncer une très jolie litote. Associé aux fêtes, à la fraternité et à la convivialité, l'instant des repas est, sans nul doute, le seul moment capable d'instaurer un statu quo entre belligérants. «Entre femmes, c'était à qui aurait le plus d'imagination. Nous préparions des mets aux décors ou aux goûts d'une extrême sophistication. Les goûters d'enfants devenaient des prouesses culinaires. Jamais rien n'était acheté. Il s'agissait sans doute d'épater les autres mamans. Mais nous n'avions que cela à faire. C'était notre univers», se souvient Rosemonde, la cinquantaine, mère d'une très belle jeune femme elle-même maman. Rosy, pour les intimes, a cessé ces combats de chocolats quand elle a repris son travail de journaliste, une dizaine d'années après la naissance de sa fille.

Prenez la fête nationale, qui célèbre le 22 novembre l'indépendance du pays. Elle ne fait guère frissonner dans les chaumières. La vraie fête nat, c'est celle du taboulé ! Ce mélange d'herbes fraîches aux couleurs, ô miracle, du drapeau libanais : rouge (tomate), vert (persil), blanc (bourghoul). Lancée en 2001, à l'instigation de deux expatriés revenus vivre au Liban, cette commémoration, qui a lieu chaque premier samedi du mois de juillet, prend de plus en plus d'ampleur, au point d'être désormais parrainée par le ministère du Tourisme (mais pas, hélas, encore fériée) ! Amusante et festive, l'idée de rendre grâce au dieu Taboulé se double d'une ambition bien plus sérieuse : permettre de célébrer l'unité d'un pays que la guerre civile et les dissensions politiques, ont fracassée. À bien y réfléchir, la papille délirante est sans doute le seul capteur sensoriel capable de réunir tout le Liban dans une même communion ! Parlez tambouille avec un Libanais et vous le constaterez. Quels que soient son bord politique, sa confession, sa région ou ses préférences sexuelles, une même fierté lui vient à se revendiquer de ce noble peuple capable d'avoir inventé le mezzé. Et même si cela n'est pas tout à fait vrai (la gastronomie faisant fi des frontières, la cuisine libanaise s'inscrit dans un cadre régional et doit aussi beaucoup aux Turcs ou aux Égyptiens), il l'affirme haut et fort : il n'est de bonne table que libanaise.

Il faut d'ailleurs se rappeler le tollé général qui a suivi, au Liban, certaines prétentions israéliennes sur des produits tels que le *houmos*, le *felafel* (des boulettes de fèves) ou le très vénéré taboulé. Les industriels et les producteurs libanais prêts à en découdre devant un tribunal international pour « pillage » et « usurpation » de recettes ! Imaginez la Tunisie ou l'Algérie décidant d'attaquer la France sous prétexte que le couscous détrône la bouillabaisse ou la blanquette de veau parmi les plats nationaux préférés des Français ! Mais il est vrai que cet encombrant voisin israélien inonde les supermarchés européens de barquettes de *houmos* ou de taboulé estampillées « casheroute ».

Au Liban, le tollé est vite devenu général : éditos enflammés dans la presse, prises de position politiques… Tous les Libanais se tenaient prêts à prendre les armes contre un ennemi culinaire qui osait se prévaloir de leur héritage ancestral. Non mais ! Est-ce qu'on leur chipe leur soupe aux boulettes de pain azyme ou leur carpe farcie ? Bon, pour la carpe farcie, on comprend pourquoi personne n'est jamais venu la chaparder. Faut vraiment être tombé dedans petit pour pleinement apprécier.

On peut rire de ce combat de fines gueules, mais derrière ces prétentions culinaires et économiques se cache aussi un projet plus politique. Pour Israël, revendiquer une culture «orientale» légitime sa présence, l'ancre dans le patrimoine de la Terre sainte (même s'il est peu probable que David ou Salomon se soient jamais empiffrés de *houmos*) et efface du même coup celle des autres, l'Arabe, le Levantin.

Reste alors un rapport à la cuisine qui lie l'homme à sa terre, à une matrice nourricière essentielle. «Notre rapport à la nourriture est primordial. On lui accorde une place centrale. Vivre n'est peut-être pas manger… Mais vivre au Liban est certainement déguster», explique Cherine Yazbeck, journaliste et auteur de plusieurs ouvrages présentant un autre Liban (dont l'indispensable guide *A Complete Insider Guide to Lebanon*, qui met au rancart tous les Lonely Planet ou Guides du Routard sur le pays du Cèdre). Cherine, qui produit sa propre huile d'olive bio et avale des centaines de kilomètres pour aller acheter «le» seul, le vrai *houmos*, celui d'Abou Saïd à Tripoli, s'apprête d'ailleurs à sortir un livre de recettes et d'histoires culinaires, *Cuisine libanaise du terroir*, en trois langues (français, anglais, arabe).

Demandez à n'importe quelle Libanaise la recette du plat dont vous vous êtes pourléché les babines lors de sa dernière invitation. Vous vous attendez à une simple : «Alors… trois louches de… une pincée de… un peu de…» Votre conversation s'avère vite plus essentielle. Elle ouvre la voie à un monde secret, une mémoire de femmes transmise de génération en génération. «C'est une recette de ma grand-mère. Le secret ? Les épices, ma chérie ! La cannelle, juste un soupçon, ajoutée à la préparation. J'ai une idée !

Ma tante, elle, le préparait avec des herbes fraîches de la montagne. Samedi, on essaie cette version. Il faut juste que je parte au village chercher les ingrédients nécessaires. »

Monde de femmes – peu d'hommes investissent la cuisine –, la gastronomie libanaise évoque bien plus que de simples ingrédients mélangés. Elle parle de racines, de terre, de lignage. Chaque région se proclame ainsi spécialiste de plats, certes communs au Proche-Orient, mais fabuleusement réinventés selon les goûts locaux. Si vous n'avez pas essayé le *kebbé* de la région d'Edhen, à la viande de chèvre, on vous rétorquera que vous ne connaissez rien aux *kebbés*. « Mes conversations avec ma mère tournent autour de ce que l'on a cuisiné, de ce qu'on a pu manger dans tel ou tel restaurant. On décortique les saveurs, n'hésitant pas, quand un goût particulier nous surprend, à demander des précisions au chef », reprend Cherine Yazbeck. Au Liban, mille et une recettes d'un même plat peuvent se trouver, fonction des communautés, des terroirs, des régions, des villages… voire des familles. « Nous sommes capables de faire des centaines de kilomètres pour aller déguster un plat d'*akoubs* aux lentilles (une plante qui ressemble au chardon, dont le goût s'approche du cœur d'artichaud), une recette du Chouf. » Du coup, le samedi ou le dimanche, les Libanais partent en « randonnées gustatives » pour retrouver cette mémoire du goût.

Rien ne les arrête lorsqu'il s'agit de faire bombance. Ni s'enchâsser dans les embouteillages ni se retrouver pris au piège dans un « restaurant usine » où des tablées de cinquante sont le lot commun (juste une petite famille, finalement) et un service à cinq cents convives, une histoire banale ! Là où les Français apprécient l'intimité, la délicatesse feutrée des alcôves (on mange entre soi), les Libanais, eux, pensent groupe et partage. Et l'on peut très facilement se retrouver à s'échanger entre tables les mezzés sélectionnés, voire à tester la production familiale d'arak de son voisin dans un restaurant de Sannine, dernier lieu-dit avant les neiges éternelles des montagnes libanaises. Après avoir sinué sur les routes défoncées et étroites qui y mènent, en s'arrêtant presque tous les kilomètres pour acheter aux paysans des cagettes de pommes et de cerises cueillies sur les arbres fruitiers des terrasses, ou du vinaigre… Là, dans les brumes de Sannine, qui sont à ce point denses qu'elles pénètrent même l'été dans les quelques restaurants populaires accrochés à ses flancs dénudés, les différences politiques ou confessionnelles s'estompent. La conversation peut certes s'échauffer, mais dans des limites acceptables. Rien ne demeure que le plaisir infini d'un après-midi à table.

La cuisine au Liban se veut en même temps un goût et une exigence. Il suffit de se réveiller aux aurores, quand les quartiers de Beyrouth dorment encore, pour assister à un étrange spectacle : la bataille du haricot (ou de l'aubergine, ou de la tomate). Car les courses, on les fait dans son quartier : un passage chez l'épicier, un autre chez le boulanger, un aller-retour dans la supérette et même une commande chez les marchands d'œufs pour finalement s'arrêter face à son marchand de légumes. Presque chaque matin, le ring est monté. La séance de catch peut commencer, avec le marchand de concombres et d'herbes fraîches du coin de la rue comme arbitre. Les Libanaises, assistées souvent de leurs bonnes, s'arrachent, à poignées denses, les produits les plus frais, les plus juteux, capables de s'étriper pour récupérer en primeur la cerise fraîchement débarquée de la montagne ou les herbes aromatiques les plus tendres. Ça finit par déteindre sur vos habitudes et je me suprends, lors de mes passages (en transit) sur les marchés parisiens, à me contrôler pour ne pas arracher une botte de navets nouveaux des mains de ma voisine.

Bien sûr, la cuisine syrienne, palestinienne, voire irakienne, possède aussi d'intenses couleurs gustatives. Rien ne vaut le *felafel* palestinien, l'*hamara* syrien ou le *frikké* irakien, un plat de mouton et de riz. Mais il est un bonheur supplémentaire à Beyrouth, surtout lorsqu'on est bec sucré : vivre au gré des saisons religieuses. Remercions Dieu : dans ce pays aux dix-huit communautés confessionnelles reconnues, il est possible de se goinfrer de plats ou de desserts qu'on ne peut souvent manger qu'à l'occasion d'une seule célébration. Comme le gâteau aux marrons, que l'on déguste pour le repas de Noël. Enfin… les repas de Noël, car au Liban, on fête la naissance du petit Jésus trois fois, selon les rites des Arabes chrétiens (catholiques et orthodoxes) et des Arméniens (les Arméniens s'étant réfugiés au Liban en nombre au début du XXe siècle, au moment du génocide perpétré par les Turcs), dont les dates ne coïncident pas. Non pas la sirupeuse bûche aux marrons glacés, mais bien un mont-blanc, cette sorte de cône où s'équilibrent châtaignes et crème Chantilly. Un peu sec, mais, semble-t-il, « d'origine française » (un mets à la mode du temps du mandat ?), ce gâteau s'avère nécessaire à toute table digne de ce nom. On peut aussi prendre cinq kilos sans s'en rendre compte, entre le *maamoul* de Pâques (un gâteau de semoule aux dattes, aux noix et aux pistaches), préparé pour la célébration catholique et orthodoxe ; les *kaak el-Aïd* (gâteaux secs du Liban sud) pendant le Ramadan, ou encore les *kallej Ramadan* ou les *katayaëf*, des gâteaux fourrés à la crème de fleur d'oranger, que l'on déguste au moment de l'iftar, la rupture du jeûne… Cette « cuisine de cérémonie » trouve son apogée dans une célébration strictement beyrouthine. Fin avril-début mai, les orthodoxes et les sunnites – soit les communautés qu'on a coutume de décrire comme 1 000 % beyrouthines – se retrouvent sur la corniche de Beyrouth ouest, et plus spécialement sur la plage de Ramlet al-Baïda, face aux tours flambant neuves (mais vides la plupart du temps) achetées par des expatriés libanais ou par les gens du Golfe, pour célébrer la Saint-Job et dévorer à cette occasion un gâteau de riz agrémenté d'amandes et de fruits secs, impossible à dénicher à un autre moment de l'année. Avant éventuellement de prendre le premier bain de mer de la saison !

Et si vous saturez des baklavas et des *jazzariyeh*, rassurez-vous : le choix des pâtisseries dites « à l'occidentale » est suffisant pour éloigner de ses fourneaux n'importe quelle honnête ménagère en manque de chocolats ou de tartes. Comme dit une amie, qui en a fait son deuil : « On renonce à une ligne parfaite en vivant à Beyrouth. » Visiblement, trop de péchés à commettre…

Et une *banadoura jaballiya* pour la petite dame !

Samedi matin, dans le village de Saïfi, un quartier résidentiel reconstruit après la guerre à la manière traditionnelle, souvent appelé le quartier des Arts en raison de sa forte concentration de galeries d'art. C'est ici que se tient le marché estampillé « bio et naturel » Souk el-Tayeb, une association dirigée par Kamal Mouzawak, le chantre du retour aux « vrais » produits et aux terroirs libanais. Souk el-Tayeb n'est peut-être pas aux dimensions de nos marchés alternatifs parisiens, mais il grandit d'année en année. Ici aussi, figurez-vous, la purée de topinambours et le gratin de cucurbitacées font des ravages ! Parti de presque rien, sur le parking de Sofil, voilà notre souk, cinq ans plus tard, implanté en centre-ville, pas très loin des boutiques des top designers libanais (et pas trop loin non plus de l'autoroute qui relie à la côte : bonjour les pots d'échappement pas bio du tout !).

Une vingtaine de stands trop maigrichons attendent l'éventuel chaland. Il est 11 heures. En bonne Européenne, je me suis octroyé une grasse mat et mes consœurs libanaises, pressées de s'accaparer la courge de leur rêve, ont, elles, déjà presque tout raflé. On trouve encore cependant un micmac délicieux : de la tomate estampillée «montagnarde» (une merveille rustique), et des fèves à croquer sur le pouce (essayez le *foul* frais, sorte de long et gros haricot à l'épaisse coque duveteuse dont la fève, mélangée avec du citron, de l'ail et l'indispensable huile d'olive, sert aussi à préparer le *foul,* plat traditionnel qu'on déguste avec du pain libanais au petit déj) jusqu'aux herbes fraîches (thym, menthe, aneth…) de la cuisine libanaise. On peut aussi s'y arrêter pour un *saje zaatar* (une galette qui ressemble à une crêpe, au thym et à l'huile d'olive) fabriquée par une belle druze, au voile blanc vaporeux. Ou repartir avec une de ces poteries à la ligne brute et archaïque que produisent les femmes du village d'Assia (Liban nord), et dont beaucoup raffolent.

Tout n'est pas forcément «bio» certifié, mais tout se veut «naturel» et issu – s'il vous plaît ! – des sacro-saintes traditions ancestrales. Le marketing de la nostalgie revivifié à l'école phénicienne ! On n'en est pas encore à la pâte dentifrice au *ratanhia* et à la myrrhe, que personne n'a encore apparemment songé à sortir de son placard au Liban, mais «se faire du bien», comme le proclament les publicités de Zein el-Attat, cette chaîne de produits 100% «naturels», voire, mieux, «authentiquement arabes» (et sacrément Rica Zaraï dans son goût pour les bains de siège), a le vent en poupe.

Par contre, ça douille grave niveau prix : pas loin du double pour un kilo de concombres. Quant au bouquet de tulipes « bio » à 20 dollars ou la poêle en terre cuite pour cuire ses œufs comme grand-maman à 50 dollars… L'achat éthique se mérite !

Pas mal d'expatriés, quelques étrangers, traînent encore dans les allées. On parle français, on s'apostrophe en anglais sur les beautés extatiques d'une salade, avant de passer à l'arabe pour de plus amples renseignements. Surtout, on tripote. On teste, quoi. Ce qui passerait en France pour une muflerie de base, ce « prière de ne pas toucher ou je mords » de nos marchands patibulaires, s'avère ici plus que recommandé. Soupeser la camelote, tâter de sa densité ou de son élasticité, est une nécessité. Ça vous colle un « on ne me la fait pas à moi » qui force le respect, même si vous n'y connaissez rien.

Un ami que cette « folie bio » agace passablement tempête : « Ce sont nos bobos à nous ! Ceux qui ont perdu le lien avec leur région d'origine. Quel besoin ai-je, moi, d'acheter "bio" alors que je peux m'approvisionner dans mon village en produits naturels d'une saveur inégalable ? Ou même les faire pousser dans mon jardin, à la montagne ? » C'est sûr. Mais quand on n'a pas la chance, comme mon copain, de posséder ses adresses inégalables, manger au Liban pose un tout petit problème de pesticides et d'autres trucs pas glop pour deux sous. L'agriculture n'y est ni « raisonnée » ni vraiment réglementée. «Tu ne peux pas imaginer les kilos de pesticides! Personne ne vérifie! Alors, à moins de connaître le paysan chez qui tu achètes, c'est au petit bonheur la chance.» Lisant *L'Orient-Le Jour*, j'apprends que l'on craint depuis peu pour la récolte de pommes de terre. Un champignon, la moisissure brune, aurait été trouvé sur des productions à destination du marché syrien. Évidemment, comme la parano levantine fonctionne même quand il s'agit de simples patates, voilà nos journaux pro- ou anti-Syriens s'accusant les uns les autres d'un coup politique sur l'air de «quand tu veux tuer ton chien, tu l'accuses de la peste». En clair, soit des Libanais malintentionnés ont voulu empoisonner en masse leurs voisins à grands coups de frites toxiques; soit, à l'inverse, le gouvernement de Damas a trouvé là un bon prétexte pour refuser de ce *«Made in Lebanon»* désormais honni. Mais ce qui m'intrigue, et pour tout dire m'inquiète, c'est ce qu'écrit le journaliste de *L'Orient-Le Jour* : «Des mesures préventives seront prises quand la preuve de la contamination aura été faite.» J'adore la prévention post-mortem! Alors, à défaut, je boboïse : mes pommes de terre, je les achète en bio certifié.

   La clientèle des trois marchés «bio» de la capitale n'est pas issue des couches de la grande bourgeoisie. Plutôt de la classe moyenne : des jeunes couples trentenaires, sensibilisés à l'écologie lors de leurs séjours à l'étranger et qui, depuis la naissance de leurs enfants, ne jurent plus que par l'étiquette 100 % VRAI. D'ailleurs, le quotidien américain *The New York Times* a récemment classé Beyrouth au rang de destination touristique n° 1 dans le monde. Raisons invoquées ? Une *« night life »*, comme on dit au Liban, de première bourre, des restaurants cosmopolites et... des marchés bio « du tonnerre ». Notre Ricain préféré pourra se goinfrer de salades sans craindre pour la survie de ses intestins.

Mon couffin bio

Quelque deux cents producteurs travaillent au Liban sur ce créneau. La plupart réunis dans deux coopératives subventionnées par les Occidentaux, qui tentent de persuader des agriculteurs récalcitrants de faire un usage très modéré des pesticides : Healthy Basket, qui dépend de l'Université américaine de Beyrouth et distribue ses marchandises parmi le réseau de profs de l'AUB, et la marque Campania.

Youmna Ziadé dirige Bag Bio. Elle fait partie des rares indépendants. Présente sur les marchés, elle a également mis en place un système de panier hebdomadaire, pas très éloigné du concept des AMAP, qui assurent, en France, un lien direct entre consommateurs et producteurs par la distribution de paniers bio de proximité. Mais elle a affiné le concept. « L'idée de ne pas pouvoir choisir ce que je mange ne me plaisait pas du tout. En hiver, alors, ce serait choux et re-choux... Chaque dimanche, j'envoie à ma mailing list les produits disponibles cette semaine. Ils choisissent et on leur livre. » Youmna a créé son business il y a cinq ans. « Tout est parti de terres inexploitées que ma famille possédait dans le Kesrouan, au nord de Beyrouth. Alors, j'ai pensé : pourquoi pas ? Essayons de planter quelque chose. » La première année, Youmna se lance dans du facile, de la fève en veux-tu en voilà. « Ça a été un succès immédiat, mais je voulais faire différent. J'ai obtenu la certification européenne très vite, les terres n'ayant pas été exploitée depuis des lustres. » Pourtant, Youmna, brunette à peau diaphane, a l'air de tout sauf d'une paysanne. Elle a même fait Sciences Po à Paris avant de revenir à Beyrouth travailler comme chef de projet dans une banque locale. « J'ai démarré ça comme un passe-temps. J'ai d'abord trouvé un ingénieur agronome français pour nous aider à nous professionnaliser. Il a formé l'équipe sur place. Moi, je n'ai pas de rapport à la terre. Ce que j'apporte : le sens du business, la vente à distance via Internet. Toutes choses que les paysans de ma région seraient incapables de faire. » Aujourd'hui, son entreprise est rentable. Elle dit même ne pas chercher de clients : « Je dois diversifier ma production, m'associer à d'autres producteurs pour proposer plus de légumes et de fruits. Mais si je le souhaitais, je pourrais m'arrêter de travailler à Beyrouth pour me consacrer à la terre. »

Hégémonie ne rime plus avec Monoprix

On a eu comme un choc à Beyrouth : Monoprix allait disparaître, remplacé par TSC, une chaîne koweïtienne de supermarchés. Depuis Paris, personne ne peut comprendre cette atroce hébétude. Vous êtes en effet privilégiés, sans le savoir. Un petit tour au Monop', une pause déj dans quelques épiceries de Barbès à la recherche d'épices rares, voire, petit luxe mensuel, quelques heures délicieuses au Bon Marché… Mais ici, question supermarchés et courses à l'occidentale, c'était Monoprix ou presque rien (si l'on excepte le charcutier Aoun, une petite chaîne de supérettes). Monop', en plus, c'était l'esprit français irradiant nos vies beyrouthines. De la confiture de myrtilles à la place du sirop d'érable, de la baguette (molle) au lieu d'un rayon entier dédié au dieu corn-flakes. Simple, on y allait parfois juste pour prendre un café (oui, il y avait bien un bar coincé entre les produits détergents et l'immense coin maquillage). Voilà, deux à trois fois par mois, la classe moyenne allait y faire un tour, acheter en priorité du poisson d'importation (les ressources halieuthiques ont à ce point fondu que trouver du poisson pêché localement relève du tour de magie) et des vins français ou américains. On larguait la bonne dans les rayons alimentaires avec sa liste de produits à rapporter, surtout ne pas oublier le Der General ou le Detol (les Javel locales), tandis qu'on allait voir au café si, par hasard, quelques connaissances n'avaient pas eu la délicieuse idée, elles aussi, de faire leurs courses à 5 heures du soir un vendredi. Si oui, on parlait art, poésie ou potins selon l'humeur, mais toujours au milieu des caddies. Las, c'en est fini, et nous voilà avec un glauquissime Sultan (le petit nom de TSC) à la place, à tenter de survivre. Surtout, le choc n'est pas tant de ne plus trouver que du beurre de cacahuète. Non, ce qui a relevé du drame national, c'est qu'on a soupçonné le groupe koweïtien de vouloir, en sous-main, éradiquer l'alcool et la cochonnaille des pratiques alimentaires libanaises.

Ne riez pas. Les Beyrouthins n'étaient pas loin de sortir
les machettes, histoire de faire la peau à «ces Saoudiens
wahhabites» (même si koweïtiens) qui les colonisent,
vampirisent leur culture et finalement veulent leur imposer
leurs infâmes diktats. Je lis dans vos pensées, avec ce
petit sourire en coin : «Ah, ces chrétiens d'Orient
et leur foutu complexe de minorité, à toujours se sentir
agressés…» Sauf que dans le combat qui occupait
le devant de l'actualité beyrouthine, pour que survivent
cochons dodus et bons picrates au pays du Cèdre,
si les chrétiens étaient bien en première ligne,
les musulmans se plaçaient derrière, pas loin d'épauler,
de soutenir en rangs serrés. Eux-mêmes
(au moins les anti-Hariri) détestant, comme il se doit,
tout autant ces «Saoudiens» à visées hégémoniques
qui «achètent le Liban».
La rumeur a si bien couru que le TSC s'est quand même
trouvé dans l'obligation de se fendre d'un communiqué :
promis, juré, si je mens je vais en enfer, liqueurs
sirupeuses et jambon de parme resteront bien
dans les rayons. On retournait donc, l'estomac presque
tranquille, à TSC. Mais voilà les élections législatives
de juin 2009 et la rumeur redémarre. Cette fois, on parle
de salariés chrétiens remplacés par des musulmans.
On parle de coin à l'écart et de caisses séparées pour
la vente d'alcool. On parle de disparition progressive,
dans les rayons, de la côtelette de porcin élevé au grain.
Un tour à TSC suffit pour constater que rien de tout cela
n'est vrai. Mais l'intox persiste. On reçoit même
des e-mails appelant au boycott. Alors ? Dans un monde
où, faute d'arguments politiques, seule la peur de l'autre
peut encore décider certains à voter pour ou contre,
cet «antisaoudisme» primaire (qui montre aussi,
c'est vrai, combien l'on craint pour le modèle libanais

de «coexistence pacifique, laisse-moi rigoler») pouvait
bien se lire comme un coup du camp adverse,
pas mécontent de jouer sur certaines hantises
des habitants de ce petit village gaulois (pardon,
phénicien).

Souks et marchés

Souk el-Tayeb
Centre-ville, Saïfi Village
Samedi, de 9 heures à 14 heures.

Souk el-Tayyeb
Achrafieh, ABC
Mercredi, de 4 heures à 20 heures.

Marché de Hamra
Hamra
Mardi, de 9 heures à 14 heures.

À Saïda

QUELQUES IDÉES DE BAGUENAUDE

On dit des habitants de la capitale du Sud qu'ils sont butés. Une trop haute idée d'eux-mêmes, ajoute-t-on. C'est possible. Et c'est sans doute pour cela que j'adore me promener dans la vieille ville de Saïda, à 30 kilomètres de Beyrouth, vers le sud. Enfin un souk, un vrai ! Où patauger dans les épices, se perdre dans les étals de légumes et acheter des soutiens-gorge de grand-mère rouges ou violets. Enfin du marchandage pour 1 000 livres libanaises et le bonheur de se voir offrir une pomme ou une pêche, juste pour prolonger la discussion. Saïda est une beauté assoupie dont il faut profiter avant que les hordes de touristes ne se rendent compte qu'elles ont à portée de main l'une des plus belles cités du Moyen-Orient.

Temple d'Eschmoun
Avant l'arrivée à Saïda
Ce temple phénicien – le mieux conservé du Liban – était dédié au dieu médecin Eschmoun et était probablement le premier hôpital d'Orient. Le site abrite aussi les vestiges, dans les herbes folles, d'une église byzantine. Gratuit (il suffit d'acheter une bouteille d'eau de fleurs au gardien pour qu'il vous raconte toute l'histoire du site ou presque), ce

complexe a été redécouvert par une mission archéologique au début du xxᵉ siècle. Certaines des pièces retrouvées peuvent être admirées au musée de Beyrouth et, pour le sarcophage du roi de Saïda, Eshmunazar II (seconde moitié du vᵉ siècle), au musée du Louvre, à Paris.

Palais Debbane
À l'intérieur de la vieille ville

L'une des très grandes familles du Liban a récemment décidé d'ouvrir au public l'accès à son « palais », acheté en 1800.

Construit en 1721, ce palace était auparavant la résidence de la famille Hamoud, affiliée aux aghas ottomans. Si vous trouvez le gardien (il peut être parti boire son café pas très loin), ne manquez pas cette visite (gratuite). La maison est immense (trois étages), elle est caractéristique du style levantin. Et le panorama, depuis ses toits, englobe toute la vieille ville.

Khan el-Franj

Le caravansérail a été construit par l'émir Fakhr ed-Din II (son palais étant situé dans un autre de ces villages fabuleux du Liban, Deir el-Kamar, littéralement « le couvent de la lune »). À l'origine, il servait de halte d'accueil pour les commerçants étrangers.

Au xixᵉ siècle, il a abrité le consulat français. Les week-ends, le caravansérail accueille un marché de produits libanais (artisanat et produits bio).

Église Saint-Nicolas

Anciennement divisée entre rite orthodoxe et catholique, l'église Saint-Nicolas marque le début de l'ancien quartier juif. Si vous avez de la chance, l'endroit n'étant pas indiqué, vous pourrez alors découvrir l'une des dernières synagogues de la ville ou vous recueillir sur la tombe du prophète Zébulon, avant de retrouver les alentours de la fondation Audi.

Fondation Audi

L'ancienne fabrique de savon à l'huile d'olive a été réhabilitée et transformée en musée. La demeure est fabuleuse ; sa réhabilitation, une réussite. En fin de parcours, allez siroter une limonade de citron et de menthe pulvérisée dans le très cosy café de la fondation. Ou pillez (mais c'est cher) la luxueuse boutique du musée, qui vend le meilleur de l'artisanat libanais (et des loukoums).

Château de Saint-Louis

Face à la mer, impossible à louper, ce château, qu'on suppose construit à l'occasion de la septième croisade. Si vous cherchez une source d'inspiration, lisez les chroniques de Joinville, le premier «historien» à avoir posé un regard curieux sur les autochtones, ces «Sarrasins». Ordre absolu : grimpez au sommet de la tour, pour quelques belles heures à laisser son regard errer entre les barques des pêcheurs et l'horizon gris de la mer.

Hammam el-Cheikh

Dans la vieille ville, en face de la mosquée Qoteish, le dernier hammam encore en fonction de la ville. Le gardien, qui vit sur place, peut vous le faire visiter. Si vous aimez la vapeur orientale, réservez un après-midi et venez avec trois copines : il fera fonctionner le hammam rien que vous.

MANGER, PRENDRE UN VERRE

Dans des villes comme Saïda, le moindre boui-boui est à essayer. Quelques points d'ancrage :

Café Zahra
Dahr el-Mir
Considéré comme l'un des plus vieux cafés de la ville, le lieu accueille essentiellement des habitués. Limonade délicieuse.

Foul et houmos
Msallabieh, Mohsen, face à la mosquée Kikhia

El Naamani
Souk el-Bezerkan
Foul préparé avec le jus des oranges amères, une spécialité de Saïda.

Du sucre, du miel et des épices

PÂTISSERIES À L'OCCIDENTALE

Cannelle
Achrafieh, Tabaris – 01 20 21 69
Pâtisserie française, unique «relais dessert» du pays, son délice aux noix est un pur régal.

Noura

Pâtisserie française – Achrafieh, Sassine-Sioufi – 01 20 08 83

Si vous rêvez d'une forêt-noire, la vraie de votre enfance, une seule adresse : Noura. Leur tarte à la mangue est aussi homologuée « pure merveille ».

Pâtes à choux

Rue Sodecco – 01 61 41 50

Essayez donc le Bahamas, un gâteau à la banane et au chocolat. Qualité irréprochable. On peut même manger sur place.

Cremino

Banlieue sud, Haret Hreik, route de l'aéroport – 01 45 38 00

Le meilleur, sans conteste ! Le pâtissier en chef est un fou de crème fouettée, légère et parfumée, dont il parsème nombre de ses spécialités.

PÂTISSERIES ORIENTALES

Rafic al-Rashidi

Square Sodecco – 01 39 88 00

Voilà une (première) adresse, pour ceux qui aiment les pâtisseries orientales. Leurs *kattayefs* (des crêpes fourrées aux noix ou à la crème) ou leur *moughrabieh* peuvent rendre fous.

La Gondoline

Banlieue sud, Bir Hassan, à côté de l'ambassade koweïtienne – 01 85 85 56

La Gondoline a mes faveurs, ne serait-ce que parce que les vendeurs ont le sourire, offrent des gâteaux à déguster pour essayer et ne font pas payer les boîtes pour emporter les pâtisseries en voyage. Mais, en plus, ce qui ne gâte rien, le beurre y est de première qualité. Ce qui permet de les conserver très longtemps !

ET POUR LES FANS DE GLACES...

Oslo @ Gruen

Beyrouth ouest, Square Gefinor – 01 73 73 44

Essayez donc leurs glaces au parfum de *salhab* (un entremets que l'on mange normalement dans les petits matins d'hiver parce que terriblement nourrissant, élaboré à partir de bulbes d'orchidées sauvages séchés et réduits en poudre, et dont le nom en arabe signifie, littéralement, « testicule de renard ») ou celle intitulée Rose loukoum... Nayla Audi, la propriétaire, a ouvert le meilleur glacier de Beyrouth. Elle y mélange saveurs orientales et occidentales.

Hana Moussa

Beyrouth est, Dfouni, rue Mar Mitr – 01 32 27 23

Spécialiste de la glace à emporter, Hana Moussa fabrique des glaces maison depuis cinquante ans. Sans qu'il soit un révolutionnaire de la crème glacée, la qualité de ses produits (0 % d'additifs) mérite plus d'une virée. Des allers-retours constants !

SI VOUS VOUS BALADEZ HORS BEYROUTH

Les recettes étant typiques d'une région, impossible de visiter Tripoli ou Saïda sans prévoir de s'arrêter dans certaines pâtisseries, pour les spécialités culinaires locales.

Abdul Rahman Hallab & fils

Tripoli, Kars al-Helou, rue Riad el-Solh – 06 44 44 45
– www.hallab.com.lb

Cette pâtisserie existe depuis 1881 à Tripoli. Ses baklavas et sa crème (*achta*) préparée maison sont fameux dans tout le Liban. Aujourd'hui, ce magasin familial a également ouvert un salon de thé ainsi qu'un restaurant (Kars el-Helou).

Al-Anwar

Saïda, rue Sitt Nafeesseh – 07 72 57 58

L'une des pâtisseries les plus populaires du Liban, Al-Anwar est connu pour ses *maamouls* ainsi que pour ses baklavas. Il faut aussi essayer la spécialité maison, les *hadef*, une sorte de baklava allongé, garni de noix.

El-Jardali

Rond-point de Sitt Nafeesseh – 07 72 98 05

L'adresse où tenter (mais un conseil, au petit déjeuner, ensuite vous ne pourrez plus rien avaler de la journée) le *knaffeh*, ce gâteau de fromage et de semoule rouge. Certains ici continuent de le déguster en sandwich, enroulé dans du pain. Light, quoi.

Je n'embrasse jamais en public, mais en attendant la Paix, je baise !
George
Toufic
Alfred
Omar
Wajih
Marc
Talal

Jeunesse
dés-orientée

Baisons avant que tout ne s'écroule

Chriss is for sale. Enfin, c'est son état sur Facebook. Dans la vraie vie, Chriss s'est aussi longtemps soldée au premier beau mec venu. Chriss ne s'en cache pas. Elle a longtemps été une sex-addict, une consumériste assumée des parties de jambes en l'air, rapides, saines et sans prise de tête. C'était quoi déjà la réplique culte dans *Les Valseuses* ? « On n'est pas bien ici ? Tranquilles, décontractés du gland ? » Ben, Chriss, c'est ça, en version féminine et (s'il vous plaît) bien plus élégante. Elle les a même comptés : « Je cumule 39 plans. Voilà, j'ai été avec 39 mecs différents, avant de rencontrer Jo et de me calmer. » Trente-neuf mâles croqués sur le pouce ? Hum, plutôt une bonne moyenne. Le hic, c'est que Chriss, jeune égérie de cette jeunesse dorée de Beyrouth, n'a même pas 20 ans. Et là, on se sent soudain très bonne sœur face à cette juvénile mangeuse d'hommes. Chriss ne sait pas bien pourquoi elle a pratiqué si intensément. « J'allais en boîte, on montait à la montagne fumer ou boire. » Leurs soirées commençaient souvent en matant le ciel depuis la terrasse désertée de l'inévitable maison de famille – la sienne ou celle d'amis – que les Beyrouthins conservent précieusement pour un jour, espèrent-ils, au soir de leur vie, retourner y vivre comme leur père et leur grand-père. Quelques verres d'alcool, un joint ou deux qui circulent, et le monde paraissait plus acceptable. Chriss et ses amis retournaient ensuite à Beyrouth sur le coup de minuit – le début de la soirée –, pour s'allumer un peu plus dans des clubs de musique, comme le culte Snatch de Gemmayzé. Une boîte où l'on peut assister aux concerts des groupes alternatifs locaux vénérés par les jeunes Libanais, comme The New Governement (une référence à l'absence de gouvernement officiel au Liban au moment de sa formation en 2004), un groupe électro-rock teinté d'arabisme ou, dans la même veine, le sublime (mon préféré) Fari' el-Atrache (jeu de mots sur le nom d'un des chanteurs les plus célèbres des années 50, Farid el-Atrache), ou encore la bande de MashrouH Leïla («le projet de Leïla»), des étudiants de l'Université américaine, égéries de la jeunesse pop *and* rock de Beyrouth. Depuis la fin des années 90, l'avant-garde musicale – rap, hip-hop, punk, électro – est en pleine ébullition au Liban, puisant son inspiration directement dans l'équilibre instable du pays. «Si un mec me plaisait, j'attrapais. J'aime ça, le contact, la chair. Je me foutais royalement de savoir si lui s'était éclaté ou pas.» Chriss ne ment pas. La flambe ne l'intéresse pas. Elle est simplement glaçante de vérité. Pas de sentiments, pas d'intimité : un besoin clinique de prendre sa dose. «Une fois, mon père, qui rentrait d'un de ses voyages, m'a hurlé dessus : "Tu n'es qu'une pute !" Je lui ai répondu : "Et toi, tu es quoi ? Depuis ton divorce avec maman, tu baises à tour de bras. Toi aussi tu en es une, de pute !" Il est resté sans voix.»

Elle dit qu'elle s'est à peu près tout tapé, sans distinction de classe sociale, de communauté religieuse, d'âge, voire de sexe. «Ah non, j'ai jamais essayé de black.» Une seule chose l'a toujours arrêtée : «La saleté. Je regarde toujours les mains d'un homme en premier. Je ne peux pas imaginer me laisser caresser par quelqu'un dont les mains ne sont pas magnifiques.»

Quand elle réfléchit, Chriss, désormais assagie, dit qu'elle a toujours voulu donner, tout donner d'elle-même.

« Quand quelqu'un me regarde, je fonds. J'ai envie d'aller vers lui. Alors, je m'ouvre. Le sexe était sans doute un moyen de croire qu'on allait me prendre dans ses bras et me bercer. » Le divorce de ses parents, les cris, la haine avant, expliquent beaucoup. Mais la guerre de 2006 contre Israël s'est chargée de creuser la faille. « Autour de moi, je connais des nanas qui cumulent des centaines de *one night stands*. D'autres sont restées – officiellement – *"hard to get"*. Mais le *trend*, c'était : "Baisons avant que tout ne s'écroule." »

Sandrine Attalah, sexologue à la Clinique du Levant de Sin el-Fil, confirme. « Il y a eu une rupture en 2006. Notre société pense encore virginité, mariage, soumission pour la femme. Bien sûr, certaines assument des partenaires multiples avant la grande rencontre. Mais, en général, cela se tait, cela se cache. Avec la guerre de 2006, les jeunes se sont sentis précaires, temporaires. Ils ont vécu ce qu'avaient connu leurs parents – mais sans leur dire : la friction Éros et Thanatos. Les limites ont implosé. Pour ces jeunes, le sexe est devenu un mode de consommation où la performance et le plaisir sont les seuls éléments déterminants. »

Sandra, elle, n'a pas batifolé en boîte avec des myriades de loulous. Elle vient de terminer ses études et de décrocher son premier poste au Liban. Auparavant, elle a vécu deux ans aux États-Unis. Enfant d'un mariage mixte, Sandra n'est jamais là où on l'attend. Slalomant à travers les embouteillages du centre-ville dans sa Fiat 500 rouge, elle raconte aussi sa vie de petite nana ballottée. « Ma mère est morte ; mon père vit de façon permanente au Venezuela… Je devais rentrer pour mes frères et sœurs. Il fallait quelqu'un pour assurer. » Elle dit n'avoir de comptes à rendre à personne. Mais récemment son oncle – le frère de son père – l'a convoquée dans son bureau. « Pour me donner des conseils sur la vie et, en particulier, sur ma relation avec Karim, le garçon avec qui je suis depuis trois ans. Comment il l'a su ? Je n'en ai pas la moindre idée. Nous sommes discrets. » Elle évite de justesse un taxi-service sur le carrefour de Tabaris, donne quelques livres libanaises à des enfants kurdes qui maraudent toujours à cet endroit, répond au téléphone grâce à son kit mains libres et dit « oui » pour une expo, ce soir, à Hamra. « Mon oncle m'a sorti : "Tu comprends, les filles de ta génération sont plus libres que par le passé. Mais un homme reste un homme. Il acceptera peut-être que tu ne sois plus vierge, mais il n'acceptera jamais que cela se sache." J'étais totalement abasourdie. Mais qui il est pour se permettre ? » Elle hausse les épaules, dit se foutre des conseils de ce vieux croûton embaumé dans la morale. Sandra continuera à passer en douce quelques-unes de ses nuits dans le studio de son ami, dans l'immeuble où vivent les parents de celui-ci. « Sa mère est cool. Elle nous comprend. Mais j'hallucine quand même sur l'hypocrisie de ma propre société. » Elle a, pour elle, cette liberté démesurée. Le sentiment d'être seule, peut-être abandonnée, comme Chriss, et de devoir assumer sans soutien son avenir.

Depuis peu, Chriss s'est relookée en gothique zombie, la tignasse courte et violine, l'œil charbon et les ongles à l'avenant. « J'ai toujours été différente », dit-elle. Sandra, elle, a coupé ses cheveux à la garçonne et refuse de se tartiner de fond de teint.

Nous ne sommes plus sur Facebook. Mais dans la vraie vie, où Chriss, Sandra et presque toutes ces pintades en

herbe se veulent rebelles, déjantées, intelligentes, compli-
quées... Si femmes, finalement.

Un *ahwé* avec des étudiantes libanaises

Elles ont entre 19 et 20 ans. Maï, Catarina, Meriam,
Yasmina, Malak et Amal sont étudiantes. Les trois
premières sur le campus verdoyant avec vue sur la mer
de l'Université américaine de Beyrouth (AUB), le *must*
avec l'université Saint-Joseph (francophone,
et dont le campus a des allures nettement moins
champêtres). Maï et Catarina terminent leur première
année en *« business administration »* tandis que Meriam a
choisi les sciences politiques. Yasmina, elle, poursuit
ses études de médecine à l'université Saint-Joseph,
rue de Damas. Quant à Malak et Amal, elles étudient
à l'Université libanaise, la version pour classes laborieuses
de la réussite scolaire ; Malak, la biologie, Amal, la gestion.
À quel avenir rêvent-elles ? Quelle vie s'imaginent-elles
à l'entrée dans le monde adulte, alors que les chiffres
de l'émigration ne cessent de gonfler, le Liban ne
fournissant pas à ses enfants assez de travail ni
des salaires suffisamment décents pour les inciter
à rester ?
Impossible de les réunir toutes. Leurs emplois du temps,
les quartiers où elles habitent (Malak et Amal en banlieue
sud ; les trois autres à l'ouest, Yasmina à l'est) n'ont pas
rendu la rencontre possible. Maï et Catarina, étudiantes

de l'AUB, veulent discuter en anglais, bien qu'elles aient obtenu, l'année passée, le bac français avec des notes à faire pâlir d'envie un étudiant de la Sorbonne. Effet de mode ? Le français homologué *has been* ? « Avant l'université, ma scolarité était en français.
Mais je ne veux pas être identifiée à l'environnement francophone de Beyrouth : des chrétiens *only*, des gens d'Achrafieh *bass* (« seulement »), coincés socialement et politiquement », assène Maï, en anglais *of course*.
En filigrane, pour cette grecque ortododoxe, la crainte d'être mise dans la même mare que les chrétiens d'Achrafieh et de se voir assimilée à ces « esprits étroits », adeptes du *« cheese & wine »*. Le français n'est pourtant pas, loin s'en faut, l'apanage des seuls chrétiens d'Achrafieh. Mais un tel refus de la « francophonie » devient de plus en plus commun.
Très loin de ces considérations, Amal et Malak, toutes deux chiites (Amal étant « druzo-chiite », s'il faut, à tout prix, entrer dans les méandres du confessionnalisme), discutent en français, langue qu'elles ont apprise à l'école publique de leur village. Arrivées à Beyrouth adolescentes, elles le parlent avec une certaine hésitation, mais se montrent ravies d'avoir l'occasion de pratiquer.
Quant à Meriam, sunnite, née en Arabie saoudite, elle n'est pas à l'aise avec le français. Anglophone, avec un accent américain parfait, elle possède la nationalité américaine pour avoir vécu plusieurs années aux États-Unis avec ses parents.
Babel improvisée, nos rencontres croisées aboutissent pourtant très vite à un même constat. Toutes cinq disent en effet vouloir vivre au Liban, au contraire de beaucoup de leurs relations de fac, qui ne rêvent que de départ.
Maï, l'étudiante de l'AUB, l'explique ainsi : « J'aime le Liban, j'aime mon pays. J'ai envie de voyager, de voir

le monde pendant quelques années. Mais je n'imagine pas vivre toute ma vie à l'étranger. » Meriam, sa copine et la pasionaria politique du groupe, voilée d'un blanc immaculé, renchérit : « Si l'on part, on ne peut rien changer. Les Libanais de la diaspora finissent par faire le deuil de leur pays, persuadés qu'il n'y a plus rien à faire pour le sortir de ses ornières, plus rien à y faire non plus pour réussir sa vie. Mais moi, j'ai vécu à l'étranger. Je me sens plus en phase avec la société libanaise qu'avec l'américaine ou la saoudienne. Et je veux contribuer à ce que le Liban change, se développe, s'invente. » Parlant de politique, ces cinq-là se refusent à donner leurs préférences, dénonçant avec le même entrain la montée du politique dans leurs facultés respectives, qu'il soit estampillé Hezbollah ou Forces libanaises, pro-8-Mars (opposition, alliance du chrétien général Michel Aoun avec le Hezbollah chiite) ou pro-14-Mars (majorité, alliance du Courant du futur de Saad Hariri avec les Forces libanaises et les Kataëbs chrétiens, ainsi que du Parti socialiste du leader druze Walid Joumblatt). « Aux dernières élections[1], ils se sont à moitié entre-tués. Moi, j'ai claironné que je voterais blanc. Quelles que soient mes convictions politiques, je refuse que la vie du campus leur soit assujettie. Je déteste la politique ici. Même si le débat me passionne. Mais plusieurs des étudiants qui se présentaient sont venus me préciser qu'ils n'appréciaient pas du tout ma neutralité. Je m'en fous. Je les emmerde », s'emporte Maï. Une opinion qu'Amal, chiite dont les parents ont longtemps travaillé en Afrique, partage : « Au campus de l'Université libanaise où je vais, le Hezbollah domine. Être d'un avis différent,

---

1. Maï fait ici référence aux élections des syndicats étudiants en 2008.

ne pas vouloir qu'on vous identifie par vos opinions politiques ou votre religion devient, en soi, dangereux. Or, moi, je ne me reconnais absolument pas dans le Hezbollah. Ce n'est parce que je suis à moitié chiite qu'il faut que j'adhère. Qu'est-ce que c'est que ces conneries ? » Derrière leurs protestations, on sent aussi que, dès l'université, les jeunes sont sommés de choisir leur camp. Pour mieux l'éviter, Amal participe à un « groupe de réflexion anti-tout » et particulièrement aconfessionnel et apolitique, se rendant régulièrement aux cafés philosophie et autres cafés « sociologie » que des associations mettent en place sur des sujets de l'actualité libanaise et internationale.

Leur soif de liberté revendiquée se heurte assez vite aux carcans des traditions. Dès que l'on aborde le sujet des premières amours, les masques tombent. Yasmina, qui a vécu sa première grande histoire il y a moins d'un an, dit ainsi : « Nous sommes grecs orthodoxes mais vivons à l'ouest. Les amis de mes parents, mes propres amis, ne sont pas triés en fonction de leur communauté d'origine. Pourtant, lorsque nous en sommes venus à parler, avec mes parents, de relations amoureuses durables, le verdict a été sans appel : un chrétien. Pas d'autre choix. Je trouvais cela crétin, inique. J'ai toujours pensé que je ferais front contre eux si cela devait m'arriver. Mais aujourd'hui, je suis avec un chrétien… Et j'avoue que, quelque part, je suis heureuse de ne pas avoir à les affronter. » Pour Malak, qui est passée récemment d'un voile de supra midinette à un *hijab* plus islamiquement correct (« À quoi ça sert de porter un voile si c'est pour faire n'importe quoi avec ? »), la question ne se pose pas en ces termes. Très proche de sa famille, des valeurs traditionnelles « rurales » du Sud, pour elle, avoir un petit copain n'est pas une option. Point à la ligne. « Je me sens bien chez mes parents. Je n'ai pas encore envie de songer au mariage. Plus tard, à la fin de mes études, éventuellement. » Le fiancé devra naturellement être musulman. Si possible chiite, mais ce n'est pas un critère absolu. « Tu recherches quelqu'un qui te ressemble, non, lorsque tu envisages de te marier ? Quelqu'un avec qui tu partages certaines valeurs. Je ne pourrais pas vivre avec quelqu'un qui ne partage pas ma foi. » Si les élections amoureuses sont toujours (ou à nouveau) resserrées autour des systèmes confessionnels, on le doit notamment au 7 mai 2008, quand le Hezbollah et Amal notamment, les deux mouvements chiites, ont pris d'assaut Beyrouth ouest, pour un coup de force resté dans toutes les mémoires. Le Hezbollah et Amal ont gagné sur le plan politique, à court terme : réunis à Doha pour sortir de l'impasse, les politiques libanais se sont mis d'accord pour former un gouvernement « d'union nationale », octroyant à l'opposition des ministères et, surtout, une minorité de blocage des décisions. Or le Hezbollah et ses alliés ont perdu sur le long terme : le bilan du 7 mai 2008 ne se comptabilise pas seulement en nombre de morts (63 au Liban), mais plus sûrement dans le traumatisme des deux principales communautés musulmanes, pas loin soudainement d'envisager une « guerre de religion » fratricide sur le modèle de l'Irak. Les chrétiens aussi ont vécu ces quelques jours dans la panique, voyant avec quelle facilité la milice chiite, qui avait pourtant juré de ne jamais utiliser les « armes de la résistance » contre le peuple libanais, pouvait se rendre maîtresse de Beyrouth. Quand on évite la politique et les amours, deux sujets sensibles finalement, reste une revendication commune : leur insertion dans le monde du travail. Pas question

de faire comme maman et la génération de femmes
qui les a précédées, lâchant leur indépendance au profit
de leur rôle de femme au foyer.

«Beaucoup d'étudiantes n'envisagent leurs études
que comme un vernis social. Le *background* nécessaire
qui les aidera à briller en société et, éventuellement,
à trouver rapidement un mari. Moi, si j'étudie, c'est pour
travailler, réussir. Il n'est pas question de rester ensuite
à la maison à attendre que mon mari rentre, à vivre le nez
dans les couches des enfants», justifie Catarina, étudiante
à l'AUB, qui a pour la «dégoûter» l'exemple de sa mère,
divorcée depuis cinq ans. «Mon père, un chirurgien,
a tout fait pour que mon frère et moi nous continuions
à vivre sur le même niveau : deux bonnes qu'il payait,
un chauffeur pour nos déplacements et, naturellement,
une pension alimentaire destinée à nous permettre
de terminer nos études. Mais rien pour ma mère.
Elle n'avait jamais travaillé, mon père souhaitant
que sa femme reste à la maison.» Même parmi
les «islamistes», terme dont on pourrait qualifier
le père de Malak sans l'offenser, lui étant cadre
dans une association religieuse, le travail des femmes est
de plus en plus positivement connoté. Les mouvements
religieux en général et le Hezbollah en particulier
l'acceptent (mais cette argumentation revient aussi
dans toutes les couches populaires), le favorisent,
pour peu qu'il ne menace pas le rôle financier du mari,
son statut de *pater familias*. Et que sa finalité ne soit pas
(trop) monétaire, mais plus un vecteur d'entraide
sociale ou communautaire. Lorsque les femmes
travaillent, notamment celles des couches sociales
les plus pauvres, on entend souvent cette explication :
elles bossent pour leur épanouissement personnel,
pour le bien de leur communauté (lorsqu'il s'agit

d'associations). Très rarement, l'argent motive officiellement leur choix. Que dirait en effet l'entourage si la femme venait suppléer aux faiblesses du mari ? Que celui-ci n'assume pas son rôle, qu'il n'est même pas capable de faire vivre sa famille. Moderne et très croyante, Malak, elle, a sa mère pour lui montrer la voie. Sa mère travaille comme professeur de mathématiques dans l'école publique de son village. « Beaucoup de mes amies ne considèrent pas le fait de travailler comme une nécessité. Moi si. Je veux faire carrière, être reconnue. Je veux conserver mon autonomie et ma liberté. » Si leurs rêves sont communs, qu'est-ce qui les distingue alors ? Catarina et Maï ont déjà un petit copain, une voiture achetée par papa pour l'une d'entre elles, et une liberté d'action qui parfois les terrorise. À 19 ans, Catarina vit seule avec son frère et ses deux bonnes dans la maison de sa mère, tandis que celle-ci termine sa thèse à Londres après avoir repris ses études à 45 ans. Meriam, bien plus surveillée, pour ne pas dire « vissée » par ses parents, assure y trouver son équilibre. On la sent cependant à peine éclose, pas assez sûre d'elle-même, comme s'il lui manquait l'expérience de la douleur ou de la révolte de ses deux amies chrétiennes. Quant à Amal, qui affirme s'intéresser aux hommes sans consommer, ou à Malak qui dit ne pas même les « calculer », trop heureuse de toujours vivre au sein de sa famille comme dans un cocon et de prolonger ainsi la douceur de l'enfance ? La réponse vient vite, comme une évidence, presque aussi absurde que ce préjugé sur le français, langue de « l'élite arriérée ». L'idée qu'elles se croient différentes bien plus que le fait de l'être réellement.

Nid (éternellement) douillet

« No men, no dog ! » Joseph prévient ses futures locataires. La règle est stricte. Et ne souffre pas d'exception. Pas question d'autoriser les visites nocturnes d'animaux de compagnie. « Si c'est une fille et un chat, ça ne pose pas de problème ? » je demande, perfide, à Joseph, qui me fait visiter sa pension de jeunes filles, à Achrafieh. Il ne comprend pas l'humour. À défaut, il loue pour 150 dollars une chambre dans les 600 mètres carrés de cet immense appartement transformé en hôtel pour étudiantes de bonne famille. Le décor est sommaire, des canapés fatigués, des chaises en plastique blanches, une télé à l'image trouble, des lits à vous coller une sciatique… Mais une adresse dans Achrafieh, là où un studio équipé coûte 500 dollars par mois.

La jeunesse libanaise a longtemps nidifié aussi longtemps qu'elle le pouvait chez papa et maman, pas pressée du tout de se passer du *moujadara* fait maison (plat de lentilles et de riz qu'on mange avec une salade de choux). Une tendance qui reste lourde, même si ça a un peu évolué ces dernières années. Farah, elle, vit toujours chez ses parents. Sa famille, conservatrice, très pratiquante, ne la laissera jamais s'envoler du nid avant son mariage. Voile rigoureux mais « cool quand même » (puisque coloré), avec tout l'attirail de la parfaite bourgeoise du XVIe arrondissement – sac Vuitton, ballerines Chanel –, elle dit adorer les siens, se sentir très proche de ses parents et ne vouloir pour rien au monde leur faire du mal. Sans révolte, elle n'en cède pas moins à une certaine envie de s'émanciper. Une amie lui sert d'excuse. « On dit qu'on passe la soirée ensemble à réviser. Et que je dormirai chez elle. On est ensemble, mais avec d'autres. » Est-ce qu'elle n'a pas le sentiment de mener une double vie ? « Non, je ne fais rien de mal. » C'est juste que, d'une certaine façon, elle *deale* avec la mentalité de sa société. « À quoi cela servirait-il de se révolter ? » Le syndrome Tanguy (valable aussi bien pour les hommes que pour les femmes) en survitaminé. On en connaît qui, à 40 ans révolus (mais toujours célibataires), vivent encore chez môman, sans intention d'en bouger. Pour les pintades beyrouthines, la règle est : tu ne quittes ta chambre d'ado-lescente boutonneuse que lorsque tu montes ton ménage (à moins bien sûr de partir travailler à l'étranger, même si le phénomène de l'expatriation touche plus les hommes que les femmes). Mais derrière cette façon, toute médi-terranéenne, d'appréhender la famille, il y a aussi une réalité économique pas supra folichonne : quand on gagne 1 000 dollars par mois (plutôt un bon salaire pour une employée), pas évident de débourser le prix du loyer ou le prêt pour l'indispensable voiture. Conséquence, la plu-part, attardées par la force des choses dans leur chambre d'enfant, finissent par s'installer une « chambre-studio » chez leurs parents, avec (petit) sofa, télé indépendante et Internet pour l'ordi. Pas la panacée, mais que faire d'autre ? Ensuite, les *boyfriends*, on les retrouve dans les voitures ou, pour les plus téméraires, on les fait rentrer sur la pointe des pieds, quand tout le monde dort. Mai 68 tarde à exploser à Beyrouth (ou explose, mais en catimini) et papa peut encore sortir sa fourche de paysan du placard à balai pour zigouiller l'insupportable Casanova qui ose poser un regard concupiscent sur sa progéniture.

Mais certaines familles sont obligées d'envisager pour leurs jeunes oiselles une émancipation avant le milieu de la vingtaine (âge moyen où les jeunes filles se marient à Beyrouth et quittent le foyer familial) afin de leur per-mettre de suivre leurs études dans la capitale. D'où, aux alentours des deux grandes universités (Saint-Joseph, à

Achrafieh, et l'Université américaine, entre Ras Beyrouth et Hamra), une pléthore de pensions pour jeunes filles ou d'appartements en colocation qui donnent à ces quartiers une coloration estudiantine à la Saint-Michel.

« C'est l'été, la majorité de mes étudiantes sont reparties dans leur famille en province. » Dans la pension de Joseph, les jeunes filles sont en effet des étudiantes de l'université Saint-Joseph. Une ou deux, plus âgées, ont un petit métier à Beyrouth – l'une, notamment, est secrétaire médicale – et touchent un salaire qui ne leur donne pas les moyens de leur pleine autonomie.

Éléonore vit depuis deux ans dans la pension de Joseph. Étudiante en gestion, elle potasse ses cours de marketing avec le sérieux de ceux qui doivent apprendre par cœur s'ils veulent comprendre quelque chose. Elle s'est d'ailleurs plantée au premier examen et angoisse à l'idée de foirer toute son année. Derrière, il faut dire, il y a l'orgueil d'une famille, qui se saigne à blanc pour lui permettre d'avoir un « vrai » métier. Sa famille vit à Zahlé, la ville de la vallée de la Bekaa dont on dit les habitants un peu fous, un peu psycho-rigides, du genre à tirer avant de s'enquérir de l'identité de la personne qui sonne à la porte. Éléonore, 21 ans, est dodue, ronde comme quand la terre se décide à porter des fruits multiples. Comme toutes les mômes de cette pension, elle mélange les signaux contradictoires : innocentes peluches sur le lit qui servent de « câlins nounours » quand la nostalgie de sa famille serre trop fort son petit cœur et maquillage de vieille maquerelle aguerrie aux fluctuations du marché lorsque le vendredi soir se profile. Quand elle ne ressasse pas ses modèles marketing et ses business plans, elle passe sa vie au téléphone entre « *mummy* » (d'ailleurs la sonnerie prévient « *mummy is calling* »), qui s'enquiert des dernières révisions, et un fiancé acnéique resté au pays et dont la photo en costume trône pile en face de son bureau. Dans sa chambre, aussi, des crucifix, des images de la Madone. Éléonore ne s'endort jamais sans adresser au ciel d'énigmatiques prières.

Des membres de sa famille, Éléonore dit qu'ils lui sont indispensables. Même si, dit-elle, le temps de ses études, « la capitale a du charme ». Est-ce que parfois elle ment à sa mère ? « Non, jamais. » Car Éléonore n'a officiellement rien à cacher. Alors à propos de quoi glousse-t-elle avec ses *roommates* ? Des histoires des autres, de celles des quelques romans qu'elle a pu lire, de celles des stars comme Nancy Ajram, icône de la pop libanaise (ça a beau être du bubble-gum, 10 millions de disques vendus, ça calme !), idole des ados, dont la musique tourne en boucle sur son ordinateur.

Mais d'autres profitent à fond du fait de vivre loin de leurs parents. Lama a le même âge qu'Éléonore, la naïveté en moins. Elle vit en colocation avec d'autres étudiantes dans Hamra, quartier truffé de petits cafés équipés du wi-fi pour ces jeunes soucieux d'un *get connected* permanent (le réseau libanais compte 300 000 membres sur Facebook ; pas mal pour un pays où l'on se connecte encore très souvent avec un modem préhistorique et où les connexions haut débit n'existent pas toujours). « Quand je suis arrivée à Beyrouth, cette ville représentait la capitale du vice dans mon esprit. » Lama hésite, le terme « vice » n'est peut-être pas celui qui convient le mieux. Elle précise : « La ville de tous les possibles. » Par rapport à la Jordanie, où elle a grandi, à coup sûr « une liberté folle », d'autant que pas un membre de sa famille ne vit à Beyrouth. Personne pour l'épier, lui servir de tuteur. Comme les trois filles avec lesquelles elle partage l'appartement de Hamra, étrangères et issues de cette même grande bourgeoisie sunnite qui mêle un certain rigorisme social à un mode de vie occidentalisé, Lama étudie sur le campus de l'Université américaine. «On ne fait pas de choses extraordinaires. Mais par rapport à nos sociétés, nous frôlons, nous dépassons les interdits. Ne serait-ce que dans la promiscuité entre hommes et femmes. Oui, ici, j'ai beaucoup grandi.» Avec ses parents, qui l'appellent deux fois par semaine, Lama assure «éviter les sujets qui fâchent». «Je ne rentre pas dans les détails, je ne me confie pas. Ils ne comprendraient pas. Cela irait trop contre leurs propres valeurs.» Quand elle rentre en Jordanie, elle n'a nul sentiment d'étrangeté : «Il y a ma vie ici et ma vie là-bas.» Qu'est-ce qu'elle imagine pour son avenir? Sa réponse, toujours aussi lénifiante : «Ce que mes parents décideront. Mais ils n'ont jamais penché pour un mariage arrangé.»

Vents contraires, courants d'air, flux, reflux et va-et-vient

Revenir au Liban? Nos pintades en rêvent parfois, en désespèrent souvent. En rêver? Pour comprendre, une petite comparaison s'impose. Souvenez-vous de vos arrivées à Paris, à l'aéroport clinique Roissy-Charles-de-Gaulle. Personne pour vous attendre, vos «menues» valises qui débordent et la solitude parisienne, comme un poignard, qui vous fait un si joli *welcome back*. Direction le RER pour tenter l'approche sur Paris. La gare du Nord où s'agglutine le monde métissé des quartiers populaires et vous, toujours perdue, à pousser vos quarante kilos d'excédent de bagages en sandalettes africaines par − 15 °C, avec la conviction de celle qui se noie mais essaie tout de même de survivre. Même scène, cette fois-ci à l'aéroport international Rafic-Hariri de Beyrouth. La moiteur estivale vous prend aux tripes dès la sortie de l'avion, mais des porteurs vous attendent pour prendre en charge votre tonne de bagages, au point de vous pousser − puisque vous marchez les mains vides − à aller en plus acheter une ou deux bouteilles d'alcool pour les futures soirées. Les formalités sont rapides (pour les Français, le visa est gratuit et se délivre sur place), le douanier sympa, limite à vous faire des smacks de bienvenue. Mais surtout, quand vous sortez enfin pour rejoindre le hall des arrivées, vous savez… Vous savez que, derrière les barrières métalliques, dans l'immense foule qui patiente en attendant le retour du fils prodigue, se cachent les vôtres. Votre mari, votre père, votre cousin et même votre meilleure amie, ils sont tous venus pour le *tacharafna* ou le *alhan wa sahlan* (bienvenue) de rigueur. Il est 3 heures du mat et personne n'a cherché d'excuse pour se défiler.

« Au début, tu es toujours "celle qui rentre", qui apporte comme une bouffée d'oxygène. On t'accueille, on te fête », dit Nidale, rentrée il y a un peu plus d'un an dans le sillage de son mari, qui n'en pouvait plus de vivre loin des siens. Elle, elle l'avoue, aurait bien profité d'un petit rab d'indépendance de quelques années. Car derrière cette scène idyllique se dissimulent aussi les tiraillements d'une diaspora libanaise estimée à 12 à 15 millions d'individus dans le monde. Le bonheur de rentrer ? Oui, assurément. Une bouffée de joie pure à l'idée de retrouver les siens et ses repères familiers. Mais rester ? Passé quelques mois, ces hommes et ces femmes qui ont trop longtemps vécu à l'étranger commencent à avoir du mal à supporter les codes de la société beyrouthine, dont ils louaient les vertus à leurs amis occidentaux. La famille ? C'est merveilleux, mais à dose homéopathique. Sa chambre d'adolescente intouchée ? Une bouffée de nostalgie pas désagréable pendant quinze jours, ensuite le poster de Britney Spears devient lassant. Maman qui lit l'avenir dans le marc de café ? Un instant de pure jovialité, qu'on apprend vite à juguler, quand la *mama* essaie en plus de vous caser des tas de fiancés. Les copains de lycée ? Merveilleux le premier mois, mais quand, six mois plus tard, le plan du vendredi est toujours le même (se rincer la tête avant d'aller en boîte), la poésie nocturne en prend un bon coup dans le bec.

Ce sentiment de tiraillement, tout chez Leïla l'alimente. Française par sa mère, libanaise par son père. Mais également chrétienne par sa mère, sunnite par son père. Elle dit ainsi : «Je me suis fait baptiser vers l'âge de 10 ans. J'ai aussi volontairement suivi des cours sur l'islam et le Coran. Le communautarisme ne m'intéresse pas et la religion encore moins.» Leïla snobe le commun, du haut de son tout petit mètre quatre-vingts à semelles compensées… Sa dégaine, inclassable, à l'image de ses idées. Parmi ses multiples tatouages, on pourrait facilement lui rajouter un tag «Politique, rien à foutre !» qui ne déparerait pas entre ses deux soleils et ses (très mignons) anges de la mort. Elle déteste quand même le Hezbollah, qui lui a niqué la fréquentation de ses bars préférés, parmi lesquels le Buddha Bar (oui, le même que celui de Bastille), au moment du sit-in du Hezbollah, lorsque la milice réclamait un gouvernement d'union, sur la place des Martyrs du centre-ville (les martyrs en question étaient les indépendantistes, pendus par les Ottomans au début du siècle pour tenter d'affermir un pouvoir qui s'effilochait sur les provinces occupées, et non pas quelques récents *shahids* de la guerre contre Israël). « Une bande de paysans ignares qui voulaient juste nous emmerder. » Elle a d'ailleurs applaudi des deux mains quand les Israéliens ont attaqué la milice chiite. « J'ai cru qu'ils allaient nous débarrasser de ce cancer. » Mais, quand les F16 israéliens ont mis le Liban à feu et à sang, Leïla a vite retrouvé sa base philosophique « tous pourris ». « Ces ahuris d'Israéliens sont à mettre dans la même poubelle, ils ne pigent rien au Moyen-Orient. Ils rêvent, eux aussi, d'un monde à leur image. » Et, pour faire bonne mesure, souhaite « bon vent aux Saoudiens », au clan Hariri, dont elle exècre la mainmise sur la communauté sunnite.

Pour ceux qui n'auraient pas compris, Leïla est une pure rebelle, qui refuse de s'assagir. Et sa dégaine d'extraterrestre passe très mal dans le quartier très populaire de Barbir (sunnite), après la gare routière de Cola, à l'ouest, où elle vit chez son père. « L'une des choses qui me sidèrent depuis mon retour, c'est l'importance accrue du communautarisme. Lorsque nous étions plus jeunes, personne ne savait qui était qui. Cela n'avait pas d'importance. C'était même très impoli de demander. On se souvenait de la guerre civile. On vivait l'occupation syrienne. On savait ce dont avait été capable le confessionnalisme. Ce que souhaitait la jeune génération ? S'extraire de ce monde trop étriqué, vivre, s'exploser. Mais les jeunes désormais, c'est comme s'ils étaient revenus de tout avant même d'avoir été jeunes. Le matérialisme de la société libanaise m'effraie. » À moins de 30 ans, Leïla travaille dans le milieu des ONG. Elle a écumé le monde et est revenue au Liban après une mission au Darfour. En sept ans, elle est rentrée deux fois. Une première fois en 2006, alors qu'Israël attaquait le Liban. «Le retour a été raté… j'ai fui en courant.» La seconde, il y a moins d'un an, tandis que le pays préparait, crispé, les élections législatives de 2008. «Au début, j'ai toujours l'impression d'avoir perdu mes repères. Beyrouth se transforme si vite. Une autoroute qui n'existait pas, de nouveaux quartiers *in* qui émergent. Chaque fois, il me faut quelques jours pour ne plus me sentir étrangère.»

«Salut, chérriiie, ça va?» Parfois, Leïla prend l'accent pointu d'Achrafieh. Ça la fait rire, comme de rouler jusqu'à Tripoli dans la nuit en buvant des cocktails qui arrachent la tronche, brevetés au *take-away* du Ahla Allam, à Cola, la version bar du *drive-in* de Mac Do : pas besoin de sortir de sa voiture, on commande à un type, on paie et on repart avec des gobelets en plastique au contenu hautement alcoolisé (et pas cher). Mais comme à 5 heures de l'après-midi nous n'en sommes pas encore à nous torcher (quoique… Leïla, je vous l'ai dit, n'a peur de rien), nous avons rendez-vous au Torino, rue Gemmayzé, où les petits cafés s'enquillent à la chaîne. Le Torino est un lieu très chouette (comme tout le quartier de Gemmayzé, avec ses ruelles, ses vieilles bâtisses entourées de jardins, ses ateliers d'artisan, pour lesquels on prie afin qu'ils ne disparaissent pas un jour au nom du sacro-saint «boom de l'immobilier»), ou si vous préférez la description de Leïla du lieu, le «bar à bonnasses», ou encore, plus simplement, le pub touristique avec musique cool et coktails classe que même le *Petit Futé* aurait du mal à louper. Mais, à l'entrée, Leïla fait un refus d'obstacle. «Pas envie de les voir. Je les connais tous. Tu n'avais pas remarqué qu'il y a des types ici spécialisés dans l'import-export? Le Torino Express, c'est leur repaire. La Française, par exemple, ils te l'emplument en lui chantonnant du Gavroche sans les sous-titres. La nana repart persuadée d'avoir connu le "vrai" Liban. *Yepi ya!*» Leïla adore parler cul et cru. Elle adore choquer. Là, elle a sorti les piercings, qu'elle a agrémentés d'un tee-shirt vert criard sur une blouse fuchsia trash. Il n'y a qu'à elle que pareil assortiment printanier peut convenir. «Je suis obligée d'enlever les piercings quand je rentre dans mon quartier, à Barbir. Les tatouages aussi planqués sous mon gilet. Notre voisinage est arriéré total. Je me suis fait cracher dessus. Quand mon copain est venu me rejoindre, on a dû se coller des alliances pour qu'ils foutent la paix à ma famille. Mon meilleur ami vit à Ras el-Nabaa, quartier pauvre et mixte de l'est de la ville. Les rares fois où je suis allée le voir chez lui, je me suis déguisée en mec. Bonnet sur la tête et démarche de camionneur pour que ses abrutis de voisins n'enquiquinent pas sa famille parce qu'une "femme" lui rendait visite. Après, parle-moi de ce "rêve" en marche, comme certains disent, de ce putain de pays, oui!»

Faute de Torino, on se réfugie au Club 43, un bar-ONG (sic) qui sert des repas gratuits pour les vieux du quartier, un peu plus loin dans la rue Gemmayzé. Dans l'artère encore vide, un convoi de militaires passe lentement. Les militaires libanais, quoi qu'il arrive, sont toujours très calmes, presque languides, à mater en douce les filles (nous ne sommes pas loin du centre-ville, le cœur de Beyrouth, où se trouvent le Sérail – la maison du gouvernement – et le Parlement, dont l'accès est en permanence filtré par l'armée).

Voudrait-elle rester ? S'installer définitivement cette fois-ci ? Elle hésite, comme une majorité de Libanais de la diaspora lorsqu'ils rentrent. Un pied ici, un pied ailleurs, une identité toujours écartelée. « Dans ma classe de terminale, 90 % sont partis à l'étranger. Ceux qui sont restés sont ceux qui ne pouvaient pas vraiment rêver de l'étranger, à cause d'un manque de compétences professionnelles. Rester un peu, oui. Le Liban est mon pays. Mais y vivre ? Non. »

Les exemples se répètent. Chaque fois, le même refrain douloureux : la nostalgie du pays natal ne facilite pas la réinsertion, périlleuse, au sein d'une culture qu'on avait en partie fuie. « Je crois qu'il vaut mieux être complètement étranger. L'acclimatation est moins douloureuse. Être libanaise me met face à des codes sociaux que je ne suis plus capable d'accepter sans broncher », avance Nidale, qui a vécu quinze ans entre Paris, Beyrouth et Madrid avant de revenir. Cette fois, elle l'espère, son déménagement sera le dernier. « Nous sommes cosmopolites. Capables de nous insérer partout. Et en même temps de nulle part. » Ce qui exaspère Nidale comme Leïla, c'est ce « ronron » qui la reprend lorsqu'elle est à Beyrouth. « J'en perds toute mon énergie. Tu as assez vite le sentiment de tourner en rond. Beyrouth au final est tout petit et tu finis par croiser toujours les mêmes. » Pour Nidale comme pour les autres de ces jeunes femmes venues se réinstaller, le sentiment de décalage avec la société qui les a vues naître pèse lourd. Adla, par exemple, ne connaissait pas le Liban. Elle avait à peine un mois quand ses parents, de riches musulmans, ont fui la guerre civile pour s'installer en France. «Ils pensaient que ce voyage ne durerait que quelques jours. Ils ne sont jamais rentrés.» Trop américaine pour la France, trop *frenchy* pour les États-Unis où elle avait trouvé un boulot, Adla a choisi de «rentrer», il y a quelques mois à peine, là où ses oncles et tantes l'attendaient à bras ouverts. L'appel des origines, cette pulsion qui vous fait monter dans le premier avion pour retrouver le pays de vos ancêtres. Adla dit avoir vécu un conte de fées… les premiers six mois, retrouvant la douceur de vivre si chère au Liban, malgré les tensions. S'évader quelques heures en voiture n'importe où et finir par un bain de minuit à Tyr, manger des mezzés à n'importe quelle heure du jour et de la nuit, dormir à cinq dans le même lit («T'occupe, c'est de la famille…»), se payer les services d'une bonne et trouver un ouvrier syrien pour porter ses courses (eh oui, ça fait partie de la fameuse douceur de vivre), avoir toujours un truc à fêter (la fin de l'école même quand on a 50 ans)… «Je pensais avoir enfin trouvé la place où je voulais vivre.» Le retour de bâton est venu plus tard. D'abord, la sensation de côtoyer toujours les mêmes individus : «Tu finis par te sentir piégée dans un réseau presque incestueux, où tout le monde se mêle de ta vie privée.» Ensuite, de petites réflexions qui ont heurté sa sensibilité de «Française». «La première fêlure est venue d'une jeune femme, une sunnite, à qui nous demandions les suites de sa rencontre avec Untel. Je l'ai entendue dire : "Pourquoi faire ? À 25 ans, je n'ai pas envie de me retrouver dans une histoire sans avenir avec un chrétien." J'étais sciée. Je me suis rendu compte que la société libanaise était aussi raciste. Ses cercles ne

s'interpénètrent pas.» Aujourd'hui, indécise, elle avoue
ne plus très bien savoir. Rester ? Partir ? «Il y a une forme
d'hypocrisie sociale à laquelle je ne suis pas habituée. Je
ne dis pas que tous… Mais m'inscrire dans le tissu social
risque de m'être difficile. Le sentiment de perdre une trop
grande partie de moi-même.» En écho, la petite phrase
de Gisèle, architecte, qui vient de fêter ses 40 ans, pourrait bien terroriser Adla : «J'ai mis sept ans à me sentir
chez moi au Liban. Et encore aujourd'hui, il m'arrive de
baisser les bras et d'envisager de repartir. Je comprends
les codes de ma société, mais je ne peux pas les vivre. Mes
vingt ans passés à l'étranger m'ont trop changée.» Quand
on leur demande à toutes si elles se sentent libanaises,
nulle hésitation, pourtant. «Bien sûr.» Avant d'ajouter,
comme Nidale : «Mais je sais aussi que je reste différente.
Une Libanaise, oui. Et autre chose.»

Les bons plans libanais
à Paris
de Chérie Chérie et d'Aboudé

Avant ou après un bon film, le restaurant **Al Diwan** (30 avenue George-V, dans le VIIIe) est un passage obligé pour goûter, sur le pouce, les savoureux sandwichs libanais. On entre, on commande, Abou et Haider, les deux messieurs derrière le comptoir, vous servent avec une rapidité et une efficacité impressionnantes (les chawarmas préparés par Haider sont divins), on prend une boisson dans le réfrigérateur. Aucune fiche, aucune addition : on règle à la sortie, en énumérant ce que l'on a consommé. La confiance en plein Champs-Élysées. *Only in Beyrouth*.

Si vous voulez goûter la nouvelle cuisine libanaise, allez chez **Liza** (14 rue de la Banque, dans le IIe). Avec son sourire rassurant genre «tout va bien», Liza Soughayar sait recevoir. La déco, orientalo-design moderne, change des restaurants libanais souvent surchargés de plantes et de miroirs. La cuisine est créative et très raffinée. Ah, les kaftas boulettes sauce betterave !

Noura Pavillon (21 avenue Marceau, dans le XVIe) est une institution. Incoutournable pour qui veut goûter l'excellence de la nourriture libanaise. Le *labné* de Noura traiteur est délicieux.

Mon péché reste le supermarché **Les Délices d'Orient**, 52 avenue Émile-Zola, dans le XVe. Quand j'y vais, j'ai l'impression de faire mes courses dans les souks des faubourgs de Tripoli. C'est simple, on trouve tout dans ce supermarché. Même le chocolat Tutti Frutti que j'achetais quand j'avais cinq ans, chez l'épicier en bas de mon immeuble à Tripoli. Et les briques, en forme de pyramide, de jus de fruits trop sucré Bonjus qu'on buvait gamins.

Chez **L'Artisan du Liban**, une boutique installée 30 rue de Varenne, dans le VIIe, je trouve toujours des idées de cadeaux. Des bijoux, des vêtements, des objets pour la maison, des savons à l'huile d'olive et au laurier ou au miel (très bons pour les cheveux). Depuis la fin des années 70, l'Artisan contribue à promouvoir un art artisanal et populaire, à sauvergarder des savoir-faire et des techniques ancestrales de travail du cuir, du bois, ou encore du *halfa* (jonc).

Le show-room que le couturier libanais **Rabih Kayrouz** a récemment ouvert est un lieu incroyable, installé dans un vieux théâtre des années 30 au 38 boulevard Raspail dans le VIIe. C'est ici qu'il a présenté sa collection automne-hiver 2009-2010, pour la première fois de ce côté de la Méditerranée (c'est le deuxième créateur libanais, après Élie Saab, à être accepté dans le cercle très fermé des défilés parisiens de haute couture).

Paraître, c'est exister

Poètes des paillettes

En France, le shopping est un sport national. Pas la peine de se cacher derrière notre gros orteil : nous sommes toutes ou presque des fringues maniacs. Naître française, de surcroît parisienne, c'est prôner un art si absolu de la nippe (tout en le niant, cela va de soi) qu'il faut bien parler de liaisons amoureuses. Dangereuses ? Un pur conte de fées (jusqu'à la douloureuse). L'union de notre âme de midinette et de la « bonne » affaire. Nous vivons avec, en permanence au creux du ventre, une sorte de vagissement existentiel face au vide de notre garde-robe. Ce « Oh mon Dieu, je n'ai rien à me mettre », qui nous saisit devant un dressing pourtant plein à craquer, relève du gène qui « fait la Française ». Nous bavons devant les compositions inaccessibles des pages mode des magazines féminins. Et si nous matons avec tant de férocité alléchée leurs unes, c'est pour mieux renifler la tendance. Et s'en démarquer. Pas question de s'attifer en calicot géant, même pour les si *fabulous* Stella McCartney, Marc Jacobs ou Chloé. La Française aime, mais à petites doses. Le total look est ringardisé. On mélange sauvage.

Et puis, la vraie chasseuse ne s'en laisse jamais conter. Bash, Maje ou Sandro, marques adulées au Liban comme l'expression même du chic parisien ? De l'autre côté de la Méditerranée, le verdict tombe : du « Sentier amélioré » plutôt rush (pour ce que c'est) pour filles branchouilles. Vous avez dit snob ? À ces erreurs de casting, notre miss Coco réincarnée préfère la fripe. Dégoter la liquette de grand-père que le monde entier pensera sortie de l'antre d'un styliste encore méconnu… mais achetée 2 euros chez Emmaüs. La douce frénésie de nos doigts palpant le tissu, l'estimant dans son vécu autant que dans ses fibres : le pied intégral en ballot de coton! On assume. À côté de nos virées shopping, les «gouzi-gouzi» d'un *one night stand*, même estampillé étalon, peuvent aller se rhabiller.

Alors, Beyrouth… Comment dire? Au début, vous vous sentez rassurée. Question prêt-à-porter, la Libanaise est votre âme sœur : elle non plus ne sait pas concevoir sa vie sans d'intenses virées. Et si la marche à pied est (souvent) hors de son circuit mental, dès qu'il s'agit de chiffons, la voilà qui arpente en talons pointus des kilomètres de bitume. C'est simple, elle se shoote à la laine, sniffe la soie en boule et même, parfois, se fait un pur trip acrylique criard à grands coups de designers *nouillorkais*.

Difficile de dresser un portrait-robot de la Libanaise *fashion victim*. On trouve de tout dans les rues de Beyrouth. Depuis l'ultra-classique jupe secrétaire sur talons vertigineux jusqu'à la miss jean baskets «je me fous de comment je me sape» en passant par la frimeuse à marques. Voire… une miss rue de Saint-Denis réincarnée en cuissardes mauves! Qui plus est, la même peut se montrer très versatile dans ses choix. Et vaquer en tee-shirt informe le weekend, quand la semaine elle vous assassine d'un ensemble pantalon-veste noir d'un classicisme au final très français! Question choix d'ailleurs, on se croirait à Paris. Ou plutôt dans une honnête ville de province. Etam, Promod, Jennyfer, Zara, Mango, disséminés, l'air de rien, entre l'est et l'ouest, pour ne surtout pas faire de jaloux… Pour une puriste, inscrire Jennyfer ou Mango sur sa *shopping list*, c'est presque aussi glauque qu'envisager un samedi après-midi dans la galerie marchande de Carrefour. La crise d'épilepsie n'est pas loin, même si on va toutes y fouiner dans l'espoir de débusquer le tee-shirt juste ce qu'il faut d'*oversized* pour parader à un brunch amical. Du pas cher qui ne dure pas, mais qui fait son petit effet. Et même, délice des délices, on trouve des boutiques à Achrafieh où musarder entre une robe Isabel Marant, une microjupette Cotélac et un cache-cœur Vanessa Bruno… Ouf, pense illico une Française : survivre est possible.

Les choses se compliquent cependant assez vite. Un coup d'œil sur les collections Etam de la boutique de Sodecco Square et l'on frôle le coma ophtalmique. Quoi ? Cette ridicule combinaison, qui vous tube les fesses en forme de poire à lavement vaginal, à 125 000 livres libanaises (60 euros) en solde !?? Ils se prennent pour qui ??? Au Liban, il y a toujours un effet « milliards de zéros » derrière les premiers chiffres qui vous coupe l'élan compulsif. En traversant la Méditerranée (et en switchant de l'euro à la livre), ce temple du *casual* s'est aussi pris la vilaine grosse tête. Pas de sa faute : l'homogénéisation commerciale est telle que le choix se réduit à peau de chagrin. Résultat, on magnifie la camelote française ou américaine. Et du coup, on paye plein pot la chemise blanche de base, avec le risque réel de croiser son clone dans la rue (et de jeter la chemise presto). Peu de dégriffés, pas de dépôts-ventes, encore moins de friperies où attraper, dans la masse immonde, l'objet de vos pulsions. La raison ? Pas seulement cette mondialisation qui vous lamine l'élégance comme la crème 0 % vous banalise la chantilly. Responsable aussi, un certain rapport à la fringue. Au Liban, ce n'est pas solo sa peau qu'on habille. C'est son glamour social qu'on met en jeu.

En plus, il faut compter avec l'achat « compulchiite » ! Dès que Nasrallah empoigne un micro ou que les *bad boys* du mouvement chiite Amal affrontent leurs frères ennemis sunnites de Al-Moustakbal, nous voilà, pauvres femelles de Beyrouth, à souffrir de ce syndrome. Chez moi, l'effet est

immédiat : dès que j'entends tirer dans la rue, faut que j'aille
dare-dare essayer la jupe ultra-sexy ou les talons à semelles
de bois trop lourds, histoire de m'aérer les neurones…

Se saper pour se dévoiler

Pour une certaine catégorie de Libanaises, sans doute
la plus visible aux yeux d'un étranger (mais pas la plus
nombreuse), faut casquer pour s'habiller. Autrement, rien
n'a de sens. Là où une *Faranseyya* («une Française») se ren-
gorge d'avoir payé «presque rien» sa dernière acquisition, la
Libanaise, elle, babille gros chiffres. «Quoi, ça? Aï Zone!
Un Jacobs à 2 000 dollars.» Cela dit, 2 000 dollars pour Aï
Zone, c'est presque une broutille, parce que ce magasin, c'est
quand même «l'aïe zone» du porte-monnaie, où douiller un
max pour des sweets fuchsia trash, certes griffés Jacobs, mais
que même La Halle aux vêtements hésiterait à destocker. Aï
Zone, immense temple du luxe international qui appartient
au groupe Aïshti et que l'on retrouve un peu partout dans
Beyrouth, notamment à l'ABC d'Achrafieh et bientôt aux
Souks de Beyrouth[1]. «Tu as déjà vu une nana entrer chez Aï
Zone et claquer 5 000 dollars sans même essayer? Ben, mes
copines, elles le font. Et je ne peux même pas dire que ce
qu'elles achètent leur convient», dit Zeina, 18 ans, dégoûtée
(mais tentée), une étudiante de très bonne famille, dont
les parents maintiennent contre vents et marées un petit
500 dollars de dépenses vestimentaires par saison. Bien

---

1. Les vieux souks de bijoux, d'épices et de tissus du centre-ville
ayant été rasés, en particulier les magnifiques édifices ottomans, pendant la guerre civile, ce qu'on appelle aujourd'hui Souks de Beyrouth
est en fait un gigantesque projet commercial de *mall* à l'américaine,
qui doit bientôt ouvrir ses portes dans le centre-ville.

qu'infréquentables pour le commun des mortels, Aïshti ou Aï Zone, les deux principales enseignes luxe de Beyrouth, sont un endroit où flairer la tendance beyrouthine. Attention, rien à voir avec un temple de la branchitude. On n'est pas dans le conceptuel, mais bien dans le tape-à-l'œil. C'est ici que l'argent se dépense sans compter. Ce qui compte justement, c'est d'avoir tout juste à la question « de chez qui tu l'as pris ? » que ne manqueront pas de poser les copines. En ce moment, le grunge (ultra-chic), le naturel (élaboré), et le vague (structuré) sont à l'honneur sur les cintres d'Aï Zone. Comme le dit Houda, 30 ans, qui vit dans le quartier sunnite de Dar el-Fatwa et qui a longtemps été une adepte des tenues collées serrées : « Le style Antiflirt, avec les seins qui rebondissent jusqu'à la glotte, c'est fini. Aujourd'hui, le trend, c'est large et confortable. » Pas sûr cependant que les « touristes du Golfe », qui représentent le très gros des troupes de ces galeries à l'orientale, soient sensibles à ce positionnement « néorural ». Quand on y traîne, on comprend que la blouse ample à petits carreaux a quand même beaucoup moins de succès que la tunique transparente couleur perroquet et pierres qui brillent.

Éliane est une (rarissime) *serial*-fripeuse, qui avoue sans complexe se faire chaque semaine l'Eldorado, le Tati local situé dans Hamra et dans la rue commerçante de Furn el-Chebek à l'est. « Ils ont des arrivages réguliers, notamment des surplus H & M pour presque rien. Mais les lieux de ce genre sont rares à Beyrouth. Je passe pour un drôle d'animal auprès de mes amies. » Éliane n'est pourtant pas une nécessiteuse. Jeune femme de la petite bourgeoisie chrétienne, mariée et mère d'une adorable petite fille, elle a le portefeuille qu'il faut pour faire chauffer la carte de crédit sans (trop) de remords. «Je ne vois pas pourquoi je devrais payer des prix astronomiques pour habiller ma fille de 3 ans alors que dans trois mois ses vêtements seront déjà à changer.» Nous non plus Eliane, rassure-toi! Mais ses exploits, qu'elle ne peut s'empêcher de vouloir partager, terrorisent son mari. Que risque de penser leur entourage s'il apprend que sa femme s'approvisionne en soldes dans d'obscures cavernes d'Ali Baba? La honte pure et simple. Ses amies diront, reluquant le mari en douce, qu'il n'entretient pas suffisamment sa famille! *Meskina* («la pauvre»)!

À Beyrouth, le shopping est aussi affaire de rang social. Encore une fois, il existe une frange de la population femelle qui échappe au pur delirium. Mais dans le grand jeu de l'identification, ce «qui est qui» qui vous permet de slalomer entre les classes sociales et les communautés, la sape se révèle un bon indice. Ce qu'aujourd'hui on nomme la bling-bling attitude ou, plus sérieusement, la consommation ostentatoire. Faut porter de la marque, si possible visible sur l'arrière de son *teeez* («fesses»). Prenez Nada, par exemple. Jeune, à peine 20 ans, croisée à 7 heures du mat alors qu'elle s'en allait en «after» (un café, en fait, avant de rentrer dormir chez papa et maman) sur la Corniche. OK, vous ne savez pas si elle est sunnite, chiite ou chrétienne… En fait, si vous vous mettiez à tout baliser comme la Libanaise de base, vous pourriez l'apprendre vite, par son nom de famille, son accent quand elle parle l'arabe, voire, si le doute persiste, en lui demandant assez abruptement (mais la question est si courante que plus personne ne s'en étonne) d'où vient sa famille. Dans le cas de Nada, à défaut d'oser lui demander son AOC (Appellation Organique Confessionnelle), vous épinglez sa gentille frimousse de «fille à papa friquée» qui traduit assez sûrement sa tendance politique (du moins celle de sa famille, Nada n'ayant pas de conscience politique). Nada, il faut dire, est un beau prototype. Casquette Pepe jean à cailloux qui brillent, blouson court Armani (pas besoin de le lui arracher pour savoir, c'est écrit en énorme dans le dos), jean Rock & Republic (la grosse tendance denim m'as-tu-vu, on les reconnaît à leur poche arrière en triangle et à fils dorés). Quand même, Nada, elle n'est pas total customisée. Ses jolis pieds, vernis de noir gothique, se balancent en Birkenstock des familles «parce qu'elle est cool», Nada. Enfin, cool de la tong.

Le Liban n'est pas le seul pays adepte du «toujours plus de paillettes» nouveau riche. La France s'y adonne aussi avec une délectation gourmande depuis que son nouveau *Übermâle* de président, King Nicolas II (II pour double bling-bling) a osé son *coming-out* «j'ai du fric, j'adore les p'tites pépées et les grosses montres à cinq cadrans». Simplement, à Beyrouth, le phénomène est d'autant plus visible que, même en matière de mode, les contrastes explosent entre une frange pauvre et fagotée de la population et les tunées de la haute. Alors, oui, certaines se baladent avec les oreilles plombées des deux C entrecroisés quand d'autres affichent leur foulard Vuitton (le nouveau, aux couleurs printanières) en *hijab fashion*. Dans le jeu de l'ascension sociale, cela marque sa hiérarchie à la culotte d'un «J'emmerde la plèbe» assumé. Vous avez dit *material girls*?

Le petit plus

Accro à la mode, la Libanaise? La quête du styliste le plus *in* pour accessoiriser son allure fait partie de ses obsessions en matière de style. La Levantine, toutes tendances et toutes communautés confondues, est une vraie Carrie Bradshaw qui se meurt d'amour pour LE *it-bag* ou LES *it-shoes*. Prenez un déj à l'Achghâlouna, l'atelier des bonnes œuvres de l'orphelinat sunnite de Zarif (Beyrouth ouest). On y mange délicieusement bien. Des femmes de toutes les confessions (mais surtout de la confession bourgeoise, même si le repas est très abordable, 25 dollars par convive) viennent profiter de son patio dès le printemps. Le vendredi (l'Achghâlouna n'ouvre que ce jour, œuvres pieuses de l'islam oblige), elles se retrouvent entre copines vieillissantes pour délirer sur les dernières rumeurs et, hélas aussi, sur les petits problèmes de santé. La dernière fois que je m'y suis délectée de *mafrouké* (un gâteau à la crème, aux pistaches et aux amandes), trônaient sur une chaise, comme deux invités de marque, deux sacs Hermès, deux Kelly, l'un rouge, l'autre grès. L'heureuse propriétaire de l'un de ces deux joyaux de la maison française jouant négligemment avec son iPhone pendant que ses amies se perdaient en conjectures pour essayer de deviner qui était la nouvelle maîtresse d'un Libanais en vue !

Les chaussures, voilà ce qui fait triper la Libanaise (et la Française installée à Beyrouth). Question *shoes*, il y a des marques incontournables, celles de l'international chic boosté aux hormones de l'*American Dream* : Prada, Marvel, Gucci, Cavalli, Boss, voire Nine West, quand on a moins les moyens de claquer trois fois son salaire en un seul achat... Bien sûr, nous avons toutes dans nos relations une Imelda Marcos[1] qui ne sortira jamais deux jours de suite avec la même paire de bottines aux pieds. Mais cela reste un cas de pathologie clinique, où la victime

---

1. La femme de l'ancien dictateur philippin est connue pour son addiction aux chaussures, elle en possèderait plus de 3 000 paires.

consentante se venge de la vie et de son blues existentiel. Disons alors que, à Beyrouth, les femmes se vengent souvent… Savez-vous quelle invention cartonne en ce moment, oscarisée (localement) d'au moins trois prix scientifiques ? La Chutox, une boîte à *skarbineet* [1] transparente. Un simple rectangle de Plexiglas est en train de faire le bonheur d'une population jusque-là désespérée. Plus fort que le pin's et le Magicube réunis…

Chiara, la petite trentaine, a deux armoires pleines à craquer, uniquement pour ses jolis pieds, l'une pour l'été, l'autre pour l'hiver. Elle possède toutes les couleurs de l'arc-en-ciel. « J'adore flâner dans les boutiques. À l'ABC, bien entendu, mais j'avoue faire parfois un tour à Bourj Hamoud, le quartier arménien où fouiner presque comme si l'on était dans un vieux souk (le charme des caravansérails ottomans en moins), pour m'acheter cinq ou six paires bon marché dans des tons différents. » Récemment, cette très jolie blonde à la peau diaphane s'est découvert une nouvelle passion pour les ballerines. « Le plat, c'est nouveau ici… Mais faut tout racheter », dit-elle, avide de nouvelles escapades. Le fric ? Chiara s'en moque : elle a une ligne de crédit illimitée sur le compte de son père. « Je travaille, mais mon salaire n'est pas la motivation. Je viens d'une famille aisée de Beyrouth. Bosser, c'est plus pour ne pas m'ennuyer chez moi. » Quand elle délire trop Prada, son père chipote un peu, mais finalement laisse couler. « C'est étrange, je ne pourrais jamais lui demander du cash. J'aurais honte, comme de mendier. Mais utiliser sa carte de crédit ne me fait pas le même effet. » Vous pensez : voilà donc la jeune bourgeoise d'Achrafieh dans toute sa splendeur. Futile et dispendieuse. C'est en partie vrai. Peu de chance, en effet, de la croiser dans une soirée

1. « Chaussures », vient du mot français « escarpins ».

poésie du Mécano, le bar d'Ali Nasser, QG des derniers huluberlus de la frange extrême gauche de Hamra. Mais, en même temps, Chiara a les pieds sur terre, adore bouquiner, et se lève tous les jours à 6 heures du matin pour enfiler sa tenue de parfaite *general manager* de la filiale libanaise d'une firme américaine.

Question sacs à main, les Beyrouthines aiment de plus en plus consommer local. Plusieurs stylistes libanaises ont réussi à s'imposer. « Il y a encore quelques années, acheter libanais aurait été ringard et surtout gage de mauvaise qualité. Mais des filles se sont lancées », poursuit Chiara. « Oui, des filles comme nous », ajoute son amie Chloé. Comprenez, des filles de la bourgeoisie beyrouthine. D'un seul coup, être couturière n'était plus si avilissant ! Créée par deux copines, Sarah's Bag est la marque la plus connue (voir page 290). Mais un petit tour chez Cream ou chez Sun Flower, deux boutiques du très joli « Village » de Saïfi, dans le centre-ville, où vit une communauté bobo, montre combien le savoir-faire local est riche. Dans ses rues immaculées (pas un seul papier gras par terre, normal, le quartier possède son propre service de nettoyage privé), agrémentées de fontaines glouglouantes (ils ont donc de l'eau à Saïfi) et de trottoirs non défoncés, Saïfi concentre le must de la création artistique levantine : Johnny Farah, le roi de la besace en cuir aux couleurs acidulées, vue également à New York, Nada Debs, designer de meubles s'inspirant des créations orientales anciennes, ou encore Milia Maroun (boutique Milia M), ont tous leurs créations exposées dans les boutiques de ce quartier. En 2008, le couturier Rabih Kayrouz y a ouvert un espace, Starch, dédié à la jeune génération montante de créateurs libanais.

Toutes les Libanaises n'ayant évidemment pas les moyens de dévaliser les rayons de l'ABC ou d'Aïshti, elles attendent donc, les pieds dans les starting-blocks, l'époque des soldes ou des ventes privées. Rien de nouveau sous le soleil, la Française étant capable de se lever à 5 heures du mat pour ne pas rater le premier jour des ventes de presse Sonia Rykiel. Ici, on est juste plus efficace. Un SMS spammé et vous voilà avertie que la boutique bidule rase (presque) gratis. 70 % sur les sacs Hugo Boss et 50 % sur les chaussures Prada, comment résister ? Vous pensez : « Magnifique, cette paire d'escarpins Gush (pour Gucci) à 300 dollars, je vais me laisser tenter. » Le seul problème, c'est que rien ne ressemble plus à une paire de Gucci qu'une paire de Gussi. Certaines contrefaçons sont si bien faites (et si chères finalement) qu'il est impossible de voir la différence. Certes, vous pourrez vous pavaner et, lorsqu'on s'exclamera « *Chou helouin !* » (« qu'est-ce qu'elles sont mignonnes ! »), lâcher un presque blasé : « Oui, n'est ce pas ? Des Gucci. » Mais la Libanaise est une fieffée rusée qui ne manquera pas de vous poser la question fatale : « Et tu les as achetées où ? » Si vous dites Hamra ou Mar Elias, vous êtes foutue. Vous voilà cataloguée pigeonne à arnaquer, pas même capable de distinguer le vrai du faux. La bonne réponse ? Achetées à New York, Londres ou Paris (même si vous n'y avez jamais mis les pieds).

Si, cependant, comme la majorité, vos fins, voire vos débuts, de mois relèvent du cauchemar, il vous reste l'option Bourj Hamoud, le quartier arménien, ou, mieux, l'autoroute qui relie Beyrouth et Jal el-Dib, autre grande zone marchande, qui donne l'impression qu'on va faire du shopping dans une zone industrielle (mais la présence d'un Aïshti avec vue sur la mer rassure). Vous êtes presque certaine d'y trouver la copie du dernier *it-bag* Dior… et accessoirement de (très bonnes) copies piratées de vos films préférés. En revanche, la balade risque de vous sembler un peu glauque.

Chic ma'Hadia

Hadia Simmo est une star du style. Et un sacré
numéro ! Animatrice et productrice, sur Future TV,
d'une émission quasi quotidienne consacrée
à la mode, elle est aussi l'auteur du livre *Chic ma'
Hadia* (« Le chic avec Hadia »), qui cartonne gentiment
au Moyen-Orient. Accessoirement, Hadia est *personal
shopper* de richissimes femmes, désespérées à l'idée
de toujours ressembler à des *betenjen* (« des aubergines »)
malgré leurs virées compulsives dans les boutiques d'Élie
Saab et d'Élie Chakra, les deux grandes maisons du
luxe libanais. Ou chez le dernier-né de la haute couture,
Rabih Kayrouz, qui monte plus vite que la fusée Ariane
ne décolle de sa mangrove et dont Hadia Simmo raffole.
Jeune styliste avant-gardiste de 36 ans, qui s'est fait
connaître par ses robes de mariée et dont le premier
défilé remonte à seulement 2004, Rabih Kayrouz voit
se pointer le tout-Beyrouth dans son atelier niché
dans un vieil immeuble de la rue du Liban, à Gemmayzé.
« Le problème, explique Hadia, c'est que nous sommes
littéralement envahies des standards américains
et européens. Les séries, les films, les magazines…
Nous voulons copier ces modèles. Nous n'avons pas
reçu l'éducation qui nous permettrait de savoir comment
associer, manier, détourner en fonction de notre propre
morphologie… On en reste à du *show-off* qui ne vit pas.
Un vêtement, tu dois le sentir, te l'approprier. » Ses clientes
sont persuadées qu'il faut penser « ensemble coordonné »,
quitte à avoir l'air d'une tapisserie pied-de-poule
sur pattes. « Parce que Dior a lancé les cuissardes,
parce que cela magnifiait la mannequin sur le podium,
elles ne comprennent pas pourquoi sur elles, cela ne

passe pas. » Petite, Hadia est une boule d'énergie.
Un grand rire surtout, une bonne humeur qui emporte tout.
Derrière ses grandes lunettes qui lui mangent le visage,
elle affirme : « J'adore les marques. Que serais-je sans
elles ? Mais de là à me déguiser de la tête aux pieds…
Regarde là : bottines à talons plats de chez Prada, jupe
longue noire de chez Plum, une boutique du centre-ville,
et pull à col roulé acheté dans un bazar… » Hadia n'a pas
la dégaine conventionnelle. « J'ai toujours aimé l'originalité.
C'est à partir de là que je me suis créé mon style. C'est
cela que je tente d'apprendre aux femmes libanaises :
cherchez-vous, imaginez-vous. » Est-ce que cela marche ?
« Oui, affirme-t-elle, je nous sens plus sûres de nous,
plus affirmées qu'auparavant. »

Le Sentier de la victoire

Mar Elias (Saint-Élie) est un ancien quartier chrétien, devenu « mixte », c'est-à-dire beaucoup sunnite, un
peu chrétien et un rien chiite. Comme souvent dans
les quartiers mixtes, ça pétarade dans des « affrontements » qui laissent quelques innocentes victimes sur le
carreau mais qui finissent en « réconciliation nationale »
après moult verres de thé (ou de whisky) et échange
de rançons (pardon, compensations) pour une « juste »
réparation…

C'est aussi et surtout le boulevard de la fringue pas
chère. La rue qui descend vers la gare de Cola attire
une clientèle populaire, des femmes qui cherchent du
« bel effet » pour pas trop cher. Le Sentier, en pire. Une
Foir'fouille géante. On y trouve de tout. De Class,
la grosse officine de téléphones mobiles où acheter

le dernier mobile Prada aux bazars où s'attraper une chemise vert pomme en Lycra extensible (2 500 livres, soit moins de 2 dollars) et un pantalon mauve qui te fignole les fesses en tube de dentifrice (5 000 livres, soit un peu plus de 3 dollars), en passant par les spécialistes de la botte bleue montante à talons de grande prêtresse de soirées sadomaso (30 000 livres, 20 dollars). On pourrait croire à du *« made in China »* débarqué par conteneurs entiers sur le port de Beyrouth. Mais, comme souvent dans les quartiers marchands, la devanture commerciale cache une industrie locale, support financier des mouvements politiques. Blanchiment ? Affairisme ? Business à la libanaise... Si l'on est du genre acharné, grande professionnelle des puces de Montreuil et du marché de Vitry-sur-Seine, on finit toujours par chiner des trésors improbables à des prix imbattables. Un déguisement spécial Halloween, une tenue de soirée Mille et une nuits délirante et même des vêtements à porter tous les jours... C'est notamment le lieu idéal pour se trouver une tenue pour un mariage. « Moi, j'y vais toujours avant le réveillon de fin d'année pour me trouver la robe incroyable », explique Rabab, une inconditionnelle de Mar Elias, qui a récemment déniché une paire de ballerines plates à paillettes dorées à 20 000 livres (un peu moins de 15 dollars). Pas les plus discrètes de la planète, mais du plus bel effet portées avec un jean ou un pantalon noir ! Mar Elias, paradis des mauvaises contrefaçons de sacs et de la grolle. La camelote s'étend à perte de vue. Des escarpins dont les lacets torsadés remontent jusqu'à mi-cuisse, des cuissardes jaune canard à talons transparents, des bottes jaune et rose, à peau de serpent mutant, chamois à diamants... On peut aussi parfois apercevoir quelques reliquats d'un autre temps, celui où la Saoudienne (et ses copies libanaises) ne collait pas toute sa féminité dans ses pieds faute de n'avoir plus rien d'autre à montrer… Vous voilà prévenue : si vous aimez les missions impossibles, Mar Elias est pour vous.

Sarah m'a tuer

Impossible de trouver un sac d'été ! J'ai bien essayé les sacs en vinyle d'un turquoise violine brillant saisissant. J'ai aussi tenté le cabas en toile à grosses fleurs de l'Eldorado, le Tati local. Mieux, mais quand même pas ça.

J'en étais là de mes réflexions, et de mes recherches désespérées, lorsqu'une copine m'a refourgué une invitation aux portes ouvertes des designers libanais Nahr B Sabeh. La marque Sarah's Bag en était ! Alléluiah ! Non seulement j'allais peut-être me trouver le sac de mes rêves, mais en plus pas en jonc tressé ! Le *sabeh* est en effet le panier en osier traditionnel qu'on laisse glisser, encore aujourd'hui dans les quartiers populaires, le long d'une ficelle depuis les balcons vers la rue pour remonter les courses sans avoir besoin de les porter.

Sarah's Bag, *the* référence à Beyrouth ! LA marque qui a su imposer la griffe libanaise au plus haut niveau. Rania, la reine de Jordanie, collectionne les modèles et notre Catherine Deneuve nationale a craqué, lors de son dernier passage à Beyrouth, pour une petite sacoche de soirée noire calligraphiée. Une *success story* à faire pleurer *têta* (« mémé ») dans la chaumière. Parties de rien, Sarah Baydoun et Sarah Nahhoul sont parvenues à vendre à la terre entière des cabas *made in Lebanon*. Des sacrées nanas qui, en plus, font travailler des prisonnières – des ex-prostituées – pour les aider à vivre, et qui s'appuient sur leur savoir-faire pour moderniser l'art de la broderie et des paillettes à la libanaise. Bref, pas loin de l'éthique sur l'étiquette et du commerce équitable !

Arrivée à Tabaris, la placette qui marque l'entrée du quartier ultra-chic, ultra-beau et ultra-mirifique de Sursock (même si, dans ce quartier aussi, on détruit de vieilles maisons des années 30 pour les remplacer par des gratte-ciel), je file vers la ruelle intérieure de Zaroub el-Haramieh. Tout de suite, je me sens ailleurs, un peu comme lorsque l'on traverse la Mouzaïa ou la Butte-aux-Cailles à Paris. Des petits immeubles à croquer, avec des jardins tranquilles où patientent, vides et indolentes, des chaises longues en bois naturel (et pas en plastique blanc comme partout ailleurs). On pourrait presque entendre les canaris s'époumoner. Les chants qui accueillent nos pas reprennent des airs arabes des années 30, remastérisés Buena Vista Social Club. Quand on pénètre dans la demeure de Sarah's bag, tout est à l'avenant : un appartement que l'on voudrait être le sien, une odeur de jasmin à faire planer et des sacs qui dansent, aériens, accrochés à des fils de pêche. Rien qui brille (ou si peu, et de si bon goût) : même les pochettes de soirée or ou argent ont ce côté patiné qui donne aussitôt envie d'aller danser. L'un d'entre eux en particulier m'évoque Hind Rostom, cette actrice égyptienne des années 50 dont la sensualité damait le pion à toutes les Lauren Bacall de la terre.

Face à ce sac calligraphié de lettres arabes noir sur noir, je m'imagine en hauts talons, naviguant sur la Corniche, telle une comédienne adulée, désirante et désirable. C'est dingue la force d'un objet sur nos états d'âme! Comment on se l'approprie, s'identifie. Ce sac, il est à moi, je suis à lui.

Le retour à la réalité est duraille : la tripotée de zéros qui allongeait le prix me douche la libido fantasmante comme un homme aux cheveux gras dans mes draps m'arrache du lit d'un saut.

À partir de là, rien n'est plus pareil entre Sarah's bag et moi. Je commence à trouver que se coller la tronche d'Oum Kalsoum ou le cèdre sous les aisselles, même rasées de près (les aisselles, pas Oum Kalsoum), ça ne le fait pas. Pas quand il faut s'arracher pas loin de 600 dollars du compte en banque. Une fois le décorum enlevé, on n'est pas loin d'Antoine et Lili, la marque parisienne, et de ses cabas sérigraphiés Bollywood à 30 euros. Ou, comme me le faisait remarquer une femme d'un certain *standinge*, avec qui j'évoquais mon idylle brisée : «Toutes mes amies ont des Sarah's bag. Moi je ne peux pas, ça me rappelle trop les taxis-services et leurs milliards d'icônes et d'images pieuses qui pendouillent sur leur rétro, que nous devions prendre pour aller en cours quand j'étais jeune.»

Il faut croire que les miss, autour de moi, n'ont pas dû souvent se tasser à l'arrière d'un service, coincées entre deux mastodontes à sueur vaporeuse. Une triplette de pintades, en robe courte et sandalettes de cuir, telles des Diane chasseresse (manquait juste l'arc, l'une des deux Sarah ayant même un filet doré torsadé qui lui ceinturait la tête) s'extasiaient en des langues multiples. «Oh, j'adore»; «*It's really so cute*», «*Ktir helou*» sur des porte-monnaie en briques de jus d'orange recyclées. Pas ma came, mais la success story est à la hauteur des ambitions shoppistiques de Beyrouth.

Mais qu'est-ce keffieh ?

Matin d'hiver à Beyrouth, dans le quartier populaire d'Al-Zarif, à dominante sunnite. Dans la rue, Abou Hussein, un Kurde installé au Liban depuis une vingtaine d'années, ouvre son minuscule café. Une table en plastique, deux chaises estropiées. Le décor est mince pour qui aime l'ambiance « cosy », mais le café, délicieux. Soudain, du carré de HLM décrépies qui bordent la rue, deux fedayins palestiniens, la tête camouflée par un keffieh, sortent de l'ombre. Les deux combattants pénètrent dans le café, leur foulard palestinien toujours sur le visage. Un instant de silence, un instant de panique. Avant qu'Abou Hussein, d'une claque sur la tête de l'un d'entre eux, ne demande : « Vous connaissez mon fils ? Hussein ! » On souffle. Ce n'était rien. Juste une distorsion de la réalité : deux mômes libanais à la dernière mode, enturbannés dans leur keffieh pour se protéger du froid.

Le paysage beyrouthin est envahi par le chèche, vieux symbole de la résistance palestinienne, mais relooké moderne. Jaune, rose, violet (le top), pailleté ou à perles sur les côtés. Et alors ? À Paris, Galliano ou Balenciaga l'ont exhibé sur les podiums il y a au moins deux saisons. Beyrouth est juste en retard d'une mode ou deux. Le problème ? C'est que, pour les chrétiens de la ville, le keffieh est lourd de réminiscences. Comme s'ils étaient de nouveau projetés aux prémices de la guerre civile, quand l'OLP, le parti de Yasser Arafat, réfugié à Beyrouth après le massacre de Septembre noir en Jordanie, tentait d'imposer ses diktats au Liban.

Sirotant un thé vert forcément bio au Kitsch, l'un des bars branchouilles (mais géniaux) d'Achrafieh, où les stylistes libanais exposent leurs dernières créations, on retrouve le keffieh dans toutes les teintes possibles. Mais cette fois, ce n'est plus le fedayin, c'est le prix qui tue ! Ce qui ulcère Rita, une chrétienne, la trentaine, qui pourtant se sent proche de la gauche. «J'ai la nausée. C'est tout sauf anodin. Et chaque fois, cela me projette dans les cauchemars de la guerre civile. La moitié de la famille de ma mère y est passée. Ils croient quoi ? Que je vais me marrer ? » Le «ils», chez Rita, renvoie à une puissance occulte qu'elle ne sait pas vraiment nommer. Les Palestiniens ? Les Arabes ? Les musulmans ? L'ennemi ? Sans doute un peu de tout cela à la fois. Plus tard, cherchant des culottes à l'Eldorado de Hamra, caverne d'Ali Baba où débusquer des petits boxers à cœurs ou à Snoopy enfantins, on tombe sur une super promo : le keffieh mauve dégueu (*made in China*) à 4 500 livres (3 dollars). Mais l'aubaine semble laisser de marbre Clara, une maronite de 40 ans : «Une mode, le keffieh ? Ont-ils à ce point oublié ce que la présence palestinienne nous a coûté ? » On pourrait croire la réaction de ces jeunes femmes isolée. Après tout, l'eau a quand même coulé sous les ponts. Mais les journaux – d'*Al-Akhbar*, quotidien proche du Hezbollah, à *L'Orient-Le Jour*, journal francophone proche de la majorité – n'en finissent plus de publier des chroniques enflammées pour vilipender une mode à ce point malséante.

Le chèche palestinien a longtemps été le signe de ralliement des seuls Palestiniens du Liban – et plus spécialement des seuls combattants morts qu'on enterrait, Burberry local sur la tête. Yasser Arafat avait d'ailleurs une façon toute à lui de le porter. Une tendance «je me colle un bateau sur le sommet du crâne et j'assume» dont personne ne sait, pour le coup, d'où il a bien pu la sortir. Il paraît qu'il représentait ainsi la Palestine en devenir… La guerre civile au Liban a aussi vu s'opposer, par foulards interposés, deux catégories que le jargon de l'époque – *sorry* les filles, sortez votre petit bréviaire rouge – oblige à définir en termes de lutte des classes. Pour les «progressistes» – soit l'ensemble des forces politiques de la gauche «marxiste-léniniste» –, le chèche rouge ou noir était le signe de ralliement à la juste cause. Pour eux, le keffieh représentait autant l'espoir de la libération de la Palestine qu'une libéralisation sociale au Liban. Pour les autres, les sympathisants de la «droite» chrétienne, dont les bases fondatrices reposaient, en partie, sur la nostalgie d'un chef suprême, le foulard palestinien valait son poids de combattants sanguinaires arabes assoiffés de vierges chrétiennes, de nationalisations et de redistribution des biens.

Aujourd'hui, le chèche ne serait-il qu'un mythe galvaudé? Le *must have* de la saison dont la signification politique un rien vieillotte ne revit que pour quelques individus aux cicatrices toujours ouvertes? Pas sûr du tout. L'opération si joliment dénommée «Plomb durci» (1 300 morts, 5 500 blessés), qu'Israël a menée dans la bande de Gaza en janvier 2008, a laissé des traces. Au moment de la diffusion des massacres en boucle sur les chaînes de télévision arabes, on a vu le keffieh resurgir du fond des placards comme le symbole planétaire d'un nouveau «*No pasarán*» qui pouvait bien trouver un second souffle. Et, nouveauté, les filles aussi se le collaient sur le nez! Un designer israélien ne s'y est pas trompé, qui a édité en série limitée un keffieh blanc et bleu (les couleurs du drapeau israélien) à carreaux stylisés en forme d'étoiles de David! La mode est aussi un combat…

Noël au balcon

Ça a commencé au magasin Hobbies, près de la place Sassine. Noël pointe sa barbe blanche et tout le monde cherche des cadeaux de dernière minute. Mais un truc cloche. Peut-être la posture des mannequins à moitié nus dans la vitrine. Bizarre… Bizarre… Comme un air de quartier rouge d'Amsterdam. Car au lieu de l'animation «Merveille de la Nativité», «La crèche du bonheur» ou «Quand le joyeux lutin grimpe sur son poney», vous vous retrouvez face à des créatures en plastique dont les fesses pointées vers l'arrière laissent très peu de doute quant à leur symbolique. «Elles font quoi, les dames dans la vitrine?» «Ce n'est rien, ma chérie. C'est comme les manèges, tu vois, on peut leur monter dessus et jouer à cheval. C'est juste un jeu.» La réponse n'est pas à la hauteur. Mais quand vous prenez un ticket de cinéma pour *Chérie, j'ai rétréci les gosses*, et qu'on vous le remplace sans vous avertir par *Chéri, prends-moi en levrette*, faut pas s'étonner d'être ralentie du ciboulot.

Quelques jours plus tard, c'est une boutique de lingerie dans les alentours du petit jardin de Sioufi qui attire l'œil. De prime abord, le lieu s'adresse aux grands-mères et autres jeunes femmes très sages. Le bon gros pyjama dou-dou en pilou, des liquettes fermées jusqu'au cou et même des babygros pour adultes à nounours et fleurs naïves. Mais alors pourquoi, encore une fois, votre esprit se met à clignoter en mode alerte? Là, oui, dans le coin droit, n'est-ce pas un magnifique string guirlande de Noël à piles (9 volts) ? Et cet autre à côté ? Pas de doute : un body en latex noir à trous et chaînes amovibles, que même les sex-shops de Pigalle peuvent aller se rhabiller. Waouh, ce n'est plus Beyrouth mais « Biroute », capitale *sex and gode* ? Après la cinquième ou sixième boutique de vêtements soudain transformée en sex-shop, une enquête approfondie s'impose pour comprendre pourquoi les Libanais semblent confondre Noël avec la Saint-Valentin. Rue Rebeiz, dans Hamra, la vitrine présente un sublime soutien-gorge rose et orange synthétique à ouvertures prédécoupées pour laisser nos aréoles gambader en liberté. Cette fois, c'est dit, j'entre. « Ce modèle. N'est-ce pas un peu spécial ? » La réponse de la vendeuse, « Mais c'est la saison des Saoudiens ! », vous laisse abasourdie. Comment n'y avez-vous pas pensé ? À Beyrouth, il existe une cinquième saison, celle des Saoudiens en goguette ! Et ces magnifiques pompons fluorescents à paillettes à se ventouser sur les nibs sont à destination de ces gros messieurs à *dishdasha*, cette *abaya* de cérémonie ? Ouf, on est rassuré : « Avec toutes les fêtes musulmanes qu'on a en fin de l'année, ils viennent. Et ces trucs-là, ils adorent. Leurs femmes achètent en masse. C'est normal, qu'est-ce que tu veux acheter là-bas ? » Euh, des culottes normales, sans pile ni trou, ne seraient-elles pas plus conformes à l'imaginaire du royaume wahhabite ?

Les tantines en virée à Damas

Êtes-vous jamais parti avec un bus rempli de soixante bonnes femmes ? *A priori*, l'exploit ne semble pas irréalisable. Reformulons la question : Avez-vous jamais pris un car avec une soixantaine de Libanaises du troisième âge déchaînées ? Je sens votre motivation faiblir. Et pourtant ! Le

Lions Club organisant un voyage de découverte à Damas, la capitale syrienne, à destination des «vieilles» chrétiennes de Beyrouth et des alentours, l'occasion était trop belle de faire un bout de route avec ces fameuses «tantes» d'Achrafieh. Le terme vient de l'appellation affectueuse que l'on doit à un aîné : «tante» ou «*khalo*» (ou «*ammo*», «oncle»), voire «*hajj*» («sage») quand la barbe est vraiment trop blanche pour un homme, qu'un plus jeune est censé utiliser pour parler à une personne âgée, parfois aussi – surtout quand on est dans un âge intermédiaire – pour se moquer avec un rien de méchanceté, sans que l'autre puisse rien y répondre.

Guerre et occupation syrienne au Liban obligent, les tantines n'ont pas mis les pieds en Syrie depuis au moins trente ans.

Elles ont tous les attributs des «tanteeeettes», comme l'on dit en franco-libanais. De grandes et belles maisons, des fils «vice-présidents» de sociétés américaines, des soirées bridge entre copines, un ou deux enterrements par mois pour sortir le solitaire bleu légué par maman à sa fille préférée et des conciliabules gâteaux (et non gâteux) pour les après-midi. Notons, pour être juste, que si ce voyage est chrétien, on trouve les mêmes dans toutes les communautés. Et comme dit une amie «maronito-sunnite» : «Faut voir mes tantes et mes cousines de Verdun[1], pour comprendre que les grandes bourgeoises d'Achrafieh à côté, c'est *peanuts*!»

Ces tantines sont cependant bien moins collet monté que leurs aînées. D'abord, même si elles font l'effort, avec moi, de parler français, c'est l'arabe qui domine dans leur conversation. Ensuite, elles sont plutôt beatniks, les mémés : jean, baskets pour les unes; jogging et tongs pour les autres. Certaines affichent certes le petit plus qui brille dans le noir, les lunettes de soleil Chanel ou Dior ou le sac mono-

1. Quartier sunnite de Beyrouth.

grammé Louis Vuitton à initiales enlacées. Mais c'est juste de l'accessoirisation de la cool attitude! Quand elles ne sont pas dames patronnesses œuvrant pour les orphelins, on les retrouve de plus en plus investies dans des associations d'aide comme le YWCA (ne confondez pas, comme moi, avec le YMCA), l'association d'aide aux femmes orthodoxes en difficulté, dont Mona, une voisine de bus, est la directrice bénévole. Le bénévolat, un second souffle, une réelle motivation, et comme une seconde jeunesse.

Moyenne d'âge donc, un petit 65 ans, si l'on en croit la date de naissance, mais disons 12 à 15 ans à en juger par les éclats de rire, les blagues salaces et les chansons reprises en chœur. Lorsqu'elles ont commencé à entonner *Frère Jacques, dormez-vous ?* avec les mimines qui tournicotent au moment du fatidique «ding dang dong», je n'étais pas loin de réduire leurs prétentions à un 7-9 ans à tout casser. Il faut voir Souad, la petite soixantaine, miss Lions Club, chanter et raconter des histoires drôles d'Abou Abed, l'équivalent de notre Toto (en version adulte), pour comprendre que l'animation de groupe, cela ne s'improvise pas. Il faut puiser une énergie juvénile aux tréfonds de son âme, faire fi de la fatigue et de la chaleur, pour communiquer cette joie de vivre, en photons gambadants, à son adorable colonie. N'allez pas croire non plus que les blagues lancées au micro par une animatrice en délire sont du soft. On y parle «baise», «Viagra», et gros «quiqui» de ces messieurs avec une délectation de jeunes pensionnaires musardant pour la première fois loin de leurs parents.

Avant de rejoindre Damas, nous allons en pèlerinage dans la région des monastères chrétiens de Syrie : Saydnaya, le monastère de la Vierge, Maaloula, dédié à sainte Takla, puis le couvent Saint-Georges, perché sur sa montagne pelée. Non contentes d'entamer des chansons d'Asmahan (si vous aimez Fairouz, vous allez adorer cette chanteuse égyptienne à la voix cultissime, sœur de Farid el-Atrache, le virtuose d'oud) ou de vedettes des années 30 que, comme s'en amuse Yvonne, mon autre voisine de car (expatriée en France et en vacances à Beyrouth où vivent ses filles) « même moi je ne connais pas », elles se mettent à improviser une messe. Juste comme ça, vous voyez. On s'ennuie un peu, on s'est levées à 4 heures du mat et on déborde d'énergie : et si on récitait notre bréviaire ? Une logorrhée d'Ave Maria, « *Al-Salamalekiya Mariam*… Sainte Marie, Mère de Dieu… » pendant une heure et demie… De quoi faire rendre grâce à n'importe quel impie ! Pour les mécréants, l'exercice s'appelle un chapelet (cinq reprises), et comme dit Gabriel, un ami prêtre jésuite de la Bekaa : « Ne te plains pas ! Tu aurais pu te récolter un rosaire, soit 150 fois la louange à Mariam. »

Premier arrêt dans le joli monastère orthodoxe de Saydnaya, fondé selon la légende par l'empereur Justinien, et première clope. Car nos taties fument comme des pompiers ! Le gros de la troupe s'engouffre dans le dédale du monastère, courant presque, pour arriver parmi les premières dans la salle des ex-voto. On se déchausse – l'écriteau stipulant : « Vous pénétrez dans un lieu saint, merci de laisser vos chaussures à l'extérieur. » Faudrait voir à ne pas traîner en route : on a des prières à faire ! L'une pour sa fille, qui vient d'acheter une maison, l'autre pour son fils, toujours pas marié. On passe les photos des chérubins, même adultes, sur tout ce qui, de près ou de loin, peut ressembler à du saint, du bien lourd sanctifié par l'onction de

Dieu. Icône de la Vierge à l'enfant, calices, autel… Et puis on arrache des mains de la sœur orthodoxe (entièrement vêtue de noir, si bien que j'ai cru que le sanctuaire était gardé par des religieuses chiites, mais non, me dit-on en pouffant, c'est l'accoutrement normal des nonnes orthodoxes) une poignée de ficelles qu'on s'empresse de coller dans son décolleté. Là, j'ai besoin d'explications. C'est quoi le jeu ? Une chasse au trésor ? Hänsel et Gretel revisité avec, au lieu des miettes de pain, des bouts de ficelle ? Non, simplement «la croyance populaire», cette présence du surnaturel et des charmes qui imprègne chacun des gestes de la vie en Orient. «Ça t'aide pour beaucoup de choses. Mais en particulier, pour la fertilité : tu les attaches tout autour de ta taille et parfois cela agit. Mais attention, faut les conserver sur soi. Tu en veux ?» J'ai (enfin) pigé pourquoi à la piscine du Sporting Club, l'une des «plages» privées de Beyrouth (c'est aussi un délicieux restaurant de poissons), certaines nanas à bikini minimaliste se baladent avec tout un tas de fils ceinturant leur taille. Ce que j'avais pris, dans mon ignorance crasse, pour une sorte de nostalgie reggae (sans doute le côté pendouillant de la chose), était en fait des appels aux grâces divines pour enfanter !

Retour au bus, retour aux gloussements et aux conversations. «Tu ne sais pas… Nayla… Elle demande le divorce, elle demande la moitié de la fortune de son mari… Pas loin de 500 millions de dollars…» Après un tour rapide des autres monastères («Ah non, je ne grimpe pas, cette fois. De toutes les façons, j'ai déjà prié») et achat compulsif de chapelets, on file sur Damas.

Dans les rues de Hamra (oui, le même nom que le Hamra de Beyrouth), le quartier moderne de la capitale syrienne, où de plus en plus d'expatriés s'installent, c'est l'éclate totale. Elles sont abasourdies, les grands-mères : «Regarde, c'est écrit en français, Hôtel de la tour Eiffel, tu y crois ? » ; « Waouh, tu as vu la circulation comme c'est fluide » ; « Et ce rond-point gigantesque ? Il est entièrement fleuri ! » On sent chez elles comme une attente déçue. Elles auraient aimé que la Syrie, pays ennemi pour beaucoup de Libanais qui ont subi les affres de l'occupation, pays dont il faut au minimum se méfier (le retrait date de 2005, l'échange d'ambassades de 2009), tombe en déliquescence. Mais pour qui vit à Beyrouth, Damas serait presque un havre de quiétude et de paix, tant l'ordre y règne (normal aussi, c'est une belle dictature). Pas de klaxons intempestifs, pas de resquilleurs prenant la file à contresens… Un État, en somme, qui apporte à ses citoyens le minimum vital en matière de services collectifs.

Au point que certaines diront, après leur virée dans le souk al-Hamadiyé, non sans dénigrer la qualité de la marchandise (« Finalement, on trouve tout cela en BEAUCOUP mieux à Beyrouth »), mais rapportant tout de même des monceaux de sacs de shopping (« J'ai pas pu résister, j'ai pris vingt kilos de chocolats chez Ghraoui »), qu'elles s'interrogent désormais : « Qu'est-ce que nous avons, nous ? Oui, c'est cela, nous sommes SOPHISTIQUÉS (terme prononcé en français). Mais ça nous sert à quoi ? Au final, au moins, ici, ce n'est pas le bordel… »

Shopping

ABC

Achrafieh, place Sassine

Ouvert depuis 2003, l'ABC est le Forum des Halles de Beyrouth, en plus moderne et en plus *fashion*. L'espace ABC, son *department store* à proprement parler, propose, entre autres, des marques françaises (Kookaï, Maje…) et américaines (Nine West pour les chaussures). Dans les étages du haut : cinéma et restau, tandis qu'en bas un petit espace est dédié aux boutiques de marques libanaises, le lieu ultime où mater les délires froufroutants.

Sarah's Bag

Achrafieh, rue Zaroub el-Haramieh – www.sarahsbag.com

La boutique, une vieille bâtisse levantine, vaut à elle seule le détour. Impossible de rentrer à Paris sans l'une de leurs créations (de 100 à 1 000 dollars…). La boutique vend également des bijoux et des *abayas fashion*, de longues tuniques à porter sur sa djellaba.

Kitsch

14, rue Gemmayzé, Germanos building

Ouvert même le dimanche (de 10 heures à 9 heures), Kitsch se niche dans une vieille maison beyrouthine, à l'écart de la fureur de la rue Gemmayzé. On y vient autant pour prendre un thé, manger un cake maison, que pour acheter les productions des stylistes libanais, comme celles du bijoutier Nadah Zeineh. Mais aussi ceux de créateurs du monde entier, comme Essa, un styliste indien.

Aïshti

Centre-ville, rue Khalil Moutran – www.aishti.com

Censé être notre rue Saint-Honoré à lui tout seul, cet empire du luxe possède huit mega-concept stores au Liban (dont certains Aï Zone). Aïshti propose toute la panoplie du luxe : 500 marques internationales sous licence, comme Chanel, Gucci, Fenzi, Dolce & Gabbana, Roberto Cavalli, Ermenegildo Zegna. Aïshti prend encore un peu plus d'ampleur avec l'ouverture, d'ici la fin de l'année 2009, des Souks de Beyrouth, le nouveau centre commercial du groupe Solidere (la société privée, dont la famille Hariri est actionnaire, chargée de reconstruire le centre-ville), et de douze magasins «monomarques» comme Dior, Chloé, Burberry, Jimmy Choo, Stella McCartney ou encore Balenciaga. Sans parler de l'inauguration récente de son navire amiral (30 000 mètres carrés) sur le front de mer, à la pointe du centre-ville, dans la zone de l'ancien Khan Antoun Bey.

Boutique 1

Centre-ville, Park Avenue, Bab Idriss

Mille mètres carrés, presque rien selon les standards du marché du luxe à Beyrouth, mais une très belle boutique pour celles qui ont beaucoup d'argent à dépenser et qui considèrent qu'acheter un vêtement est un acte intime autant que précieux. Boutique 1 est un groupe déjà installé à Dubaï (où il possède d'ailleurs une galerie d'art présentant des artistes du monde entier), détenu par des Libanais de la diaspora. On y trouve des marques italiennes comme Missoni, Blumarine ou Temperley (plus les *usual suspects*, Chanel & co).

Cream

Centre-ville, Saïfi village, rue Mkhalissiya

Ouvert depuis 2007 et designé par le même architecte que la boîte de nuit le Sky Bar, Cream présente tous les designers et artistes libanais (les sacs de Roula Ghalayini, les ceintures de Cinthya Bouchakjian, les peintures de Sally Khoury et les vêtements pour enfants de Carma Andraos). C'est le point de rencontre des adorables bobos de Beyrouth.

Sunflower

Centre-ville, Saïfi village, rue Mkhalissiya

Plus « bohème » que Cream. Trois sœurs se sont associées (l'une au design, l'autre à la vente et la troisième à la comptabilité) pour ouvrir cette boutique ethno-chic qui propose une sélection pointue de la création artistique et modesque de la région.

Plum

Centre-ville, Berytus Building, à l'angle de Park Avenue
– www.store.plumconcept.com

Ouvert même le dimanche, Plum est l'équivalent de notre Colette à nous. Un concept-store où l'on vend tout et n'importe quoi, parfois à des prix invraisemblables, mais toujours avec un sens de la niche et de l'incroyable.

Orient 499

Aïn el-Mreïssé – 499, rue Omar Daouk – www.orient499.com

Ouvert en 2006, l'espace mêle artisanat du Levant revisité, vêtements traditionnels et petits bijoux. On y trouve les créations de Karen Chekerdjian et d'Hubert Fattal, deux designers de mobilier en vogue. C'est là qu'il faut fouiner si vous cherchez une *abaya* au tissu sombre et transparent. Mais attention, les prix affichés sont parmi les plus élevés de Beyrouth.

Piaff

Clemenceau, Maktabi Building, Rue Clemenceau,

L'un de mes magasins préférés, où courir au moment des soldes. Yamamoto et Ann Demeulemeester figurent parmi les collections (très noires) de la boutique.

Eldorado

Hamra, rue Hamra

La devanture fait peur. Il n'empêche. L'Eldorado, c'est le Tati du coin. On trouve de tout, du pire comme du meilleur. À visiter une fois au moins tous les quinze jours, les arrivages étant fréquents.

Habibi, you're here, quelle belle surprise !!!
mais qu'est-ce qu'elle fait là celle-là ?...

Papillons

Beyrouth confidentiELLES

On ne parle jamais de soi au Liban. L'intimité est taboue, évoquer les remugles de son âme incertaine, interdit… Se raconter, c'est s'afficher grave. «Ici, tu dois maintenir ton rang. Dire "Je ne me sens pas bien", "J'ai des problèmes avec mon mari", c'est prendre le risque d'être jugée, reléguée», affirme Zeina, une sunnite de 45 ans qui a presque cessé, il y a deux ans, de sortir entre amies, résignée, et déçue par la nature féminine. «Certaines m'ont planté des couteaux dans le dos.» À défaut, on serre les dents ou l'on hurle, la tête dans un coussin, pour ne pas rameuter le voisinage. Zeina, elle, « *thinks positive* », adepte de cette littérature de néo-gourous californiens visant à améliorer l'être humain et à lui permettre de surpasser ses faiblesses… Jamais elle ne crie à la face du monde combien la vie s'est chargée de la faire dérouiller. «À quoi bon? Confie tes secrets à d'autres femmes : tu prends le risque de voir ta vie étalée sur la place publique. Et qu'elles se servent de tes états d'âme et de tes douleurs pour te clouer au pilori.» Professeur à mi-temps d'histoire-géo dans une école publique, Zeina dit n'avoir que deux véritables amies. «Les autres femmes que je côtoie ne sont que des relations superficielles.» Ce sentiment de solitude, Solange, une chrétienne maronite de la même génération, le partage avec Zeina la Sunnite, sans l'avoir jamais croisée. «J'ai sept "vraies" amies. Nous sortons ensemble, nous nous invitons les unes chez les autres. Mais s'il s'agit de leur raconter mes doutes de femme, mes désirs, mes attentes ou mes renoncements, là, je ne compte que sur une seule d'entre elles.» Cette réticence à se confier est plus aiguë dans la bourgeoisie citadine animée d'une certaine «conscience de classe», mais c'est plus généralement une caractéristique des sociétés arabes, pour lesquelles le code de l'honneur des femmes passe par la retenue et une certaine pudeur.

Alors *quid* des soirées où, entre une bouteille de vin et des bougies (pas par romantisme, juste parce que l'électricité est coupée deux à trois heures par jour à Beyrouth), on se parle de son dernier plan cul ou de ses difficultés de couple après quinze ans de bons et loyaux services ? Presque le néant. Contrairement à la France, où l'on ne peut se passer de ces instants d'intimité dédiés à trop analyser, disséquer, ressasser ses doutes ou pouffer à propos de ses dernières performances, le sexe et l'intime ne sont pas encore vraiment un sujet de discussion au Levant. Il y a bien quelques avatars de *Sex & the City* (notamment la chroniqueuse du quotidien *L'Orient-Le Jour*, une certaine «Marguerite K.» qui sévit une fois par semaine, mais dont, à la lecture, on ne peut s'empêcher de penser qu'il s'agit là d'un homme sous pseudo en mal de cuissardes et de minijupe). Mais ils se révèlent, *in fine*, bien trop conventionnels pour exprimer une vraie révolution de boudoir. Bien sûr, la complicité existe. Mais faire confiance demande des années. Loubna, 30 ans, dit ainsi de ses amies que c'est «à la vie, à la mort. On a grandi, expérimenté ensemble. Mes amies sont une partie de moi-même. D'autant que nous ne pouvions pas parler à nos mères. Trop de différences générationnelles : elles n'auraient pas compris. Comment évoquer les relations sexuelles hors mariage ? Comment avouer que l'on était enceinte et que l'on cherchait à avorter ? En discuter avec ma mère, et la camisole de force s'annonçait. C'est à mes amies que je me suis confiée ». Les femmes se tiennent alors sur le fil du rasoir. Elles tentent de vivre leurs questionnements et leurs désirs sous le carcan des non-dits, sous des sourires de façade. Elles tentent parfois de se libérer, mais en préservant les apparences, et en craignant toujours le jugement de la société. Le proverbe français « Pour vivre heureux, vivons cachés » se comprend à Beyrouth sans qu'il y ait besoin d'aucune traduction.

Une *sobhiyeh* sur le pouce

Il existe bien pourtant une société de femmes. Bien plus formalisée, bien plus importante et plus ancienne qu'en France, où les sorties exclusivement fifilles n'ont jamais complètement pris. À Paris ou à Marseille, les confidences, c'est pour l'heure du thé, si possible à la maison. Bien sûr, on se fait des dînettes entre nanas où la plupart du temps on bavasse gentiment des hommes. Mais, au final, on rameute les mecs. Une histoire d'exception culturelle, peut-être. Le mythe de la mixité est passé par là. Histoire aussi de ne pas se priver de cette gent masculine adulée (et vilipendée), quitte à se taper tous les matchs de foot et à boire de la Kro à la canette.

À Beyrouth, au contraire, se retrouver entre femmes est naturel.

Les Beyrouthins ont presque tous une soirée de la semaine réservée à leur partie de cartes (quand ce n'est pas deux soirées par semaine). Le jeu a toujours été une passion au Levant et depuis la guerre civile (et les très longues heures passées dans les abris), les cartes occupent une grande partie du temps à Beyrouth. En général, les hommes préfèrent une bonne partie de poker, à l'ancienne, avec gros cigares et whisky bien tassé, tandis que les femmes se retrouvent pour des après-midi marathons où s'amuser autour d'un bridge.

Chez Rose, à deux pas du magnifique hôtel Alexandre, dans la montée vers l'Hôtel-Dieu, à Achrafieh, deux tables ont été préparées, l'une de poker pour les hommes (qui compte tout de même une femme), l'autre de relance pour leurs épouses, ce jeu vieillot qui réclame pour gagner de réaliser des séries complémentaires. Pas de gros enjeux financiers dans ces parties «familiales» entre amies ou voisines, bien que, avec la folie du Texas Hold'em, l'on connaisse aussi des tournois de poker plus ou moins illégaux (et très masculin) où le «pot» peut monter très haut.

Rose et ses amis se connaissent depuis trente ans et se retrouvent depuis une quinzaine d'années un soir par semaine pour jouer chez les uns et les autres. Le rituel est immuable : en attendant que tout le monde soit là, on grignote des petits-fours, des sandwiches faits maison, en buvant un café noir ou un café blanc (l'*ahwé baïda*, une tasse d'eau brûlante parfumée à la fleur d'oranger, un délice typiquement libanais), installés dans les sofas moelleux ou les fesses posées sur les accoudoirs d'un fauteuil Art déco. Quand la séance commence, chacun prend place à sa table, l'une et l'autre assez lointaines pour ne pas se gêner. D'ailleurs, le jeu prévu côté femmes est bien plus ludique que la table de poker, où ces messieurs sont concentrés et taiseux. À la table des dames, on bavarde – potins, enfants, réseaux d'amies… –, on s'esclaffe et l'on agrippe les cartes sans y prêter (au moins en apparence) une grande importance. Michèle ne se définit pas comme une accro des cartes, mais elle accompagne son mari, qui ne pourrait pas vivre sans jouer au poker. « Si je viens, c'est plus pour les amies que pour le jeu.» Comme pour ses amies, cette soirée est un prétexte pour se retrouver.

Autre moment essentiel de la vie des femmes de Beyrouth : les *sobhiyehs*, sortes de brunch sans fin, où l'on invite relations et voisines.

Là encore, difficile de brosser un tableau rapide de ces rencontres. Invitation de prestige pour certaines, qui permet d'entretenir sa réputation d'incomparable maîtresse de maison ; réunion Tupperware pour d'autres, où s'entraider dans la domesticité quotidienne ; voire simple déj sur le pouce entre copines pour les moins protocolaires. Layali a presque 80 ans. Elle se souvient de ces rencontres hebdomadaires avec une nostalgie pour ce qui n'est plus, la «bonne société», comme elle la nomme, respectueuse des normes et des traditions : «On invitait les femmes de la famille, le voisinage. Une quinzaine d'entre nous se réunissait à la maison une fois par semaine. Les mezzés étaient prêts, la limonade également. Le café blanc ensuite. On discutait, nous passions notre temps au trictrac, et si l'une d'entre elles savait jouer d'un instrument de musique ou chanter, elle offrait un minirécital à ses amies.» La tradition s'est modernisée depuis. La plupart des *majales en-nisa*, des «rencontres de femmes», se déroulent dans des restaurants, si possible huppés, de la capitale. Celles du Talleyrand, restaurant situé au premier étage d'un immeuble du quartier «chic délabré» (un genre typique à Beyrouth, où l'on tarde à protéger le patrimoine urbain du passé pour mieux faire pousser des gratte-ciel beaucoup plus rentables) de Kantari, entre Hamra et le centre-ville, valent le détour. Une basse-cour glousssante s'y presse en bandes. Grands oiseaux à aigrette, serres affûtées, plumes gonflées, criaillant sous le feu miroitant de leurs plastrons de diamants et de leurs taffetas dorés. On s'y embrasse dès l'ascenseur, s'y apostrophe d'un «*Hiiiii*, bonjour, *kifek*, *darliiiing*» avec, dans la voix, de pseudo-grondements de tendresse, des miaulements diplomatiques qui se terminent en hoquets de joie lorsqu'on voit se pointer une autre pintade, les pommettes mal rejointoyées au silicone. De quoi y parle-t-on? Des problèmes de santé des uns et des autres, du dernier régime en vogue ou de la nouvelle maîtresse d'un homme d'affaires libanais réputé. Jamais de soi. Mais l'on peut aussi s'organiser entre copines des *sobhiyehs* sans le grand (Gol) gotha. Souvent, on se retrouve au restaurant Al-Manara (ouest de Beyrouth) ou chez Paul (est de Beyrouth). De quoi y parle-t-on? De grossesse et de bébés. D'instinct maternel («Depuis quand ce truc est supposé être naturel?»). Souvent, très souvent, on y parle aussi des hommes. En restant parfois à la surface des choses, parfois beaucoup moins.

Conversations à cœur ouvert

Au fur et à mesure de la vie à Beyrouth, on finit par tisser un réseau amical, qui se moque bien des convenances sociales, de ce que l'on peut dire ou ne pas dire aux autres. Ce sont souvent des individus qui ne se sentent pas liés aux jeux de pouvoir souterrains de la société beyrouthine. Pas de représentation, pas de rang à tenir. Juste une envie de vivre. «Lâcher prise», comme dit Rana, 47 ans, qui a passé plus d'un an dans les prisons israéliennes du Liban sud pour un motif jamais clairement élucidé – Rana refuse d'en parler, du motif comme des conditions d'emprisonnement –, sans doute un moyen pour les Israéliens de faire pression sur sa famille.

C'est ce même «lâcher-prise» qui donne parfois à la «jeunesse dorée» de Beyrouth cet air d'insouciance folle, d'égoïsme forcené. En 2006, pendant la guerre de juillet, on s'éclatait la tronche à la tequila le soir, en matant les lumières des fusées éclairantes et des missiles israéliens foudroyant la banlieue sud. Comme dit Richard Bohringer, toujours pas revenu de sa découverte : «C'est beau, une ville la nuit.» Surtout quand vous êtes bourré, surtout quand vous regardez votre pays s'envoler dans le souffle des déflagrations. (Même si les Israéliens prenaient soin de ne pas trop exploser les zones chrétiennes, pour s'en tenir à leur ligne de marketing politique destinée aux Occidentaux : «On n'a rien contre le Liban, même on les aime bien, on veut juste mettre la pâtée aux méchants chiites.»)

Vu de Paris, c'est assez difficile à piger. Mais quelques jours sous les projectiles d'une armée à armements ultra-sophistiqués, et vous finirez par avoir une irrépressible envie de vivre à l'extrême, en sortant, buvant, riant, baisant jusqu'à ce qu'il ne reste plus rien, ni de vous-même, ni de vos rêves. Ou jusqu'à ce que vos rêves ne soient plus que cela : cette griserie sans limites.

À Beyrouth, nous nous retrouvons souvent entre amis pour parler de nos désirs (forcément) ardents et de nos insatisfactions (nécessairement) en latence. Le drôle, c'est que, au gré des ajouts, nous avons fini par former une petite bande dans laquelle femmes et hommes s'agglutinent dans un savoureux déballage de ces dilemmes électromagnétiques qui font les délices des séances de psy parisiennes. Mais en mieux, car sans psy pour faire « hum, hum » dans son dos. À Paris, cette attitude me gênait : l'impression que les gens se torturaient à en faire des insomnies terribles. Ou, pour être exacte, que le ronron sentimentalo-perturbé (« Est-ce qu'il m'aime ? Un peu, beaucoup… ») manquait d'élans canailles. À écouter les histoires d'amour de mes copines françaises, j'avais parfois l'impression qu'elles s'étaient détachées de tout. Ça manquait de tragédies, voilà ! Trop neutre, trop filmé au ras des poubelles d'immeuble. Alors ici, comment dire, c'est sérieux, même quand ça ne l'est pas. Prenez Mariam, qui lâche son dernier rêve torride (Mariam passe son temps à rêver plus qu'à rencontrer des hommes) : « Pfout, deux nuits que je cauchemarde avec des énormes boas qui veulent m'étouffer. Et mon père qui refuse de sortir de la maison alors que les boas avancent vers nous. » On pouffe : docteur Freud à l'horizon et Ayman qui, bardée de son diplôme de médecin généraliste, lui assène un : « Ma chérie, va falloir quitter papa et chercher un homme si tu veux cesser d'avoir peur du gros serpent. » Ou cet autre (il n'est pas vraiment de notre bande, plutôt une pièce rapportée), qui s'est dégommé le frein (non, pas un accident de voiture, oui, le frein de son prépuce) pour mieux se mettre au service de sa dulcinée, rapport au fait que ça désensibiliserait le gland et permettrait donc des exploits torrides, genre les femmes adorent quand ça dure trois plombes. Le hic, c'est que justement, ça dure si longtemps que sa dulcinée en a marre. Du lourd, je vous dis, du lourd.

Dans cette bande, la différence confessionnelle ne joue pas, bien que l'extrême majorité, il faut bien l'admettre, ait laissé dans le secret de très profondes oubliettes son brevet en sanctification. Nulle amourette n'est venue non plus couronner l'étrange agglomérat. Certains sont mariés, avec enfants (mais inconsciemment, on évite une connaissance trop intime des conjoints); d'autres sont marié(e)s avec maîtresse(s) (les options pouvant aller jusqu'à «mariée avec maîtresse») quasi autorisée(s) ou amant(s) très officieux (et inversement). D'autres, encore, célibataires avec la volonté forcenée de se fixer ou butinant le pollen à portée. Le milieu social n'est pas non plus de la première importance : médecins ou enseignants; journalistes ou employés; directeurs de quelques grosses entreprises ou autodidactes à élans artistiques non totalement assimilés… Aucun profil professionnel ne semble non plus nous réunir.

Qu'est-ce qui nous rassemble, alors ? Plus que tout : le véhicule de la langue. Nous avons en commun le français, même si beaucoup pourraient aussi se mettre à gloser en arabe, en russe, en allemand ou en espagnol. L'hypothèse d'une francophonie grivoise reste l'explication la plus plausible à la formation de cette camaraderie égrillarde.

Rendez-vous au café Shô de Monnot, cette rue célèbre pour ses night-clubs délirants dans les années 2000 et aujourd'hui désertée par une jeunesse qui lui préfère les pubs de Gemmayzé. Nous sommes tous des inconditionnels de cette table délectable. Ce soir, c'est Nayla qui régale, une frime à défroisser le saint suaire, avec «un truc de dingue que personne ne va croire» à relater. Nayla, 35 ans, c'est la nympho du groupe. N'allez pas croire qu'elle accumule les matous comme le RER les passagers un jour de grève. Nayla est une esthète. Elle s'éprend. Elle aime les hommes, leurs failles comme leurs forces. Un homme, dit-elle, doit d'abord l'amuser. Quant au reste, la bête à deux dos et le missionnaire pressé d'en découdre, cela reste du superfétatoire. Parfois, quand elle cible trop son nouveau dieu vivant du week-end, elle dit que ce sont ses phéromones qui la dépassent… *Chou* Nayla ? On s'attend au pire. Un énième magnifique intellectuel alcoolique brisé, comme Beyrouth en a le secret ? Un de ces hommes « ayant fait la guerre » et qui n'en sont jamais tout à fait revenus ? Non, sa découverte est plus basique : une brosse à dents électrique. « Je lisais le dernier roman de Percy Kemp… Oui, l'auteur libanais… Ben, il commence par une scène d'onanisme avec une brosse à dents électrique… Je n'ai pas tout compris… Mais depuis je regarde la mienne tous les matins en me demandant si je vais vraiment me brosser les dents avec. »

Dehors, dans le bruissement du monde extérieur, la guerre que mènent les Israéliens contre Gaza et le Hamas nous revient en échos lointains. Antoine, qui est allé manifester devant l'ambassade d'Égypte contre le refus du Caire d'ouvrir les frontières avec Gaza pour laisser passer les civils, s'emmêle dans sa colère : « Qui faut-il détester ? Les Arabes pour ne pas réagir ? La Ligue arabe aux très vagues gesticulations ? Les Israéliens ? Les Américains ? Qui, dites-moi ? » Moi, j'ajouterais bien les brosses à dents sur sa liste des petites haines ordinaires, mais il est tellement stressé qu'il ne comprendrait pas mon humour. « De toutes les façons, ajoute Nayla, qui a complètement zappé son sex-toy à portée de canines, on s'attendait à une explosion avant l'investiture de Barack Obama. Quel meilleur timing pour les Israéliens ? » À Beyrouth en effet, on murmure les plus improbables rumeurs : les journaux proches de l'Arabie saoudite, qu'ils soient installés au Liban ou ailleurs, répètent que l'Iran aurait ordonné au Hamas de rompre la trêve pour obliger les Israéliens à se concentrer sur une autre proie qu'eux-mêmes. On savoure l'hypothèse avec délectation. Les autres supputent *a contrario* : Israël n'aurait attaqué Gaza que dans l'espoir d'une réaction du Hezbollah et surtout de l'Iran. Entre les deux, comme dit la chanson, mon cœur balance. Entre ignorance et lassitude face à cette énième resucée du «grand complot» si merveilleusement en vogue au Moyen-Orient. Nous commandons une autre bouteille de vin. «Et Samer, il est rentré de son voyage au Caire?» Ahhh! Samer, c'est notre héros. Son trip, c'est l'amour en version originale. Quarante ans, marié, des bambins qui lui courent sur le haricot pour cause de crise d'adolescence suraiguë (pire qu'Israël et l'Iran réunis, dit-il), et jamais encore il n'a réussi à se rejouer la grande scène d'Adam et d'Ève dans sa langue maternelle. C'est devenu un gimmick, un besoin, une obsession. Avant de mourir, il veut dire des trucs cochons. On l'appelle. Il n'est pas loin, à Gemmayzé, coincé dans les embouteillages qui, chaque soir, rendent cette rue, pourtant si conviviale, quasi insupportable. Il songeait à aller boire un verre au Torino. Mais là, il renonce. Il passe rue Monnot. «C'est dingue, j'ai baisé dans toutes les langues de la planète, mais je n'ai jamais réussi à aboutir en arabe. Avec ma femme, on parle arabe à la maison. Mais dans l'intimité des corps, on recourt au français.» Je sais ce que vous vous dites : il a une femme, donc il ne devrait pas courir le guilledou, tel Toulouse-Lautrec aux trousses de ses beautés rousses. Sauf que ces deux-là ont conclu un accord : on vit ensemble (après tout, on s'entend bien) mais chacun (parfois) prend son pied ailleurs.

Là, on biche, forcément. Samer en voyage d'affaires en Égypte… Quelques jours de repos à se prélasser… Le vieux Caire islamiste, Alexandrie et son dédale de ruelles des années 30, Port-Saïd et sa statue de Lesseps déboulonnée… «Alors, t'as niqué?» Samer concède l'acte mais, hélas, en silence. «Elle n'a strictement rien dit, pas un mot, tu y crois à ça? Elle ne parlait QUE l'arabe. Pas d'autres moyens de s'en sortir. J'avais juste pas pensé tomber sur une muette. » Dans la nuit, l'on songe qu'il est possible de ne pas être seule comme un gros *sarsour* (« cafard ») sur un balcon de Beyrouth, que l'on peut s'amuser – rire à en mourir – même quand l'heure est grave.

« *Hiiiiii,* chériiiie, mais tu es là aussi ! ? »

Au moins un déjeuner par jour (ou bien un brunch, un *opening*, une soirée, une cérémonie de condoléances…) où il faut se montrer. La pintade huppée est surbookée. Autrement, elle finirait par s'ennuyer, à se mirer dans sa perfection et à surveiller le labeur de son personnel de maison.

Aujourd'hui, au Maillon, restaurant d'Achrafieh à la fadeur chic, notre Fornarina de circonstance est la femme du chirurgien esthétique le plus en vue de Beyrouth ! Cent cinquante pintades au bas mot (et pas un seul homme à l'horizon) s'y pressent déjà en rangs serrés autour d'agapes somptueuses. Très vite, l'on se sent happé par le mouvement, comme piégé à son tour par l'ondulation d'un banc de poissons. Les corps en mouvement, qui tournoient les uns autour des autres, s'attirent et se repoussent simultanément, condamnés cependant à un même mouvement. « *Hiiiii*, chérie, mais tu es là aussi ? Je ne t'avais pas vue. » (Traduire : « Jamais je n'aurais pensé que notre hôte t'invite toi aussi. ») « Tu as vu Machine ? Moi, je lui ai fait *"hi"*, mais que veux-tu que j'ajoute ? Je n'ai rien à lui dire. » Toutes, sans exception, sont d'anciennes clientes, d'actuelles patientes ou de futures bénéficiaires des prescriptions esthétiques du mari de la très belle brune qui reçoit. L'avantage, quand on s'accoutume aux cérémonials de cette basse-cour, c'est que l'on apprend assez vite à dater les styles esthétiques des dingues à diplôme de médecin qui vous transforment n'importe quelle femme en turbot bouffi au dioxyde de carbone. Celle-là ? Les lèvres gonflées à la manière d'un bec de mérou trahissent, par exemple, une assez vieille opération. Depuis, on est passé à plus de retenue dans l'instillation de la graisse. Ces autres, au regard d'amandes brisées ? Un 2005, bien tassé, quand Haïfa Wehbé commençait à imposer sa beauté comme standard du mauvais goût. Quant à la dernière génération de pommettes rehaussées en cul-de-poule ? Un petit 2007-2008, à tout casser, pour lequel on ne sait toujours pas, d'ailleurs, d'où vient l'engouement. À voir ces femmes ainsi regroupées, on a l'impression de voir un hurlement silencieux à la façon du peintre norvégien Edvard Munch, les faciès figés dans un sourire de pantomime sur leur vide existentiel. « Elles n'ont pas le choix. Dans une certaine société, la mode est un commandement. Et lutter contre la vieillesse, quitte à ressembler à un Pygmée momifié, une obligation », me dit Chloé, la dent dure, plus détachée de ces contingences, sans doute parce que plus jeune que ses consœurs.

Viviane Eddé est mon entremetteuse dans ce monde des grandes mondanités. Journaliste pour le magazine éponyme, elle circule sur ce terrain de guerre depuis ses débuts dans le métier. On ne dira pas depuis quand elle officie. Ce serait lui faire offense. Un brin duchesse, un rien petite fille, elle est l'incontournable Beigbeder féminine des nuits libanaises, l'écharpe d'intello en moins. « Avant elle, le métier de journaliste au féminin n'existait pas », dit l'une de ses anciennes collègues, admirative. À côtoyer Viviane Eddé, on se rend très vite compte qu'elle est peut-être d'apparence aussi ingénue que les volailles dont elle croque, dans les pages de *Mondanité*, les charnels appétits, mais qu'elle sait aussi exactement comment louvoyer dans ce monde d'hommes, qui ne laisse, au final, aux femmes qu'un rôle de superbes cocottes. «La femme n'est pas l'égale de l'homme ici. Devant un tribunal musulman, il faut deux témoignages concordants de femmes pour qu'ils soient recevables, là où celui d'un seul homme suffit», dit-elle en passant, comme si cela n'avait que bien peu d'importance. Et l'on en vient forcément, à un moment ou à un autre, à penser que ce poulailler huppé pourrait bien se peindre à son image : de sublimes comédiennes, à l'intelligence vive mais contrainte, qui ont intégré les exigences d'une mise en scène pour un cachet qu'elles savent à la mesure de l'effort.

On trempe ses lèvres dans les cocktails, s'extasie sur le dessert chocolaté sans y toucher sous peine d'infamante cellulite. On croise des regards qui vous confortent dans l'image que vous avez de vous-même. Ici, on est entre soi, dans une ressemblance rassurante. Et l'on s'échange des propos apparemment insignifiants, un sourire pro en coin, le rictus éprouvé, qui glisse comme l'eau sur les plumes d'une poule d'eau. «Tu as vu la décoration des tables, elle est réussie, non ?» «Réussie, oui, mais c'est la même que celle qu'elle avait utilisée lors de son dernier repas.»

Toutes sont «femmes de»... Au cas où le doute subsisterait, elles me sont présentées comme les porte-enseignes des activités de leurs maris. À madame Scalpel donc, poudrée de frais mais à l'exquise tenue, succèdent madame Tapis – la femme du plus renommé des importateurs de tapis persans – et madame Luxe – la femme de celui qui a récupéré la franchise d'une très grande marque du luxe français pour le Liban. De belles mondaines, épouses de banquiers, de commerçants ou d'industriels richissimes, contraintes de s'habiller très haute couture mais au bord de l'évanouissement tant elles sont serrées dans leur legging Chanel, ceinturées façon *punk revival* dans leur fourreau Dior. On y croise également quelques jeunes novices, la fraîcheur de débutantes dans le métier, dont les corps trentenaires, point encore retouchés, se drapent de lavis brumeux, de gaze rebrodée, moins tape-à-l'œil. Toutes portent en enclume, sur leurs mains, des scintillements de diamants ou d'émeraudes dignes d'un conte des Mille et une nuits. Car voilà le but de ces festins révélé : nos ambassadrices et autres viragos de la réussite sociale de leurs maris défilent, avec plus de sérieux et d'engouement que des mannequins lors des collections de la haute couture parisienne. On pavane et on adore cela ! Tandis que crépitent les bougies à effet feu d'artifice – l'hôtesse n'ayant, bien sûr, pas omis de fêter l'anniversaire de certaines de ses invitées, mais sans rien dévoiler de leur âge –, on se regroupe à nouveau, la pose figée, le sourire qui se tend, pour une série de photos qui feront le tour des magazines libanais. On y était de ce gratin-là, belle toujours. Heureuse ? Cela va de soi.

Humanités levantines

Quand on interroge les femmes sur ce qui motive leur engagement caritatif et bénévole, « faire le bien », « donner ce que Dieu m'a apporté », « aider mon prochain » sont les expressions qui reviennent. Qu'elles soient chrétiennes ou musulmanes, représentantes de la moyenne ou de la grande bourgeoisie, femmes au foyer – le plus souvent, leur mari ayant réussi – ou actives, elles veulent « rendre ce que la vie leur a donné ». Cela n'a rien d'une publicité de façade. Elles le vivent et le mettent en pratique.

Mais dans le cas de Maya Najjar, présidente de l'association Ayadina (« Nos mains jointes »), il y a quelque chose en plus. Une folie, une abnégation, qui la pousse à s'investir toujours plus. Elle dit – et cela explique beaucoup d'elle-même comme de la société libanaise : « Le moi n'existe pas. »

Fin 1997, la famille de Maya Najjar rentre de l'émirat de Bahreïn, où son mari était responsable du département « Business » d'une grande université. Presque aussitôt, Maya Najjar se met à écumer les rues à la recherche des plus nécessiteux qui croupissent souvent derrière la porte de leur appartement, dans une solitude effarante. « Les sœurs franciscaines m'ont introduite auprès de familles, de veuves ou de veufs. Ces gens-là sont méfiants. Ils ne mendient pas. J'apportais ce que je pouvais. De la nourriture, des médicaments, une présence humaine. »

C'est dans le quartier de Nabaa, l'un des plus pauvres de Beyrouth est, à la périphérie de la ville, qu'elle finit par élire domicile. Historiquement chiite, ce quartier a connu la « sale histoire » de la guerre civile. Une large partie de ses habitants musulmans a dû fuir l'est (à majorité chrétienne) au moment de ce que les Libanais appellent pudiquement « les événements ». Des chrétiens de la montagne, chassés eux-mêmes de leur village par la guerre, les remplacent très vite. Au tournant des années 2000, date de la « normalisation » entre communautés, certaines de ces familles récupèrent leurs biens et rentrent dans leurs villages. Elles seront aussitôt remplacées par des réfugiés de tous bords – Palestiniens, Irakiens, Kurdes – ou des travailleurs de ce *Lumpenproletariat* mondialisé – Soudanais, Égyptiens, Syriens, Éthiopiens…

Dans les locaux d'Ayadina, c'est jour de fête. On vient d'offrir le goûter de Noël aux enfants. Maï, les cheveux très courts, des allures de garçon manqué, porte encore le bonnet rouge et tripote machinalement la barbe blanche qu'elle tient dans ses mains. Les femmes de Nabaa viennent à Ayadina apprendre l'anglais, tandis que leurs enfants s'échinent à chanter dans la chorale de l'association et à jouer du piano. Tirées à quatre épingles, serrées dans de jolis tailleurs, elles profitent de ce moment de liberté volé à leur emploi du temps (Katia est professeur d'éducation civique dans une école publique pour 500 dollars par mois), de cet instant qui les soustrait à leur rôle de femme et de mère (Houda ne travaille pas mais aide son mari à gérer son taxi). « Ici, c'est la pauvreté. Souvent, le mari ne travaille pas, mais la femme et les enfants travaillent. Des petits boulots à la maison : couture, perles, coiffure... Parfois, elles font le ménage dans les écoles. Mais jamais une Libanaise n'acceptera de servir. Pour nous, c'est la honte. Avant, une femme qui faisait le ménage n'avait presque aucune chance de trouver un mari. » Les mots de Katia sont durs. Elle les prononce pourtant comme si elle ne se rendait pas compte de leur violence désabusée. « Un chien vit mieux à Achrafieh que nous autres à Nabaa. Achrafieh, je le regarde comme un autre monde, de luxe, de calme et de confort. » Quand on demande aux femmes de Nabaa si les différences confessionnelles influencent leur quotidien, elles répondent, presque sans hésiter : « Être une femme, c'est une vie de sacrifices. On se sacrifie pour son mari, ses enfants, sa famille. Notre priorité, ce sont toujours nos enfants. Ensuite, cela dépend plus du degré de compréhension de l'homme que de différences communautaires. »

Dans les locaux d'Ayadina, les activités sont gratuites, et le thé toujours offert. Maya Najjar revient sur les débuts de cette association. « Nous n'avions pas de locaux, simplement une affiche sous le porche d'un immeuble pour nous signaler. Je donnais le bain aux femmes impotentes, je nettoyais leur maison, j'organisais des Noëls pour les personnes âgées, des goûters pour les enfants. » Pour récolter de l'argent, elle ouvre son carnet d'adresses, lance des invitations dans sa très belle maison avec vue sur la mer et la Corniche de l'ouest de Beyrouth. « Je disais à ces femmes, ces amies : "Venez chez moi, je vous demande dix dollars pour prendre un thé face à la mer avec vos amies et vous faites une bonne action." Assez rapidement, il a fallu réserver sa place à l'avance, tant ces femmes de la bonne société aimaient ce mélange : une maison ouverte à leur après-midi de conciliabules en même temps que la possibilité de faire une bonne action. C'est aussi grâce à ces après-midi de bavardages indolents qu'une douzaine d'entre elles ont commencé à s'impliquer plus concrètement. Une fois les locaux trouvés, Maya Najjar et ses copines ont continué d'aider les vieilles générations. « La diaspora a laissé sur le carreau des personnes âgées, sans plus de famille directe au Liban. Certains n'ont pas les moyens de se nourrir de manière correcte, d'autres pas l'argent pour se soigner. Malgré une misère parfois criante, ce qu'ils cherchent d'abord, c'est la fraternité. » Un club pour personnes âgées s'organise avec des jeux, des ateliers pour leur permettre de se rencontrer. Maya Najjar leur dit : « *Sabaya* (« jeunes »), oublions notre misère et tentons de nous donner l'illusion d'être heureux. » Comme si dans ce « nous » s'exprimait aussi sa propre tristesse face à une vie, même dorée, qui n'a peut-être pas tenu toutes ses promesses. Puis, sur son impulsion, les femmes d'Ayadina mettent en place un atelier d'improvisation théâtrale. Il faut voir ces hommes et ces femmes âgés imaginer des scènes dignes des films égyptiens pour le croire. Tremblotant parfois, marchant mal souvent, les voilà qui s'improvisent comédiens pour des saynètes tirées de leur quotidien. Un thème ainsi pris au hasard : «Un homme trahit sa femme en lui volant les bijoux qu'elle cachait. C'étaient ses seuls biens. Lui se saoule à l'arak et offre des cadeaux à sa maîtresse, la femme du boulanger.» Du Pagnol! Les acteurs s'inspirent de leur propre expérience. L'actrice qui cherche ses bracelets en or, dissimulés dans la cotonnade du matelas. Les voisines qui rentrent dans la maison, affolées par ses lamentations. Le mari qui revient ivre, prêt à frapper. Faut-il lui pardonner? Une partie de la «salle» hurle : «Non, il faut lui tordre le cou! On ne peut pas faire confiance aux hommes.» D'autres, au contraire, appellent au pardon. «Dieu est miséricorde», disent-ils à l'unisson.

Mais Maya Najjar, l'œil toujours ourlé de khôl d'un bleu turquoise, la mèche bohème (elle vient de se couper les cheveux elle-même, «pas le temps, dit-elle, d'aller chez le coiffeur»), ne s'arrête jamais à un seul projet. Ayadina offre aussi des cours de musique et de danse aux enfants du quartier. Ils étaient six au démarrage, ils sont cent cinquante désormais. Et la liste d'attente est longue. «La culture n'est pas un luxe, c'est la vie. Ces enfants n'ont pourtant aucune chance d'accéder au beau. Quand je regardais mes filles, qui ont eu la chance de côtoyer l'élite et d'aller dans les meilleures écoles, je voulais pouvoir offrir à d'autres, moins chanceux, cette même ouverture sur le monde.» Ayadina ouvre maintenant une bibliothèque en partenariat avec la municipalité de Sin el-Fil et lance la réhabilitation d'un terrain – un dépôt d'ordures – qui devrait devenir bientôt le premier jardin public de Nabaa. Maya Najjar et ses copines veulent aussi nouer un partenariat avec les écoles publiques du quartier pour que soient intégrés dans l'emploi du temps des élèves les cours pris à l'association. «C'est le rôle, le devoir de l'État de fournir à ses citoyens une égalité d'accès au savoir. Mais au Liban, l'État est inexistant et les inégalités criantes. Alors, les initiatives privées tentent de compenser.» Tellement d'idées qui foisonnent dans la tête folle de Maya et de ses amies. Tellement de besoins aussi. «C'est inimaginable ce que les Libanaises sont capables d'offrir et de donner. S'il y a un espoir de changer notre société, c'est sur elles qu'il repose.»

V.O. non sous-titrée

« *Can you imagine ? Was part of a big show bass* quelque chose… No, vraiment… *Ktir sensual* », me sort Jo qui, comme à l'accoutumée, mixe dans son savant verbiage l'anglais, le français et l'arabe pour me parler de je ne sais quel fabuleux ballet de danse dont il mime, en sus, les ondulations érotiques. Bien sûr, Jo, qui gère l'événementiel et la communication du Bardo, le bar gay du quartier de Joumblatt, maîtrise parfaitement ces trois langues. Mais il a cette tendance à passer le tout au shaker pour sortir un babillage unique en son genre, marqué du sceau de l'international *worldwide*. Le Liban a cela de fabuleux qu'on y gazouille dans toutes les langues, qu'on y picore au gré de multiples influences, pour se créer sa propre tour de Babel, où les mondes s'interpénètrent, se nourrissent les uns des autres.

Ces « *Hiiiii, kiiiiiffeek, darling ?*» («Salut, comment ça va,
ma chérie ?») ou ces «*Chou ! Ma cheftek*, ma beauté !»
(«Quoi ! Je ne t'avais pas vue, ma beauté !»)
de nos pintades aux sociabilités délirantes peuvent
s'entendre à presque tous les bons coins de rue
(là où se trouvent les bons restaurants en fait). Un tour
de shopping en compagnie de l'une de vos amies et vous
aurez des chances d'entendre un «Oh, cet ensemble est
réellement merveilleux. *Ktir Hellou* (très beau). *You look
great ! Anjad* («Vraiment»)».
En général, ça en impose. Surtout chez les Français
qui baragouinent l'anglais comme un troupeau de vaches
monégasques et qui ont laissé leurs douze ans d'allemand
intensif dans les limbes de leur scolarité, sans en rien retenir.
Zeina, par exemple, n'a pas une langue maternelle.
Elle en a trois. Je sais, c'est très énervant. Impossible
pour elle de savoir laquelle vient en priorité, laquelle
s'impose dans ses rêves. Cela dépend, cela varie. «*Anjad*,
je te jure : ma scolarité en français, ma famille en anglais,
mon entourage en arabe.» On passe donc avec elle
d'une langue à l'autre sans s'en apercevoir.
Il suffit qu'elle évoque un livre lu en anglais, un vieux film
égyptien récemment découvert… Zou, Zeina switche
d'une langue vers l'autre. Mais Zeina maîtrise vraiment
ces trois langues. Elle parle aussi couramment l'italien
et le russe, mais concède, presque gênée, un manque
de fluidité dans la conversation pour ces deux dernières :
elle les apprend encore, la gueuse !
La face cachée de cette Babylone linguistique,
c'est le manque de maîtrise. À force de jongler entre
les langues, aucune ne s'impose comme la référence.
On babille en français ou en anglais, mais l'écrire
correctement ? C'est une autre paire de manches.
Quant à «la langue des Arabes» pour reprendre

une expression classique qui exprime toute la richesse
de cet idiome… Quelle langue, d'abord ? En Orient,
la querelle des Anciens et des Modernes, de Boileau
contre Corneille, n'est toujours pas terminée. Pour la faire
courte, l'un des thèmes de prédilection de la presse reste
le combat au vitriol entre adeptes de la pureté linguistique
(retour à la langue du Coran) et partisans du relookage
(admettre que les «dialectes» parlés sont des langues
spécifiques). Garanti étripage sanglant. Allez-y, essayez
de vous y retrouver, et vous ferez comme une majorité
de Libanais : vous passerez illico au français ou à l'anglais,
même entre Libanais.
On a encore aujourd'hui coutume d'associer le français
aux sphères chrétiennes, tandis que l'anglais aurait été
adopté par réaction quasi épidermique par
les musulmans. Au début de la guerre civile, parmi
les préjugés qui ont fait monter la haine entre
communautés religieuses, figurait en bonne place
celui-ci : «Le français, c'est la langue de la richesse,
de l'élite, des chrétiens.» C'est du moins en ces termes
qu'un ancien combattant des Mourabitoums (musulmans,
pro-nassériens et alliés à la Syrie) tentait d'expliquer
à des jeunes venus débattre les raisons
de son engagement dans la guerre. Et tenter
de les persuader d'un «plus jamais ça». Il était
accompagné par un ancien adversaire, un chrétien,
engagé, lui, dans les rangs des Forces libanaises,
qui lui rappelait ce qu'était alors sa vision de l'autre camp,
les musulmans : «Des animaux, sales et crasseux.»
Cette dichotomie n'est plus d'actualité, au moins
au niveau du choix des langues. Nombre de familles
musulmanes envoient leurs enfants au Lycée français,
qui propose rapidement l'apprentissage de l'arabe
en seconde langue, ou dans des écoles chrétiennes

réputées pour la qualité de leur enseignement.
Chez les chrétiens, on continue de favoriser
le français comme première langue, mais on l'associe
systématiquement désormais à l'apprentissage
de l'anglais. D'ailleurs, si le français recule, il doit très
probablement sa survie à ce bi- ou trilinguisme.
On commence ses études en français, on parle arabe
en famille, mais on bascule pendant les études
secondaires vers l'anglais, les cursus universitaires
anglophones fournissant plus de débouchés
professionnels. Désolée, messieurs les diplomates,
mais la francophonie devra se penser plurielle si elle
veut encore signifier quelque chose dans quelques
dizaines d'années.

Le français du Liban recèle pourtant quelques petites
merveilles. Elles sont souvent liées à une traduction
littérale d'une expression arabe. Le « *Chou* ? Qu'est-ce
tu fais ? Tu descends avec nous ce soir ? », relève ainsi
d'un usuel de la grammaire libano-française. Mais
la moquerie est facile : on connaît suffisamment
de Français qui « descendent » à Paris ou qui « montent »
vers la capitale pour se montrer très indulgent. Parmi
le régal matinal, le « Bonjour ! » libanais (tout va bien,
c'est encore en français), apostrophe à laquelle certains
rétorquent un tonitruant : « *Bonjourein* », soit « deux
bonjours ». À écouter cependant, à ne surtout pas éructer
de bon matin. Car cela cible sa louloute populotte,
mieux encore qu'une paire de talons à strass paillette
et gros cailloux rouges.

On trouve aussi des expressions dont rien ne permet
de deviner l'origine. Si vous passez prendre des canettes
de Coca à l'épicerie du coin pour vos collègues de travail,
attendez-vous à ce que l'une d'entre elles vous demande,
à votre retour au bureau : « Tu m'as pris un chalumeau ? »

La première fois, forcément, ça étonne. Voudrait-elle
défoncer sa canette tel un sidérurgiste en grève ? En fait,
cette expression désigne la paille avec laquelle, élégamment
s'il vous plaît, siroter sa boisson. Autre bijou (c'est le cas
de le dire !), le mot «colifichets», comme dans «Magnifique,
ton colifichet, chériiiiie», qui désigne les bijoux fantaisie dont
vous avez paré votre beauté matinale. De la même façon,
ne sautez pas sur le paletot du premier garçon qui vous
tance d'un «T'es brave !». Il n'est pas en train de vous insulter,
vous traitant à moitié de crétine comme une Française
de la métropole pourrait le croire. Bien au contraire, il loue
votre courage, et même votre parcours de femme battante,
travailleuse surbookée et maman hors pair !
A contrario, pour une Française, vivre au Liban,
c'est assez rapidement se choper quelques virus
carabinés, signes d'une intégration en bonne voie.
Essayez donc de vous débarrasser du «*Chou* ?»
(«quoi ?»). À moins d'une lobotomie… Quant
aux «*Anjad*», «*Akid*», «*Ma'oul*», «*Oeuffe*» ou «*Yiiiiii*»
(à dire façon je croise une souris et je glapis d'effroi)
qui renforcent la conviction (ou la désapprobation)
de votre discours, rien n'y fait. Pas même répéter
«les chaussettes de l'archiduchesse…», en guise
de punition supra *frenchy*. Vous êtes contaminée.
Mais essayez quand même de ne pas être colonisée
par les deux onomatopées nationales que sont «*Choufi
mafi*», qui ne veut strictement rien dire mais se mange
à toutes les sauces (et qu'on peut traduire par un «Alors,
quoi de neuf ?»), et «*Yaani*» ou «*Eno*» que l'on colle
à chaque hésitation dans une phrase pour reprendre
son souffle. «Je veux dire… *Yanni*… Tu sais…» Là,
à moins de passer pour un fan de la danse des canards
façon Yanni (ck) Noah, vous êtes fichée, fichue. Qui a dit
«*Choufi mafi*» ?

Le septième ciel

«Allô? Ça te dit d'aller en boîte dans quinze jours? Non, parce que je suis en train de réserver là. Et y a pas de place avant. Même que mon contact me fait une fleur. Normalement, c'est *fully booked* tout le prochain mois.» L'idée de réserver deux à trois mois à l'avance pour aller guincher vous a sans doute rarement effleuré. Ici, sauf pour quelques *happy few* toujours bienvenus, c'est obligatoire si vous voulez être vu au Skybar, LE lieu «où ça se passe», où les *beautiful people* se déchaînent et où le commun des mortels se déchire. Précision importante : le Skybar n'est pas une boîte de nuit. Plutôt une scénographie festive, un «concept» ouvert sur les étoiles et la lune, puisqu'on y danse sur une terrasse de 1 000 mètres carrés installée sur le toit d'un immeuble du Biel, le centre d'exposition de Beyrouth, à regarder le monde d'en bas avec un rien de condescendance. Inauguré en juillet 2006, à quelques heures à peine de l'offensive israélienne, le Skybar a enregistré un record de 3 650 entrées dès le premier soir! Les Libanais aiment cette folie nocturne : être dans la nuit, s'y couler, s'y immerger, jusqu'à être une étoile au firmament, surtout quand les bulles ont trop attaqué le cerveau.

Au centre de la scène, le bar, comme un paquebot échoué attendant la marée. Pour y parvenir, tu dois être une bombe, galbée-sapée comme Aphrodite et Athéna réunies (le charme de l'une, le dédain de l'autre). Seule la perfection, si possible dédaigneuse, est autorisée. On se déplace alors avec l'allure gracile et hautaine que procurent des talons nirvanesques. On parade en chemise blanche ouverte et chaîne en or qui brille, avec si possible la petite croix, le cèdre, ou

Allah en écriture koufie, voire, pour la top tendance *muslim* chiite, l'épée mauresque à deux pointes, fendue comme une langue de serpent (en fait la reproduction de l'épée d'Ali, père du chiisme, brisée dans un combat).

Le bar, enfin. Samira s'y accoude. Avec deux-trois amis, elle est venue fêter son anniversaire au Skybar. Elle a 27 ans et se demande ce qu'elle a foutu de tout ce temps écoulé. Samira commande un Perrier et se dit qu'à 20 dollars l'eau gazeuse, faut faire gaffe à sa rondelle de citron. Elle attend César, « juste un pote ». Pour patienter, elle mate. « C'est ce que tu fais toujours dans ce genre d'endroit. Jamais tu ne te lâches. Trop de regards sur toi. » Le barman, lui, double shaker en main, turbine des cocktails fleuris et soûlards. Dans ces soirées, on boit des cocktails ou du champagne exclusivement. La bière sent trop l'ouvrier syrien pour satisfaire les rêves de grandeur d'un Beyrouth en quête de folie glamour. Il est 1 h 30 du matin, la soirée commence à peine. Samira voit arriver ses lascars : trois paires de Ray-Ban dans la nuit, comme un indice. César et deux autres, dont un qu'elle ne connaît pas et dont le corps dit : « Je m'essouffle sur les haltères, et je ne suis pas un rigolo. » Plan drague ? Samira ignore les appels de gyrophare du beau gosse aux cheveux gominés. « C'est ton anniversaire ? » « Oui, pourquoi, tu as l'intention de me payer une bouteille de champagne ? » Pas de réponse.

Autour du bar, les corps trépignent sur des sons indescriptibles : de la techno, rien que de la techno. Dans un coin, un groupe de plus vieux, des « expats » pense Samira vu leur façon de s'habiller, qui ne correspond pas au standard lunettes pour bannir les rayons de la lune et sourire carnassier. Les hommes, la cinquantaine, les femmes, plus jeunes, comme il se doit, tous en train de s'enivrer. Samira se demande si à 50 ans elle aura encore besoin de s'éclater sur le *dancefloor* pour se sentir vivre. Elle aspire une gorgée de son Perrier, chiffonne au fond du verre sa demi-tranche de citron. Presque 3 heures du mat. César a naturellement commenté les derniers soubresauts du vaudeville politique libanais. Son copain gros muscles semblant du bord opposé, ça tangue. Samira n'écoute pas. C'est là qu'elle voit, tenu par quatre serveurs, monter un seau géant avec à l'intérieur des tonnes de champ'. Au micro, le DJ annonce : « Régalade surprise : on fête l'anniversaire du patron ! » Elle se dit que la nuit peut se terminer.

Même quand on n'est pas une clubbeuse acharnée, on sort aussi. Parfois tous les soirs, quand on a les moyens de se réveiller à midi sans paniquer à la vue de la tête de son patron, mais plus sûrement en fin de semaine. Enfin, une fin de semaine qui peut commencer le jeudi soir par une dînette entre filles. On est quand même à Beyrouth ! Avec Dalal, cela commence toujours par un café sur le coup de 19 heures, sous les arbres du café Younes (à Hamra), ou à la terrasse du café Najjar, dans la descente qui mène de la place Sassine au square Sodecco (Achrafieh). Ensuite, c'est l'éternel série de SMS *Chou am tamel* ? (« Tu fais quoi ? »), « Tu bouges ? » « Tu zones chez maman ? », pour finalement se constituer une « bande » suffisante et envisager sérieusement la soirée.

Ensuite, cela dépend : une exposition, un spectacle, un festival, un concert, à se mettre sous la dent ? *L'Orient-Le Jour* dit le plus grand bien d'une tragédie grecque, en fait des morceaux rassemblés de plusieurs tragédies

antiques auxquels l'auteur a greffé son propre chant poétique. « Si on y allait ? » Ou bien l'exposition de Ghadi,
un photographe libanais de talent, qui s'ouvre au Centre
culturel français ? Oui, mais il faut passer les contrôles de
sécurité, pire que l'ambassade de France à Kaboul… En
plus, Facebook annonce un concert de Leïla Sarkis, mieux
connue sous le pseudo d'El-DJette, la diva des soirées
underground (enfin, pas si underground que ça puisque
tout Facebook est au courant) et organisatrice des soirées
« Cotton Candies », qui se déroulent chaque fois dans
un lieu différent, si possible improbable (une ancienne
gare de tramway dont personne n'avait l'air de se rappeler
l'existence, par exemple) et annoncé à la dernière minute,
pour groover toute la nuit en mangeant des bonbons.

Mais Dalal en a marre des soirées Cotton Candies.
Déjà trois à son actif, forcément, « ça lasse ». À défaut, on
jette un coup d'œil aux deux revues qui référencent tout
l'événementiel beyrouthin : *L'Agenda* (en français) et *Time
Out Beyrouth* (en anglais). C'est bien le diable si l'on ne
trouve pas une soirée délirante…

Dalal a dans l'idée de se faire une virée au Wolf, le bar
gay de Hamra spécialisé dans le gros moustachu modèle
queer à tenue de biker en cuir. Si vous êtes une fille, faut
vraiment montrer des références pour entrer ! Difficile de
faire plus underground que ça ! Le challenge émoustille
Dalal, comme un interdit qu'elle briserait, mais ses copines,
nettement moins enthousiastes, finissent par la convaincre
de passer directement à l'étape restau, quitte à aller voir du
côté du Torino de Gemmayzé, ou du Club social plus tard,
si la nuit peut se prolonger. De façon plus classique.

Finalement, après des milliards d'idées sur des lieux plus
déjantés les uns que les autres, Dalal et ses copines décident
d'une virée au Baromètre, un bar excentré du quartier de
Hamra, pas très loin du quartier étudiant de la rue Bliss, où

l'on est presque sûr de passer une soirée délirante (même si c'est aussi toujours un peu la même) à écouter de la musique arabe, ce jazz oriental de Ziad Rahbani, le fils de la diva Fairouz, ou les ambiances plus suaves de Toufic Farroukh, que les propriétaires semblent adorer. Ce qui est bien avec le Baromètre, c'est que l'on n'a pas besoin de changer d'endroit. On s'offre d'abord un restaurant au rapport qualité-prix imbattable tout en écoutant la rumeur des autres tables monter en puissance. Quand le raï prend la relève (Cheb Khaled et son « didi » des familles ont toujours le vent en poupe), les premiers danseurs poussent les chaises, serrent les tables et se font une place. L'on sait alors – et tant mieux ! – qu'on n'y échappera pas… On swingue, en couple ou en solitaire, tournoyant autour d'hommes inconnus, s'enlaçant pour ensuite mieux s'éloigner. Parfois, le bar est à ce point pris de frénésie (et à ce point minuscule) que l'on finit sur les tables ou sur les chaises, à laisser son corps vibrer, les mains au ciel, les hanches roulant comme une invitation sensuelle à tout oublier.

Descente d'Acid

Waouh, la *nightlife* beyrouthine ! Le délire garanti. Enfin, c'est le marketing touristique qui l'assure. Le truc dément, que même les mots manquent pour la décrire. La ville, en fin de semaine, devient « folle », prise de fièvres délirantes. Le temps d'une nuit ou deux, les Levantins s'y bricolent une vie dégagée des carcans sociaux ou familiaux, une vie occidentalisée dont la rumeur ensuite – de Paris à New York – vante la bombance frénétique, au même titre d'ailleurs que le climat maritime, le corso fleuri (en réalité bétonné) ou la civilisation phénicienne.

Mais plus dément encore tu meurs, il y a l'Acid. C'est l'underground des nocturnes libanais. Si l'envie vous prend de vous désosser le coccyx sur des rythmes house, si, justement, vous vous demandiez où assouvir votre désir de jongler avec des bouboules flashy, ou en quel lieu cracher du feu, c'est simple, c'est à l'Acid qu'il faut aller. L'Acid a un petit plus : c'est la seule, l'unique, la très précieuse boîte « gays, lesbiennes et autres associés friendly » du Moyen-Orient (si l'on excepte Israël, mais Israël, c'est connu, ne figure pas dans la région). Double bonus : la boîte est gratis pour les filles jusqu'à minuit, avec breuvages à gogo, même si ce n'est pas conseillé de trop tester. Les matins post-Acid déchantent toujours.

Au début, nous n'avions pas prévu d'aller nous dandiner, façon gnou des steppes, avec nos frères et sœurs gay. Mais voilà, la honte, on s'est fait virer du Basement, la boîte branchouille-guindée d'Achrafieh. Tout ça, en fait, est arrivé à cause d'Élie. Élie est libanais mais vit en France. Il est danseur du ventre (au début, ça fait drôle comme métier pour un homme ; après une virée à l'Acid, on s'habitue assez vite). Accessoirement, Élie est gay. Quand on cumule comme lui, la seule façon de s'en sortir, c'est d'être outrageusement tendance. Question mode, Élie renvoie au placard n'importe quelle Scarlett O'Hara. Il est LA tendance. Le problème ? C'est que ça ne se voit pas. Élie a bien le total look : la montre Chanel (« 5 000 euros », a-t-il hurlé au videur pour lui prouver qu'il en était, de la jungle hip), le saroual Marité et François Girbaud (« 700 euros, merde, tu crois quoi ? Du Tati ? »), les bottes Yeti Dior (il n'a pas annoncé de prix). Oui, mais… le tout en négligé chic, en précieux dilué. Bref, une dégaine qu'un videur du Basement cible « Je suis resté en pyjama toute la journée ». Élie a aussi le poil qui court dru sur ses gambettes, entre le saroual et les bottines d'Eskimo… Et les profileurs du

Basement, cette boîte où (paraît-il) écouter les meilleurs DJ du Levant et d'Europe, avec leurs muscles à la Popeye tendance «Je me suis sniffé trop d'anabolisants et mon cerveau est resté coincé dans la purée», ne sont pas vraiment au courant des derniers défilés parisiens.

Moralité, après une demi-heure à faire le pied de grue, et tandis que des vamps, pas fashion pour deux sous, passaient la porte, on a pris la rage et décidé que seul l'Acid pouvait nous laver d'un pareil affront. C'est comme ça qu'on s'est retrouvés à Sin el-Fil, à quatre – deux garçons gay, deux filles pas gay, mais quand même vachement joviales – à s'arracher les mirettes d'un «pince-moi je rêve, t'as vu la dégaine à c'lui-là» toute la nuit.

Au début, le boum-boum efface tout le reste. Quoi ? Danser là-dessus ? Même pas un rythme, juste du tambourin en boucle. D'ailleurs, Mark a décidé de snober la parade. Il dodeline juste de la tête, pour ne pas casser l'ambiance. Mais comme Julie a l'air de trouver ça *bath*, le sacaboum, on a quand même laissé nos pieds s'émoustiller tout seuls et nos bras swinguer dans les airs. Pas trop non plus : un vendredi soir à l'Acid ressemble comme deux gouttes d'eau à un samedi après-midi au centre commercial Auchan : des hordes de michetons, tous plus bô que Bowie, le crâne rasé et le marcel blanc juste ce qu'il faut moule-biscoteaux pour happer le regard des autres mâles. Bon, OK, les pectoraux dessinés, à Auchan, c'est moins courant que la bedaine et le Caddie. Mais l'effet de horde avide, lui, est garanti. Et puis, il y a quand même un gros risque à trop se prendre pour John Travolta et Uma Thurman réunis sur la piste. Ici, on danse avec son cocktail à la main. Autant dire que l'alcool gicle facile. Le sol, pas loin de la patinoire du Palais des glaces. Moi, je veux bien presque tout. Mais j'ai une limite : ramper par terre, les fesses mouillées par la bière des autres, je ne trouve pas ça glam' du tout.

J'en étais là de mes considérations quand le karma de Julie est entré en scène. C'est elle qui le dit : faut toujours qu'elle se ramasse le roi des caves. Même en boîte homo, ça n'a pas loupé. Elle nous a débusqué l'ahuri à cheveux porc-épic et son cousin d'Aley, la ville druze (mais eux étaient chiites, nous ont-ils murmuré, dans un soupir, « Ça vous fait peur, les filles ? ») qui ouvre la route de montagne de Beyrouth vers la Syrie.

Longtemps, j'ai cru que cette mode du gel structurant supra poisseux, qui te sculpte le scalp en pyramide égyptienne ratée, pouvait être liée à nos tektoniks parisiens. Une queue de comète en quelque sorte, où nos Levantins, à l'image des jeunes Parisiens, se mettaient à se démantibuler le châssis pour mieux jouer à « devine si je prends ma douche ou si je fais la vaisselle ? », en vogue dans les bacs à sable français. Mais non. Les nôtres de sioux n'ont rien à voir avec la tek parigotte. Ce sont des « EMO », des EMOtional décadents qui, comme dit Samia, petite prêtresse des nuits parallèles beyrouthines, revendiquent leur « fragilité d'âme » et leur gène androgyne lorsqu'il s'agit de s'habiller de noir.

L'Acid est bon enfant. Et quand un lascar, EMO ou pas, colle trop aux espadrilles des filles, on trouve presque toujours un garçon pour venir la sauver. En l'occurrence Mark, toujours non dansant mais suffisamment alerte pour vérifier que ses ouailles ne finissent pas coincées contre un pilier. Ensuite, comme le karma de Julie faisait encore des siennes, on s'est regroupés en bande, entourés de deux géants aussi gentils que des chatons à peine nés, mais juste ce qu'il faut d'immense pour que personne ne tente l'approche. Ça tombait bien cette barrière de sécurité parce qu'à l'Acid, on a droit à des entractes. La dernière séance d'Eddy Mitchell revisitée en gogo danseurs ! Toutes les demi-heures, des pros de la guinche se parachutent, l'un sur le bar, l'autre sur le mini-podium, pour nous émoustiller les sens. Des bodyguards tout autour afin tout de même d'éviter le viol en direct (je plaisante !) qui servent de milice ès vertu. Des lieux comme l'Acid ne doivent leur survie qu'à la décence de leurs clients. Pas de bisous donc, et point trop non plus de couples collés, sinon, on vous vire. Celui qui se dandine sur le bar, chemise échancrée jusqu'au nombril, se touche les tétons comme dans un clip de George Michael. Tandis que, sur le podium, un afro à lunettes de soleil, Jackson Five à lui tout seul, te plante un grand écart facial, debout et sans effort apparent.

Autour, c'est la cage aux folles : la horde lancée, le croupion frénétique, pour swinguer de partout. Voir des hommes, des femmes et quelques drag queens se cabrer, la peau tremblotante sous la saccade musicale, mérite bien plus que des applaudissements. Quelles que soient nos préférences sexuelles affichées, ça scotche. «Abracadabrantesque», aurait pu dire notre président Chirac, sidéré par tant d'imagination scabreuse.

C'est sur l'un des podiums que l'on a repéré notre Schtroumpf Costaud. Petit, râblé, le corps visiblement passé au broyeur Moulinex des salles de gym, notre gentil monstre dansait sur de la house orientale endiablée. Avec juste ce qu'il faut d'offrande sexy pour allumer le premier quidam venu. Dans ces cas-là, les stéréotypes fonctionnent sans même qu'on s'en rende compte. On ne se pose pas de question : un Schtroumpf dandinant du popotin dans une boîte gay se doit d'être homo homologué. Ben non. Pas du tout. Ou pas complètement.

Quand il a sauté de l'estrade, telle l'antilope agile, pour nous rejoindre, l'homme des cavernes nous a expliqué. Il vit en Australie. En ce moment en vacances dans la vieille maison d'un oncle à Hamra. «Venez si vous voulez. On peut se faire un pique-nique sur la terrasse.» À 30 ans, il est déjà marié deux fois (deux épouses en même temps) et a trois enfants. Un bébé, une fille, arrive et il hésite sur le nom à lui donner. «Qu'est ce que vous pensez de Rima ? Rosy ?» dit-il en nous montrant sur son téléphone les photos de ses autres enfants. Il hésite aussi ici, ne sachant pas bien qui draguer. Un homme ou une femme ? Mark ou ma pomme ? Et pourquoi pas les deux, tiens ? «Chouette, a dit Mark, on est tombés sur un hermaphrodite.» Quand on lui a demandé d'où il était, il a répondu : « De Trablus », le torse toujours bombé, supra fier d'être de Tripoli, la ville dont la réputation d'être à voile et à vapeur n'est pas seulement due à son port.

Un café entre collègues

Lundi matin sur la planète Beyrouth. Retour au travail, retour aux embouteillages. Sans véritables transports en commun, à l'exception des vans «à» Syriens-Palestiniens-Soudanais, bref, à prolos de base (un moyen de locomotion pas cher – 1 000 livres libanaises, soit moins de un dollar – qui pour une gent demoiselle n'est cependant pas forcément à conseiller), toutes ont leur voiture individuelle. Et si possible pas une mini ! Posséder une voiture surdimensionnée, le 4 × 4 à vitres teintées étant hautement recommandé, ne répond pas seulement à des impératifs d'esthétique sociale. C'est aussi, dans ce chaos urbain, une question de survie. La carrosserie en carton-pâte de la Kangoo est peu susceptible de nous sauver la vie si un fou (et ils sont nombreux) décide de bifurquer à droite alors que son clignotant (c'est déjà ça, il le met) indique la gauche.

Les infos en sourdine à la radio, on souffle : pas de vraies tueries dans la nuit. Des tirs sporadiques à Tripoli, la grande ville du Nord supposée être le bastion du fondamentalisme sunnite depuis que le camp de Nahr el-Bared a explosé en 2007, révélant au monde entier l'existence de réseaux salafistes bien implantés au Liban (l'un des fils spirituels de Ben Laden y aurait été tué par l'armée libanaise, qui a mis des mois à venir à bout de la résistance des insurgés), un tué à Aïn Eloué, le camp de réfugiés palestiniens pour lequel on craint un avenir à la Narh el-Bared, qui suppure à l'entrée de Saïda… Une série d'invectives, le minimum syndical, entre le général Michel Aoun, chef du Courant patriotique libre (CPL), et le docteur Samir Geagea, grand manitou des Forces libanaises (FL). Il l'a traité de quoi ? De « sioniste de l'intérieur » ? Oui, c'est ça. Et l'autre, qu'a-t-il donc répliqué ? « *Oeuffe* », chapeau bas ! De « pouffe à Syriens » ! Tout ça pour le vote du budget ? Cela mettrait presque de bonne humeur.

Les lacets de l'autoroute de Baabda derrière nous, Beyrouth émerge des brumes. Non pas ce poétique embrun montant de la mer. Mais un bon gros nuage de pollution qui remonte de Jounieh et de sa centrale d'électricité au fuel. Et comme tous les matins, on se retrouve coincé dans le trafic. Un SMS d'une collègue crépite sur le portable : « Le ring bouché – j'y suis –, prenez par la mer. » À défaut donc de passer par l'autoroute – en jargon beyrouthin, on appelle ça une *autostrade* – qui relie l'ouest et l'est, va pour la quarantaine et la voie rapide du bord de mer. Le tout étant d'y parvenir. Ce gymkhana quotidien est évidemment dû à l'explosion du nombre de voitures. Mais il s'explique aussi par une spécialité toute libanaise : les travaux inopinés. Hier au soir, par exemple, il était possible d'emprunter la route de la Corniche. Rien à l'horizon, calme, zen et quiétude, des joggeurs joggant, quelques militaires à moustache (et leurs tanks des années 30) matant les filles. Mais aujourd'hui, on jurerait que la guerre civile a repris ! Des trous gros comme un obus dans la chaussée ; des plots interdisant l'accès de ruelles secondaires ; l'asphalte défoncé, des trottoirs explosés… Silence, la municipalité travaille ! « On tente le centre-ville ? » Erreur ! Session parlementaire, réunion du Conseil des ministres, visite de quelque représentant de la Ligue arabe… Le personnage important bloque Beyrouth. Si vous grognez à Paris quand un haut dignitaire de quelque pays improbable (comme le président de la République libanaise, Michel Sleimane, en visite officielle en France) ralentit les Champs-Élysées, songez pour vous calmer que n'importe quel sous-fifre vaguement important à Beyrouth (la femme de l'émir du Qatar qui vient faire son shopping, par exemple) stoppe toute activité et toute vie normale dans Beyrouth. « Je déteste les Libanais », dit Souheil, qui, ce matin, me dépose à Kantari, un quartier collé au centre-ville, car nous avons tous deux rendez-vous dans le coin. « Solidere », comme on nomme plus souvent le centre-ville, du nom de la société foncière créée par l'ancien Premier ministre Rafic Hariri, qui s'est aménagé sa petite *gated community* dans l'ancien centre de Beyrouth, presque toujours barricadé. Coup de klaxon, évitement de justesse. « C'est quoi ça, un sauvage ? » crache-t-il, blasé, face au Hummer qui manque de nous caramboler.

Une heure et quelques sens interdits plus tard, nous arrivons, flapis et les nerfs à vif, au travail. Les bureaux, terre promise, à portée de vue. Reste encore à trouver une place de parking. Et ça, c'est presque pire. Chercher dans les rues adjacentes? Inutile : avec les sacs de sable, les militaires, les dégagements de sécurité, les barbelés qui mangent la route, peu d'espoir! La solution? Un parking qui ne soit pas complet, denrée à peu près aussi rare qu'un foyer sans télévision! Au premier essai, un refus poli du «valet parking»; au deuxième, un *niet* dédaigneux, alors au troisième, forcément, on supplie… Comme vous êtes une fille, le réfugié irakien, ancien artiste peintre reconverti en valet parking à cause de la guerre des alliés contre Saddam Hussein, cède : il prend vos clefs, coince votre Fiat Punto derrière deux grosses Mercedes – «Je la bouge s'il le faut» – et chope accessoirement votre numéro de portable, «en cas de problème».

Autant dire que lorsqu'on pose enfin son sac à main (pas par terre, ça attire la pauvreté, comme le veut la croyance populaire, qui a fini par me gagner, mais sur le rebord de la fenêtre), et qu'on allume son ordinateur, on pense en son âme et conscience : «J'ai besoin d'une vodka, là, tout de suite, sinon je vais tuer quelqu'un avant le petit déj.» Il est 9 h 30. La raison reprend le dessus. Ce sera un café-cigarette à la cafétéria.

Et de quoi parlons-nous devant la machine à café? «*Win saffayté?*» («Tu t'es garée où?») Avant même de se demander si ça va, si la petite Ayla a encore de la fièvre, si la partie de bridge (ou de poker) d'hier était chouette ou si la bonne a encore fait des siennes. Seule autre question peut-être capable de détrôner nos interrogations existentielles sur être ou ne pas être parqué : l'état de la chaussée. «Tu es passée par la place Sassine? Tu as vu qu'ils la refont pour la deuxième fois en moins de six mois? Ils sont fous ou quoi? Avec Noël qui arrive, on va tous tourner autour de la place pour nos cadeaux. Mais ils ont quoi dans la tête ?» Quant à savoir si Hind Hariri, la dernière fille de Rafic Hariri, s'est vraiment mariée avec son *bodyguard* ou de façon plus banale avec un homme d'affaires juste un peu moins tuné que son paternel («T'as vu sa robe de mariée, c'est pas une horreur totale ???»)… Ce ne sera pas avant le second café, vers 11 heures, quand, les mails ouverts et les dernières élucubrations des politiques décortiquées, on peut enfin se mettre à travailler.

Trouver son chemin

Pour la petite histoire, j'ai appris six mois après avoir emménagé que ma rue s'appelait officiellement Salim Boustany. Tout le monde l'appelle Ouet-Ouet (un nom qui pourrait être celui d'une importante famille druze qui habitait le quartier). Circuler dans Beyrouth requiert une gymnastique de tous les instants. Et pas seulement au volant ! La morphologie de la ville évolue en permanence et, pour compliquer encore un peu plus le quotidien des pintades, si certaines rues portent des numéros (la rue 53, la rue 7, la rue 89…), d'autres portent des noms qui ne correspondent pas forcément à ceux que les habitants connaissent. Par exemple, Canal Sabah («canal 7») est un sous-quartier du quartier de Verdun communément appelé ainsi parce que la télévision nationale libanaise y avait ses bureaux. Cela fait au moins dix ans que la télé a déménagé, mais les Beyrouthins continuent d'utiliser ce nom, bien qu'il n'apparaisse nulle part. De même, une fois, on m'a donné rendez-vous près de «l'ancienne

ambassade italienne » en centre-ville. L'ambassade
n'existe plus, elle a été entièrement rasée pendant
la guerre civile, rien ne demeure, pas même une plaque
commémorative, mais c'est le meilleur moyen
de demander son chemin : n'importe qui sait où se situe
« *safara italianya el adimé* ».
Souvent, le meilleur moyen de s'y retrouver, c'est de se
faire indiquer le lieu public le plus proche du lieu où l'on
veut se rendre, « à côté de la pharmacie Mazem », « à côté
de l'église Mar Nicolas… ».
D'où l'intérêt, dès que l'on doit se rendre dans un quartier
que l'on connaît mal, d'aller sur www.zawaribbeirut.com,
un plan de la ville en ligne régulièrement actualisé
par les habitants.

Une bouffée d'oxygène

Une dînette sur pelouse ! En ce moment, c'est bête, je me
meurs pour un pique-nique. Un pique-nique aux Buttes-
Chaumont, vous savez, ce truc incompréhensible à tout être
humain normalement constitué, où l'on se colle entre deux
crottes canines, où l'on sort la couverture, la salade d'aubergine et d'échalotes, les carottes au cumin, avec, en sup-
plément d'âme, l'inévitable jaja des familles (mais culture
biodynamique) et le camembert qui pue. Le problème, c'est
qu'à Beyrouth, d'espaces verts, il n'y en a point. Il existe
bien l'énigmatique « forêt des pins », près de l'ambassade
de France et de l'hippodrome, un parc immense aux trois
quarts interdit faute, paraît-il, de crédits suffisants pour
l'entretenir. Ou le campus de l'AUB, l'Université américaine de Beyrouth, où languir sous ses pins, musarder sur
ses pelouses au cordeau ou se cacher dans l'entrelacement

de minijardins potagers. Mais il faut montrer patte blanche à l'entrée et jurer que, à 50 ans révolus, on est toujours étudiant. Alors, où végéter des heures durant à l'ombre d'arbres centenaires (pas la peine de chercher des cèdres, on n'en trouve pas à Beyrouth) ? Une seule solution : fuir. Le week-end, les Beyrouthins quittent leur ville, surtout l'été, lorsque l'on y crève dans l'humidité étouffante, et se rendent, en général, dans leur village d'origine (ou, pour les femmes, celui de leur mari). Quand ils ne transhument pas comme les vaches, déménageant tout l'été en montagne.

Être de Beyrouth, capitale qui attire dans sa nasse près de 65 % de la population du pays, c'est forcément être d'ailleurs. En fonction de l'exode rural ou des déplacements forcés des populations durant la guerre, les Libanais s'identifient à une multitude de lieux distincts : le village d'origine, dans lequel la plupart n'ont jamais vécu mais où ils conservent la très sacrée maison familiale ; la ville la plus proche, lorsque la génération des grands-parents ou des parents a entamé la première migration vers les centres économiques. Et enfin, Beyrouth, la capitale où ils vivent, étudient et travaillent. Prenez Souad. Si vous la questionnez sur son « origine », elle dit assez facilement « Je suis de Beyrouth », mais précise vite : « Ma famille vit à Saïda », avant enfin de révéler : « Nous sommes de Khiam, un village à la frontière avec Israël. » Si vous décryptez, vous comprenez qu'elle est chiite. Les lieux identifient les individus jusqu'à l'ultime couche religieuse. C'est encore pire quand vous tombez sur une expatriée. C'est le cas de Tala, « ivoirienne » (nationalité revendiquée) depuis trois générations mais, bien sûr, libanaise de Beyrouth où elle vit désormais. En fait, plutôt de Mansourieh, le village d'origine de son père, ou plus exactement de Haïfa (la ville côtière qui fait aujourd'hui partie d'Israël, dont sont issus ses arrière-arrière-arrière-grands-parents). Le verdict tombe : chrétienne sans aucun doute, même si se maintient une hésitation sur son particularisme : protestante ou catholique ?

Le dimanche (au Liban, on ferme le samedi-dimanche, même si le repos dominical est mieux respecté côté chrétien que musulman), quand on réussit à éviter le sacro-saint repas familial, on essaie de se faire inviter par des amis hors de Beyrouth pour des mezzés-arak qui peuvent ne jamais finir (on en connaît qui sont restés coincés trente-six heures non-stop). Autre option, le but restant identique : grimpatouiller dans la montagne pour se faire un restau dans les brumes fabuleuses du mont Sannine, que l'on aperçoit à travers les hublots de l'avion lorsque l'on atterrit à Beyrouth. Ou, si le printemps pointe le bout de son nez, se réfugier dans l'un des cabanons de pêcheur du bord de mer à Batroun ou à Tyr. Quel que soit le lieu, l'idée est toujours la même : se la couler douce en grignotant les meilleurs mets et en dégustant de l'arak, cette boisson anisée, petite sœur du pastis ou de l'ouzo, que l'on boit diluée[1]. Une posture de farniente qu'un Français saisit à la perfection. Passer un après-midi complet, parfois la journée, à ne rien glander si ce n'est discutailler de la pluie et du beau temps (ce qui revient au Liban ou en France à vitupérer contre ces corrompus de politiques) tout en picorant du bout des doigts des divines nourritures : n'est ce pas aussi cela cette façon de vivre « à la française » si enviée ?

1. Pour préparer une carafe, verser un tiers d'arak, un tiers d'eau et un tiers de glaçons.

Invitée donc « à la campagne », je propose d'apporter quelque chose. Éducation hexagonale oblige, on ne débarque pas les mains vides ! Mais là, on me regarde carrément de travers. L'étrangère saura-t-elle trouver LA courgette qu'il faut ? Pourra-t-elle reconnaître LA tomate ? J'insiste (quand même, je suis française, le combat contre la malbouffe est mien). Le refus poli de mes camarades d'escapade n'étant pas le premier affront que je vis, la vérité finit par m'effleurer la narine gauche : les Libanais sont pires que les Français. À côté, José Bové, c'est du pipi de chat génétiquement modifié. Encore plus vindicatifs et soupçonneux que le modèle originel à grosses bacchantes. Un Libanais ne fait confiance à personne (sauf à sa mère) et est capable d'avaler des kilomètres de route (en Mercedes ou en 4 × 4) pour aller acheter LA tomate de ses rêves gorgée de soleil, ou l'orange inimitable cultivée avec amour dans la région de ses aïeux, seul terroir au monde où l'on comprend encore quelque chose à l'art des cultures ancestrales. Non mais !

En route pour le Chouf, cette montagne qu'on dit druzo-chrétienne (cependant, comme le Liban est toujours plus compliqué qu'il n'y paraît, nous filons dans sa partie arrière, chez les sunnites), nous roulons gentiment sur l'entremêlement de virages avec, dans le coffre, les tomates qu'il faut, les salades encore vivantes que nous avons, bien sûr, pris grand soin de sélectionner chez des marchands dûment certifiés. Dans le village de Bakleen, la maison de Mohammed est encore en construction. Une grappe de mômes est en train de jouer dans la cour tandis que les adultes, eux, s'adonnent dans les étages à des choses bien plus sérieuses : la préparation du repas. La bonne, sur laquelle hurle Mohammed (elle est népalaise et sourde, sans qu'il y ait de rapport de cause à effet) s'échine déjà sur le feu du barbecue, tandis que les hommes, inévitablement, en s'embrassant d'un « *kiKKKKaaak* » (la version populaire du « *kiFFFFak* », du « bonjour, ça va ? ») font jongler les verres de whisky (le whisky étant un préalable avant de passer aux choses sérieuses, l'arak maison).

L'art de la cuisine libanaise repose sur les mezzés. Ce qu'un Français prendrait de prime abord pour de simples amuse-bouches (« c'est quoi la suite ? ») structure le repas lui-même. Impossible de savoir combien de ces savoureux mélanges les Levantins ont été capables d'inventer. Parions pour une bonne centaine (sans compter les versions régionales). Outre les inévitables *houmos*, *baba ghanouj* (caviar d'aubergine avec une crème de sésame… kilos garantis), taboulé et autres *zaatar* (thym frais assaisonné de citron et d'oignons), la table se remplit d'une bonne vingtaine d'autres de ces minidélices : *soujok* (saucisse arménienne épicée), *fatouch* (salade de laitue au vinaigre de grenade), *chanklich* (mélange concassé de fromage, d'oignons et de tomates), *labné* (du yaourt salé qu'on agrémente d'un filet d'huile d'olive), et un reste de *moujadara* (lentilles cuites dans un jus d'oignons). Si l'on ajoute le barbecue, autre passage obligé, voilà le repas typique du dimanche étalé sur la table basse du salon. On ne mange jamais à table, le repas avec chaises, couverts et service de porcelaine étant réservé aux très grandes occasions. Le truc, c'est qu'il faut, en plus, s'extasier. Baragouiner des « Hum, *tayyebin* » (« C'est délicieux ») en dévorant la salade de pousses d'épinards, le *zaatar* du jardin ou le *houmos*. « Tu la trouves comment la *moujadara* de ma mère ? » Réponse obligée : Géniale ! Même si vous préférez la version du Sud (la cuisine aussi a ses versions communautaires : la *moujadara* avec du boulgour est une spécialité du Sud, donc chiite, quand la *moujadara* avec du riz se cuisine plutôt dans les familles du Nord, chez les chrétiens ou les sunnites).

Un Libanais, comme un Français, serait capable de tuer quiconque ne reconnaîtrait pas les extraordinaires qualités de sa cuisine (et de celle de sa mère). On ne va pas lui jeter la pierre : la qualité des produits, des saveurs et leur diversité sont souvent à tomber par terre. Bien avant Michel Bras et nos autres toqués de chefs, les Libanais ont compris ce que les légumes «juvéniles» pouvaient avoir d'incomparable. En revanche, le Levantin pâtit d'une tendance à vivre sur ses acquis qui oblige à signaler que, hélas, si vous voulez manger dans l'équivalent d'un trois-étoiles Michelin libanais, c'est en Syrie qu'il faut aller. Ce n'est, en effet, qu'à Damas que vous trouverez de (timides) tentatives pour renouveler, magnifier, mélanger l'esprit levantin à la magnificence asiatique ou occidentale.

Mohammed a sorti sa réserve d'arak. À la campagne, naturellement, on la boit artisanale et, meilleur encore, fabrication maison. Les enfants sont remontés picorer dans l'assiette de leurs parents. Le plus jeune, une «terreur» de trois ans, restant avec nous et passant sur nos têtes ou entre nos jambes sans que personne ne s'en offusque. Sauf moi, mais en silence !

Poudreuse et narguilé

Parmi les 300 000 membres du réseau Liban sur Facebook – l'une des plus grosses communautés du réseau social –, parions que beaucoup ont vu ce clip hallucinant : un défilé de maillots de bain… en ski et boots de yéti. La pause lascive – ou comment avoir l'air d'une diva en se gelant les tétons dans la neige, mais en bikini doré – et lunettes Vuarnet, accessoires indispensables pour descendre les pistes. Ce qui compte, c'est l'attitude.

À moins d'une heure de Beyrouth et des plages du littoral, on peut s'évader pour un journée ou un après-midi de ski, du vrai de vrai avec pistes rouges et noires. Pour les pros, le Liban n'est sans doute pas une destination sérieuse (sauf éventuellement pour les amateurs de ski de fond). Mais cela reste, si l'on excepte la station *indoor* délirante que Dubaï s'est fabriquée dans l'un de ses centres commerciaux, la seule option valable du Moyen-Orient arabe (l'Iran ayant également des pistes de ski, paraît-il, formidables).

Comme souvent au Liban, il y a deux écoles : les mordus, qui grimpent à la moindre occasion pour se faire une séance de poudreuse, et ceux que l'on retrouve affalés aux terrasses des hôtels pour une séance d'UV naturels, à siroter un drink et à fumer un narguilé pendant des heures, le bonnet à pompons toujours sur la tête. Les massifs libanais sont relativement sûrs : pas de glaciers, une neige stable, et pour seuls dangers, des chutes de pierres (sauf, bien sûr, si vous faites du ski de fond sur le mont Hermon, où la possibilité de passer sur des mines oubliées n'est pas à négliger complètement), voire éventuellement (mais là je chipote) une visibilité nulle pour cause de brumes persistantes et de nuit qui tombe vite.

Pour les sportifs, le vrai bon plan reste Faraya Mzaar (imaginez Courchevel sans les Russes et sans les Trois-Vallées). Les descentes y sont les plus longues du Liban, l'infrastructure la plus développée. C'est d'ailleurs là que Sélim et sa femme Michèle se retrouvent. Mais «hors week-end. Trop de monde pendant les jours fériés. Trop de *show-off*», disent en chœur ces deux amoureux de la montagne qui assurent «adorer la beauté des sommets enneigés. Et l'absolu bonheur à passer quelques heures dans l'immensité blanche». Avec ses amies, Michèle s'amuse aussi sur des parcours de ski de fond «plus physiques », jure-t-elle, que les « dix minutes de descente et trente minutes de télésiège ».

Moins souvent, ces deux-là partent faire un tour aux Cèdres, dont les paysages plus sauvages (c'est l'une des dernières forêts de cèdres du pays, une réserve naturelle créée en 1996 et qui couvre 5 % du territoire libanais) attirent les étrangers occidentaux. À près de 2 000 mètres, la vue est saisissante. À travers les collines, on contemple dans le lointain le littoral sous la voûte des arbres. Les villages de la montagne offrent, qui plus est, pas mal d'activités pour les enfants (dont les raquettes).

Et puis, la jet-set orientale s'est aussi constitué son petit univers clos à Faqra, l'une des (encore) rares « réserves » privées, pas très naturelles, de ski (dans la mesure où beaucoup d'hommes d'affaires libanais ont privatisé le littoral en faisant construire sur le domaine public et en en fermant l'accès aux admirateurs non fortunés, parions que cela ne sera pas la seule station de ski privée à s'implanter au Liban). À moins d'y être invité, aucune chance de s'y prélasser.

Bronzées du téton

Aujourd'hui, mes copines m'emmènent à l'Ajram Beach, une plage réservée aux femmes à Aïn el-Mraisseh, sur la route côtière de Beyrouth, dans une zone encore assez populaire avec ses gargottes mal famées où manger du poisson mais que grignotent déjà les établissements plus réputés, comme le Hard Rock Café. Non pas que Sirène et Mouzna soient particulièrement prudes. La dernière fois que nous nous sommes retrouvées pour un après-midi de glande au soleil, c'était au Sporting Club de Raouda, à côté du Luna Park, une plage bikini et huile de coco où se dorer la pilule en famille. Mais aujourd'hui, Sirène et Mouzna, deux amies musulmanes, l'une mariée, l'autre pas, ont envie de bronzer *topless*. Et ça, aucune plage de Beyrouth ne l'autorise! Nous voilà donc devant l'entrée d'Ajram. «T'es sûre que c'est pas un truc pour Saoudiennes?» interroge Mouzna, indécise, qui déteste tout ce qui peut lui rappeler l'émirat. «Ils nous colonisent. Je hais ces gros plein de soupe et leur cargaison de pouffes sous tente.» Mais la baraque a l'air de foutre le camp par tous les bouts : jamais une Saoudienne ne viendrait y coller ses miches. L'Ajram aurait besoin d'un bon coup de pinceau. La piscine est hors service depuis des lustres, les cabines crasseuses et la mer alentour… plus de sacs et de bouteilles plastique surnageant dans le courant que de poissons vivant dans l'eau. Il y a bien un escalier rouillé qui y mène. Mais nager dans les ordures, pas vraiment notre trip.

L'entrée payée (8 000 livres, soit 5 dollars), une brou-tille comparée aux 25 000 (17 dollars) exigés au Saint-Georges, la plage huppée, un peu plus loin vers le centre-ville, nous marchons dans une quasi-pénombre. Pas de lumière dans le hall de réception, rien qui nous indique où nous rendre. On se désape où? L'espace qui se dessine en ombre chinoise ressemble à s'y méprendre à un tripot abandonné. Faute de mieux, nous nous déshabillons entre deux poubelles, sur la pointe des pieds, pour éviter de nous retrouver avec la plante noire de suie ou de pollution.

La porte franchie, nous butons sur une belle brune, un string minimaliste dépassant juste de ses fesses luisantes d'huile. Pas grand-monde. Quelques petits groupes de femmes éparses. On sent les habituées. Ça mate d'ailleurs gentiment. Sirène et Mouzna décident d'aller se coller un peu à l'écart, sur «l'estrade», une sorte de ponton en béton armé. Une pêcheuse dodue et musclée, fichu blanc sur la tête et sabots à talons compensés aux pieds, tente d'y éperonner de si minuscules bébés poissons qu'elle-même sent bien qu'elle ne pourra jamais les griller au fenouil. Dépitée, elle les rejette à l'eau. Elles sont en fait une bonne dizaine de nanas à se partager le territoire : une gigantesque canne à pêche à la main, le seau à poissons sur le côté. « Waouh, y a même des narguilés ici ! » Sirène commande deux chichas à la pomme avant de se vautrer dans un transat en plastique, les pieds en évantail, le livre *Le Hezbollah. État des lieux* de Sabina Mervin entre les mains. Saine lecture pour un après-midi de farniente entre femmes. « T'as raison. C'est crade, mais c'est cool, non ? » Qui a dit que le paradis était propre ?

Un café sur le pouce

Au Levant, le café est un art. Un rituel. La *rakwé* qui bouillonne sur le feu au matin, la pause expresso vers 11 heures, puis à midi après le déjeuner (en fait plutôt 15 heures, car on déjeune tard au Liban), et le soir, une mise en bouche avant de passer aux choses sérieuses. Turc ou italien désormais (l'expresso est très tendance et bien meilleur que chez les cafetiers parisiens), il se boit sur le pouce dans n'importe quelle gargotte pour 500 livres libanaises (0,30 dollar). Tous les Libanais sont des fondus du nectar. D'ailleurs, lorsque vous êtes invité dans une maison libanaise, on commence toujours par vous offrir un café, *seda* (sans sucre), *mazbout* (juste sucré), *wassat* (sucré normalement) ou *helou* (sucré).

Lorsque vous saurez le préparer dans sa *rakwé*
(une casserole spéciale avec un long manche),
vous aurez gagné vos galons d'intégration ! Prenez
une petite casserole, remplissez-la aux trois quarts
d'eau minérale, ou bien mesurez l'eau à l'aide
d'une tasse et comptez une cuillère à café par tasse
(pas d'eau du robinet, même si elle est potable
dans certains quartiers, peu de gens ont assez confiance
pour faire autre chose que se laver les dents avec),
et portez sur feu vif. Quand l'eau bouillonne, retirez
la *rakwé* du gaz et incorporez trois bonnes cuillères à café
de café finement moulu (parfumé ou non à la cardamome).
Puis remettez la casserole sur le feu, plus doux
cette fois-ci. Le mélange monte, bouillonne jusqu'à faire
des bulles qui éclatent à la surface, signe que le café est
prêt. Laissez reposer 5 minutes et servez.
Si l'heure est tardive, on vous proposera sans doute
un café blanc, « *ahwé baïda* ». De l'eau bouillante
à laquelle on ajoute quelques gouttes d'eau de fleur
d'oranger. Idéal pour digérer.
À l'origine, on dit « *qahwa* », mais les Libanais qui ne
prononcent pas le « q » disent « *ahwé* », et si vous allez
en Égypte ou au Magreb, il vous faudra réclamer
un « *kahwa* » (avec le *k* cette fois) ou, si vous êtes
dans les zones bédouines, un « *gahwa* ». La légende
raconte que le café provient de la province éthiopienne
de Kaffa. Un berger d'Abyssinie (Éthiopie) aurait remarqué
l'effet tonifiant de l'arbuste sur ses chèvres.
Au fil du temps, sa popularité a grandi dans les pays
voisins, favorisée par la prohibition de l'alcool par l'islam.
Les premiers cafés ouvrent à La Mecque, et deviennent
des lieux très fréquentés par la gent masculine.
On y joue aux échecs ou au jacquet, on y parle
business et amours…

Les autorités religieuses musulmanes songent même
un temps à les interdire, de peur que leur succès ne
détourne les croyants de leurs devoirs religieux. Mais
des révoltes populaires éclatent presque aussitôt…
et les établissements sont bien vite rouverts.
Au Liban, les premiers cafés s'installent dans le centre-
ville de Beyrouth dans les années 1830, destinés
à la « soldatesque égyptienne ». (Petit rappel d'histoire :
l'Égypte a envahi cette ancienne province ottomane
sans cependant parvenir à s'imposer.) Dans le cœur
des Libanais, le Horse Shoe et le Café de la presse
de Hamra, le quartier « moderne » et « cosmopolite »
de Beyrouth dans les années 60-70, conservent une place
particulière. Rendez-vous de l'intelligentsia de gauche,
ces deux établissements s'enflamment de débats,
vindictes, querelles… Aujourd'hui disparus, ils ont été
remplacés par des Costa ou des Starbucks sans ce
décor au charme désuet. Mais les vieux grigous sont
toujours là. Un jour de semaine, sur la terrasse du Costa,
vous pourrez les voir attablés en petits groupes, cheveux
noir corbeau (teintés), cigarette et *masbah* (chapelet)
dans la main, plongés dans la lecture de *Es-Safir*
(quotidien proche de l'opposition) ou d'*An-Nahar* (proche
de la majorité), sirotant leur dixième café de la matinée.

L'art de lire
dans le marc

« Je vois la forme d'un lapin… Il y a un homme
vieux et mince dans votre vie qui n'est pas votre père. »

Dix-neuf heures, dans la vieille maison en pierres
de calcaire de Ghassan, pas très loin de la ville côtière
de Tyr (en fait, Ghassan vient de faire reconstruire
sa demeure, les Israéliens l'ayant intégralement
bombardée en 2006). Quatre amis dégustent un café
sur la terrasse, en regardant le soleil se coucher
sur les champs d'oliviers. « Quelqu'un de très proche,
mais j'ai du mal à comprendre les autres signes. »
Ghassan tourne et retourne la tasse de Gisèle
dans ses mains. Il rit. « Trop difficile, je ne comprends pas
les formes. » On ressert du café. Le chant des grillons est
bien plus important au final que notre avenir. L'origine
de cet art divinatoire remonte à la nuit des temps.
La « caféomancie », c'est son nom, serait venue de Perse,
via l'Égypte et la Turquie. Aujourd'hui encore, des *bossara
berragé* (des voyantes) – souvent une cousine
ou une voisine – se régalent à vous lire l'avenir. Conseils
de pro : prenez un café turc sans sucre dans une tasse
blanche. Arrêtez de boire avant d'atteindre le marc (*tefl*)
qui se dépose au fond de la tasse. Retournez la tasse
dans la soucoupe. Attendez quelques minutes avant
de l'enlever. Soulevez-la et posez-la (en position
renversée) sur une serviette blanche afin que les dessins,
les marques du marc, puissent se deviner. Il s'agit ensuite
d'interpréter les étranges figures qui émergent.
Les prédictions sont à court terme, de quelques semaines
à quelques mois. Avant la fin de la séance, formulez
un vœu en pressant le pouce de la main gauche
sur le fond de la tasse. Et si vous n'y croyez pas,
vous pourrez toujours vous servir du marc
comme engrais pour vos roses !

Cafés et restaurants

LES «PLUTÔT» BARS

Sachez qu'ici, quand on parle de «bar», on pense plutôt à un bar à dames, un bar à hôtesses quoi, alors pour éviter les quiproquos, parlez plutôt de «cafés». La plupart des établissements servent aussi à manger.

OUEST

Bardo
Kantari, rue Mexico, à côté de l'université Haigazian – 01 34 00 60
Plafond doré, lustres seventies, le Bardo est le haut lieu de rendez-vous de la gent homo à Beyrouth. Sa large estrade peut prendre des airs de harem spécial éphèbes certains soirs tardifs. Gay *friendly*, la très bonne programmation musicale tourne en fonction des DJ invités. Pour ce qui est de la nourriture, fusion en diable, certains plats laissent parfois sur leur faim.

Baromètre
Cuisine libanaise – AUB, rue Makhoul – 03 67 89 98
Inconditionnel de Yasser Arafat et du Che Guevara, voici votre lieu (avec l'autre bar coco de Raouché, chez Abou Élie, mais celui-là se laisse trouver seul…). On y mange les meilleurs *fatouchs* de Beyrouth (ou presque). Fan de vin, s'abstenir ! En revanche, il n'y a pas mieux pour une virée arak et danses arabes au milieu des tables, tard dans la nuit. Le bar ouvre vers 20 heures.

Café Younes
Hamra, rue Commodore – 01 34 75 31
Le café idéal pour les après-midi de détente et de papotage sous les arbres. Café Younes est également torréfacteur et sa sélection de thés (qu'on retrouve aussi au Kitsch, à Achrafieh) est une merveille. Wi-fi en accès libre.

Dany's
Pub – Hamra, rue 78
Coincé dans une rue «interlope», le Dany's est le bar branché du moment à Hamra. Ridiculement petit. On y vient pour boire un verre sur les tabourets du bar tout en swinguant sur une très bonne programmation musicale réalisée par des DJ de Beyrouth.

De Prague
Café-pub – Hamra, rue Makdessi

L'adresse de Hamra. Même certains « achrafiotes » connaissent, c'est dire ! Conséquence, un samedi soir au Prague est limite Champs-Élysées au Nouvel An. Mais le lieu est réellement sympa. Le café-jus de fruit-omelette du dimanche matin, un incontournable des habitués. Accès wi-fi gratuit.

CENTRE-VILLE

La Posta
Épicerie fine et cuisine italienne – rue Maarad – 01 97 05 97

Nourriture italienne (cochonnaille) et petit vin frais. Une bonne adresse, d'autant que, depuis peu, La Posta ouvre aussi pour des « apéros », pas chers du tout, en fin de semaine.

EST

Kitsch
Café – 14, rue Gemmayzé – 01 57 50 75

Pas tout à fait un café, mais une boutique (où acheter les créations de très fameux designers libanais) ! Très *british*, *tea time* et muffins faits maison, on aime son calme de vieille maison, les heures passées à bouquiner entourée d'étudiantes tapotant, fébriles, sur leur ordinateur.

Torino express
Pub – Rue Gouraud

Toujours bondé, toujours musical, toujours très *foreigners friendly*, le Torino Express est un de ces micro-bars, spécialité de Gemmayzé, où s'enquiller margaritas et autres caïpirinhas sans rendre compte.

Club 43
Cuisine libanaise – Rue Rmeil – 03 18 81 18

Il faut frapper à la porte ! Situé dans les étages, ce bar « social » (c'est une ONG) offre à ses clients de pas si mauvais sandwiches. Programmation du ciné-club très intéressante.

RESTAURANTS

Bons vivants, les Libanais ? À faire le décompte des restaurants, vous vous en rendrez vite compte. Beaucoup de choix, tous les prix, tous les genres. Bien sûr, il n'y a pas de meilleure cuisine que la libanaise ! Voici donc une toute petite sélection.

OUEST

Abou Hassan
Cuisine libanaise – Raouché, rue Caracas – 01 74 17 25
Tout petit, même s'il possède une salle à l'étage, Abou Hassan est une des très bonnes adresses des Beyrouthins. Pas cher, et viande incomparable. Tous les araks du Liban ou presque, et l'incontournable cuvée maison du patron.

Istambuli
Cuisine libanaise – Rue Commodore – 01 35 20 49
À mon très humble avis, l'une des meilleures adresses pour la viande. Le prix est très raisonnable pour la qualité offerte. Juste un décor un peu austère, un rien cantine de grosse entreprise (en sous-sol en plus). Vous préférerez peut-être acheter ses mezzés à emporter. Attention si vous vous faites livrer, le colis se perd parfois en route.

Achghâlouna
Cuisine libanaise – Zokat el-Blat, rue Fares Nemr – 01 36 67 58
Ce n'est pas un restaurant, mais «notre atelier» (traduction littérale du nom), celui des dames patronnesses de l'orphelinat tout à côté. Pourtant, c'est le meilleur restaurant de cuisine libanaise de la ville. Pour 25 dollars, on mange sur sa sublime terrasse. Hélas, uniquement le vendredi midi. Donc réservez au moins trois semaines à l'avance. Profitez-en pour aller mater les travaux de broderie et d'ornementation de ces dames. Ils sont à vendre !

Casablanca
Cuisine internationale – Aïn Mreissé, rue Mreissé
Une autre merveille, spécialement pour ses brunchs du dimanche. Villa levantine en face de la mer. Qui dit mieux ? Et même des plats végétariens (et bio !).

La Plage
Cuisine internationale – Aïn Mreissé, Vendôme hôtel – 01 36 62 22
L'ancien et populaire Hajj Daoud, bâtisse du début du xxe siècle construite sur pilotis, est donc devenu le luxueux et branché café-restaurant La Plage. Recommandé pour sa jetée privée, qui vous permet de vous prélasser dans un transat tout en sirotant quelques cocktails exotiques.

Marrouche
Cuisine libanaise – AUB, rue Sidani – 01 80 36 00
Pour les amateurs de poulet dans tous ses états, cette adresse populaire (sur place et à emporter). La meilleure, dit-on, pour le *chich taouk* (grillades de poulet mariné).

Walimat Wardeh
Cuisine libanaise – Rue Makdessi – 03 34 31 28
Autre adresse *gay friendly*, le Walimat est à tester pour les soirées de fin de semaine. Danses, rencontres, discussions, dans cette très belle maison des années 30. Un lieu où croiser le Beyrouth de la fête. Mais comme dit aussi une amie, blasée, « un rien trop, toujours les mêmes ».

Le Mayrig
Cuisine arménienne – Nahr, rue Pasteur – 01 57 21 21
Un seul mot : l'un (parce que je n'ose pas dire « le ») des meilleurs restaurants arméniens de Beyrouth.

CENTRE-VILLE

Balima
Fusion – Saïfi village – 01 97 10 97
Près du quartier des designers libanais, ce restaurant ouvert par un chef français vaut autant pour ses gaufres (hum, un vrai régal) que pour le décor moderne et original des lieux.

Sultan Brahim
Cuisine libanaise – Rue Omar Daouk – 01 98 99 89
Réputation régionale pour ce restaurant de poissons. Qualité des mezzés incomparable et choix de vins à enfin permettre à un Français de s'essayer à l'alcootest. Mais prix à la mesure de l'exploit.

EST

Abdel Wahab
Cuisine libanaise – 51, rue Abdel Wahab El-Inglizi – 01 20 05 52
Assez onéreux, mais décor… « *oeuffe* » comme l'on dit par ici pour marquer son approbation et son incrédulité. Ses mezzés sont parmi les meilleurs de Beyrouth…

Bistrot Germanos
Cuisine libanaise et internationale – Rue Huvelin – 01 32 90 08
Cuisine familiale (délicieuse), prix très abordable et clientèle d'habitués. J'en suis une adepte. Adresse privilégiée des francophones et des étudiants du campus de gestion de l'université Saint-Joseph tout à côté.

Café Shô
Cuisine française et internationale – Rue Monnot – 70 11 79 55
Cuisine fusion (comme le couple qui tient ce restaurant), un petit coup de cœur. Carte de vin délectable.

Paul
Cuisine internationale – Gemmayzé, au début de la rue George Haddad – 01 57 01 70
Pas le genre d'endroit qu'une Française noterait *a priori* dans ses bons plans, puisqu'il s'agit bien de la chaîne de restauration rapide, mais à Beyrouth, Paul est une adresse qui compte. Pas tellement pour manger, mais surtout pour observer les tablées de pintades beyrouthines. Autant vous le dire, le succès est tel que vous pourriez bien devoir attendre. Un rien trop cher pour des quiches aux légumes, mais le spectacle vaut le détour !

Cocteau
Cuisine française – Sodecco – 01 61 66 17
Cette table remplira de bonheur les amoureux éternellement en manque de cuisine française. La bouillabaisse est au menu.

Al Mayass
Cuisine arménienne – Rue Trabaud – 01 21 50 46
L'un des très bons (et aussi très connus) restaurants arméniens de Beyrouth. Réservez à l'avance, si vous voulez avoir une chance d'avoir une table.

La Parilla
Cuisine internationale – Rue Maroun – 01 58 38 85
Rendez-vous des pintades bourgeoises : carte alléchante, prix également. Si vous rêvez d'un steak saignant…

Le Rouge
Cuisine internationale – Rue Gouraud – 01 44 23 66
Très bonne adresse. La carte mélange cuisine occidentale et salades orientales. Le pain y est délicieux (servi avec du beurre) et le choix de vins point trop maigrichon. Présent également dans Hamra (rue Makdessi).

La Tabkha
Cuisine libanaise – Rue Gouraud – 01 57 90 00
Un genre de bistro libanais. Si vous souhaitez manger des ragoûts simples en même temps que roboratifs, la Tabkha est réellement une bonne adresse.

La Table d'Alfred
Cuisine française – Sursock – 01 20 30 36
Cuisine française toujours, et adresse presque n° 1 de la confrérie des pintades *sooo* chics.

Les Chandelles

Pub et cuisine internationale – 98, rue Abdel Wahab el-Inglizi
– 01 33 36 74

Nouveau venu, Les Chandelles rappellera à certains le célèbre club
échangiste parisien. L'évocation de cet endroit de perdition de la
capitale française lui va comme un gant : Les Chandelles sont le lieu
«intime» de Beyrouth où dîner discrètement avec son amant. Mais
sans passer à la casserole !

BANLIEUE

Al-Halabi

Cuisine arménienne – Square Antelias – 04 52 35 55

Un décor kitsch, une atmosphère enfumée (Beyrouth n'est pas
encore interdit aux fumeurs) mais une ambiance hautement libanaise.
Spécialités libanaises exclusivement, l'un des lieux très agréables
où dîner.

Assaba

Cuisine libanaise – Banlieue sud, route de l'aéroport, station
d'essence Borj el-Brajneh – 01 45 09 09

L'adresse fait peur, mais ce «village traditionnel», qui dépend des
œuvres de charité du chiite Fadlallah, qu'on dit proche du Hezbollah,
est un lieu de quiétude. Construit à partir des éléments de différents villages bombardés du Sud, l'Assaba tente de reproduire leur
atmosphère. Si vous passez à Beyrouth pendant le ramadan, allez-y
en groupe. En prime, vous pourrez vous faire prendre en photo (montage, qu'on se rassure !) avec Nasrallah ou le général Aoun. Dans ses
étages, un musée dédié aux arts et métiers traditionnels.

Onno

Cuisine arménienne – Bourj Hamoud, rue Aghabios,
en face de l'église Al-Sabtieh

L'une des très bonnes adresses de cuisine arménienne. Goûtez donc
à leur kebab à la sauce cerise, à tuer ! Le décor n'est sans doute pas
à la hauteur, mais la nourriture se savoure.

SNACKS

Barbar

Cuisine libanaise – Rue Spear

Incontournable, ouvert 24 heures sur 24, ce McDo local vous fait
un sandwich de *sujjok* (saucisses arméniennes) en trois minutes
à peine. C'est une institution. Mais les Beyrouthins, qui comme

tous les Libanais n'aiment pas qu'on touche directement leur nourriture, ne peuvent pas s'empêcher de se méfier des *khodra* («légumes») que l'on met dans les sandwiches, parce qu'ils sont saisis à main nue.

Falafel Sahyoun

Sodecco, rue Bechara el-Khoury – 03 35 23 33

Pour ceux qui sont capables de faire dix kilomètres à pied pour un sandwich falafel, LA seule adresse de Beyrouth. Mais personnellement et malgré quelques combats avec mes copines libanaises, je continue de préférer la manière de préparer (en particulier les épices) des camps de réfugiés palestiniens.

Buns & Guns Military Restaurant

Banlieue sud, Haret Hreik, angle de la mosquée al-Qaem – 01 54 56 33

Au cœur de la banlieue sud, ce snack pratique le second degré (enfin, il faut l'espérer) en proposant des «sandwiches qui peuvent vous tuer», baptisés Kalachnikov et M16, des salades «camouflage poulet», un «menu terroriste» préparé avec du «pain résistant» (non pas dur, mais cuit avec une pensée pour le Hezbollah, le mouvement «résistant»). Attention, pas de photos, même si vous avez très envie de rapporter un témoignage de votre séjour en banlieue sud à vos amies, ou vous risquez de les voir pour de vrai, les kalach du Hezb.

Un dimanche à la campagne

Tout Libanais qui se respecte a des milliards d'adresses secrètes de restaurants où aller butiner un dimanche après-midi. Voici une petite sélection.

BROUMANA

Beit Mery

Tous les jours, de midi à minuit – Mounir, Broumana, boulevard Camille Chamoun – 04 87 39 00

Un peu cher (mais Broumana est une station de villégiature de toute façon assez chère), ce restaurant libanais est très connu. Il surplombe les collines de Broumana et possède un jardin de fleurs célèbre.

ALEY

The Maté factory
Rue principale – 05 55 61 23
Le maté est cette herbe un peu amère avec laquelle on fait des tisanes. Connu pour ses effets laxatifs, le maté est une plante purifiante traditionnement très utilisée dans tout le Moyen-Orient. Très nature, très élégant, rien que le décor de ce café mérite l'arrêt. On peut aussi y manger.

FARAYA

Chez Michel
Ouvert de 10 heures à 22 heures – Rue principale de Faqra – 09 30 06 15
Ambiance cosy de chalet de montagne pour un prix relativement doux. À tester en hiver.

BATROUN

Chez Maguy
Restaurant de poissons – Makaad el-Mir – 03 43 91 47
L'un de mes lieux préférés : au bout de la jetée romaine de Batroun, avant qu'elle ne se jette dans la mer, voici le restaurant de Maguy. Une femme éprise de cuisine, attachée à la qualité des produits qu'elle propose (poissons frais et pêchés localement), à un prix défiant toute concurrence.

TYR

Cloud 59
Restaurant de poissons – Ouvert tous les jours en été – 03 23 88 27
Au bout de la plage de sable, après la *guest house* où se rassemblent, entre autres, les Italiens de la Finul, la force d'interposition de l'ONU chargée de sécuriser la frontière avec Israël, ce restaurant de poissons les « pieds dans l'eau » à la clientèle sans façon (on déjeune en maillot de bain) est à tester impérativement si vous passez par le Liban.

Sommets enneigés

Les Cèdres
À 130 kilomètres de la capitale, cette réserve naturelle se visite aussi bien l'hiver que l'été. La région propose différents types d'activités neige (ski, de piste et de randonnée, raquettes…), dans un décor qui mélange très belles balades au milieu des bois et plaisir des descentes de ski.

Faqra
Des investisseurs ont eu l'idée de créer la première station privée dédiée au gratin levantin et au ski. Situé à 1 500 mètres d'altitude, le village de Faqra (200 habitants) accueille les vestiges d'un temple romain dédié au dieu Almighty, vraisemblablement Adonis. À moins de un kilomètre de ce site archéologique se trouvent encore deux autres sites romains, dont l'un a été transformé en église au début de l'ère chrétienne.

Faraya Mzaar
À moins de 50 kilomètres de Beyrouth, le plus connu et le plus réputé des villages de skis. C'est à Faraya qu'il faut aller si l'on souhaite se faire « sérieusement » quelques belles pistes.

Éternelles jouvencelles

Cabinet de curiosités

La première fois que l'on débarque au Liban, une évidence s'impose : la prolifération des «femmes-monstres». Un tour à l'ABC d'Achrafieh, incontournable lieu de shopping où l'expression «bling-bling» semble avoir trouvé sa source, relève d'une virée dans le cabinet des horreurs d'un cirque de province. Vous savez : ce lieu interlope où, enfant, vous vous amusiez à vous faire peur en matant les aberrations de la nature dans leurs bocaux de formol... Les rues de Beyrouth donnent cette même sensation tant sont nombreuses ces supposées humaines, une bande adhésive leur serrant les narines, une autre chevauchant l'arête de leur nouvel appendice nasal, l'ensemble coiffé d'un moule Stent, cette armature protectrice en fer-blanc. Dans cette ville où l'on compte près de 90 chirurgiens esthétiques (sans parler des médecins occasionnels) pour deux millions d'habitants, le passage par le bloc pour se réinitialiser le portrait est monnaie courante. Lors de ma première incursion à Beyrouth, où j'étais venue avec une copine jordanienne profiter de quelques jours de vacances, l'ami libanais qui nous recevait m'a murmuré à la fin de notre escapade : «Ton amie est charmante. Mais tu devrais lui dire... Enfin, moi, si j'étais son amie, je lui en parlerais... Son nez... Elle serait tellement mieux si elle l'opérait...» Goujat ? Au regard des normes françaises, sans nul doute. Mais pas à l'aune des sollicitudes libanaises, bien au contraire : mon ami se préoccupait là du destin d'une femme dont la protubérance semblait devoir lui gâcher la vie.

Selon la très sérieuse revue économique libanaise *Le Commerce du Levant*, le marché de la chirurgie esthétique avoisine les 25 à 30 millions de dollars par an. Les hommes passent également sur le billard pour estomper leurs poignées d'amour. Mais aussi beaucoup d'«étrangères», des Saoudiennes ou des Libanaises de la diaspora, attirées par des tarifs très compétitifs (2 000 dollars pour une rhinoplastie, contre 4 000 en Arabie saoudite pour une prestation moins sûre, et entre 5 000 et 10 000 dollars aux États-Unis).

Alors qu'une Française se terrerait chez elle en attendant la disparition des stigmates, la Libanaise, elle, s'affiche, le nez tronçonné, le visage tuméfié, revendiquant l'aspect femme battue. Toutes les communautés, toutes les classes sociales sont touchées : la rhinoplastie est à ce point commune que personne ne se défend d'y avoir recouru. En revanche, lorsque vous tombez en arrêt devant une de vos amies aux pommettes soudain transformées en cul de singe rouge, c'est une tout autre histoire. L'excuse «J'ai une terrible rage de dents qui me remonte dans la cervelle» est, au final, très usitée.

Bien sûr, les Libanaises n'ont pas toutes les lèvres d'Angelina Jolie (modèle très prisé), le nez de Haïfa Wehbé, la star de la pop libanaise (voir page 379), et les seins de Pamela Anderson, loin s'en faut. Quand la folie du bistouri n'attaque pas leur cerveau, force est de leur reconnaître un petit quelque chose qui vous rejette, vous la Française, dans la catégorie des insipides. Pas la peine de rameuter votre sacro-saint bon goût, que des siècles et des siècles de préciosité mondaine ont hissé au rang de seconde nature. La Libanaise vous bat à plate couture, métissant le charme sauvage d'une Claudia Cardinale et l'élégance soignée d'une Kristin Scott Thomas.

Prenez un soir de représentation d'une troupe de théâtre tunisienne (des cris, de l'opéra, un rien d'alléluia, quelques *Allah Akbar* et des femmes à l'air douloureux enveloppées dans des voiles vaporeux). Cela se passe au Dôme, l'ancien cinéma en forme d'œuf écrasé du centre-ville, le seul vestige datant d'avant la guerre civile à tenir encore à peu près debout dans ce quartier (mais peut-être plus pour longtemps, puisque le groupe immobilier Solidere, qui détient les terrains et reconstruit depuis des années le centre-ville de Beyrouth, ne comprend pas qu'on puisse être attaché à cette horreur en béton armé et entend bien le raser). Son architecture n'est certes pas géniale, mais nombre de bourgeois-bohèmes apprécient l'aspect insolite du lieu. Nous ne sommes pas loin d'une centaine à nous être déplacés. Les femmes qui se sont précipitées sont toutes d'un naturel précieux. Cette belle noctambule, par exemple, à l'allure décontractée – top de soie rouge sur un pantalon de lin blanc et espadrilles, et cette autre, en longue robe de coton, un simple collier d'argent lourd et ancien au cou. De quoi parlent-elles ? Pas de la prestation de la troupe tunisienne, assez ennuyeuse. Mais du premier album de Yas, *Arabology,* réunissant le musicien électro Mirwais et Yasmina Hamdan, l'ancienne chanteuse de Soap Kills («le savon tue») aux vocalises aériennes (il faut à tout prix écouter sa reprise de «Tango», de Nour el-Houda, une chanteuse oubliée des années 50, pour saisir la sensualité et la puissance de Yasmina Hamdan). Leur nonchalance étudiée montre que certaines se rebiffent, refusant qu'on leur impose une apparence trop éloignée de leur morphologie et sans lien réel avec leur humeur.

Mais les Beyrouthines partagent le culte du beau et la course à la jeunesse éternelle. Comprenez bien : loin de moi l'idée de vanter un retour à la nature où les dents du bonheur seraient le nec plus ultra en matière de séduction. Ni de s'enthousiasmer plus que de raison pour la culotte de cheval. Mais lorsque vous comptez parmi vos relations plus de femmes «réinventées» que naturelles, vous finissez par vous demander si quelque chose ne débloque pas au royaume des mezzés. S'il ne s'agissait encore que de masquer ce vilain petit défaut, ce «nez à la libanaise» qui fout en l'air toutes vos chances de mariage… Mais nombreuses sont celles qui y reviennent chaque année, pour une transformation qui tient plus de l'expérimentation de *body art* que «d'une amélioration légère», comme voudrait me le faire croire un chirurgien esthétique. Vivre à Beyrouth, y vivre en femme, c'est être confrontée à un modèle qui impose une prompte mise aux normes, voire, quand on avance en âge, une urgente révision des quatre mille. Il faut être parfaite, d'une beauté lissée, «sexy», selon la terminologie masculine, ou prendre le risque d'une relégation dans la catégorie «vieilles filles» avant même la fin de l'adolescence. Supprimer les peaux en excédent, retirer les poches sous les yeux, raffermir la peau du cou, lisser les rides, se faire soulever les joues, gonfler les lèvres, changer les seins, rebondir le cul, aplatir le ventre, enlever des côtes… toutes choses qui font partie de la lutte quotidienne. Une hygiène de vie, quoi.

Au-delà de cette limite…

Beyrouth est le genre d'endroit où une femme de 40 ans peut s'entendre dire, de la part d'un homme de

50 ans bien tassés : «Tu es la femme la plus vieille que j'aie jamais draguée.» Ne le prenez pas mal! Cela se veut un compliment. Difficile à avaler, certes, quand on vient d'un pays où Nathalie Baye, Jane Birkin et Carole Bouquet se bousculent à la une de magazines vantant régulièrement la beauté des femmes de plus de 50 ans, tellement bien dans leur peau et actives au lit (non pas que leur visage soit toujours 100% naturel, mais passons, officiellement, on essaie de nous faire croire en France que la ride est belle)! Et cet homme si courtois d'ajouter, après un refus réitéré : «Tu vas le regretter. Tu verras dans un an, tu vas vraiment le regretter.» Il faut sans doute y voir *a minima* la revanche de l'homme éconduit. Mais c'est aussi une réalité de la société libanaise : sur cette rive de la Méditerranée, la femme vieillit plus vite que l'homme.

C'est vrai que, d'une certaine façon, je pourrais bien le regretter. N'a-t-il pas tout ce qu'une femme de mon âge (c'est-à-dire une femme pour qui il devient urgent de songer à refaire sa vie) pourrait souhaiter? Un grand et bel appartement à Beyrouth, une femme de ménage très sympa et présente 24 heures sur 24, une maison de famille dans l'arrière-pays… L'homme, qui plus est, est divorcé, beau gosse, de ce genre à voix de stentor dont on dit qu'ils ont du chien. Parfois d'une intelligence vive, mais teintée d'une sorte d'ennui existentiel qu'on retrouve chez beaucoup d'hommes ici, notamment ceux qui ont vécu la guerre civile.

La sentence de cet ami, ex-combattant durant la guerre (1975-1990), reste bloquée à la surface consciente de mon esprit. Et pour reprendre le titre d'un roman de Romain Gary, je me demande si, au-delà de cette limite, mon ticket est encore valable. Le crépuscule serait-il déjà advenu que je ne l'aie point remarqué? Je l'interroge, l'air de rien, et il me répond comme une évidence : «Oui, c'est un fait, les femmes vieillissent plus vite que les hommes. C'est génétique. À 40 ans, la femme est foutue, physiquement disgraciée. » J'en reste totale baba.

J'aurais pu oublier l'affront si Rim n'était venue confirmer l'horreur de notre maturité. Nous bavassions un soir entre filles au Prague, un café de Hamra tenu par d'anciens communistes. Un verre de kefraya rouge pour moi, un Pepsi light pour elle (à Beyrouth, Pepsi domine, le Coca-Cola, considéré comme le « vecteur du sionisme et de l'impérialisme américain » dans les pays arabes et boycotté jusque dans les années 90, tente de rattraper son retard et de séduire les jeunes grâce à sa pétillante égérie, Nancy Ajram). Rim, 36 ans, célibataire, professeur dans un établissement privé, me raconte la dégringolade d'un couple – lui, 49 ans, elle, 51 – pour finir par constater : « Tu comprends, c'est à cause de la différence d'âge. Lui a des désirs, un besoin de plaire, de vivre d'autres histoires. Elle, plus vieille, est presque déjà grand-mère. » Elle ajoute, alors que je me rebiffe : « Si, je t'assure, même deux ans, ça joue. C'est sans doute pour cela que les couples préfèrent une différence d'âge "raisonnable". La femme vieillit plus vite. La ménopause nous fait basculer dans un autre monde. »

Là, j'avoue, j'ai cru devenir dingue. Me demandant soudain si je ne n'étais pas en train de plonger dans le camp des féministes névrosées, en refusant d'entériner un « *fact on the ground* » et sans doute aussi mon propre avenir décati. Restait à enquêter. J'ai pris mon téléphone et appelé Mohammed, hédoniste notoire et accessoirement médecin urologue. Ma question le fait beaucoup rire. « Du point de vue génétique, la femme n'a rien à craindre : son espérance de vie est plus longue que la nôtre. Même la ménopause n'a qu'une incidence extrêmement limitée. L'âge n'a rien à voir là-dedans. C'est bien plus pernicieux :

c'est le regard de la société, de l'homme libanais, à ce point intériorisé, que tout le monde finit par croire qu'il s'agit là d'une vérité inscrite dans le Livre.»

Pour m'achever, Mohammed me confirme que, «dans la société arabe, une femme qui à 35 ans serait encore célibataire est à peu près fichue». Alors que lui-même, à 51 ans, s'apprête à convoler en secondes noces avec une grand-mère de 45 ans, il ajoute qu'il ne resterait aux femmes de 35 ans qu'un choix assez restreint : un divorcé avec enfants (c'est son cas), un vieillard sous Viagra avec une prostate défectueuse, voire, dans les milieux (très) défavorisés, un polygame en chasse. Autre option, celle-là de pure renonciation : le sacerdoce d'une vie dédiée à ses parents, femme célibataire en charge du confort de sa parentèle au soir de sa vie finissante. Jocelyne, la soixantaine svelte, qui court sur la Corniche à 5 heures du matin, me dit : «Prends mon exemple. Je suis d'une famille très aisée de la communauté grecque orthodoxe. Lorsque j'ai eu 18 ans, mon père m'a dit : "Il faut songer à te marier, autrement…" Je me souviendrai toujours du jour où il a dit à ma mère, alors qu'elle venait de s'acheter une robe magnifique : "Tu crois vraiment qu'à ton âge ?"… Elle avait 35 ans, lui 48. Moi, à 30 ans, j'avais déjà trois enfants et l'impression d'être très vieille.»

Revenons à l'infinie surprise de mon ami à voix de stentor, qui, jamais, n'aurait pu envisager être attiré par une femme de «son» âge. Il m'avoue : «Le problème, c'est que je ne rencontre pas de femmes de mon âge. Où sont-elles ? Pas dans les cafés en tout cas.» C'est là que ma neutralité d'observatrice bienveillante a commencé à se fissurer un chouïa. Un sourire carnassier sur mon visage déjà si fripé de grand-mère, je lui administre un : «Mais, *habibi*, comment tu fais pour assurer avec des mômes ? Le Viagra ?»

Docteur J'abuse-du-bistouri

Le docteur D. me reçoit dans son cabinet,
pas très loin du Musée national de Beyrouth (situé
sur l'ancienne ligne de démarcation entre l'est et l'ouest
pendant la guerre civile, il a été entièrement rénové).
Le docteur D. est une éminence de la chirurgie plastique
au Liban. Une réputation incontestée, qu'il a gagnée
en quarante ans de pratique irréprochable.
La déco de son cabinet n'a visiblement pas profité
du même lifting que ses patientes La salle d'attente
n'a pas changé depuis les années 70, le bureau ringard
semble tout droit sorti d'une promotion de Monsieur
Meuble. La salle d'intervention, en revanche, se veut
du dernier cri. « Je figure parmi les premiers chirurgiens
esthétiques à m'être installé au Liban. Avec quatre
ou cinq de mes collègues, nous avons créé une filière.
Auparavant, la demande n'existait pas. » Les clientes
du docteur D. sont issues de tous les milieux,
de toutes les communautés. « L'on croit à tort
qu'une femme voilée n'éprouvera pas le besoin
de retoucher sa plastique. Bien au contraire.
De la même façon, la chirurgie esthétique n'est pas
réservée à une élite. Je vois passer dans mon cabinet
des jeunes femmes pour qui une opération est
un sacrifice financier. Mais elles considèrent que
cela peut changer leur vie. » N'attendez pas
du docteur D. une quelconque remise en question.
Car le docteur D. croit en sa qualité de messie
de la plastique libanaise. « Parfois, nous avons sauvé
des vies. Une jeune femme avec un nez à la libanaise
– ce nez sémite si commun dans la région – n'aurait

aucune chance de trouver un mari sans
un réajustement. » Oups, la conversation dérape.
Un vieux fonds d'eugénisme, peut-être ? Le docteur D.
ne voit toujours pas où le bât blesse. Des excès ?
Non, vraiment. Pas même celui de s'ériger en juge
des canons de la beauté. « Je ne fais pas n'importe quoi !
Si une femme veut qu'on lui gonfle la poitrine, j'évalue
sa corpulence, la taille de ses épaules, de son dos,
pour m'assurer que les ajouts sont proportionnés
à sa physionomie. » « Mais jamais vous ne lui dites
qu'elle n'en a pas besoin ? » Le docteur D. élude
ma question en tripotant un implant mammaire gélatineux
qui traîne sur son bureau. « Bien sûr, il existe des cas
pathologiques. Lorsque je considère que le manque
d'estime de soi entre en compte dans la décision,
je conseille un suivi par un psychologue. » Il concède
tout de même avoir vu des parents embarquer de force
leur fille pour lui faire refaire la plastique. « J'ai refusé.
Pour eux, c'était préparer son avenir. Un autre confrère,
moins regardant, l'aura sans doute traitée. » Avec un grand
sourire, le docteur D. évoque son prochain patient :
« Un gay, dit-il, qui tient à une plastique irréprochable
et que son ventre fait paniquer. » Le docteur D. a beau
ne pas comprendre ces « mœurs contre nature »,
qu'à cela ne tienne, il lui sucera la graisse avec entrain.

L'emprunt Nip/Tuck

La démocratisation de la rhinoplastie, le droit au lifting pour tous ! Les panneaux fleurissaient il y a encore
quelques mois dans les rues : « La beauté n'est plus un luxe »
y lisait-on, sous la photo d'une blonde repulpée au Botox.

Depuis, des associations de femmes ont hurlé suffisamment fort pour que la campagne soit retirée, au nom de la décence morale. Mais le prêt bancaire, lui, existe toujours. C'est simple comme un coup de bistouri : si vous avez moins de 64 ans, un minimum de 600 dollars de salaire par mois (le salaire moyen au Liban), la First National Bank vous accorde un prêt échelonné sur trois ans à 6 % d'intérêt. À son lancement en 2007, la banque aurait reçu quelque 200 appels par jour ! Et si vous souhaitez retourner sur le billard, aucun problème. Le recours à ce type de crédit n'est pas limité. Jamais à court d'idées, la banque a aussi mis en place un prêt « fertilité » destiné aux femmes qui souhaitent bénéficier d'une fécondation artificielle Ou, toujours plus fort, une carte de crédit avec miroir de poche intégré…

Haïfa :
résistante à tout

À quoi rêvent les hommes d'Orient ?
À une sulfureuse Salammbô chaloupant, aérienne, dans les rues, le ventre dénudé et les seins lourds comme des melons gorgés, hissée sur des talons vertigineux. Parmi la myriade de starlettes libanaises (Nancy Ajram, Elissa, Nawal el-Zoghbi ou encore Suzanne Tamim), qui hantent les nombreuses chaînes satellitaires du monde arabe, une seule fait monter leur libido jusqu'à l'incandescence : Haïfa Wehbé, divorcée, une fille dont
elle a perdu la garde et presque 40 ans au compteur (comme quoi, grâce à la chirurgie esthétique, il y a encore de l'espoir quand on a plus de 35 ans). La belle

s'est d'ailleurs remariée il y a peu avec Ahmad Abou Houcheima, un richissime Égyptien à la gueule de boxeur fissuré. Pour comprendre le charme de celle dont on dit qu'elle «chante avec son corps et non avec sa voix», mieux vaut aller sur YouTube mater son *Bouss al-wawa* («un bisou sur ton bobo»), aux sous-entendus érotiques explicites. Madonna, soudain trop blonde, pour tout dire fadasse, et somme toute trop musclée, peut aller se rhabiller. À Nabatiyé, ville chiite du sud du Liban, Hischam, le serveur d'un boui-boui du centre-ville, s'arrête de bosser quand il voit sur sa minitélé les premières images de l'un de ses clips. Haïfa y apparaît en tenue de soubrette (le plumeau à épousseter à la main), ou bien les hanches surdimensionnées dans un pantacourt blanc, un fichu de paysanne dans les cheveux : «Putain, ces Libanaises… Tu sais qu'elle est chiite ? Avoue qu'elle est sublime, hein ? Une vraie garce !» s'exclame-t-il en mélangeant admiration, envie et dédain pour une supposée «femme facile». Stéréotypée, Haïfa ? Sans doute. L'ex-miss Liban sud, à la plastique quasi intégralement refaite, s'est bâti une réputation d'icône sexuelle dans tout le monde arabe à coups de scandales savamment dosés. Elle joue sur ce «juste ce qu'il faut, toujours un peu plus loin» qui n'a jamais plus de saveur que lorsqu'il outrepasse d'un petit rien les bonnes mœurs.

Les starlettes de Rotana (la chaîne de télévision musicale satellitaire saoudienne à la fois agent, producteur et distributeur de cette myriade de geishas orientales) ont suivi[1]. Suzanne Tamim notamment, révélée par la *Star Ac* libanaise et aux frasques sentimentales légendaires avant

---

1. Haïfa a fait partie de l'écurie de Rotana, mais elle a rompu son contrat et gère désormais seule sa carrière et les sommes mirobolantes afférentes.

qu'on ne la retrouve assassinée dans son appartement
de Dubaï, aux Émirats, en juillet 2008, appartenait à cette
« culture pop sexy ». Sa mort a fait
le tour du monde : il faut dire que son amant, le tycoon
et député égyptien Hischam Talaat (marié et père
de famille par ailleurs), très proche de la famille Moubarak
au pouvoir au Caire, s'est vu accuser d'« incitation
au crime » puis arrêter par la justice égyptienne et
condamner à mort. Que la justice égyptienne, qui ne brille
pas par son exemplarité (même si ses juges participent
en nombre au mouvement Kafa (« Assez »), qui manifeste
régulièrement contre la dictature des Moubarak) ait
jugé bon d'intervenir, en dit long sur le pouvoir
de ces nouvelles courtisanes aux voix timides mais
aux poses languides. Finalement, c'est une Libanaise qui
aura fait chanceler le premier cercle du pouvoir égyptien !
Voir danser Haïfa, serrée dans un fourreau de danseuse
de cabaret des années 30, dans sa dernière prestation
vidéo *Ne dis rien à personne* suffit pour comprendre
la façon dont elle joue sur les fantasmes masculins
pour imposer sa machinerie commerciale. La recette est
immuable, la madone et ses ersatz usant des mêmes
arguments « porno chic » pour se vendre.
Ce qui distingue la très plantureuse Haïfa, à côté
de laquelle JLo aurait presque l'air d'une collégienne
anorexique, c'est que ses rondeurs parfaites cristallisent
d'énormes enjeux de société. Dans un Moyen-Orient
où la dissimulation s'impose et où la pudeur est une vertu
glorifiée pour les femmes, Haïfa ferait presque figure
de Che Guevara en frou-frou, vivant ouvertement sa vie
de femme et chantant explicitement le désir. Si révélatrice
des tabous, des zones d'ombre qui entourent
les questions sexuelles en général et celle du désir
des femmes en particulier, qu'elle vient rappeler

que, à trop censurer le sexe, on en fait une obsession, une caricature sans fin.

À Beyrouth, pour fêter la nomination si longuement attendue du président Michel Sleimane (l'élection a été repoussée à 19 reprises et la présidence laissée vacante pendant 6 mois!) et accessoirement célébrer la fin des «événements» de mai 2008 (le Hezbollah et ses alliés imposèrent par les armes un accord sur la constitution d'un nouveau gouvernement, faisant au passage 63 morts), c'est Haïfa Wehbé qu'on a fait venir. La foule démente, regroupée sur la place des Martyrs dans le centre-ville, enfin libérée du sit-in du Hezbollah, n'a pourtant eu droit qu'à deux chansons de la Chimène orientale. Peut-être est-ce son tee-shirt serré (*a minima* sur un 95 C) à l'effigie du nouveau président du Liban… Mais «l'effet Wehbé» a provoqué un si grand nombre d'évanouissements que les autorités ont fait arrêter le show au nom de la sécurité publique. Même Mika, ce jeune escogriffe américano-libanais hurlant de sa voix de castra pop «Love today», qui se produisait au même endroit trois mois plus tard, alors que la moiteur estivale plombait Beyrouth, n'est pas parvenu à ce résultat. Dans d'autres pays du Moyen-Orient, les méga-shows de la Wehbé (elle réclame pas moins de 150 000 dollars pour une prestation publique) provoquent des joutes politiques presque aussi délirantes. Les tenants d'un islam rigoriste, qui apparemment n'ignorent cependant rien de ses pauses langoureuses, veulent chaque fois interdire les spectacles de cette incarnation de «l'Occident pervers». Après l'Égypte et l'Algérie – dont les autorités ont cependant tenu bon au nom de… la liberté d'expression (on croit rêver) –, c'est à Bahreïn que le problème s'est posé en juin 2008. Haïfa était pourtant invitée officiellement dans le cadre de la fête de l'Huma locale.

Les députés dits « islamistes », majoritaires au parlement de ce petit (mais très riche) émirat depuis les élections de 2006, se sont réunis en urgence pour voter l'annulation du concert. Heureusement pour ses fans, venus de toute la région, la belle accepta de camoufler ses attraits et de se produire en short moulant, mais sous un collant chair. Ouf, la morale était sauve !

Haïfa Wehbé n'est pas seulement la réincarnation de la courtisane des temps anciens. Lorsqu'elle ne parle pas crème antirides (elle est sous contrat avec Revlon) ou ne clame pas toute son ardeur pour Pepsi (également sous contrat), elle vante son amour immodéré pour *sayyed* Hassan Nasrallah, le plus que célèbre chef du Hezbollah. Et sans contrat commercial ! Au moment de la guerre contre Israël, en 2006, Haïfa, qui avait toutefois filé au Caire se mettre à l'abri, a même déclaré être « à la disposition du dirigeant Hassan Nasrallah pour tout ce qu'il pourrait [lui] demander ». Certes, Haïfa Wehbé est chiite et le Hezbollah le représentant politique incontesté de sa communauté. Certes, Nasrallah, qui n'a pas répondu à son appel, ne manque pas de chien pour qui aime le genre à barbe fournie et *dishdasha* enveloppante, le manteau noir des sages musulmans. Mais ce « Pour tout ce qu'il pourrait me demander » laisse rêveur. Et pas mal de blagues salaces ont circulé sur ses possibles services. Capturer quelques ennemis sionistes à échanger ? Rendre visite aux miliciens sur leurs postes, à la manière d'une Marlene Dietrich venant booster le moral des soldats américains pendant la Deuxième Guerre mondiale ? Ou carrément organiser un rendez-vous secret dans l'un de ses bunkers de la banlieue sud pour parler art et littérature ? Comme dit Mazen, un chiite de la banlieue, chargé de projet au sein d'une association pour l'environnement, renvoyant

à une idée plus que reçue qui court tout le Liban :
« Le chiite, c'est du dur, du très chaud. C'est connu. »
À l'image de Haïfa, beaucoup de Libanais, toutes
communautés religieuses et opinions politiques
confondues, vénèrent la résistance du Hezbollah face
à l'oppression israélienne (l'État hébreu, qui est intervenu
en 1978 pour mettre un terme à l'action de l'OLP,
a occupé jusqu'en 2000 le sud du pays), tout en rejetant
les canons religieux que ce même mouvement voudrait
leur imposer. Une contradiction de plus ? Le Liban n'en
est jamais à court.

Un corps de rêve
seulement en rêve

Acile est une lève-tôt. Non pas qu'elle travaille. « Je
m'occupe de mon foyer. » Mais une fois ses deux garçons
déposés à l'école, elle file dans un fitness-club de Ras
Beyrouth pour sa séance de gym. Ce n'est pas non plus
qu'elle soit une mordue, genre « sans mon jog quotidien, je
ne suis pas moi-même ». Faut pas pousser, Beyrouth a beau
s'être américanisé à coups de *malls* et de lasers dépoilants,
ses habitantes n'en sont encore pas à aimer se retrouver
sur un tapis de cardio-training à 6 heures du mat. Enfin,
pas Acile ! Qui, à 38 ans, est simplement consciente que
la lutte contre les calories passe par cette séance de torture. Rondouillette, la poitrine très généreuse, les fesses
trop dodues, elle dit justement que son problème, c'est le
« yo-yo », (un problème universel de pintade). « Six mois
je me tiens bien, six mois je me goinfre. Le sucre, c'est
mon péché mignon. » Alors, pas question de manquer une

séance de musculation au Lifestyles, le club de gym ouvert presque 24 heures sur 24. Le Lifestyles, c'est les fonds de tiroir qu'il faut écumer pour se le payer : 1 000 dollars l'année. Acile, ça, elle s'en fout. Son mari est dans le pétrole (il est même libano-saoudien), donc l'argent, ce n'est pas vraiment le big problème.

Au Lifestyles, on a les appareils dernier cri que tu ne sais pas à quoi ils servent même après les avoir testés (un truc avec des cordes, que tu as l'impression en t'enroulant dedans de jouer au sado-maso, sans le maître pour te mater). Quelques femmes s'y entraînent, déjà concentrées sur leurs efforts musculaires, l'iPod sur les oreilles. Ce sont des pros que rien ne viendrait déconcentrer, surtout pas le beau gosse à côté qui pourtant s'échine à capter leur attention, mais qu'elles snobent ouvertement (une fois n'est pas coutume !). Dans les salles du bas, on trouve une piscine olympique pour ne pas nager, juste se détendre les muscles, des salons de repos avec sofa de velours rouge, télé et même connection Internet si on veut vérifier les derniers cours de la bourse. Et puis le must : un Jacuzzi géant avec des jets à te propulser dans les nuages, qu'il faut à tout prix essayer.

Quand Acile y déboule, il n'est pas encore 8 h 30 du mat, mais déjà un cours de danse du ventre dégarni (le cours, pas le ventre) vient de démarrer. Auparavant, Acile suivait les cours collectifs de danse aérobic, qui la faisaient suer comme si elle avait mangé trois piments au réveil, mais la différence ne se voyait pas assez à son goût. Alors depuis six mois, elle s'entraîne avec son *personal trainer*. « Il sait exactement les exercices qu'il me faut. Il m'aide à aller plus loin. » Mohammed, son coach, est justement là à attendre. Ils ont prévu une série d'exercices pour muscler l'arrière des jambes. « Le truc que, toute seule, jamais je ne ferais. » Acile n'est pas une accro du *« move your ass »* en rythme. Et c'est parce qu'elle n'aime pas le sport qu'elle a choisi l'option personnalisation. Pour elle, il faut de l'efficace, du qui se voit rapidos et, si possible aussi, du résultat garanti, comme ses copines. «J'ai perdu trois kilos.» Parce que la motivation de notre gracieuse oiselle est là : l'apparence, ou du moins l'équilibre entre son penchant pour les loukoums et son corps plus assez de rêve. La Libanaise, d'ailleurs, inscrit souvent son amour modéré pour le sport dans cet équilibre sommaire. Peu, en fait, aiment se faire mal ; mais toutes adorent le résultat. «Chez nous, c'est l'*easy life*», avoue Maï Zaidan, une vraie sportive, marathonienne aguerrie, qui se fade son jogging tous les matins. Mais elle le dit sans complexe : «J'ai commencé à courir à 33 ans. Je voulais préserver ma beauté. C'était cela au départ ma motivation.» Depuis, elle est devenue accro et sillonne le monde pour participer à tous les marathons. On l'a même vue s'entraîner sur les routes de montagne de la région de Broumana, dans le nord du Liban, enceinte de six mois. «C'est un challenge désormais. Et c'est mon équilibre. Si je ne cours pas, ma vie manque de saveur.» Mariée et maman, Maï dit que le sport l'aide à se sentir plus forte : «Il faut une vraie détermination à Beyrouth pour se lever à 5 heures et enfiler ses baskets quand il pleut.» Mais pour ces vraies adeptes de la sudation, combien de dilettantes ? À côté, les Parisiennes feraient presque figures de stakhanovistes (je vous l'accorde, tout est relatif)… Contrairement à Paris où n'importe quelle piscine est prise d'assaut par des hordes de pros hautement décidés à se payer leur kilomètre en moins d'une heure, ici, tu ne risques pas de te prendre les palmes du voisin dans le masque parce que tu n'es pas dans le rythme ! Presque jamais personne ne crawle. Nager, en fait, c'est barboter (plutôt même papoter) entre copines, et quand tu t'arrêtes, ben, t'as les mômes à aller chercher, le temps a filé, et justement tu n'as pas nagé. Mais ce n'était pas ça le but ? Se mouiller le muscle ?

J'ai sué à la *dabké*

Voilà, les canaris chantent au balcon des vieilles maisons à moitié en ruine d'Aïn el-Mreissé, sur la pointe que dessine Beyrouth dans la mer, les chats ressortent des trous dans lesquels ils s'étaient terrés tout l'hiver, les taxis-services klaxonnent la moindre femme isolée cherchant ses clefs, les algues poussent sur les blocs de béton plantés dans la mer censés empêcher les déferlantes, et les baigneurs s'enquillent sur la corniche pour des plongeons de la mort…
Un air de comptine pour enfants. «Un, deux, trois, soleil.»
La mousson se termine (les pluies sont diluviennes à Beyrouth, même si elles ne durent pas longtemps).
Le printemps redémarre.
Inévitablement, la grande question de la saison se répète : vais-je rentrer dans mon bikini cette année ? Question dont, en général, on refuse d'entendre le refrain lancinant, jusqu'à ce que, essayant le petit corsaire blanc qui allait si bien l'année passée, on se sente un air vaguouille de chenille en mue, mais à un stade arrêté de son évolution, celui où le papillon reste englué dans son cocon.
Bref, avec Joumana, une copine pharmacienne qui vit en banlieue sud, on a décidé de ne pas faire de régime – bien que subitement on ne mange plus que des herbes sans huile – mais de se muscler le corps.
Brûler la graisse, oui, mais sans l'anneau gastrique, qui révolutionne paraît-il le monde, ni avoir la bave qui monte à l'idée d'une pizza au fromage. Nous, on veut se renforcer les masses. Bouger son popotin dans tous les sens, histoire de lui faire reprendre une forme plus *Elle Oriental* correct.
Le truc, c'est qu'en matière de morphologie, on a toutes les deux un sacré handicap. On est *très* méditerranéennes

de base, façon matrone plantureuse : la taille en embouchure de fleuve, les fesses en arrivée d'égout. Globalement, Joumana veut muscler tout son corps, à part la tête. Et moi, je me verrais bien le body de Schwarzenegger de partout, mais en particulier des orteils au plexus. En plus, toutes les deux, on a un autre truc en commun. On bosse comme des folles. Enfin, ça, c'est l'excuse. La vérité, c'est que le sport nous gave grave. Française ou Libanaise, même combat. « C'est fait pour des dépressives et des obsessionnelles du nombril », dit Joumana en se demandant si finalement une glace au *sahlab*, quand on broute du *zaatar* et de la menthe depuis quinze jours, ce ne serait pas hautement conseillé comme apport nutritionnel. La vérité nue ? On déteste le sport (et celles qui en font sans sembler souffrir). Spécialement les cours de gym en collant moule-foufoune où l'on singe la nonchalance de Martina Navrátilová dans les airs, mais scotchées au sol par une pesanteur reptilienne.

Y a bien l'option natation. Perso, j'adore aller embêter les quelques crabes pas complètement mazoutés des rivages de Beyrouth, mais si je crawle plus de cinq minutes, je me prends des trapèzes de joueur de rugby. Et c'est précisément la seule partie de mon anatomie que je ne veux pas dézinguer. En plus, elle, Joumana, ne sait pas nager, alors à part à finir dans le petit bassin à papoter et à surveiller des enfants qui ne sont même pas les nôtres, ça ne va pas vraiment nous aider.

Notre issue de secours : la danse. À Beyrouth, on a un festival de salsa, des journées de stage consacrées au tango argentin et même des cours où se faire trembloter les hanches en s'inventant une passion subite pour la danse du ventre. Mais c'est trop dans le *mood*

de la ville. Tout le monde veut tanguer follement à Beyrouth.
Nous, on veut du différentiel. Quant à se dévisser
les fesses sans qu'un bout de l'épaule ne rippe, Joumana
coince : « Tu crois que je vais payer pour apprendre
un truc que je fais toute seule depuis que j'ai deux ans ? »
Bon, on en était presque à se dire qu'il fallait assumer
la nature et son poids sur nos hanches quand on a trouvé
la solution dans un bar. Une affichette à sa porte précisait :
« Cours de *dabké* pour adulte. Retrouvez le bonheur
de danser en groupe au centre de gym Cola Center. »
Chou, la *dabké* ? Officiellement, c'est une danse
villageoise, rapport aux semences, à la vie qui coule
et au bonheur d'être ensemble. Parfois, on tournicote
autour du râteau ; parfois, on sort l'épée. Dans les mariages
(mais pas à Beyrouth, où tout ce qui est villageois est
presque à bannir), on invite parfois un groupe pour animer
la fête. Sautillements de gars qu'on croirait en transe
quand la famille va chercher la mariée chez elle avec,
en plus, de petits bonds de cabris fougueux au-dessus
d'un cimeterre maure. Sautillements encore,
quand la musique démarre, pour un staccato endiablé,
à vous tuer son cardiaque en moins d'une demi-heure.
Là, Joumana et moi on s'est dit qu'on avait trouvé
exactement l'activité qu'il nous fallait. En plus, la *dabké*,
c'est une danse de mecs. Non seulement on n'aurait pas
d'autres pintades dans notre périmètre de survie,
mais on se réservait une barquette de michetons
pour nous toutes seules. À ce niveau de perfection,
y avait plus qu'à courir.
On a donc couru à Cola, dernier quartier avant
la banlieue sud, où s'entassent dans un maelström
d'immeubles décrépis les masses laborieuses
de la capitale. Palestiniens virés des camps ; Syriens
squattant un studio à 135 du même village avec rotation

pour les heures de sommeil, Kurdes et Irakiens
en bisbille, et même quelques Libanais égarés. Le Cola
Fitness Center n'est pas ce qu'on fait de plus attrayant.
Pas de grandes baies vitrées, ni de piscine avec parfum
de vanille dans les airs et tout le grand tralala des salles
des quartiers bourgeois. Mais tu ne payes pas non plus
ta séance 500 dollars au prétexte que « tu comprends,
la prof, elle vient des *States* où elle a perfectionné
son art avant de daigner revenir à Beyrouth ». Non, là,
on est dans le dur : une salle de muscu pour singes
(pardon, pour les employés des milliers de services
de sécurité privée qui essaiment à Beyrouth) ;
une autre au premier pour les femmes, et, dans la cave
aménagée, ces fameux cours de *dabké*. « Y a des cours
pour débutants ? » Ben non, justement, mais on peut
en inventer un, nous dit le prof en saroual noir et grosses
moustaches qui ruissellent, à cause du cours précédent.
« Parce que la base, un pas de trois, avec saut de carpe
slovaque sur le côté, ça s'apprend vite, si on s'entraîne »,
dit (à peu près) notre nouveau gourou, en insistant bien
sur le « si on s'entraîne », comme s'il avait déjà pigé
qu'on est des dilettantes de la sueur, des éphémères
de la souffrance musculaire. Mais lui aussi a dû faire
un séjour aux *States*, car il ajoute : « En trois semaines,
tu peux modifier ton apparence. » Bien sûr, on n'était pas
venues pour ça, juste pour retrouver les racines
du vrai Liban, mais puisque, cerise sur le gâteau, ça peut
nous muer en princesse Shéhérazade sans passer
sur le billard, alors, d'accord pour s'esquinter pendant
trois semaines. « Après y a les hommes avec nous ? »
Oui, promis, si on est sage, on rejoint le groupe.
Passage au vestiaire, enfilage de nos joggings informes
(j'en avais pas, j'ai pris le legging avec une tache
de javel qui me sert de pyjama) et retour à la salle

pour une première répétition. Un pas en avant,
deux pas en arrière, un saut sur le côté et une sorte
de rotation du bassin pour rebasculer le tout sur l'autre
cuisse. Naturellement, j'ai un problème pour suivre.
Ce n'est pas que je sois particulièrement neuneu, juste
que je ne suis pas « latéralisée ». Tu me dis gauche, je
vais à droite ; de biais, et je recule. Ça a son charme,
surtout la première fois qu'on m'assiste pour mettre
mes chaussures, mais ça n'aide pas à suivre un type
de dos qui accélère la cadence. Joumana, elle, a l'air
nettement plus dans le swing. Elle te rotationne
la hanche et sautille du bout des talons avec grâce.
Sauf qu'elle part en crabe au moment où normalement
on doit rester sur place.
Stop, pause, on reprend dans cinq minutes.
Les roucoulades de je ne sais quel chanteur arabe
égyptien reprennent avec l'arrivée du groupe.
En fait d'hommes, plutôt des femmes, qui ont, elles,
le droit de tapoter du tambourin (normal, elles sont
niveau 4) quand nous, on se colle dans la queue
de la farandole pour pas avoir l'air trop empotées.
Et ça repart. Un pas en avant, scansion du tambourin
et martèlement du talon ; deux pas en arrière,
reboumboum et remartèlement du talon. Puis zou,
glissade de la hanche, le bassin qui vrille et hop
hop, petit saut comme si on avait vu un cafard et on
glapissait d'effroi. Avec les autres, en sarouel et foulard
dans les cheveux, ça passe mieux. Ou alors, plus vite,
ça semble moins laborieux ? Mais on a l'impression
soudaine d'avoir compris le truc et d'être prêtes à
remplacer Britney Spears dans son prochain spectacle
au Madison Square Garden. Viiii, ça fonctionne, ça
crève et ça tambourine allegretto. Quand la chenille se
termine, Joumana est en transe, moi flapie, mais on a

le style en live dans la peau. On se sent presque des pros, genre la danse dans le sang, comme Irene Cara dans *Fame*. C'est juste qu'on ne vole pas encore dans les airs tels des cosaques en délire comme nos comparses, mais quand même, la base est bien là. Bon, OK, y a pas non plus de quoi se rengorger pour trois pas que même la nièce de Joumana, qui ne sait pas marcher, est capable d'imiter. Mais quand même, on y arrive ! Quand on est sorties, Joumana et moi, et avant d'aller au cinéma se mater la niaiserie du vendredi soir, on dansotait dans la rue. Normal, on éclatait le monde sur trois pas de valse pastorale. Nous étions puissantes et invincibles, quoi !

Mazaher sur la Corniche

Cinq heures. Sortie des bureaux. Je file en direction de Hamra, rejoindre Leïla pour une de nos promenades sur la Corniche, le long de la mer. Klaxons des taxis-services qui ne comprennent pas qu'on puisse marcher ; pollution des Mercedes rafistolées et des 4 × 4 japonais rutilants. Trop de circulation, décidément, et trop de bruit (le silence est de toute façon une denrée rare dans cette ville) : je bifurque dans le quartier de Ouet-Ouet, à majorité chiite où, entre les vieilles maisons décaties, pendouillent encore les posters de Nabih Berry, le chef du mouvement chiite Amal, allié du Hezbollah. J'oblique dans le quartier de Joumblatt, passe devant la superbe maison familiale de ce leader de la communauté druze pour attraper les superbes ruelles d'Aïn el-Mreïssé, cette fois à dominante sunnite, et débarquer sur la Corniche, qui longe la mer dans la partie ouest de la ville. Là où toutes les communautés se rejoignent. La Corniche est l'équivalent de la promenade des Anglais à Nice. Ce haut lieu de nouba nocturne avant la guerre civile reste un lieu de promenade populaire, à toutes les heures du jour et de la nuit. Ce qui attire les Beyrouthins le long de ce rivage un rien bétonné et sale (hélas), aux airs d'Émirats désormais avec ses palmiers et les tours en forme de voilure de la marina au loin, c'est qu'il offre un concentré de la ville. Les extrêmes se côtoient, de la miss sublime sur talons strassés mais emberlificotée dans son *hijab* noir à la bomba obscène au corps exposé… Beyrouth dans toutes ses contradictions.

Leïla m'attend avec sa cousine Mona, fraîchement débarquée d'Afrique, à côté de l'ancien café populaire Hajj Daoud, cette bâtisse des années 30 au toit de tuiles provençales et aux murs blancs, dont le charme réside dans le fait qu'on peut y siroter un cocktail les pieds dans l'eau, sur son ponton. Hajj Daoud a beau être devenu, en moins d'un an, un lieu branchouille désormais dénommé « La Plage », il reste, pour beaucoup de Libanais, Hajj Daoud. Les Libanais gardent la mémoire des lieux et des noms longtemps après qu'ils ont disparu. Demandez donc à un chauffeur de taxi de vous conduire à l'hôtel Méridien de Hamra. Il vous regardera, interloqué. « *Chou ? Bass Mafi Méridien hoonik.* » (Quoi ? Mais il n'y a pas d'hôtel Méridien, ici. ») Et si, sûr de votre fait, vous parvenez à lui indiquer le chemin, il vous dira « Ah, tu parlais du Commodore ? Pourquoi tu ne l'as pas dit avant ? » Argg… Le Commodore, c'était il y a vingt ans, du temps de la guerre civile (1975-1990), un lieu fameux de Beyrouth ouest, cible privilégiée des combattants de tout poil. Bombardé, il a depuis été racheté et réhabilité par le groupe Méridien. Mais rien n'y fait : le Méridien reste le Commodore.

Avec la Corniche, c'est la même chose. En fait, ce *paseo* se nomme « l'avenue des Français », par référence aux Français du mandat (1920-1943) grâce auxquels (ou à cause desquels) se développèrent les premières structures balnéaires de Beyrouth. Mais si vous demandez l'avenue des Français, personne ne saura de quoi diantre vous voulez parler. On dit plutôt : « Corniche *el-bahar* » (la corniche de la plage) ; « Corniche *el-manara* » (la corniche du phare, un quartier de Beyrouth qu'elle longe) ; ou « *el-raouché* », déformation du mot français « rocher », signalant l'emplacement des deux pics rocheux qui se dressent dans la mer de la même façon que la mystérieuse aiguille d'Étretat.

Avec Leïla, nous venons toujours en fin d'après-midi pour papoter en crapahutant jusqu'au Luna Park, ce parc d'attractions un rien branlant et dont on aperçoit la grande roue au loin. Quatre kilomètres aller-retour, une bonne moyenne quand on a une journée de travail dans les jambes. Comme nous, beaucoup de pintades marchent en grappes. D'autres courent seules ou à deux, MP3 sur les oreilles et casquette à visière Louis Vuitton fichée sur la tête. « *Oh my God, this is really civilization* », s'exclame une femme du Golfe en ouvrant les bras, tandis que nous passons, sans que je sache exactement ce qui la bluffe ici. Les voiles Louis Vuitton ? Ou notre cadence sportive ?

L'été dernier sur la Corniche, la tendance était au ciré imperméable sur voile respectable et lunettes de soleil œil de mouche. On trottait alors à un rythme soutenu, la peau protégée. « Pas de meilleur moyen que de suer pour maigrir », me dit l'une d'entre elles. Bon, la crise cardiaque est probable, mais ça, *a priori*, ça ne lui traverse pas l'esprit.

Règle implicite : il faut se montrer occupées, l'esprit focalisé sur l'effort, fermées à toute sollicitation masculine. On ne drague pas sur la Corniche. Autrement, le lieu perdrait cette sorte de permissivité qui nous permet à toutes de nous y pavaner. Plus tard toutefois, vers 22 ou 23 heures, la Corniche devient un lieu de rencontre pour amoureux ou pour couples illégitimes, peuplé de petits marchands de maïs cuit, de pistaches, de jus d'orange, de cigarettes, de barres de chocolat ou encore de colliers de gardénias à l'odeur enivrante. Certains 4 × 4 aux vitres fumées ont alors tendance à tanguer sur leurs roues… Mais attention, même si je ne l'ai jamais croisée, on murmure que la police des mœurs veille au grain… « Pendant la guerre, on y venait aussi pour s'approvisionner : drogue, michetons pour les homos, putes pour les hommes. La Corniche a toujours été un lieu plus permissif par comparaison aux quartiers. Personne ici ne te fera remarquer que tu marches collée à un homme que ta famille ne connaît pas », me dit Houda, la quarantaine, amoureuse du lieu depuis presque vingt ans. C'est ce qui explique qu'entre deux pêcheurs à poils hirsutes et marcel avachi, on puisse trouver des couples d'amoureux en train de roucouler, mais aussi des familles entières sur des chaises pliantes, avec thermos de café sur les genoux et méchouis dûment ingurgités, qui tchatchent encore, tout en mâchouillant des graines de tournesol dont l'écorce crisse ensuite sous les baskets.

Une autre de mes copines, Zeina, avec qui je marche parfois, me dit, chaque fois que nous croisons une de ces pros de la course, supra concentrée sur ses petites foulées mais en jogging estampillé Dolce & Gabbana : « Regarde celle-là. Tu crois qu'elle fait du sport ? Même elle, elle le croit. Mais c'est juste du *mazaher*, du "show-off". » Parce que « se faire la Corniche », c'est autant voir que se faire voir, marcher que mater, en faisant tourner les cancans à plein régime. Lorsqu'on y déambule à heures fixes, on finit par toujours croiser les mêmes individus. Tiens ce couple-là, au moins la cinquième fois que nous les croisons : « Un fils qui aide sa mère à marcher. Regarde comme il lui tient le bras. C'est beau, non, ce moment à eux ? » Ce groupe de petites vieilles musulmanes scotchées les unes aux autres sur un banc ? « Mon Dieu, mais ce sont des clones ! » Même foulard grisonnant, même ample veste noire… « Des voisines… » Nous sommes sûres de notre fait. « Hiiiii, tu as vu, celle-là, le supra minishort jaune canari qu'elle s'est posé sur les fesses ? » Le marchand de L'Express, ce Syrien qui vend du *foul*, des fèves bouillies assaisonnées de cumin et de citron, sur sa roulotte ambulante, en reste bloqué, la louche en l'air.

Même si la Corniche est un lieu de mixité communautaire, où se côtoient toutes les couches sociales de Beyrouth, peu de gens d'Achrafieh, le quartier chrétien de l'est de Beyrouth, y viennent. La Corniche reste l'attraction de l'ouest. Je ne connais que Jocelyne, la soixantaine, repliée sur Achrafieh depuis la guerre civile et son mariage, qui, deux fois par semaine, sur le coup de 5 heures du matin, s'enquille le ring qui sépare la ville en deux pour revenir dans le quartier de son enfance. « Comme c'est laid, ces buildings de vingt-cinq étages qui ont remplacé les vieilles maisons beyrouthines… Le pire, c'est qu'ils sont tous vides, achetés par des Saoudiens ou des expatriés qui n'y mettent presque jamais les pieds », déplore-t-elle alors que nous dépassons l'hôtel Riviera, un hôtel années 30 qui vient de réaménager sa « plage » à la façon des îles flottantes de Dubaï (et 95 dollars le transat sur la mer !) : une avancée de béton peinturlurée de blanc et inondée de lumières, avec les incontournables palmiers plantés régulièrement. « Ils ont squatté le domaine public pendant la guerre et progressivement fermé l'accès à la mer. Désormais, même pour voir la mer, il faut payer… »

Où se poser sur la Corniche

La Plage (ex-Hajj Daoud)
Café luxe, ambiance design néocoloniale.
Un ponton privé pour siroter un jus de fruits (ou une boisson plus forte) et passer la journée sur les transats.
25 000 LL l'entrée (un peu moins de 17 dollars).

Al Manara
Restaurant au pied du nouveau phare de Beyrouth. Pas d'alcool mais les pieds dans l'eau. Sa terrasse, aménagée sur une avancée rocheuse, plonge dans la Méditerranée. Musique à fond le soir, et parc de jeux aménagé pour les enfants. Entre 5 000 LL et 10 000 LL (3 à 7 dollars) pour un mezzé.

Raouda
Quartier de Chouran, à côté du Luna Park et du Sporting Club. Restaurant libanais où boire un thé et fumer un narguilé pendant des heures. L'un des derniers cafés populaires d'un quartier connu auparavant pour ses bals et ses cabarets dansants. À ne pas manquer le dimanche matin pour un déjeuner au soleil.
Comptez entre 3 000 et 7 000 LL (2 et un peu moins de 7 dollars) selon les mezzés.

Clubs de sport

Blaze
Ras Beirut, rue Demeshkieh (immeuble du supermarché Abou Khalil) – 01 81 00 88 – 03 59 20 52
Depuis les arts martiaux jusqu'aux cours de danses orientales, une salle de quartier prisée par les habitants de l'ouest.

Lifestyles
Aïn Mreïsseh – 01 36 65 55
L'un des temples du sport à Beyrouth. Un bâtiment immense pour accueillir à peu près tous les délires sportifs : arts martiaux, danses orientales et les inévitables séances d'abdos avec prof enthousiaste. Appareils dernier cri, sauna et spa, et une piscine à faire rêver Laure Manaudou.

Hôtel Radisson
Aïn El Mreïsseh, Phoenicia Street – 01 36 81 11
L'hôtel possède un bon club de sport (cours de salsa réputés) et une piscine où pas mal d'expatriés vont se remuscler après quelques mois passés à se goinfrer de mezzés.

Capoeïra Sobrevientes
Hamra, rue Hamra
Cours d'arts martiaux et de yoga. Comptez 40 dollars par mois pour une séance de yoga par semaine.

Avalon
Qoreïtem – 01 78 68 80
Yoga…Tai-bow… Pilates… Body pump… Arts martiaux… Bref, l'une des salles qui parie sur la remise en marche des muscles oubliés, en même temps qu'un centre qui vous aide à mincir. Comptez 90 dollars pour un mois d'abonnement à un cours.

Golden Fitness
Haret Hreik, route de l'aéroport – 01 45 08 60
L'un des centres populaires, à la clientèle un rien trop bodybuildée.

Les Créneaux
Nasra, Sodecco – 01 61 55 99
Une institution ! Un petit complexe sportif – mais avec piscine, hammam, tennis, salle de gym, squash et bar – construit et géré par… les sœurs de Notre-Dame de Nazareth. L'adresse sans conteste !

Beirut yoga center
Gemmayzé, rue Gouraud – 01 56 67 70
Il paraît que nous sommes toutes les bienvenues pour expérimenter le sentiment de paix et de profonde relaxation apporté par l'enseignement traditionnel du yoga. Cours toute la journée, en fonction des niveaux.

Dimension
Sin el-Fil, Metropolitan Palace Hotel – 01 49 66 66
Piscine extérieure, sauna, jacuzzi et salle de gym. Située juste à la périphérie de Beyrouth, l'une des adresses «luxe» où le prof vient forcément des States ou du Canada. Compez 90 dollars pour un abonnement mensuel.

Tamareen
Achrafieh – 01 21 67 54
Tonification des fessiers, techniques de stretching et machines cardio-machinchoses en accès libre, ainsi que des cours de flamenco et de salsa. Dix dollars la séance ou 60 dollars par mois pour une activité.

Plages

Il n'y a quasiment pas de plages publiques à Beyrouth, exception faite de celle de Ramlet el-Baïda, à l'ouest (n'hésitez pas à aller boire un thé dans son petit café de plage : il est tenu par une association qui tente de protéger le lieu… et de le nettoyer). Pour nager à Beyrouth ou aux alentours, c'est très simple : faut raquer.

Bamboo Bay

Jiyé – adulte : 30 000 LL (20 dollars) ; enfant : 15 000 LL (10 dollars)
Un terrain de 30 000 mètres carrés en bord de mer, avec une partie dédiée aux familles (des huttes entourées de jardins permettent de se prélasser) et une quinzaine de cabanons sur la plage elle-même. Trois piscines (d'eau de mer) autour du gazon, dont une avec cascade.
La seconde partie de cette plage s'adresse exclusivement aux adultes de plus de 21 ans (un club pour célibataires ?) avec des terrasses aménagées pour six à huit personnes. Mais comptez 100 à 150 dollars supplémentaires pour réserver une de ces terrasses intimes. Le luxe ? Ça se paie.

Pangéa

Jiyé – adulte : 22 000 LL (14 dollars) (25 000 [16 dollars] le week-end) ; enfant : 11 000 LL (7 dollars) (15 000 [10 dollars] le week-end)
Un rien « béton » pour une plage (trois piscines d'eau de mer) qui se tourne de plus en plus vers les plus jeunes. Le club imagine régulièrement des beach parties et autres karaokés branchés susceptibles de leur plaire. Un futur hôtel attenant est en construction (lente) depuis plusieurs années.

Orchid

Jiyé – 30 000 LL (20 dollars) (réservé aux adultes)
Première plage du Liban exclusivement réservée aux adultes ! Détente, ambiance lounge et consommation d'alcool, mais pas de beach party en nocturne : cette plage n'est ouverte qu'en journée.

La Voile

Rméilé – adulte : 15 000 LL (10 dollars) ; enfant : 10 000 LL (6 dollars)
Une des plus anciennes plages privées de Beyrouth (ex-Voile bleue, en référence à la Voile rouge de Saint-Tropez) : deux piscines (une adulte, une enfant), un accès à la mer sur 850 mètres, un restau et trois bars, dont l'un qui, le dimanche, accueille des beach parties nocturnes.

Laguava

Rmeilé – adulte : 15 000 LL (10 dollars) ; enfant : 10 000 LL (6 dollars)
Laguava, qui tire son nom des goyaviers (apparement) présents
dans la région, a été lancée en 2004 avec pour inspiration les plages
balinaises. Matériaux naturels (bambou notamment) et jacuzzis exté-
rieurs pour les plus fans. Des lounges VIP, avec jacuzzis privés, sont
aussi disponibles pour un prix non communiqué (mais la location de
bungalow coûte, elle, de 330 à 660 dollars).

Jonas

Jiyé – adulte : 15 000 LL (10 dollars) ; enfant : 10 000 LL (6 dollars)
Première plage de sable au Liban, Jonas Beach a ouvert en 1993.
Elle est surtout connue pour son esprit «famille». La plage dispose
d'une piscine semi-olympique et de piscines pour enfants.

Bain militaire

Jounieh – adulte : 15 000 LL (10 dollars) ; enfant de moins de 5 ans :
gratuit
Une adresse à conserver. Sa plage, l'une des rares de sable, est
idéale pour embarquer ses enfants faire des châteaux de sable.

Lazy B

Jiyé-Darmour – adulte : 22 000 LL (14 dollars) (25 000 LL
[16 dollars] le week-end) ; enfant : 11 000 LL (7 dollars)
L'une de mes préférées. Ouverte quelques jours avant la guerre de
juillet 2006 contre Israël, la plage est l'une des très rares à ne pas
avoir de piscine, mais un accès à la mer (légèrement remodelé).
Ambiance détente (hamac, gazon, canapés) et surtout, pas de
musique tonitruante, comme dans tant d'autres !

Oceana

Damour – adulte : 22 000 LL (14 dollars) (27 000 LL [18 dollars]
le week-end) ; enfant : 12 000 LL (8 dollars) (15 000 LL [10 dollars]
le week-end)
Coincée derrière une grande bananeraie, l'Oceana est surtout connue pour son offre de restauration : des snacks (dont
Crepaway ou Dunkin' Donuts) ou des restaus plus prestige comme
La Suite. Une dizaine de bungalows y sont à louer (500 dollars
la journée).

Eddé Sand

Byblos – adulte : 20 000 LL (13 dollars) (30 000 LL [20 dollars]
le week-end) ; enfant : 8 000 LL (5 dollars) (10 000 LL [6 dollars]
le week-end)
C'est le grand luxe : proportions hors normes (le complexe bal-
néaire s'étend sur plus de 100 000 mètres carrés) et clientèle

huppée (qui n'hésitera pas à raquer 100 dollars en plus du ticket d'entrée pour ne surtout pas se retrouver avec la plèbe). Trois mille personnes s'y ruent en moyenne les jours de week-end d'été. De quoi faire fuir ? Pour les amateurs : un spa avec massages ayurvédiques (indiens).

Bonita Bay
Batroun – adulte : 8 000 LL (8 dollars) (15 000 LL [10 dollars] le week-end) ; enfant : 5 000 LL (3 dollars) (10 000 LL [6 dollars] le week-end)
Plage de galets pour ce petit Bonita Bay. Quatre grandes terrasses, une plage-bar avec cuisine méditerranéenne, ouverte même pendant l'hiver.

Ocean Blue
Byblos – adulte : 10 000 LL (6 dollars) (15 000 LL [10 dollars] le week-end) ; enfant : 5 000 LL (3 dollars) (7 500 LL [5 dollars] le week-end)
À noter que le terrain est un *wakf* de l'Église maronite (c'est-à-dire une terre donnée à l'Église pour des œuvres de bienfaisance…). On y trouve 80 chalets de 50 mètres carrés, louables à l'année, et trois grandes piscines (ainsi qu'un accès à la mer).

Pierre and friends
Batroun – pas de tarifs communiqués
Voilà l'endroit qui monte, spécialement pour les moins de 30 ans ou éternels fêtards, qui courent aux inévitables beach parties de cette plage privée. Une école de planche à voile y est aussi accessible.

Plages dans Beyrouth

Sporting club
Raouda – 22 000 LL (14 dollars)
Dans la ville, sans conteste ma préférée. À Beyrouth, le monde se divise entre les pro-Sporting et les pro-Bain militaire (voir plus bas). Bétonné (comme les autres), avec accès à la mer (et à ses plastiques dérivant au gré des courants), le Sporting est très famille. Deux piscines pour barboter et une autre pour les enfants. On y mange également : le restaurant est réputé pour la qualité des poissons proposés.

Long Beach
Raouda – 20 000 LL (13 dollars)
Pas étincelant de propreté, mais une piscine olympique et un sublime toboggan pour amuser les enfants.

Bain militaire
Raouda – 22 000 LL (14 dollars)
L'un des plus vieux centres balnéaires de Beyrouth ! Fréquenté entre autres par les officiers de l'armée libanaise (d'où son nom) et par quelques hommes politiques – d'où parfois quelques explosions de voitures piégées à proximité (le député antisyrien Walid Eido a été tué, ainsi qu'une dizaine de personnes, en 2007). En plein agrandissement, tout beau, tout clinquant, mais réservé aux avocats et autres VIP libanais.

Le Saint-Georges
Centre ville – 25 000 LL (16 dollars)
La plage huppée de Beyrouth. Si vous n'avez pas les pectoraux qu'il faut, pas la peine de tenter l'aventure. À moins bien sûr d'assumer une anatomie approximative… Plage également très prisée de la communauté gay le week-end.

Conclusion

Je marche sur la Corniche, le *paseo* de Beyrouth, alors que le soleil hésite encore à se coucher sur la mer. La foule est là, bigarrée et bruyante. Les passants grignotent des *tourmos*, boivent des cafés en zigzaguant entre les vélos roses à crinière de cheval des enfants, évitant de justesse une jeune adepte du roller en short d'éponge. Certains sont avachis sur un pliant à fumer le narguilé et à écouter de vieilles chansons des années 50 ou le dernier tube de George Wassouf, le Gainsbourg local. Elles sont là aussi. Toutes les femmes de Beyrouth, réunies en un seul cliché : «De la minijupe au *hijab*», pour reprendre les termes du général Aoun, en manque d'images plus glorieuses pour résumer le Liban. Et que celui qui ne le comprend pas aille se faire cuire un œuf à Paris (à New York, ou à Téhéran)!

Femmes de Beyrouth, elles ont fière allure et ne s'en laissent pas compter. Elles ont cet humour crâneur – parfois grinçant – des êtres que le malheur a trop touchés. Une distance, une résistance face aux événements les plus improbables de la vie, qui les rend si admirables aux yeux d'une Française. Elles se battent bec et ongles affûtés pour que vive leur Liban. Lequel ? Nul ne sait très bien de quel pays il s'agit, pas même elles. Certaines disent qu'il s'agit d'un « rêve » ; d'autres, d'un « rêve malade », pire, ajoutent-elles en riant, qu'un cauchemar. Mais ce pays, quel qu'il soit, ce sont ces femmes qui le portent au creux de leurs mains. Lui donnent vie et chair. Et s'il fait si bon y vivre, c'est grâce à ces femmes qui en dessinent au quotidien la géographie intime.

Remerciements

Aux miens, où qu'ils vivent.
Ici, là-bas, ailleurs.

Remerciements sans bornes et en rampant :

Aux deux pintades suprêmes (point encore passées au suprême de pintades mais, si j'en crois leur cadence, cela ne devrait plus tarder…) : Layla Demay et Laure Watrin.

Aux amants de la villa Chergui, pour reprendre la si belle dédicace du dernier roman de ma sœur Sylvia, et à ma « ross », nécessairement.

À une encore petite pintade, en cours de transformation en princessse killeuse : Camille.

À ma bande de pied-nouze bien-aimés (et aux affiliées, Danielle se reconnaîtra en maugréant sur la non-prise en compte de son identité multiple) pour nos éclats de rire toujours face à la mer.

Au café T-marbouta de Hamra, pour mes nocturnes harassées à potasser mon manuel de parfaite pintade, une spéciale révérence.

Au «monstre», le poète Mohammed Abdallah (et au clan des Abdallah), dont la philosophie «bentenjénique» (auberginesque) de la vie et des femmes m'a permis de tenir sur le fil du rire.

Aux belles du Commerce du Levant, qui m'ont énormément aidée et supportée : Sibylle, Marie-Jo, Rosy, Monique, Éliane, et même à Mark le Loustik. Grâce et louange.

Gratitude à Salma (à genoux) pour son humanité et son courage de femme.

À Souad, qui m'a récemment dit «ne pas vouloir être une pintade parce que ça travaille trop», mais «docteur».

À toutes celles qui m'ont parlé, ouvert leurs cœurs, leurs joies et leurs plaies et qui ont bien voulu discuter et se confier : une reconnaissance sans bornes. À celles qui m'ont ouvert leur carnet d'adresses, un merci infini.

Aux femmes de Beyrouth. À Beyrouth enfin, dans ses somptueuses contradictions, mon verre de vin rouge, cuvée Bretèches, levé face à la mer.

Table
des matières

Avant-propos
11

Introduction
15

Belles de jour… comme de nuit
21

Majeures, mais pas tout à fait vaccinées
67

Chasse gardée
123

La noce dans l'âme
149

Divas domestiques
181

Papillons
307

Éternelles jouvencelles
369

Conclusion
403

Remerciements
407

DANS LA COLLECTION « UNE VIE DE PINTADE »
dirigée par Layla Demay et Laure Watrin

Layla Demay et Laure Watrin
Une vie de Pintade à Paris
Calmann-Lévy, 2008 - Le Livre de Poche, 2009

Muriel Rozelier
Une vie de Pintade à Beyrouth
Calmann-Lévy, 2009 - Le Livre de Poche, 2011

Layla Demay et Laure Watrin
Les Pintades passent à la casserole
Paris et New York en cuisine
Calmann-Lévy, 2010

Hélène Kohl
Une vie de Pintade à Berlin
Calmann-Lévy, 2011 - Le Livre de Poche, 2012

Cécile Thibaud
Une vie de Pintade à Madrid
Calmann-Lévy, 2011 - Le Livre de Poche, 2012

Madeleine Leroyer
Une vie de Pintade à Moscou
Calmann-Lévy, 2012

Retrouvez les Pintades sur :
www.uneviedepintade.fr
www.lespintades.com

Le Livre de Poche s'engage pour
l'environnement en réduisant
l'empreinte carbone de ses livres.
Celle de cet exemplaire est de :
1 kg éq. CO$_2$
PAPIER À BASE DE   Rendez-vous sur
FIBRES CERTIFIÉES   www.livredepoche-durable.fr

Composition réalisée par Nord Compo

Achevé d'imprimer en septembre 2012 sur les presses de
l'Imprimerie moderne de l'est à Baume-les-Dames (Doubs)
Dépôt légal 1re publication : mars 2011
Édition 02 : septembre 2012
Librairie Générale Française
31, rue de Fleurus – 75278 Paris cedex 06